魅丽文化　花火工作室

山栀子

著

不见面的朋友

广东旅游出版社
GUANGDONG TRAVEL & TOURISM PRESS
悦读书 · 悦旅行 · 悦享人生

中国 · 广州

图书在版编目（CIP）数据

不见面的男朋友 / 山栀子著 . — 广州 ：广东旅游出版社，2023.10
ISBN 978-7-5570-3134-3

Ⅰ．①不… Ⅱ．①山… Ⅲ．①长篇小说－中国－当代 Ⅳ．① I247.5

中国国家版本馆 CIP 数据核字（2023）第 163843 号

不见面的男朋友
BUJIANMIAN DE NANPENGYOU

出 版 人：刘志松
总 策 划：曾英姿
责任编辑：陈　吉
责任校对：李瑞苑
责任技编：冼志良

广东旅游出版社出版发行
地址：广州市荔湾区沙面北街 71 号首、二层
邮编：510130
电话：020-87347732（总编室）　020-87348887（销售热线）
投稿邮箱：2026542779@qq.com
印刷：湖南天闻新华印务有限公司
（湖南望城湖南出版科技园　电话：0731-88387578）
开本：880 毫米 ×1230 毫米　　1/32
字数：292 千字
印张：10
版次：2023 年 10 月第 1 版
印次：2023 年 10 月第 1 次印刷
定价：46.80 元

目录

C
O
N
T
E
N
T
S

目 录

C O N T E N T S

2

楔子

谢桃收到了从栖镇寄来的快递，打开纸盒，里面是一个极具年代感的、生了锈的铁盒。

手机铃声突然响起，谢桃一看屏幕上显示的名字，便滑动接听键："福姨，您寄的东西我收到了……"

她一边说着，一边打开铁盒来看。

盒子里全是些旧照片、硬币之类的东西，她认出来，这几乎都是她小时候收集的。她笑着说道："也不是什么重要的东西，还劳烦您打包。"

"嗯，过两天我回去，老房子拆迁，我总要回去看一眼。"

她一边跟电话那边的人说话，一边翻看着铁盒里的东西，忽然之间，她翻到底下竟然有一个PSP游戏机。

谢桃将它取出来，疑惑地问道："福姨，您是不是把其他什么东西放错到我的盒子里了？"

"没有啊。"

听见电话那端的人否定的回答，谢桃皱了一下眉头，但也没再多说些什么，又与她闲聊起来。

然而，她突然听到一阵突兀的音乐声响起，她转头看时，只见被她随手放在茶几上的游戏机屏幕竟然自己亮了起来。

屏幕上显示出一片昏暗的星云，伴随着悠长的音乐声，谢桃看见屏幕上又出现了四个字——"宇宙坍塌"。

"宇宙从膨胀到坍塌，是时间的逆转，是时空的穿越，循环往复。"

什么时间的逆转？什么时空的穿越？

谢桃盯着屏幕上的那句话，摸不着头脑，只见那片星云和字句转瞬消失，屏幕上忽然出现一个黑洞，由小变大，那光线刺得她双眼发疼，头脑眩晕，好像要将她整个人都吸进去。

毫无征兆地，谢桃倒在沙发上。

电话还没挂断，传来吱吱的电流声，那端的人还在喊："喂？桃桃？桃桃你怎么不说话了？"

第一章

你是谁

天气渐渐变暖了。小镇石桥旁的杨柳抽出了嫩绿的枝叶，与桥下的河水相映成趣。

谢桃收拾好手边的糕点模具，戴上手套，从烤箱里取出香味浓郁的蛋糕。正当她转身时，不小心被窗外洒进来的夕阳余晖刺了眼睛，她眯了眯眼。

"小桃，今天还有酥心糖吗？"

大门口忽然出现了一位中年女人。她穿得很朴素，笑起来，眼尾泛起一道明显的褶皱，她是福家蛋糕店的常客。

"钱阿姨，您来得太晚啦，今天的酥心糖都卖完了！"谢桃把蛋糕放在桌上，摘下手套，回答道。

"哎哟！今天去买菜耽搁了。"姓钱的女人说着拍了拍自己的衣服。

谢桃笑了笑，说："我明天给您留一份，记得早些来拿。"

"花生口味的对吗？"谢桃拿过旁边的小本子，打算记下来。

"对对对！"刚刚还皱着眉头的女人这会儿又笑了起来，"谢谢你了啊，小桃！"

谢桃笑着低头拿笔记了下来。

钱阿姨离开没多久，又有一个穿高跟鞋的中年女人走进店里。她身穿花哨的衣服，还烫了头发，她的身材有些丰满，脸颊红润，笑意盈盈，这就是福家蛋糕店的老板福妙兰女士。

"福姨，您回来啦？"

谢桃原本是笑着的，但当她看见跟在福妙兰身后走进来的那个身形高大的中年男人时，她脸上的笑容渐渐僵住了，那双杏眼里充满了惊愕，就连手上的动作也顿住了。

"桃桃……"直到福妙兰走过来叫了她一声，谢桃才从恍惚中勉强回过神来。

她抬眼，正对上那个中年男人看向她的目光。

大门外几缕夕阳余晖洒在他的肩头，让他的身影看起来更加高大清瘦。

在谢桃出神的时候，那男人已经走到了她的面前。他站在柜台前，清晰又准确地叫她的名字："谢桃。"

虽然隔着柜台，但谢桃在听见他的声音时还是垂下了眼帘。她神色闪烁，有些不知所措地站在那里，甚至没敢迎上他的目光。

"桃桃，郑先生是来看你的，你得好好跟人家说几句话。"福妙兰从柜台另一边的小推门走进来，拍了拍她的肩膀。

谢桃抿着嘴唇，攥紧手里盛着果酱的玻璃罐，并不像福妙兰平日里见惯的活泼模样。

片刻后，她才动了动嘴唇："郑叔叔……"

她的声音有点微弱。

"谢桃，出去谈谈吧。"郑文弘说。

谢桃垂着眼帘，犹豫了一会儿才放下手里的东西。摘掉手套和袖套，她简单地整理了一下自己的衣服，然后拿起旁边的外套走了出去。

栖镇东头的茶楼就立在护城河边。

此时河边的杨柳刚刚抽出新枝，嫩绿的枝叶随风摇曳。如果人坐在茶馆二楼的窗边，就能够伸手折下一枝嫩柳条来。

谢桃和郑文弘对坐在茶馆二楼的桌边，两个人手里都捧着一杯热茶，却一片沉默。

郑文弘不动声色地打量着坐在自己对面的女孩。

或许因为早春时节天气有些凉，女孩穿着一件薄毛衣，外面罩着一件洗得发白的单薄外套，那张白皙的面庞还带着些婴儿肥，一双杏眼格外澄澈，身材娇小玲珑，仿佛和一年前出走时的模样没有什么差别。

郑文弘很清楚，这个看起来乖巧温柔的女孩实际上有着一颗倔强的心。

最终，还是郑文弘先开了口："这一年，你……过得还好吗？"

"挺好的。"谢桃捧着茶杯喝了一口茶水。微烫的茶水带着几分清香滑过喉咙，让她感觉有些温暖。

郑文弘似乎一时间不知道应该再说些什么，他点了点头："那就好。"

自从一年多前谢桃出走那天起，苏玲华就一直担心女儿一个人在外面会受苦，但她懦弱的性格与害怕的心理又让她无法面对谢桃，于是她只能让郑文弘来这里找谢桃，并带她回去。

然而，谢桃当时果断拒绝了。

从那以后，谢桃拒绝再和他们联系。

一年不曾联系，让郑文弘和谢桃连交谈都成了难题。

谢桃在对面的男人低垂着眼帘陷入沉默的时候，打量了他一番。

虽然郑文弘已经人到中年，眉宇间早已染上了几分风霜，但也不难看出他年轻时五官的端正俊朗。

只是谢桃细细看了两眼就发现，相比记忆里一年前这位郑叔叔的模样，他脸上似乎又多添了几分沧桑的疲态。

一年前的许多事涌上心头，母亲的面容在她的脑海里其实从未消失。

"谢桃，跟我回去吧。"郑文弘终于说出了这句话。

窗外有风吹过，杨柳枝叶的簌簌声在周遭的静谧中显得更加清晰。

"郑叔叔，我在这里过得很好。"谢桃捧着茶杯说道。

"谢桃，你难道真的打算一辈子待在这里？栖镇的学习条件没有城里的好，你总要为自己的人生做打算。"

谢桃垂着眼睛，道："我觉得差别也没有很大，郑叔叔您不用给我打钱了，我用不着。"郑文弘和苏玲华打到她卡里的钱，她一分都没有用。

"谢桃，你还未成年，学费的事情本来就不该是你担心的事情，我和你母亲会为你解决好一切……"

"郑叔叔，我不想回南市。"郑文弘的话还没有说完，就被谢桃打断了。

从她背着书包坐上回栖镇的火车开始，谢桃就没有打算再回到南市。

那是一个对她来讲没有任何美好记忆的地方。

她从不留恋。

"你还在怪你妈妈……"郑文弘沉默了一会儿，忽然叹了一口气。

关于谢桃和她母亲苏玲华之间的事情，郑文弘多少也知道一些。

郑文弘想起妻子有时躲在房间里偷偷抹泪的样子，又说道："这一年来，她夜里总是睡不安稳，有时睡着了，还会在梦里念叨你的名字，重复着说，她不该打你……"

没错，苏玲华打过谢桃，还不止一次。

在谢桃艰难地在父母之间做出选择之后，在谢桃的父亲谢正源一声不响地离开后，苏玲华带着谢桃来到了南市。

那段时间，苏玲华整个人都变得很暴躁。

谢桃不止一次出于各种原因挨打，有时是因为学习成绩，有时是因为其他一些小事情。她变成了谢桃最陌生的样子，一个耿耿于怀、自怨自弃，甚至歇斯底里的女人。

有一段时间，谢桃甚至觉得，当妈妈看向她的时候，那双时常红肿的眼睛里有爱，却也藏着恨。那恨，是对那个男人的恨。

妈妈喜欢她时，就给她梳头发，买好看的裙子；妈妈不喜欢她的时候，就挑着刺儿地骂她，骂她的爸爸，把她的胳膊揪得青一块、紫一块。

有时妈妈喝醉酒，一巴掌下来，会让她的嘴唇破皮出血，有时甚至会被打得出现尖锐的耳鸣。清醒过后，妈妈又会抱着她哭，说无数句"对不起"，说无数句"她错了"。

整整两年的时间，谢桃都是这么度过的。

而两年的时间过去了，苏玲华也终于开始慢慢地接受婚姻失败、人生潦草的事实，她终于渐渐平静下来。她甚至主动去看了心理医生。

经过长达一年的心理治疗，苏玲华终于恢复到了谢桃最熟悉的母亲的模样，那么温柔，那么平和。

谢桃以为，从今往后，一切应该都会变得好起来的。

直到有一天，妈妈牵着她的手，带她去见了她偶然认识的一家医院的外科医生郑文弘。

那是谢桃第一次见郑文弘。

妈妈告诉她，她想和这位郑医生结婚。

谢桃至今都还记得，那时妈妈脸上的笑容。这个几年前似乎还倒在泥沼里深陷不得出的女人，终于看到了人生的希望。

所以，她没有理由阻止苏玲华和郑文弘结婚。

但他们的结合，让谢桃又陷入新的恐慌中，因为妈妈故意讨好继子的种种行为，因为妈妈表现明显的偏心举动，而让她爆发的导火索是在那个除夕夜，妈妈因为考试成绩再次打在她脸上的那一巴掌。

在熟悉又尖锐的耳鸣声中，谢桃神情麻木地看着坐在饭桌上的郑文弘、苏玲华，还有郑文弘的儿子郑和嘉。

他们三个，仿佛才是这世上最亲的一家人，而她，总是多余的。

在那个除夕夜，她在妈妈刻意放出的狠话里出走，逃离了令她恐慌、令她迷茫的城市，回到了栖镇。

至此，时间已经过去了一年多。

"郑叔叔，我能原谅的都已经原谅她了，但有些事我做不到。"

因为想起了太多往事，谢桃的眼眶开始发热。

苏玲华对郑和嘉的刻意讨好，对郑和嘉的偏心，对她的种种忽视，还有学习上的苛刻要求，此刻依然历历在目。

由于郑和嘉成绩优异，所以她不能跟他差半分，否则就是丢了苏玲华的脸。除夕夜里那重重的一巴掌摧毁了支撑她这么多年的信念。

谢桃深吸一口气，把心里的酸涩压下去，接着说："她以前其实不是这样的。

"我记得她跟我说过，她以前有自己喜欢的工作，也有许多爱好，还有很多好朋友……虽然每天都很累，但她觉得很开心。

"直到她结了婚，有了我，一切都变得不一样了。为了照顾好我，她辞掉了自己喜欢的工作，跟着爸爸回到了栖镇。渐渐地，她和朋友们失去了联系，把所有的重心都放在了爸爸和我的身上……

"在那么长的婚姻中，她习惯了爸爸的大男子主义，变成了一个失去自我的人。而一个失去自我的人，忽然失去了最重要的家庭，她又能怎么办呢？"

郑文弘没有想到在他眼中仍然是个小孩的谢桃，竟然会说出这样一番话来。一时间，他愣在那里，不知道该开口说些什么。

"郑叔叔，你见过她最狼狈的样子，但你还是选择了跟她结婚。"谢桃抬头，对着郑文弘笑了笑，"虽然我只在您家里待了不到一年的时间，但我还是感觉得出来，您是真的喜欢她。"

郑文弘和她的父亲谢正源是不一样的人。

曾经的谢正源对谢桃来说是一个足够好的父亲，但对苏玲华而言，他并不是一个很好的丈夫。

谢正源尽力满足谢桃的所有愿望，但对苏玲华，随着他们之间的爱渐渐平淡，他变得没有那么关心苏玲华了，更不要提支持苏玲华回归工作了。

某天，谢桃在一本服装杂志上看见苏玲华的名字时，她知道郑文弘和父亲不一样。他会是那个鼓励苏玲华重回服装设计行业，找回自我的人。

他爱苏玲华，但并不代表他会对和他没有一丝血缘关系的谢桃发自内心地爱护。这个男人在谢桃的面前往往过分冷静，仿佛是个局外人。

谢桃忽然站起来，对着郑文弘鞠了一躬，道："郑叔叔，我希望您能让她每一天都过得很开心。"

希望她不用再记着以前那段让她失去自我、失去朋友、失去快乐的失败婚姻，不用再把人生的重心都放在别人身上。

即便人生过半又怎样？一切重新开始也并不晚。

窗外有清脆的鸟鸣声响起，郑文弘看着站在自己对面的女孩，久久没有言语。

过了一会儿，他才缓缓开口，嗓音莫名有点干涩："我一定会的。"

谢桃回到福家蛋糕店的时候，天上已经开始下起细密的小雨。

"回来啦？"福妙兰从里面走出来，看见谢桃就走过来问她，"见着你妈妈了吗？"

谢桃愣了一下："我妈妈？"

福妙兰一看她这样，有点急了："你没有见到你妈妈？不可能啊，刚才在桥那边，我还看见她和郑先生一起来了，我以为你和郑先生出去是去见她的呢。"

谢桃站在原地，脑子里一片混乱。

"桃桃，有些事我也不能再瞒你了。你妈妈曾经给我打过钱，其实那些钱都是他们给你的……桃桃，你总待在栖镇也不是个事儿啊，必须得回南市，那才是你的出路啊。"

福妙兰把一直藏在心里的话说了出来，然后又拍了拍谢桃的肩膀："桃桃，回家去吧。"

谢桃却陷入自己的思绪中，已经听不太清福妙兰的话了。过了一会儿，她突然冲出大门，骑上自行车，飞奔向栖镇车站。

栖镇的路是由石板铺成的，有些地方不太平坦。

谢桃并没有注意到前面的一块青石板缺了角。轮子压过去时，车子猛然颠簸了一下，她被吓醒了，但已经来不及挽回了。她和自行车一起摔倒在地，手机也掉进了水洼。

胳膊肘和膝盖都被蹭破了皮，手背也流血了，谢桃却顾不得那么多，忍着疼痛就想要爬起来。

当她抬头时，却不知道怎么回事，竟然模模糊糊地看见半空中出现了一道散着浅色光芒的气流。气流翻涌间，形成了一道若隐若现的光幕。

光幕里，像是有一只手捏碎了什么东西。她只来得及看清一个碎片从光幕里飞了出来，像是突破了什么不可逾越的鸿沟。在此之后，那光幕便化作了一道细线似的光亮。

迷迷糊糊间，她好像看见了一抹修长挺拔的背影，暗红锦袍的衣摆上泛着莹润的华光。

光忽然变得更加刺眼，谢桃忍不住眨了一下眼睛。那凭空出现的碎片擦过她的左眼皮，留下一道血痕。之后，碎片掉到了地上水洼里的手机上，转瞬之间消失无痕。

那个光幕的出现就像是一个短暂的幻觉，眨眼间就已经消失，没有留下任何不寻常的痕迹。

谢桃后知后觉地伸手摸了一下左边的眼皮，一阵刺痛感袭来，她低头，在自己的手指尖发现了一点血迹。

心里仍回味着刚刚福妙兰对她说的话，谢桃来不及想那么多，匆匆捡起地上沾了些水的手机，也不管手上和膝盖上的伤口，把自行车扶起来，继续朝栖镇车站的方向骑行。

车站是一个迎来送往、见惯离别的地方，这里从来不缺来来往往的过客。

谢桃把自行车停放在车站外面，赶快往大厅里跑。

或许因为现在不是什么节假日，大厅里的人并不算多。谢桃刚刚走进大厅，就看见了坐在椅子上的两个人影。身形高大的男人伸手揽着身边那位看不清面容的女人的肩，似乎正低声安慰着什么。

谢桃认出了他身上穿着的那件铁灰色的西装外套，就是今天郑文弘来见她时穿着的那件。他身边的女人背对着谢桃，此刻她正偏头靠在郑文弘的肩上，一只手捂着脸，身体微颤，似乎在哭。

谢桃躲在角落里，自她看到那个女人起，她的目光就无法从她身上移开了。眼泪来得很快，谢桃都来不及伸手去擦拭，泪珠就直接涌出眼眶，顺着脸颊滑下。

女人穿着一件高贵典雅的暗蓝色连衣裙，外面搭着一件大衣。她的脚上穿着一双高跟鞋。从她的背后看去，她已经足够优雅、温柔了。

与谢桃记忆里的那个女人形象相比，两人似乎相去甚远。

然而，她似乎天生就该是这样的人。

因为父亲、因为她自己、因为那个曾经的家庭，她失去了一切，但似乎此时此刻，她慢慢地找回了所有失落的东西。

对于苏玲华来说，郑文弘绝对称得上是一个好丈夫。是他把因为那个沉重的家庭而失去自信、失去自我的苏玲华解救出来了。

他了解她所有的过去，包括所有的好与不好，也知道她早已不再像年轻时那么美好，但是他还是爱上了她。

作为她的丈夫，他接受了她的一切，陪伴她分享过去的不愉快，他支持她一点点地重拾自我。

谢桃注视着那抹暗蓝色的背影，她知道，那些年作为她妈妈、谢正源夫人的时光里，她过得很不容易，但作为郑文弘的妻子，她一定很幸福。

谢桃仍然怀念曾经和父母一起生活在栖镇的时光——那个时候，她是世上最幸福的孩子。

父母的离婚就像是一道撕破了这片宁静天空的惊雷，它将一切摧毁，使得过往的平和无可挽回。谢桃的家，早在她艰难地做出选择，将手指指向母亲，眼看着父亲转身离开并一去不返时，就彻底崩塌了。

直到谢桃渐渐长大，她才发现，大厦将倾之时，任你如何修补维持，该来的总会来的。

候车大厅里响起了检票提示音，谢桃看着郑文弘拿起所有行李，扶着他身边的女人站起来。刚要往检票口走，他突然抬头，往谢桃这边看了过来。

谢桃的身体比脑子的反应速度还要快，她直接躲到了旁边的柱子后。

"怎么了？"苏玲华顺着他的视线回头看过去，却什么都没看见。

郑文弘收回目光，说道："没什么，走吧。"

苏玲华看了一眼大门处，那里来来往往的都是一些陌生面孔，她不知道为什么想起了什么，眼圈有些发红。

"玲华，你真的不去见见她吗？"郑文弘看她这样，叹了一口气。

苏玲华摇了摇头，像是想说些什么，但话到嘴边又都咽了下去。最终，她只是轻轻地说了一句："走吧。"

身为一个母亲，苏玲华无比后悔自己以前给小小的谢桃带来的那些伤害。她甚至不敢回想自己人生中最灰暗的那两年里发生的事情，更不敢想起当年她小小的女儿身上那些瘀青乌紫的痕迹。

她深感自己并不是一个好的母亲，这辈子都无法原谅自己。

她知道，她和女儿谢桃之间的隔阂已经成了一把经年难解的锁。

那个小生命还在她肚子里的时候，苏玲华曾经发过誓，要好好爱女儿，要把一切都给她。可是，后来为什么变成了那副模样呢？

自从一年前的那个冬夜，看着自己的女儿背着书包，穿着单薄的毛衣头也不回地离开，苏玲华的心里就已经少了一块，那是她此生都无法填补的空白。

她非常想念女儿，但是，真正要见面的时候，她又害怕了。见到了，她该说些什么呢？一遍遍地重复着道歉"对不起，我错了"？

苏玲华记得曾经还很小的谢桃，在挨打过后，被她抱在怀里，听她一遍又一遍地说"对不起"的时候，那么小却那么乖的谢桃还是会回抱她。

生活虽然苦难重重，但女儿是一份甜蜜的礼物。

但是，曾经的苏玲华深陷生活的泥沼中，只记得眼前的黑暗，无法体会身旁的甜蜜。虽然她在内心深处仍然深爱着谢桃，但她早已失去了表达爱意的方式。所有的创伤积累在一起，让她不知道如何再次面对曾经陪伴她度过那段黑暗人生的女儿。

当被郑文弘牵着手朝检票口走去时，苏玲华突然回忆起一年前的那个除夕夜。在她伸手打了谢桃之后，她看到谢桃那双像她一样的杏眼里的光芒瞬间消失了，就像窗外的烟花一样。她听到谢桃说："妈妈，你找到你的家了，可我没有。"

当时盛怒之下的她并没有细想，但如今回想起来，这句话就像一把锋利的匕首深深地刺入苏玲华的胸口，虽然没有见到鲜血，却让她悲痛欲绝。

刚通过检票口，苏玲华忍不住哭了出来。

站在候车大厅里，谢桃看着郑文弘和苏玲华经过检票口，渐渐消失。谢桃无视了偶尔落在她身上的目光。她的嘴唇有些干燥，微微张开，却是一声不吭。

妈妈……谢桃转身，用袖子擦了一把脸上的泪水，往候车大厅外走去。

看到苏玲华，她仍然会怀念那些美好的时光，会想念曾经深爱她的母亲。但那终究不是原谅。

现在，见面也许已经毫无必要。

夜渐深，谢桃走到车站外时，发现被她放在那儿的自行车已不见影踪。她找了好几圈也没有找到，最终只能默默地走回去。

她到福家蛋糕店的时候，已经十点多了。

福妙兰披着衣服从店铺后院走出来，发现谢桃一个人坐在柜台边的高凳子上发呆。

谢桃的衣服上沾染了泥水，看上去十分狼狈，裤子上还沾了点血迹。

"桃桃，怎么了？"福妙兰连忙走过去问道。

谢桃像是刚刚才回过神一样，回答说："骑自行车的时候摔了一跤。"

她说完捂住脸，声音有点哽咽："福姨……我把自行车弄丢了。"

谢桃是个很乖巧懂事的孩子，福妙兰这一年来都没见过她哭。看到这样子，她连忙拉了张椅子坐在她面前，伸手拍她的肩："桃桃，不哭，车子丢了就丢了。明天福姨帮你找，找不到就再给你买一辆！"

福妙兰站起来，从旁边的柜子里找出一个小药箱。她拿出药和棉签，处理谢桃的伤口。

"哎哟，眼皮这儿怎么也伤了？"福妙兰拉开她的手，看见她左眼皮上有道血痕。

福妙兰不提，谢桃都快忘了这件事。说起来，她也不太清楚自己的眼皮究竟是被什么东西划伤的。

"没事的，福姨，已经不疼了。"谢桃轻声说道。

然而，当福妙兰在谢桃的眼皮上涂药时，她还是不断地被刺痛弄得皱眉。

福妙兰"哼"了一声："这叫不疼？"

"没那么疼……"谢桃小声说。

福妙兰替她处理好了手臂、手背和膝盖上的伤口，又在她的眼皮上贴了张创可贴。

"这么可爱的小姑娘，脸上可不能留疤。"福妙兰笑着捏了捏她的脸颊。

谢桃忍不住弯起眼睛，对着福妙兰傻傻地笑了。

福妙兰看着她这副模样，心里却突然涌上一阵酸涩。

谢桃的爸爸谢正源是栖镇人，福妙兰认识他，和当时还是他的妻子苏玲华也见过好几面，是那种不太熟悉但互相认识的关系。

福妙兰知道谢正源和苏玲华离婚的事。两个成年人想要分开，那就分开呗。可在这件事中，最苦的就是她眼前的这个女孩儿。

"桃桃，今天见到你妈妈了吗？"福妙兰摸了摸她的头发，用温柔的语气问道。

谢桃不再笑了，她垂下眼帘，抿着嘴唇。半晌后，她才说："见着了……"

"我看见她了。"她补充说。

"没走到她面前去，跟她说两句话？"福妙兰问道。

谢桃抬头，用那双映着灯火的漆黑的眼睛望着她："我要和她说什么？"

福妙兰听见她说："福姨，我不知道该和她说什么。"

盯着眼前这个女孩子的侧脸看了好一会儿，福妙兰叹了一口气：

"桃桃，回去吧，回南市去。"

"福姨，我不回去。"谢桃摇头，说这话时，她脸上的表情一如她面对郑文弘时那般坚定。

这是一个性子倔强的孩子，福妙兰一直都知道。因此只说了这一句，她就没有办法再劝下去了。

"今晚就别回你那老房子了，和花儿一起睡吧。"福妙兰拍了拍她的肩膀。

福花是福妙兰的女儿，八岁的时候发了高烧，由于福花父亲的疏忽，福花病情加重，烧坏了脑子。后来，福妙兰毅然和福花的父亲离了婚，带着福花回到了栖镇。

福花如今已经十五岁了，却只有八岁孩子的智商。

生活不易，难免有让人心酸的事情发生。虽然福妙兰从来没将她心里的苦表露出来，但谢桃还是察觉到。

"好，福姨。"谢桃抱住她的腰，像小猫一样用脑袋蹭了蹭她的手臂。

福妙兰笑了起来，眼角压出几条褶皱，她说道："好了，快收拾收拾，洗漱一下，可别毛手毛脚地碰到伤口了，知道了吗？"

"知道了。"谢桃小声应着。

谢桃洗漱完，动作极轻地进了福花的房间。躺在床上的福花睡得正香，谢桃抬手，把脏兮兮的外套脱了下来。

把外套口袋里的手机掏出来时，谢桃才记起今天手机掉到水洼里了。她连忙点了点手机屏幕，见没有什么问题才放下了心。

躺在床上，谢桃睁着眼睛，思绪万千。这时，周辛月突然浮现在她的脑海中，谢桃心里泛起些许忧虑。

周辛月是她在南市认识的唯一一个好朋友。这一年多来，他们从未断过联系，但从一个月前起，她发给周辛月的消息都没有得到回复。

谢桃翻了个身，拿出枕头底下的手机，按亮屏幕。

她本来是想点开微信，看看周辛月有没有给她发消息，却意外地在微信的第一栏看到了一个陌生的对话框，头像是空白的，连名字也没有。

谢桃点开对话框，发现消息记录里竟然有她发过去的一堆乱码。

除此之外，什么都没有。

谢桃有点疑惑，她什么时候加了个陌生人，还给人家发了一堆乱码过去？

她忽然想起今天下午她骑车摔倒的时候，手机掉进水洼里。因为赶着去车站，所以她匆忙捡起来，并没有仔细检查，只是用手胡乱擦拭了几下就将手机塞进外套口袋里。

难道……她那时候不小心点到了微信，然后就莫名其妙加了个陌生人，还给人家发了一堆乱码过去？谢桃感到困惑。

她并不知道，在另一个时空，某间古色古香的屋子里，一位身穿暗红锦袍、身形修长的年轻公子正端坐在书案前，那双生而多情却又偏偏无情的桃花眼正定定地望着书案上铺展开的洒金信纸，神情晦暗不明。

信纸上别无其他，只有一团令人费解的神秘墨迹。

他眉峰微拢，那双琥珀色的眼瞳又看向那个压着信纸的，看似只是普通的黄铜质地的一个圆形物件。

那圆形物件比普通的圆形玉佩约莫大两倍，正反面都被打磨得光可鉴人，除此之外并没有任何特别之处。

门外忽然传来脚步声，紧接着纱窗外便出现了一抹人影，说道：“大人，邵安河死了。”

门内的年轻公子抬头看去，那双眼睛里不见任何波澜，深沉如同黑夜，不带任何温度。

他开口，嗓音清冷：“明日启程回郓都。”

“是，大人。”

屋内的烛光将门外的那一抹人影拉得很长，话音一落，那抹身影瞬间消失了。

坐在书案前的锦衣公子再次低头看向书案上那张铺展着的洒金信纸。

片刻后，他伸出骨节分明的右手，将那信纸拿起来，悬在跳动的烛光上方。火焰只在他的眼瞳里映照出一道没有丝毫温度的光影，他那冷白的面容始终没有丝毫情绪外露。

当信纸的边缘接触到烛火时，整张信纸忽然破碎成淡金色的细碎光晕，星点闪烁，转瞬间消失，仿佛从未存在过。

锦衣公子看着这诡秘的一幕，但并未露出丝毫惊愕的神色，整个人十分平静。淡金色的光晕散去后，他的目光再次落到书案上那一枚看似平淡无奇的铜佩上。

这个东西是在邵安河的书房里发现的。

当时，书房里除了他，还有五六个侍卫，但除了他，没有一个人看见在放着这枚铜佩的木架上有一片神秘的光幕，那是他从小见惯的海市蜃楼般的奇景。

光幕总是突然出现，上面的景象千奇百怪。有时候，他会看到一些和这个世界不太一样的景象。

他过去看到的都是虚幻的奇景，即便伸出手，也感觉不到实感。

但这次，好像有些不一样。

他分明看见，在那道光幕前，盛放着这枚铜佩的木盒子有一半都隐没在那光幕里。

似乎这件东西是可以触碰，甚至可以穿过那道光幕的。

他伸手取下木盒子时，那道光幕还没有消失。

然而当他打开木盒，将盛放在里面的铜佩取出来时，铜佩边缘的浮雕凤尾忽然断裂了。

碎片飞入光幕的那一瞬间，他仿佛看到了一个姑娘的模糊身影。

但仅仅过了片刻，那道光幕便翻涌成一个旋涡，将所有的画面吞噬之后消散无痕。

年轻公子闭上眼睛，似乎在思索着什么。案边的香炉里燃着味道淡雅的香，忽然一阵夜风吹来。

稍显凛冽的风拂面，年轻公子睁开双眼时，正好看见书案上的那枚铜佩正散发着淡金色的光晕。

在隐约可闻的几声铃铛声中，他看到那枚铜佩上的淡金色流光飞出，在他的案前凝成了一封信。

信封上只有寥寥四个字：卫韫亲启。

那字迹板正无神，不像是一个人能书写出的字迹。

不知过了多久，卫韫才伸手拆了信封，薄薄的洒金信纸上只有一行墨迹："对不起，发错了。"

字迹同信封上的一样板正无神，不是竖着的一行，而是横着的一排过来，从左往右才能读得通顺。但这样没头没尾的一句话，究竟是何意？

卫韫眉眼微冷，指节稍微用力，便将手里的信纸捏成了一团。

而此刻的谢桃是犹豫了好久才发了这样一条微信过去，见对方迟迟没有反应，她也没多想，翻了翻自己之前和周辛月的聊天记录，发了一条消息给周辛月。

谢桃抱着手机等周辛月回复，也不知道什么时候睡着了。她做了一个梦，梦见了周辛月。

梦见她站在一个窗台上，无论谢桃怎么喊她，她都不说话，只是望着谢桃一直哭。雪白的窗帘被风吹得猎猎作响，蔚蓝的天空渐渐变得像是一个大大的黑洞，漆黑的影子压下来，像是一只要吞噬掉一切的怪物。

周辛月动了动干裂的唇，像是要对她说些什么，但谢桃自始至终都未听清。

谢桃醒来的时候，福花还在睡觉。她打了个哈欠，轻手轻脚地起床。匆匆洗漱完，她从后院出来，看见福妙兰正坐在柜台前的高凳子上翻着笔记本电脑。

"桃桃起来了？"听见脚步声，福妙兰回头看见谢桃，笑着对她说，"快去桥头那家早餐店吃凉面去，他们刚蒸出来的才好吃。"

福妙兰提到的凉面是在刷好菜籽油的蒸笼中铺上一层布，然后再把磨好的米浆均匀地铺在布上，蒸上几分钟拿出来，用刀切成宽面条状，再加入酱油、醋、蒜水、辣椒等配料，是栖镇人最爱的早餐。

栖镇属于林州，是川蜀之地，这里的人无辣不欢，早餐也不例外。

虽然凉面名字里有个"凉"字，但以谢桃吃过那么多的经验来讲，这凉面还是热的最好吃，特别是刚出蒸笼的凉面，口感最是软糯弹牙。

或许是因为林州的这条护城河的水质太过特别，出了林州，便再也找不到这样的凉面了。

"好，我就去。"谢桃应了一声。

福妙兰起得早，一向是自己单独出去吃早餐，等她女儿福花醒了再去桥头的那家早餐店给她打包一份早餐。

谢桃出了蛋糕店，往桥上走。

到了对面桥头的那家早餐店，她点了一碗粥，加上小份的凉面，然后就坐在桌边等着。

想起昨晚给周辛月发了微信，她把手机拿出来。可点进微信，她发现周辛月还是没有回复。

谢桃心里总是有点不安，再加上昨晚做的那个梦，她更加牵挂周辛月，她会不会……出了什么事？

这么想着，谢桃退出了和周辛月的聊天界面。然而，在下一刻，她的目光又停留在那个陌生微信号上。

昨天晚上睡觉前，她犹豫了一下，最终还是发了一句话过去。此刻，谢桃挠了挠后脑勺，感觉自己昨晚的话多此一举了，反正那个人只是个陌生人。于是，她点开了删除好友的选项，却发现手机卡住了，无论她怎么点都没有反应。

早餐店的老板娘端着一碗凉面和一碗粥走了过来，放到了她面前。谢桃礼貌地说了一句"谢谢"，继续摆弄着手机。好一会儿后，手机才恢复了正常，退出了那个页面。

谢桃松了一口气，她现在没钱换新手机。

但当她回到微信界面时，发现刚刚那个被她按下了删除好友选项的微信号，竟然还停留在她的微信好友列表里。

算了，不管它了。

谢桃放下手机，从竹筒里拿出一双筷子，在纸巾上擦干净，然后把凉面上的红油和辣椒搅拌均匀，配着一碗青菜粥吃了起来。

栖镇的生活，从早到晚都少不了辣椒的滋味。

谢桃很喜欢这里。

吃完早餐后，她回到了福家蛋糕店，开始做酥心糖。

因为谢桃心里一直挂念着周辛月的事情，她在做完第一批花生酥心糖后摘下手套，拿起手机开始查找和周辛月的聊天记录。

谢桃记得周辛月说过她家里的电话号码。

整个上午，谢桃拨打了那个电话好几次，但一直没有人接，这让她内心越来越慌乱。

下午，福妙兰从外面回来，一进门就看见谢桃坐在柜台里出神，看起来心事重重。

"桃桃，你在想什么呢？"福妙兰递给她一瓶外面买的新鲜牛奶。

谢桃回过神，连忙接过牛奶瓶，说道："谢谢福姨。"

握着牛奶瓶，她抿着嘴唇犹豫了好一会儿，才重新抬眼看向福妙兰："福姨……"

"你这孩子，在想什么就说嘛，怎么还吞吞吐吐的？"福妙兰是个急性子，看到她这样，用手指戳了一下她的额头。

谢桃摸了摸自己的额头，终于说了出来："福姨，我……想去南市几天。"反正这两天学校放假。

福妙兰听了她这话，觉得有点奇怪："你不是昨晚才说了不回去吗？"

"还是你想通了？既然想通了，干吗只回去待几天啊？"福妙兰笑了起来，拍了拍她的肩膀，"桃桃，这才对了啊，你得回家，回那边去念书！"

谢桃摇头："不是这样的，福姨。您还记得吗？我跟您提过我有个朋友叫周辛月，我想去看看她。"

福妙兰确实听她提过这个名字，但看到谢桃单薄瘦小的样子，她又有点不放心："要不要福姨陪你去？"

"不用了福姨，您陪我去了，福花怎么办啊？您放心，我可以自己去。"谢桃说。

和福妙兰说过之后，第二天一大早，谢桃就去了栖镇的车站。坐车到林州市，转乘高铁。两三个小时后，她就到了南市。

虽然她一年多没有回来，但这里的一切并没有太大的变化。

谢桃以前去过周辛月的家，在栖镇的时候，她还给她寄过几次酥心糖，她知道周辛月家的具体位置。

乘电梯上了八楼，她一出电梯，就刚好撞见一个提着保温桶匆匆忙忙走过来的中年女人。

"严阿姨？"谢桃认出来人是周辛月的妈妈。

"你是……"严昔萍打量着眼前忽然出现的女孩儿，过了好一会儿才想起来，"你是谢桃？"

"是的，严阿姨。"谢桃点头。

"好久没见你了，你这孩子看着倒没有太大的变化。"严昔萍笑了笑。

谢桃弯了一下嘴唇，有点不太好意思。

想起周辛月，她开口问道："严阿姨，月月在吗？"

严昔萍脸上本来还带着点笑意，一听见谢桃提起周辛月，她脸上的笑意瞬间消失，神情显得有些沉重。

此刻谢桃才注意到她眼下那片疲惫的青色，还有那双眼睛里熬出来的红血丝。她忽然有一种不太好的预感。

"辛月……在医院。"严昔萍说出这句话的时候，眼眶不禁泛红。

谢桃从来没有想过，再次见到周辛月竟会是在医院里。

记忆里一直保护她的那个胖女孩儿是多么活泼开朗的一个人啊，可这会儿站在病房外面，谢桃透过门上的玻璃窗看见她侧躺在床上的背影时，忽然感觉一切都和以前不太一样了。

"你来了也好，可以跟她说说话。"严昔萍站在谢桃的身边，轻轻地叹了一口气，"她不肯跟我和她爸多说一句话。"

她知道，谢桃是她女儿最好的朋友。

谢桃点了点头，拧开门把手，走了进去。

躺在床上的女孩儿没有回头，她侧身躺着，那双眼睛虽然望着窗外，但没有神采。

谢桃在她的床边站定，轻轻地唤了一声："辛月。"

或许是因为太熟悉她的声音，床上的女孩儿几乎是在谢桃开口的一瞬间就有了反应。她的睫毛颤了颤，那双眼睛里似乎终于有了一丝神采。

谢桃等了好一会儿，才看见躺在床上的女孩儿缓缓地转过身来。

眼前的周辛月，脸色苍白，嘴唇干裂，那双时常带着笑意的眼睛里此刻像是失去了所有的光亮，没有生气。

谢桃原本有许多话想问她，那一瞬间却突然说不出口了。望着周辛月打了石膏的右腿，她站在那儿，眼眶忽然有些泛酸。

"桃桃……"周辛月盯着床边的谢桃看了好一会儿，才动了动干裂的唇，叫了一声她的名字。

"你怎么来了？"周辛月坐起来，扯了扯嘴角，声音听起来似乎很平静，她甚至扬起嘴角，故作轻松地问道，"你不是说你永远都不想回南市吗？"

"我给你发消息你没回，打电话也没人接，我就想来看看你……"谢桃抿了抿嘴唇，轻轻地说。

"我手机丢了，对不起，让你担心了。"周辛月垂下眼帘。

这话说完，病房里又陷入了一片寂静。

谢桃站在那里半晌，才从自己的背包里掏出一个盒子，递给周辛月："辛月，这是我给你做的酥心糖，是你最喜欢的巧克力味。"

如果是以前的周辛月，她一定会兴高采烈地接过去，甚至对准谢桃的脸颊，亲她一口。但此刻的周辛月在看见谢桃递到她眼前的那盒酥心糖时，显得过于平静。

"桃桃，我已经……不想吃这些东西了。"她没有伸手去接。

谢桃拿着盒子的那只手僵了僵，她盯着周辛月那张苍白的面庞看了好一会儿，才问："辛月，你是不是有事情瞒着我？"

谢桃坐在她的床边，把盒子丢到一边，伸手扶住周辛月的肩膀，问道："你到底怎么了？"

或许是看出了谢桃那双杏眼里流露出来的担忧与焦虑，周辛月先是出神了一会儿，接着她的眼泪毫无预兆地滚落下来，砸在了谢桃的手上。

似乎有一刻，她有无数积压在心底的话想要跟眼前的谢桃讲，但她嘴唇翕动，到底还是什么都没说。

她早就已经失去倾诉的欲望了。

"桃桃，你走吧，我困了。"

最终，她轻轻地拿开了谢桃扶着她肩膀的手，重新躺了下来。周辛月把被子拉过来，遮住自己，再次转过身背对着谢桃。

就在这一瞬，谢桃明显察觉到，她和眼前的周辛月之间似乎隔了一条难以跨越的鸿沟。

"辛月，我还会再来看你的。"谢桃站起来，转身要走时，她想了想，还是把那盒酥心糖放在了她的床头。

听见关门声响，躺在床上的周辛月回过头，盯着摆放在床头的那盒酥心糖看了好久，那双眼睛里始终闪烁着一片泪光。

不知过了多久，她坐起来，拿过那盒酥心糖，打开。甜甜的巧克力香味近在咫尺，周辛月伸手拿起一块酥心糖，试探性地放进嘴里。

下一刻，她趴在床头呕吐不止。眼泪顺着眼眶流下来，周辛月翻身缩在床上，用被子把自己整个裹了起来。

她浑身颤抖，哭得隐忍又绝望。

谢桃出了医院，走在街上，脑海中全是刚刚出了病房后严昔萍对她说过的那些话。

周辛月患了严重的抑郁症，因为抑郁症产生自我厌弃之类的情绪，她同时还患上了厌食症。

"桃桃，我已经……不想吃这些东西了。"谢桃突然想起周辛月说过的这句话。她站在人来人往的人行道上，抬起头，被阳光刺痛了眼睛。

她是小学四年级的时候转学来南市的。那个时候，谢桃因为苏玲华阴晴不定的暴躁脾气而变得格外内向沉闷。有一段时间，她一直是其他同学欺负的对象。

小孩子的恶意总是来得没什么道理。可能他们只是觉得好玩，也可能他们觉得她没有爸爸，和他们不太一样。谢桃常常在学校里受了欺负，回家还要忍受妈妈对她学习上的苛责。

直到有一天，因为和别的男孩子打架而被迫转校的周辛月做了她的同桌。从那一天开始，谢桃再也没有被任何人欺负过。因为谁都知道，她有了一个会打架的朋友。

正是因为周辛月，那个时候的谢桃终于看到了生活的一点光亮。也是因为她，谢桃开始变得外向了一些，不再沉默寡言，不再独来独往。

是周辛月帮助她走出了孤独的困境，让她有了面对生活的勇气。她是谢桃这辈子最珍视的朋友。

谢桃无法想象，曾经保护过她、让她免受欺负的周辛月却成了被欺负的对象。

　　"辛月之前跟我们说不想上学了，我和她爸爸都没当回事，哪里知道她原来受了这样的苦。"严昔萍提起这件事时，没忍住掉了眼泪。

　　一个多月前，周辛月在精神恍惚的情况下从二楼上掉了下来，摔断了腿。之后医院又查出她患上了重度抑郁症和厌食症。

　　当时的严昔萍就像是被一道惊雷击中，当场晕了过去。

　　严昔萍说，周辛月在学校里与人起了冲突，受了委屈，但学校的监控里已经查不到任何证据，这件事到现在都没办法解决。

　　坐在公交车站的椅子上，谢桃呆呆地望着停在路边的公交车，直到它开走，她还是坐在那儿，眼圈发红。

　　心里的愤怒与沉重的情绪不断翻涌，她的手指渐渐收紧，手握成拳。

　　她的脑海里全是周辛月那张苍白的面庞和那双灰暗的眼睛。

　　那些人把她最好的朋友折磨成了这般模样，却仍然心安理得地过着自己的生活，没有受到任何影响，也没有承担任何责任。

　　可他们总该为自己的行为承担代价。

　　天色渐渐暗了下来，谢桃找了一个便宜的小旅馆住下来。在翻找书包里的衣服时，她意外发现了一沓现金，有一千多元，应该是福妙兰放进她包里的。

　　谢桃眼眶有点发热，捧着那沓钱在床上坐了好一会儿，最终，她拿出手机拨通了电话。

　　"福姨。"电话接通后，谢桃先喊了一声。

　　"桃桃啊，你现在在哪儿呢？"福妙兰的声音听起来很高兴。

　　"我在旅馆里。"谢桃如实回答。

　　福妙兰一听，连忙说："你是不是找的便宜的小旅馆？桃桃啊，你可别舍不得花钱，你一个人在外面，一定要小心！"

　　"我知道……"谢桃感受着福妙兰言语中的关爱，眼眶一热，眼泪掉了下来。

　　"福姨……"她喉咙动了动，声音有些哽咽，"您是不是偷偷往我包里放钱了？"

"哎哟，桃桃，好好的怎么哭了？这不是因为你独自一个人在外面嘛，身上多带点钱总是好的。"福妙兰在电话那端说。

"您怎么还藏在我衣服里……"谢桃抹了一下眼泪，吸了吸鼻子。

福妙兰笑了一声，故意逗她："突然发现一沓钱，惊不惊喜？"

谢桃抿紧嘴唇，眼泪又掉了下来。

"桃桃，你别有心理负担，那一千多元是你该得的，是福姨给你发的奖金，你就拿着吧。"福妙兰仿佛是猜中了谢桃的想法，见谢桃不说话，她又添了一句。

"福姨，"谢桃嘴唇动了动，哽咽着说，"我可能……要回南市念书了。"这是她在公交车站坐了一个下午后做出的决定。

电话那端有片刻的沉默，半晌后，谢桃听见福妙兰笑了一声，说道："桃桃，你想通了就好了。"

"我会回来看您的……"谢桃轻轻地说。

电话挂断之后，谢桃擦掉脸上的眼泪，偏头望向窗外被各色霓虹点亮的夜色。

这里是南市，是谢桃这辈子最讨厌的地方。如果可以，她永远都不想再回到这里，但这一次，她必须留下。

手机突然振动了一下，谢桃回过神来，解锁手机，点开微信，惊讶地发现新消息竟然来自一个没有名字的微信号。

对话框里只有"你是谁"三个字，且竖向排列。

谢桃感觉有点奇怪，但又说不出哪里奇怪。

她点开对话框，回复："你又是谁？"

她并不知道，在她发送这条信息的瞬间，这条微信就转化成了一封信，出现在了另一个时空的一张桌案上。

卫韫亲眼看着那枚铜佩上散发出的淡金色流光，逐渐凝聚成一封信，他面无表情，但双眼深处微微泛着暗色。

信封上仍然是写着"卫韫亲启"四个字。

他拆开信封，抽出里面的一张洒金信纸。上面只有四个字，还带着一个符号，仍是从左到右的横向排列。

信纸在他手中再次被捏成了一团，卫韫低头看着桌案上那枚看似平淡无奇的铜佩，眼底光影晦暗。

　　这枚铜佩明显和那些幻象般的神秘光幕有关系，而那个隐藏在铜佩背后的神秘人，或许就是解开谜团的关键。

　　卫韫不喜欢失去掌控的感觉，他必须查清楚这个神秘人的身份。

　　如果必要，他一定会消除这枚铜佩背后的所有不稳定因素，包括这个不知名的神秘人。

　　"卫敬。"卫韫眼神微冷，手指在桌面上轻轻敲击，他抬头看向门外。

　　"主人。"一名身穿黑色劲装的男子走了进来，对着卫韫恭敬地弯腰行礼。

　　"邵安河之子现在何处？"

　　卫韫手握着那枚铜佩，抬头看向卫敬，神情平静。

第二章
你在吗

再次见到郑文弘，谢桃知道，福妙兰一定已将她的决定告诉了他。

"谢桃，你转学的事情，我来帮你办。"郑文弘说着，递给谢桃一杯果汁。

隔着翻滚的红汤火锅，谢桃从他手里接过果汁。听到他的话，她几乎立刻就拒绝："不用了，郑叔叔。"

郑文弘似乎早就料到她会拒绝，他说："谢桃，你先不要急着拒绝。你总得考虑一下实际情况，你现在有足够的钱支付学费吗？"

谢桃手里握着筷子，一时间陷入沉默。她无法否认，郑文弘说得很对。

郑文弘见她沉默，再次开口说："谢桃，我也算是你法律上的监护人。在这件事上，我希望你不要拒绝我。"

谢桃低着头认真思考了一会儿，接着抬头看向郑文弘："谢谢您，郑叔叔。"

听到她的话，郑文弘知道她已经答应了。

他的脸上露出了几分轻松的笑意："应该是我谢谢你。你要是再拒绝我，我就真不知道该怎么办了。"

谢桃明白他话中的意思，但并没有多说什么。

她始终没有提到苏玲华，而郑文弘也没有提起。

"郑叔叔，以后我会把钱还给您的。"吃完了一顿火锅后，谢桃站起来对郑文弘说道。

郑文弘放下筷子，目不转睛地看着她："你妈说你最喜欢吃火锅，尤其是这家火锅店。"

他的话让谢桃忽然想起多年前的一件事情。

那年，她才九岁，刚到南市。一个雪花飘飞的晚上，苏玲华带着她来到这里吃火锅。她们坐在靠窗的位置，面前雾气缭绕，透过玻璃窗看到了外面陌生的霓虹光影。

那时候，她还不知道人生中最难熬的岁月即将开始。

"谢桃，你真的不想念你妈妈吗？"走过郑文弘身旁时，她听到他的声音从身后传来，"那天在车站，我看到你了。"

谢桃身子微僵，过了很久，郑文弘才听见她的声音。

"我没有说过我不想她。"她说，"但是郑叔叔，这并不代表我和她之间就能当作什么都没发生过。"

因为苏玲华是她的母亲，因为她曾真正地给过她爱，给过她美好的回忆，所以她无可避免地会想念她。但是她受到的伤害，并不能因这份想念而就此消弭。她早已经找不到面对苏玲华的方法，就如同苏玲华只能借由郑文弘来接近她一样。

走出火锅店，谢桃望着不远处来来往往的车流，吸了吸鼻子，强压下心里那点往上涌的酸涩，往小旅店的方向走。

办理转学手续的这段时间，谢桃找到了一份兼职工作。

因为在福妙兰那儿学会了做蛋糕和一些甜品，再加上她最擅长做酥心糖的技艺，所以她很快就找到了一份甜品店的工作。

甜品店的老板娘是一个三十多岁的女人，很会打扮，人也很亲和。

至于房子，虽然郑文弘说过会替她解决，但被谢桃拒绝了。

甜品店的老板娘人很好，在听说她要找住的地方后帮她找了个房子。房子在甜品店后面的一条旧巷子里，面积很小，但对于谢桃来说已经足够了。

其间，谢桃去看过周辛月两次。

但因为周辛月拒绝见她，所以她每次都只能站在病房外面，透过门上的玻璃窗看一看她。

谢桃见过她扯掉护士刚给她扎在手背上的针头，见过她情绪崩溃后拒绝吃药，呕吐不止的模样。那副面容狰狞的样子，是谢桃从来都没有见过的陌生模样。

周辛月有多痛苦，谢桃知道自己永远无法真正地感同身受。看着这样的她，谢桃越发觉得自己应该为她做点什么。

住进租来的房子的那天晚上，谢桃坐在桌边，捧着一碗泡面，看向窗外。外面没有星星月亮，但有远处高楼大厦里闪烁的灯光。

吃了几口泡面，谢桃拿着手机点进微信，目光再次停留在那个头像和名字都空白的微信号上。她已经删过这个陌生人两次了，但每一次手机都会卡住，然后直接闪退。

或许，是她的手机出了问题。

在那次交谈之后，她和这个人偶尔会聊上几句。

对方是一个寡言的人，聊天时总是不喜欢加标点符号，说话还有点文绉绉的。

因为周辛月的事情，再加上郑文弘反复来找她谈话，谢桃心里压抑着许多情绪，但找不到宣泄口。

憋得久了，她有时候会觉得很难受。

或许因为身边没有可以倾诉的人，她偶尔和他聊天时，总会不自觉地跟他唠叨一些事情，哪怕对方惜字如金，甚至有时候根本不理睬她。

不过谢桃觉得，自己能够说出来，就已经舒服多了。

卫韫从水牢里出来的时候，他的双眼仿佛凝固了一片浮冰和碎雪，但脸上没有丝毫波澜。

"邵安河倒是养了一条好狗。"他冷笑了一声。

"大人，此人嘴巴太硬，属下已经审问了他几天，但他始终没有说出名册的下落。"卫敬站在一旁，垂首道。

卫韫漫不经心地整理了一下自己的衣袖，嗓音清冷地说道："那就杀了吧。"

"可名册……"卫敬小心翼翼地问道。

"不着急。"

卫韫看向那片点缀着零散星星的浓深夜幕，檐下灯火透出的光映照在他的侧脸上，却并没有多添几分暖色。

"这件事，有人比我们更着急。"他语速缓慢，犹带寒意。

卫韫转身离去时，卫敬只来得及看清月亮的光华映照在他的衣袂间，一如冰冷的雪色，不染纤尘。

卫敬默然，片刻后他回过神，忙跟了上去。

浴房里水汽氤氲，烟雾缭绕。卫韫坐在浴池里，如丝缎般的乌黑长发披在身后，遮去了大半白皙的脊背。

他手里捏着一枚铜佩，修长的手指微屈，指腹偶尔摩挲着铜佩的边缘。垂眼时，纤长的睫羽遮掩了他眼底的神色。

烛火微黄，光影昏暗。

邵安河之子邵俊康就像是凭空消失了一样，他派出去的人没有带回一点有用的消息。

　　卫韫闭上眼，靠在浴池边思索着什么。

　　忽地，他感觉到手里的铜佩开始发烫。

　　卫韫睁眼，正好看见铜佩上飞出来的流光在转瞬间化作了一封书信，轻飘飘地落在他面前。

　　他眉心微蹙，片刻后，卫韫方伸手将落在水里的信捡起来。里面的信纸已经浸了些水，但上面的墨迹并没有因此而晕染开来，仍然清晰。

　　"在吗？"

　　为了探查这个神秘人的身份与目的，卫韫一直与其保持着这样诡秘的联系。但这么多天以来，他只知道对方是个女子，且说话冗长，除此之外，再也没有什么值得探究的了。

　　这些天，他收到的信件有数十封之多，但都是些琐碎的小事。他偶尔会回复几封，但大多数时候都是懒得理会。

　　卫韫将信纸揉成一团，面无表情地站起来，伴随着阵阵水声。

　　他将旁边的衣袍拎起穿上，并披上外袍，随后拿着那纸团离开了浴房。

　　谢桃躺在床上，打了一个哈欠，听到微信提示音后立即拿起手机。是那个神秘人，又只发来了两个字："何事。"

　　因为周辛月的事情，谢桃感到困扰，她觉得周辛月不是那种会一直忍气吞声的人。她肯定有什么原因才不想告诉她的父母，甚至不愿意告诉自己。

　　她之所以留在这里，之所以选择转学去周辛月曾就读的天成私立高中，就是为了找到对周辛月构成威胁的人，找到周辛月不愿向任何人透露的原因。

　　但她还没有想出具体应该怎么做。

　　她戳了戳手机屏幕，发了一条消息过去："我问你哦，如果我要报复坏人，应该怎么做啊？"

　　坐在书案前的卫韫冷眼看着铜佩再次展现出淡金色的流光，并慢慢凝结成了一封信件。

这么多天来，他已经习惯了她从左向右的横向书写方式。

看到她写下的那句话，卫韫那张清俊的面容上依旧没有太多情感，仅有眼底透着几丝嘲弄。

他拿起笔，在信纸上写下了一行墨字。

他轻轻放下毛笔，将信纸放在铜佩下，不过短短片刻内，那张信纸就破碎成了淡金色的流光，消失于铜佩之中，没有留下丝毫痕迹。

谢桃已经迷迷糊糊地闭上了眼睛，下一刻，握在手里的手机振动了一下，微信的提示音同时响起。

下意识地睁开双眼，谢桃揉揉脸，清醒了一下，接着她点开微信。

对方的回复仍然惜字如金，只有"报官"两个字。

谢桃有点傻眼。

什么报官？报什么官？

这是谢桃转学后的第六天。

或许是因为在栖镇上学的这一年里，她时常跑到福家蛋糕店隔壁院子里住着的退休高中老教师那儿请教，所以即便是转学来到这里上高三，她在学习上也没有感觉特别吃力。

而关于周辛月，因为高三学生坠楼事件过去才一个多月的时间，所以学校里仍然有很多议论的声音。

虽然学校领导宣称那只是个意外，并禁止学生私下议论，但仍然有很多人偶尔会提起这件事情。再加上谢桃的同桌施橙本来就是个喜欢八卦的话痨，所以谢桃也从她的口中知道了这件事的大概。

"高三""从二楼摔下来""听说被人欺负了"之类的话，谢桃在食堂里吃饭的时候偶然也会听到。而话题的中心，除了周辛月之外，还有三个女生，一个叫宋诗曼，一个叫徐卉，还有一个叫赵一萱。

据说，她们欺负过的人并不少，但因为宋诗曼和徐卉家里都很有钱，所以一般都能私了，她们也没有惹出什么大的事情。

而这一次的坠楼事件，虽然有很多人猜测和她们有关，但因为学校监控并没有拍到什么有用的证据，所以这件事到现在也没有办法定性。

因为周辛月闭口不言，所以谢桃并不知道宋诗曼她们究竟为什么会针对她。

一切都好像被覆上了一层又一层朦胧的纱，只留下一个模糊的轮廓，让人越发看不真切。

她们到底对周辛月做了什么？谢桃心里的愤怒从未消减半分，她只要一想到周辛月那双灰暗的眼睛，就会觉得特别难受。

可她到底应该怎么办？

"知己知彼，若要对付一个人，你首先要清楚你这一刀下去，扎在哪里最疼。"

谢桃突然想起来，那天晚上那个人曾经这样告诉她。

他并没有只丢下"报官"这两个轻飘飘的字，当时谢桃失望极了，但在她丢开手机之后察觉到他又发了这样一条微信。

下课铃声响起，教室里的同学一个接一个地跑出门外。

"谢桃，我今天有点急事，就先走啦！"同桌施橙拍了一下她的肩，一溜烟地跑得没影儿了。

等谢桃回过神时，教室里已经没几个人了。她整理好书本，背起书包，往教室外走去。

因为是放学时间，所以从教学楼到校门口的路上都有很多人，甚至有打闹着跑来的女生不小心撞到她的肩膀。

走出校门口，谢桃一边翻找着自己的公交卡，一边往右边走，突然听到有人叫了一声她的名字："谢桃。"

声音有些熟悉，她下意识地回头，目光停在不远处树荫下的那一抹修长的身影上。那是个穿着蓝白校服的少年，他的胸前别着跟天成私立高中隔着一条街的程远高中的校徽。

程远高中是南市最好的高中。

少年过于出众的五官和高挑的身形，令他站在那儿就足以吸引许多人的目光。

谢桃在看见他的那一瞬间，就愣在了原地。瞬间脑海里像是电影倒带一样，把时间线拉回到一年多前。

她记得这个少年的恶劣，记得他轻蔑的眼神，更记得那天晚上他指着大门对她说"从我家滚出去"时那副阴沉的脸。

郑和嘉，谢桃默念了一遍这个名字。

回过神来，她抬起眼睛，见那个少年正在向她招手。谢桃抓紧书包肩带，利落地转身往右边的公交站走去。

"谢桃！"郑和嘉见谢桃转身就走，神色微变，连忙跑过去挡在了她前面。

谢桃想绕过他，却被他抓住了手腕。她皱起眉头，试图甩开他的手。

"谢桃，"郑和嘉紧紧握着她的手腕，也不管有多少向他们这里投来的各种目光，他只是紧盯着她，"和我谈谈吧。"

谢桃抿着唇，觉得他很奇怪，他们之间没有什么好说的。沉默着挣脱开他的手，谢桃一句话都没有说。她绕过他，往前走去。

"谢桃，对不起。"

她刚走了两步，就听见身后传来少年清朗的声音。

现在不再是一年前的恶劣语气，也不带半点倨傲轻视，他的语气听起来很认真，像曾经放肆翻滚的海浪终于有了沉静无澜的一天。

谢桃觉得自己像幻听了一样，眼底不由得露出几分惊愕。她顿了一下，没有回头，径直往公交站的方向走去。

郑和嘉站在原地默默地看着她渐渐远去的背影，清亮的眼睛里染上了些许黯淡。

"嘉哥，怎么回事？那个女孩是谁啊？"一个留着寸头的男生跑过来，他一边嚼着口香糖，一边用揶揄的眼神看着郑和嘉。

郑和嘉一直看着谢桃的背影，直到她逐渐成为一道越来越模糊的身影，消失在转角处。

他的神情一直很复杂。

"她是我妹妹。"他说这句话时，声音很轻，像是在回答身旁的人，同时又像是在对自己说。

她是他的妹妹。

但他曾经对她很不好。

谢桃先去甜品店里做完今日份的酥心糖，又帮着另一个店员姐姐一起做了一个定制蛋糕，最后还跟着甜品店的老板娘学着做了一款新的甜品。

等她回到租住的地方时，已经是晚上八点了。

吃着在外面打包好的麻辣烫，谢桃觉得不够辣，自己又加了点福姨寄给她的自制辣椒酱。

吃完之后，谢桃就坐在书桌前，开着小台灯做作业。等她做完作业，再洗漱完躺在床上时，已经快十点了。

谢桃顺手把手机放在了床头柜上，并没有注意到手机的一角压在了她之前随手放在那儿的一块酥心糖上。

可能是因为下午做甜品太累了，她几乎是一沾床就睡着了。

谢桃并不知道，就在她闭上眼睛迷迷糊糊快要睡着的时候，她的手机发出了极淡的光芒。

刹那间，压在手机下的酥心糖就凭空消失了。

正在挑灯夜读的卫韫看着眼前那块突然出现的包着牛皮纸、绑着一根细小麻绳、四四方方的不明物体，眉峰轻蹙，那双如琥珀的眼瞳里光影微沉。

片刻后，他放下手里的密文，伸手将那个不明物体拿起来，解开麻绳。较硬的牛皮纸展开之后，里面竟然是一小块糖！

卫韫盯着自己手里的那块糖良久，最终面无表情地将那东西丢到了一边。

他垂眼定定地看着那枚被他放置在书案上的铜佩。

卫韫原本以为，隐匿在这枚铜佩后的女子应该就是那些奇怪现象的主导者，但现在看来，她似乎全然不知情？

是她伪装得足够好，还是他一开始就高估了她？

铜佩和那些神秘的光幕究竟有何关联？而她，又在其中扮演了什么角色？

第二天，谢桃是打喷嚏打醒的。她迷迷糊糊地揉了揉鼻子，在床上赖了几分钟，才打着哈欠掀开被子。

洗漱完，收拾好一切，谢桃去拿放在床头的手机。

盯着空空的床头柜，她眨了眨眼睛。

"咦？我的糖呢？"

她记得她昨天在这儿放了一块糖啊，难道是记错了？谢桃有点自我怀疑。

眼看着时间不太够了，她没再多想，急匆匆地出了门。去公交车站的路上，她买了个煎饼馃子当今天的早餐。

她刚踏进教室，上课铃声就响了起来。

"谢桃，早上好。"谢桃一坐下，施橙就冲她眨眼睛。

谢桃微笑着回应："早上好。"

班主任刘美玉是一个很严肃的女人，她一走进教室，所有的声音几乎瞬间消失了。

"今天我们班来了一个新同学，大家欢迎一下。"

一个身影从门口走了进来。那是一个女生，她留着短发，皮肤略微黝黑，五官平平，此时看着似乎有些不太高兴。

她的自我介绍也很简短："大家好，我是赵一萱。"

"她不是五班的吗？怎么来我们班了？"谢桃听到了同桌施橙惊讶的声音。

"是啊。"

"谁知道呢……"

下面的同学们七嘴八舌地小声议论。

"好了，都闭嘴！"刘美玉最烦班里这种叽叽喳喳的声音，她皱着眉头，看向赵一萱，"你去那里坐。"

刘美玉指了指谢桃身后的空座位。

谢桃和赵一萱四目相对，一个表情惊疑复杂，另一个意味不明。

谢桃定定地盯着那个站在讲台上的女孩，她就是赵一萱。指节一再收紧，谢桃攥着手中的笔，嘴唇紧抿。

赵一萱也在打量着谢桃，她不就是昨天在学校门口看见的那个和对面的程远高中的郑和嘉拉拉扯扯的女生吗？

想起宋诗曼那张阴沉的脸，赵一萱的眼珠转了转，嘴角的笑容渐渐加深。

这下……可有好戏看了。

檐外雨幕朦胧，细密如丝，一滴滴雨水敲打着黛瓦，发出清脆的声音。空气里似乎弥漫着湿润的青草味道。有人踩着湿润的地面，撑着一把靛青色的纸伞，缓缓而来。

守在门口的卫敬抬眼一望，便凑近门窗，道："大人，世子爷来了。"

卫敬口中的世子爷，便是当今南平侯府的世子齐霁。

话音刚落，身着银纹雪袍的齐霁已踏上石阶，他连忙唤了一声"世子爷"，然后接过齐霁手里的伞。

齐霁颔首，清俊的眉眼似乎天生含笑，整个人都透着一种温润清雅的气质。他抬步踏进书房，一眼就看见坐在书案后的卫韫。

"延尘兄看起来竟是半点也不着急。"齐霁微微一笑，语气平缓。

卫韫头也不抬，漫不经心地盯着手里的书卷道："你若是闲得慌，便遵从你父亲的话，早些入仕，行其正道。"

一听这话，齐霁脸上的笑意顿时有些收敛。他摇头叹了一口气，然后转身，望着窗外那一片细密的雨幕说："我今日可是来好心提醒你的，你怎么还专挑我的痛处戳？"

"我听父亲说，太子今晨已向陛下递了折子……"齐霁顿了一下，回身看向卫韫，"那折子的内容，想来你应该能猜个大概吧？"

卫韫闻言，手上翻页的动作停顿了一瞬。

"太子一向与你不和，此次彻查邵安河贪污一案是由你主导，若你手中没有确凿的证据，太子便能借机生事，安你一个陷害忠良之罪。"齐霁继续说道。

"你何时……"

卫韫终于抬眼看向沈霁，却发现他不知道什么时候已站在书案边，手里好像还拿着一块糖？

他一怔，刚要开口说话，又顿住了。

齐霁咬了一口，酥脆香甜的口感让他的双眸都清亮了几分："没想到，你这儿还有这么好吃的东西。"

"怎么就一块？还有吗？"齐霁像是有点意犹未尽。

卫韫睨着他，神色淡然道："世子倒是什么都敢吃。"

"有何不敢？延尘兄总归是不会害我这个救命恩人的，不是吗？"齐霁含笑看向他。

"世子的大恩，卫韫从未忘记。"卫韫放下手里的书卷，看向齐霁的目光依然平静。

"你的反应真的很无趣。"齐霁摇了摇头，转身便要离开。

"明煦。"

齐霁刚走到门口，听见身后之人突然喊他的名字，不再是一句疏离的"世子"，而是喊他的名字。

"如果你真的不想踏入仕途，那么你就不必再管朝堂上的事情了。"因为一旦人踏入旋涡，就会身不由己。何况，那是朝堂的事。

"酥糖很不错，告辞。"

齐霁眼里的笑意越来越深，但他并没有回头，只是挥了挥手，走向门外。

看到齐霁的衣袂消失在门口，卫韫收回了目光，余光瞥见了桌子上用来包装酥糖的牛皮纸。

窗外的雨势越来越大，摆在一旁的铜佩适时发出淡金色的光芒。转瞬之间，卫韫眼前便出现了一团布料。

他皱了皱眉头，半晌后才伸手展开那团布料。那布料像一件及膝的衣裙，但是袖子非常短，胸口上方没有任何布料遮盖，而且布料非常轻薄。

忽然，卫韫意识到了什么，他的脸色微变，直接将手中那条在他看来有些过分清凉的裙子扔到了一边。

她究竟想干什么呢？卫韫垂眸，盯着那枚铜佩，双眼黑沉沉的。

而此时，谢桃正在衣柜边站着，发愣地望着自己的小床。她刚刚在整理福姨给她寄来的衣服，她记得自己随手扔了一条裙子到床上，但现在她的床上除了手机，什么都没有了。

她的裙子到哪里去了？

谢桃挠了挠自己的后脑勺，难道她又记错了？

最后，她只能先把其他衣服收拾好，又给自己煮了一碗面，算作晚餐。

第二天，谢桃在去教学楼的路上遇到了施橙，施橙给了她一瓶酸奶。

"谢桃，这是我最喜欢的口味哦。"施橙冲她笑着，露出雪白整齐的牙齿。

"谢谢。"谢桃受宠若惊地接过来，然后在施橙的催促下把吸管插进瓶子里。

可她刚喝了一小口，就感觉手肘被人从后面撞了一下，她一个没拿稳，酸奶直接掉在了地上。她下意识地偏头，就看见那个短发少女正带着几分散漫的神情看着她。

她抬起下巴，语气带着点挑衅的意味："不好意思啊，我没注意。"

谢桃的脾气一向很好，但她看着眼前的这个短发少女，指节却不由得蜷缩紧握。

短发少女笑了一声，直接从她身边走过，步履十分轻快。

"赵一萱是不是脑子有病啊……"身边传来施橙小声的抱怨。

"谢桃，你可别惹她，她可是宋诗曼和徐卉的狗腿子……"

施橙还在提醒她，可谢桃看着赵一萱渐渐走远的背影，压根没听清楚她的话。

语文课上，班主任刘美玉正站在讲台上讲解一篇文言文的内容，谢桃听得有点想睡觉，下一秒，她感觉脑袋传来一阵疼痛，立刻便清醒了。

她回头，看到赵一萱抓着她的一缕头发。

被谢桃注视着，赵一萱无声地笑了笑。她手指一松，不再抓着谢桃的头发，转而用一只手撑着自己的脑袋，另一只手翻开放在课桌上的书。

虽然只是一些小打小闹的行为，但谢桃明显感觉到了她的恶意。尤其是下课后，谢桃被赵一萱堵在女厕所里，她确认自己被人针对了。

"转学生，"赵一萱抱着双臂，堵在她面前，"我有个问题想问问你。"

谢桃盯着她，没有说话。

上课铃响起来，除了她和赵一萱，女厕所里再也没有别的人了。

"说话啊，你是哑巴吗？"赵一萱"啧"了一声，伸手戳了戳她的肩膀。

"你想问什么？"谢桃努力让自己显得平静。

"你跟郑和嘉是什么关系？"

赵一萱盯着眼前的女孩儿，她的五官生得明净秀气，身材不高，看起来有点柔弱，俨然是个标准的南方姑娘，如水般柔和，同样十分……脆弱可欺。

想起自己这张无论如何都变不白的脸，赵一萱看着面前这个面容白皙、几乎没有任何瑕疵的女孩儿，心里多了几分嫉妒。

"我为什么要告诉你？"谢桃不知道她为什么会提起郑和嘉。

赵一萱听了这句话，笑了一声，脸色立即沉了下来："你还真是讨人厌啊。"

她的手攥住了谢桃的衣领，谢桃看见了她那双充满恶意的眼睛。

正在此时，外面传来高跟鞋"嗒嗒嗒"的声音，谢桃还似乎听到班主任刘美玉和另一个人的说话声。

那声音越来越近，赵一萱突然松开了谢桃的衣领，当刘美玉和另一位女老师走进来时，她迅速捂住了自己的肚子。

"你们俩在干吗？上课铃声没听见吗？"刘美玉看着里面的两个人，顿时沉下脸色，声音也变得冷淡了几分。

"哎哟，刘老师，我刚上完厕所……"赵一萱捂住肚子，装模作样地挤眉弄眼，和刘美玉擦肩而过，径直走了。

谢桃走出去，迎着微凉的风走在走廊上，才发现自己的手心全是汗。走廊上寂静无声，一个人都没有，只有来自许多教室里的读书声传来耳边。

赵一萱对她这个刚转学过来的人都这么恶劣，那周辛月遭受的折磨是不是比她想象的还要多呢？

站在寂静的走廊上，微风轻轻地拂过脸颊，带着清凉的气息。谢桃愣愣地站在那里，眼眶泛红。

施橙买了一台拍立得相机，上午一下课她就忍不住拿出来拍照，甚至趁谢桃不注意给她拍了一张照片。

晚上谢桃回到家，一边吃泡面，一边拿出施橙送给她的那张照片看了一眼。照片上，她正坐在学校花园的长椅上发呆，嘴巴微张，看起来有点茫然。

谢桃收好照片，开始专心享用泡面。

晚上睡觉的时候，她做了一个很奇特的梦。

梦里，她站在栖镇的一个小巷里，面前有一道神奇的光幕悬浮在半空中，光幕里一只骨节分明的手在捏碎什么东西。碎片像晶莹的水滴，飞溅出来的瞬间刺破了整个梦境，空间扭曲，她脚下的青石板变成了流沙。她整个人坠入无边的黑暗中，看不见任何光亮。

谢桃陷在奇怪的梦中沉沉睡去，却不知道此时她的窗外有一团幽蓝的光芒停留在半空中。

"老大，你听得到不？目标已锁定！"

在一栋老旧的单元楼下，一个全身黑衣的男子神神秘秘地望着一颗透明的玻璃球，轻声低语。

他的面容被鸭舌帽掩盖，昏暗的路灯也无法照亮他的脸，但是他有着标准的幽州口音。

两个中年男子在经过他的身旁时竟然没有发现他，也没有看到他头顶的幽蓝光芒。他们似乎完全无法看到这名男子，也感知不到那诡异的光芒。

男子手里拿着的玻璃球突然有电流闪过，一个女声从里面传来："一旦找到目标，就立刻采取行动，你还愣在那儿干什么？"那个女声似乎带着几分嫌弃。

男子犹豫了一下，问道："老大……真的要这么做吗？我看她只是一个普通的小姑娘，我们这样做不太好吧？"

"你以为我愿意这么做，这不是没有别的办法了吗？"那个女人沉默了一会儿，电流再次在玻璃球里跳跃。

"AM670，我命令你立即行动。"

当男子听到女人正式喊出他的工号时，他没法再多说什么，只能在原地表演一个立正稍息，然后中气十足地答道："是！"

"深夜还这么大声，小心别吵到别人了！"女声突然"嘘"了一声。

"老大，别慌。反正他们听不见。"尽管如此，男子还是下意识地压低了声音，并且向周围看了几眼。

一束幽蓝的光化为了一条细线，直接穿透了玻璃窗户，在一片漆黑的情况下，绑在了床上熟睡的女孩的右手手腕上。

光芒微闪，一切转瞬即逝。

这一切，谢桃全然不知。

第二天她起床时觉得头有点痛，匆匆洗漱完，到早餐店吃了一碗粥和两个包子，然后匆忙赶往公交站。

上午第二节课下课后，谢桃在教室门口看见迟到的赵一萱。

她的眼皮上贴了一张创可贴，眼睛周围也有点发青。

"她这是打架了吧？"施橙凑近谢桃小声说。

两人对视时，谢桃明显看见赵一萱瞪了她一眼。

因为教室里有监控，赵一萱最终也没做出什么出格的事情，但盯着谢桃的样子，让人后背发凉。

谢桃从来都不是胆子很大的人，相反地，她的性格很柔弱，很多时候都很胆怯。小时候也曾被欺负，后来周辛月教会了她如何面对。

此刻面对赵一萱的目光，谢桃仍然免不了紧张得手掌心沁出汗水，但想起周辛月，再多的胆怯都在瞬间化作难言的愤怒。

直到赵一萱走出教室，施橙才凑过来问："谢桃，你没事吧？"

"你怎么能惹她呢？谢桃？她这下肯定会……"施橙没有继续说下去。

但谢桃很清楚她话里的意思，赵一萱不会放过她。

中午，谢桃和施橙一起去了食堂。排队打完饭之后，她们随便找了张桌子就坐下了。

不远处，赵一萱端着两个餐盘抬高了下巴，看着背对着她们的谢桃说："曼曼，卉姐，那个就是谢桃。"她此时并没有平常的嚣张气焰，反而带着一点刻意讨好的意味。

留着长发的女生抱着双臂，向那边瞥了一眼。

赵一萱又说："曼曼，我问过她跟郑和嘉什么关系，但这个丫头傲得很，什么都不说。我觉得她……"

"这才是一家人嘛……"她话还没说完，就被宋诗曼笑着打断了。

赵一萱愣住了。

宋诗曼从她手里接过自己的餐盘，挺直腰背，走到谢桃的对面坐了下来。赵一萱睁大眼睛看着宋诗曼，震惊地偏头看向徐卉。

徐卉漫不经心地瞥了她一眼，笑了："曼曼问了肖凌，那个谢桃是郑和嘉的妹妹。"

肖凌是郑和嘉的朋友，赵一萱之前跟着宋诗曼出去玩的时候见过他。宋诗曼打听郑和嘉的事情，基本上就是靠肖凌。

赵一萱不敢相信地盯着谢桃的背影，她怎么会是郑和嘉的妹妹？

"你们有过节？"徐卉看到她的眼神，便觉得这里面有故事。

赵一萱讷讷地说："没有啊，只是我一开始以为她跟郑和嘉有点什么，我是为了曼曼才……"

"你这个狗腿子做得比我尽职尽责啊。"徐卉笑了一声，语气有点冷冷的，还带着几分嘲讽。

赵一萱连忙解释："卉姐，我不是那个意思……"

徐卉打断她："行了，我爸指望她爸投资救命，你指望她拿钱……咱俩没什么两样。"

如此看来，去讨好这个"公主"，不是她们俩必须做的事情吗？

徐卉扯了下嘴唇："但这个谢桃，你还是别惹她了。"

"我知道。"赵一萱好久没有这么憋屈了，但没有办法，她还指望着宋诗曼的钱呢。

谢桃看着突然出现的宋诗曼，不由得握紧了手中的筷子，她紧紧地盯着她，眼底的情绪翻滚。

施橙已经端着餐盘静静地坐到了另一张桌子上。

宋诗曼仔细地打量着坐在她对面的谢桃。

"果然啊，哥哥长得那么帅，妹妹也不错嘛，你们家基因真好。"

谢桃听得一头雾水，她皱起眉头，努力让自己保持平静，问道："有什么事吗？"

"你好，"宋诗曼忽然朝她伸出手，一张明艳的面容上笑意渐浓，"我是你哥哥的朋友，宋诗曼。"

哥哥的朋友？谢桃忽然想起那天赵一萱把她堵在厕所里问她的那句话，难道……

由于宋诗曼突然对谢桃示好，最近几天，谢桃成为大家私下热议的话题。

众所周知，宋诗曼、徐卉和赵一萱一直是铁三角，没有人敢惹她们。尽管谢桃与赵一萱有过节，但她并没有被赵一萱针对，反而有人目睹宋诗曼三番五次给谢桃送吃的和饮料。

据说，宋诗曼还送了一些名牌手链、项链之类的礼物，但都被谢桃拒绝了。这听起来怎么像是一种讨好人的套路呢？事情好像朝着诡异的方向发展了。

晚上，谢桃翻来覆去都睡不着觉。最后，她拿起手机，点开微信，找到那个空白头像，进入了聊天界面。

她打字问："你在做什么？"

对方仍然只回复了两个字："看书。"

谢桃有点好奇："看什么书呢？"

"《知论》。"

《知论》是什么？谢桃想了想，打开浏览器搜索了一下。

不搜不知道，一搜吓一跳。

那原来是一本一千二百多年前的古书。看百科里的介绍说，这本书记载了天文地理、风土人情、建筑美学、美食杂谈之类的内容，堪称千年前的百科全书。最重要的是，它还具有很高的文学研究价值，至今仍有各派学者在研究。

谢桃一看介绍就知道这不是一本简单的书。

她的语文本来就不好，这种书看起来就特别有深度，再加上文字是晦涩的文言文，对她来说一定很难懂。

她不禁发出了喟叹："真厉害！"

"你不觉得无聊吗？"她刚刚勉强看了几页白话文版的《知论》，更加觉得这样的古书简直是为了催眠人而生。

对方没有回应她，显然是不太理解她忽然的感叹，又或者是并不想搭理她。谢桃跟他聊天的时候，他偶尔会回一两个字，但那并没有消减谢桃的热情。

说着说着，她说起了那天与赵一萱的冲突。

"你说我厉害不厉害？我当时觉得自己可厉害了，但是我其实还是有点害怕的……主要是怕疼。"

卫韫端坐在书案后，看着眼前洒金信纸上的内容，他嗤笑了一声。

宽袖微扬，他伸手将信纸凑到烛火边，任由其瞬间化作细碎的流光，消失无痕。

谢桃对这一切全然不知，她谈及宋诗曼的刻意亲近，显得十分迷茫。

"你说，我该怎么办啊？"她这样问道。

隔了五六分钟的时间，对方终于回复了："这样不是很好？"

谢桃没有明白他的意思，连忙打字："好什么啊？"

"趁此机会，接近她们。"

接近她们？谢桃皱着眉，认真地思考了一会儿。

"与其做个局外人，不如顺势接近她们，查清楚你想查的，到那时，一切都会变得容易许多。"

他的话一向很简短，但也足够让谢桃明白其中的缘故。

谢桃终于恍然。

"我明白了！"她连忙回。

对方回复她"蠢笨"二字。

看见这两个字，谢桃哽了一下，倒也没有生气。

可能大佬都是这样的吧？毕竟对方是连《知论》那样艰涩难懂的古书都能看得津津有味的人。

卫韫有点烦躁地伸手揉了揉眉心，明明手边还有一堆密文尚未处理，可他先管起了这个蠢姑娘的事情。

何时女子之间的后宅之争，也用得着他来出谋划策了？

第三章
你是不是有特异功能啊

这段时间，谢桃经常跟着宋诗曼一起吃饭。周末放假时，宋诗曼甚至邀请她一起出去玩。

谢桃大多数时候没有拒绝，因为她觉得宋诗曼好像跟她想象中的有点不太一样。

虽然宋诗曼有点刻薄和高傲，瞧不起人，曾经对她看不顺眼的人说过一些刻薄的话，但谢桃从没见她动过手。

相比起她，宋诗曼更不自由，因为她每天放学后都有司机接她回家，然后在家里等待她的还有两个老师，一个教钢琴，另一个教小提琴。

她的父母立志要将她培养成所谓的上流社会名媛，如果她要出去，还需要事先请示她的母亲。

谢桃见过她打电话给母亲时低眉顺眼的样子，像是一只原本张牙舞爪的猫被拔了指甲。

某一天，在一家奶茶店里，当谢桃和宋诗曼一起坐下来时，宋诗曼随口提到了周辛月。

那时，徐卉和赵一萱已经离开了。

"你千万不能听别人说的那些话，我才没有打人的爱好，那都是他们乱说的！"像是急于证明自己的"清白"，宋诗曼理了理自己的头发，一双眼睛盯着谢桃，笑了一下，好像有些不好意思，"你可千万不要误会……"

她甚至指着自己的头发说："这不是烫的，是自然卷，自然卷你知道吗？"

看到谢桃嘴唇紧闭，宋诗曼似乎想到了什么，撇了撇嘴："你一定听说了那件事，对吧？"

"什么事？"谢桃抱着手中的奶茶问道。

"学校里不是传言我欺负了一个女生吗，说她从二楼上跌下来也是我弄的……"宋诗曼提起这件事就觉得很生气，咬着吸管道，"那个女生叫周辛月，她的爸爸是我爸的特别助理。如果我真欺负了她，她为什么不告诉她爸是我干的呢？"

宋诗曼原本不知道她爸的特别助理的女儿是她的同班同学周辛

月。有一次她爸和周特助一起来接她，她听见她爸说："周平，你的女儿是不是也在这里读书？让她过来和我们一起走吧。"然后，宋诗曼看见了周辛月。

"我承认，我有点瞧不起她，但绝对没有打她……"宋诗曼双手抱臂，下巴微微抬起，"那种暴力的事情可不适合我。"

谢桃并不清楚宋诗曼说的是不是真话，但她很明白宋诗曼迫切地想要在她面前树立一个良好形象的原因。

或许宋诗曼真的以为谢桃和郑和嘉是多么亲近的"亲兄妹"呢？然而，她的算盘打错了。

这期间，谢桃在跟她们三个人相处的过程中，知道了另一个男生的名字。

那个男生叫俞承非，是高三一班的学委，年级榜上经常排名前五名。因为足够出众的外貌，再加上足够出色的成绩，他一直是许多女生私下议论的话题。

这件事很隐秘，谢桃也是在某次宋诗曼不小心说漏嘴时才知道的。

"说起来，周辛月之前对俞承非有好感。"宋诗曼咬着吸管，像是忽然想起了什么一样，她撇撇嘴，"她也不看看自己什么样子，还敢给俞承非写信！"

谢桃在听到宋诗曼的这些话后整个人都呆住了。

她放在膝盖上的手指关节渐渐收紧，勉强保持镇定，开口时嗓音却有点发干："她……给俞承非写了信？"

宋诗曼点点头，说："对啊，当时赵一萱跟她是同桌嘛，从她的日记本里抽出来的。"

"你不知道，当时赵一萱还把那封信贴在了黑板上……"像觉得好笑一样，她抬眼看向谢桃，却发现坐在她对面的女孩儿脸上没有一丝表情，那双杏眼看向她的时候是一片黑沉沉的影子。

她的眼眶竟然隐隐有微红的痕迹。

赵一萱……又是赵一萱。

谢桃紧抿嘴唇，深吸了一口气。

此刻，宋诗曼看着谢桃，到嘴边的话突然说不出来了。

"你为什么会觉得好笑？"宋诗曼突然听见坐在她对面的女孩问道。

"什么？"她一时间没有反应过来。

"你为什么会觉得她写信给俞承非这件事很好笑？"谢桃定定地看着她。

宋诗曼愣住了。

"你为什么讨厌她？"谢桃又问道。

"她长得那么胖，还敢想着俞承非，这不搞笑吗？"宋诗曼说这句话的时候，明显有点底气不足。

不知是不是她的错觉，在她印象中性子很软的谢桃，在这一刻说的话每一句都带着几分强硬的意味。

谢桃忽然笑了，她垂下眼帘，像是在极力克制着什么。这一刻，她心里有无数想要质问的话，但最终还是忍了下来。

现在，还不是时候。

"我还有兼职，先走了。"她站起来，背上书包转身就往奶茶店外面走。

宋诗曼来不及叫她，就见她已经推开玻璃门走出去了。

"这兄妹俩还真是有点像……都挺喜怒无常。"宋诗曼小声嘟囔。

在甜品店里忙完之后，谢桃回到家时已经九点了。

坐在书桌前做作业的时候，谢桃不知道什么时候就停了下来，开始盯着窗外的夜幕发呆。

几颗疏星闪烁，月亮却不见了。夜风被玻璃窗阻挡在外，只能牵动婆娑树影，摇摇晃晃。

想起宋诗曼今天说的那些话，谢桃觉得又愤怒又可笑，但她现在还不能跟宋诗曼彻底撕破脸。

就像他说的那样，她必须沉住气。

眼眶微酸的瞬间，谢桃忽然感到自己的左手手掌传来一阵剧烈的疼痛，像是被极薄的刀刃割开皮肉，深深划了一刀似的，痛得她瞬间丢掉了手中的笔，额头也渐渐有了细密的汗珠。

与此同时，在另一个时空里，卫韫坐在马车里，手中正握着一把寒光凛冽的剑。剑刃极薄，已经割破了他的左手手掌，殷红的血液沿着剑身滴落，在他的深色锦袍上洇开一抹血痕。

他眉峰未动，那双眼睛里如同沾了寒霜一般，目光凛冽，犹带戾色。

"大人！"马车外传来卫敬焦急的声音。

卫韫当即侧身，借力跃出马车，他握着剑的手腕一转，直接令握着剑柄的黑衣蒙面人被迫收回手臂。

顷刻之间，黑衣人便被自己的剑抹了脖子。

黑衣人脖颈血液喷洒的瞬间，卫韫终于松开了握成拳的左手。鲜血顺着他刀痕深刻的手掌流下来，可他连眉头都没有皱一下。

空旷的长街上，随着微风的轻拂，灯笼摇摆不定，散发出暗淡的黄光，将卫韫侧脸映照得清晰可见，光影投射在他的脸上，勾勒出模糊的轮廓。

剩下的十几个杀手被卫敬和其他几个侍卫迅速解决掉。

"属下有罪。"瞧见他手上的血痕，卫敬当即跪下。

在场的其他侍卫也跟着跪了下来。

盔甲碰撞的声音伴随着脚步声传来，有人骑马而来，身后还跟着几十个手持刀剑的士兵。

马上那人是一个留着八字胡子的男人，一见卫韫，他当即翻身下马，跪地抱拳："末将来迟，请国师大人恕罪。"

此人，正是郢都巡夜军的统领——李天恒。

卫韫用卫敬递上来的锦帕随意地擦了一下左手上的血迹，然后丢在了李天恒的脚边。他的嗓音清脆，听不出丝毫喜怒的情绪："李统领来得不算晚，正好替他们收尸。"

他瞥了一眼地上的那些尸体，说这话时，他唇畔的笑意微不可见，那双如琥珀般的眼瞳里情绪晦暗不明。

明明他的声音听着极轻，无甚起伏，但是李天恒听在耳畔，只觉得如芒在背，额前也冒出了些冷汗。

他总觉得，这位国师大人似乎早已看穿一切。

待李天恒处理好那些尸体离开之后，卫敬看着立在原地的卫韫，终是忍不住上前问了一句："大人，为何不留一个活口？"

"他们受何人指使，这不难猜。"

不顾手掌里的伤口还在流血，卫韫活动了一下左手。他眉眼间神色很淡，一张如玉般清俊无瑕的面庞上映着几点血色，那是方才他徒手握住剑刃，反手割破那人脖子时溅到的血迹。

"留下活口也没有任何意义，倒不如都杀了。"卫韫转身，说道，"回府。"

再一次坐进马车，卫韫明显感觉到自己的胸口被烫了一下。他神色一凛，伸手从衣襟里拿出那枚铜佩。

淡金色的流光漫出来，渐渐凝成了一张略硬的小纸片。他染着血的左手接住了那张突然出现的小纸片。

借着马车内壁镶嵌的夜明珠发出的光芒，卫韫看清楚了那张纸片上赫然是一个姑娘的模样。

纸片上的画面十分清晰，清晰到连她坐着的长椅、身后的翠竹树影都是那么逼真。阳光洒在她的身上，五官明净秀美的姑娘睁着一对杏眼，嘴唇微张，一副傻呆呆的模样，卫韫甚至可以看清她右耳耳垂上有一点殷红的小痣。

指尖还残留着血迹，甚至染红了纸片的边角。

卫韫定定地看着那张纸片上的女孩，半晌后，他忽然哼笑了一声："倒真是个小姑娘。"

谢桃的手肘不小心碰到了放在书桌上的手机，手机移了位，压到了被她放在一边的照片。在她捧着自己的左手正疼得额角冒汗的时候，那张照片已经在悄然无声中消失不见了。

左手手掌莫名的疼痛就像是有一把刀刃深深地割开她的皮肉一样，如同针扎般的刺痛感让她整晚都没能睡好。

迷迷糊糊间被闹钟吵醒，谢桃躺在床上发了一会儿呆，然后举起自己的左手来回看了好一会儿。

好像不疼了？谢桃皱了皱眉，觉得昨晚的疼痛来得有些莫名其妙。

因为要赶着去学校，她来不及多想，连忙翻身起床，走去洗手间洗漱。匆匆在小区外的早餐店里买了个包子，谢桃又匆忙地往公交车站跑去。

尽管宋诗曼对谢桃刻意表示了好感，赵一萱对待她的态度也从一开始的针锋相对变得柔和了许多，不过这份表面上的友好只不过是做给宋诗曼看的。

在班上，赵一萱是懒得多看谢桃一眼的。

尽管谢桃更不想理会她，但这样相安无事的状态并不是她想要的。

周辛月至今仍然不肯见她，就连她的妈妈严昔萍也得不到任何有用的信息，因为如今的周辛月甚至一整天都不说一句话。

她不愿意倾诉，更拒绝接受心理医生的治疗。

像一只遍体鳞伤的刺猬一样孤独地蜷缩在角落里，仿佛这个世界上再没有什么值得她关心的。

周辛月不愿意说，谢桃只能自己去查。

到底宋诗曼、徐卉、赵一萱和俞承非中谁才是最接近真相的人？

下午的数学课结束后，教室里面放着的蓝色大垃圾桶已经满了。由于轮到谢桃和施橙倒垃圾，于是她们两个人就抬着垃圾桶往教学楼后面的垃圾房走去。

"啊，真臭！"到了垃圾房，施橙捏着鼻子发出了由衷的感叹声。

当谢桃把垃圾倒掉后，转过身想要离开时，远远地看见两个身影正在慢悠悠地往这边走来。

"倒什么垃圾，真臭！"身形高大的男生骂了一句。

他旁边的戴眼镜的男生看他拎着垃圾桶也不忘拿着手机在屏幕上戳来戳去，就笑着问道："俞承非，你又在跟哪个女生聊天啊？"

没等俞承非回答，他又说："听说那个叫什么……周什么月的进医院了。"

"你别跟我提那个胖子了行吗？"俞承非的眉头皱起来，露出嫌恶的表情，"徐卉还给我发过几张她的照片，想起来都有点恶心。"

谢桃从他们身后走过，清楚地听见了他们的谈话。

她曾经听过俞承非这个名字。

愤怒瞬间涌上心头，谢桃抿紧嘴唇，目光停在俞承非的身上。两个男生还在旁若无人地聊着天，话题集中在"那个胖子"上。

"的确，那个姓周的女生都胖成那样了，你说说她每天早上起床，看得清楚自己的五官到底长啥样吗？哈哈哈……"

俞承非哼了一声："她那癞蛤蟆还想吃天鹅肉？"

谢桃再也听不下去了，她的手指握紧又松开。

"你算什么天鹅肉？"她忽然开口说道。

俞承非和那个戴眼镜的男生听见突然出现的女声，都猛地回过头。

"你是谁……"眼前的女孩儿有着一张明净秀美的面庞，这让俞承非有一瞬间的失神。

"为什么我觉得你才是那只癞蛤蟆？"谢桃盯着他，稍显柔软的嗓音听起来似乎是平静的。

她似乎还想说些什么，但旁边的施橙觉得事情有点不太对，连忙拉着她走了，留下俞承非和戴眼镜的男生面面相觑。

半晌后，俞承非踢了一脚垃圾桶，说道："她从哪儿冒出来的？"

"真是莫名其妙！"

下午放学后，谢桃给甜品店老板娘打了电话请了假。她打算去医院看望周辛月。她刚走出学校门口，就被俞承非拦住了。

俞承非一出校门就看见了她，对于她今天莫名的针对，他十分介意。

他拦住谢桃后，仔细打量了她一番。她并不属于那种看第一眼就让人觉得很惊艳的长相，但灵动干净，如水般动人。俞承非还没怎么见过这种类型的女孩儿。

"让开。"谢桃想要绕开他。

俞承非侧身又一次拦在她面前："我说你是不是……"他皱起眉头，手刚要碰到她的肩膀，却被另一只手强硬地打开。

谢桃抬眼，看见了一张还算熟悉的面庞，是郑和嘉。她垂下眼帘，手抓紧了书包肩带。

"你谁啊？"俞承非十分窝火。

郑和嘉伸手，强硬地抓住谢桃的手腕把她往自己的身后一带，再看向俞承非的时候，他没有说话，眼神却十分不善。

郑和嘉身边站着一个留着寸头的男生，那就是肖凌。

"你该庆幸你的手还没碰到我嘉哥妹妹的头发丝儿，不然……"肖凌看起来笑嘻嘻的，语气却是凉凉的。

俞承非虽然没见过郑和嘉，但见过肖凌，知道这两个人并不好惹，再加上这是在人来人往的学校门口，俞承非只好铁青着脸转身走了。

谢桃原本想直接走掉，但是她想了想刚刚的事情，还是对着郑和嘉说了一句"谢谢"。她的态度礼貌又生疏，好像他们两个是从来都不认识的陌生人。

郑和嘉有很多话想对她说，但见她已经转身往公交站的方向走去，他嘴唇动了动，终究还是什么都没说出来。

"嘉哥，你到底怎么惹妹妹了啊？"肖凌实在是很好奇。

能够让向来目下无尘的郑和嘉心甘情愿地在学校门口蹲守这么多天，还默默地跟在她身后悄悄送她回家，这么多年也就只有这一个女孩儿了吧？并且这人还是他的妹妹。

他是惹了多大的事，才让他这个妹妹理都懒得理他？

"谁的妹妹？"郑和嘉听见肖凌的话，偏头看向他，神色淡然。但肖凌看着，莫名感觉后背发凉。

他干笑了一声："你妹！你妹！"

郑和嘉冷笑一声，直接踢了他一脚："滚蛋！"

看着前面不远处那一抹身影快要走到拐角处，他连忙跟了上去。隔着不远不近的距离，他始终小心翼翼地跟在后头。

肖凌远远地看着，仍然忍不住"啧啧"出声。

这是多么神奇的一幕啊。

刚出校门的宋诗曼和徐卉也看见了这一幕。

"看来，谢桃跟她哥哥关系不太好啊。"徐卉说了一句。

"是郑和嘉惹她生气了吧？"宋诗曼看着郑和嘉越来越远的背影，捧着脸叹了一口气，"如果郑和嘉能像对他妹妹这样对我就好了……"

隔着病房门上的玻璃窗，谢桃望着里面抱着双膝坐在病床上，一动不动的周辛月，一看就看了许久。

她脑海里回想起许多以前的画面。

那个时候，她才十一岁。

没有人知道那时的小谢桃每天是怎么生活的，就连她的妈妈苏玲华也对这一切全然不知。那个女人沉浸在被丈夫谢正源背叛的苦痛之中，陷入那段失败的婚姻里，不肯分给她一丝一毫的关心。

假如当时她能在谢桃跌在泥水中，磕破额头回到家的时候给她一个拥抱，帮她洗澡，换上一件干净的衣服也好啊。可是她没有。

谢桃曾经奢望得到母亲更多的关注，但后来她什么都不想要了。

真正把谢桃从那样浑浑噩噩的生活里解救出来的是她的新同桌周辛月。小时候的周辛月，有着这个世界上最温暖的笑容，就像一朵太阳花一样。

生活究竟有多么荒唐啊。曾经帮助过她、鼓励过她，甚至帮她打过架的女孩儿，现在却成了被人欺负的对象。

曾经，是周辛月保护谢桃，现在，她要保护周辛月。

在病房外站了一个多小时，谢桃转身离开医院，回到了租住的房子。

晚上把自己裹在被子里，谢桃始终没有合上眼睛。想起在病房外看过的周辛月抱着双膝发呆的背影，她忽然翻身把脸埋在枕头里，心里的酸涩像一片无尽的海水一样翻涌着。

枕头边的手机突然振动起来，谢桃伸手拿过手机，她盯着微信图标看了好一会儿才点了进去。

是他。

"查清之后，就做你想做的事情。"

今天的事她在下午就已经全部告诉了他，他似乎很忙，直到现在她才收到他的回复信息。

她应该做什么呢？

"你需要证据。"他说。

"不如，就先从这个俞承非开始。"

俞承非？

谢桃想起今天赵一萱和徐卉的谈话，回想起这个男生曾当众羞辱过周辛月，于是她心中的怒火更加难以平静。

她吸了吸鼻子，缓慢地敲出了几个字："我今天又去看了我的朋友。"

她继续写道："当我站在病房外面看着她的时候，感觉真的很难过。"

"她以前还帮我跟男生打过架，她手背上的伤疤就是那次弄的……"

"但是现在，她连见我一面都不愿意了。"

打完这几句话，谢桃抹了一把脸上的眼泪，指节屈起，握紧了手机。她抿紧嘴唇，红着眼眶望着头顶的天花板。

案前的紫金香炉里燃着冷香，缕缕青烟缭绕飘散，微黄的灯影摇晃，将案前的那一抹修长的身影逐渐拉成明暗不定的影子。

骨节分明的手指捏着的那张洒金信纸上仍是一行板正无神的字，年轻的公子垂眸，那双如琥珀般的眼瞳像是染上了案上灯火的光影，他漫不经心地将几张信纸铺展开来，按顺序一行行地看了。那字里行间都透露着一个小姑娘的难过与愤怒。

灯下的容颜犹如浸润着薄雾远山间的淡淡春色，他的眼睛里好似没有半点波澜起伏，但又好像曾经一瞬间流露出一丝兴趣。

她这喜怒形于色且不设半分防备的模样，倒真像一只小动物，是他随时伸手就可以拧断脖子的小可怜。

谢桃终于知道了整件事情的真相，并明白了周辛月为什么不愿提起此事。

原来徐卉和赵一萱都清楚周辛月的父母是宋诗曼父亲的特助和宋氏公司职员。她们告诉周辛月，只要她敢透露这个秘密，宋诗曼就会以窃取公司机密的罪名解雇她的父母。被宋氏这样的大公司解雇且带有污点的人，想要再找一份工作并不容易。而宋诗曼并不知道徐卉和赵一萱用她的名义威胁了周辛月这件事。

这件事是谢桃偷听到的。

周辛月的母亲严昔萍又一次来到学校，在校长室里大闹了一通，这让赵一萱感到有些不安。她跟徐卉提起这件事的时候，谢桃正偷偷跟在她们后面。

她听着她们嘲笑周辛月的种种言辞，听着她们刺耳的笑声，心里积压的情绪快要爆发，但她最终还是忍住了。

就像那个人所说，她需要证据。

因此，谢桃开始有意无意地关注与俞承非有关的事情。

她不知道自己该怎么做，只能等待机会的到来。

一次吃饭时，宋诗曼等人又坐在谢桃身边。谢桃无意间注意到赵一萱的手机屏幕，偷看到了她聊天界面上的某个人的名字。

在发现谢桃的眼神后，赵一萱慌忙拿过手机，没有去看微信消息，直接放进自己的外套口袋里。随后，她先是看了一眼坐在对面正和宋诗曼聊天的徐卉，接着又把目光移向了身边的谢桃。眼神里除了表面的轻蔑，还暗藏着几分心虚与不安。

看着低头扒着米饭、看起来好像没有察觉到任何不对的谢桃，赵一萱握紧手里的筷子盯着她的侧脸，总觉得心里有点发慌。

当时，谢桃并没有意识到任何不妥，直到之后有一个陌生的微信号加她。在她拒绝这个陌生人后，连着好几天都一直收到该人发送的验证消息。这个人就是俞承非。

而那天中午，赵一萱亮起的手机屏幕上闪烁着的微信名称正是俞承非的名字。

那条信息的内容非常简短："放学见。"

这件事最终还是被徐卉知道了。

那天在饭店包厢里，赵一萱抬头就看见一双眼睛隔着门上的透明玻璃望了进来。她的瞳孔微缩，脸上的笑容瞬间变得僵硬。

下一刻，她眼睁睁地看着徐卉踢开包厢的门走了进来，她的身后还跟着宋诗曼。

"赵一萱，玩得开心吗？"徐卉抱着双臂，嘴角一扯，冷笑了一声。

第二天，全校都知道徐卉和赵一萱闹翻了，没想到这两个平日里总是一起行动的人竟然也有闹翻的时候。

但是，这件事显然还没有彻底结束。

赵一萱和徐卉彻底撕破脸了，因为徐卉对赵一萱的父亲告状了，还添油加醋。

徐卉知道赵一萱的父亲对她多么严厉，就像好多穷怕了的家长一样，他把所有的希望，甚至自己没能实现的梦想都寄托在了女儿身上。他希望她好好读书，出人头地。

对待赵一萱，他已经到了近乎苛刻的地步。

这些都是赵一萱曾经顺嘴跟徐卉抱怨过的，现在成了徐卉整她的最好武器。

赵一萱被她父亲狠狠地打骂了一顿，最后还被关在家里整整两个星期。

其间，俞承非灰溜溜地办了转学手续。

就在这个时候，天成高中的学校论坛上出现了一些与徐卉有关的视频。那是赵一萱之前拍的，当时她录下来是觉得好玩儿，现在却是为了整徐卉。

每一个视频的内容都不太长，但徐卉的脸足够清晰。那些视频里的人不只有周辛月，还有其他几个女生。

周辛月的父母得知学校掌握了一些证据后，第一时间赶到学校进行沟通。

事情到了这个地步，学校领导也意识到他们无法压制此事，于是将视频交给了周辛月的父母。

徐卉最终被告上了法庭。

此事在网上引起了极大关注，最后，徐卉被判进了少管所。

赵一萱把自己择得很干净，但谢桃知道她和徐卉骨子里是同一种人。

赵一萱回到学校的那天，脸上还带着尚未消退的瘀青。

她刚走进教室，就被忽然出现在走廊上的宋诗曼叫住了，宋诗曼的脸色看起来很不好。

隔着玻璃窗，谢桃看了一会儿走廊上宋诗曼和赵一萱的背影，接着垂下眼帘盯着桌上翻开的课本，没有要跟上去的打算。

上课铃声响了，赵一萱跟着宋诗曼走进女厕所。

她问："曼曼，你是想跟我说什么吗？"

宋诗曼看着赵一萱，好似看着一个陌生人。

"周辛月的事情，"她顿了一下，接着说，"不，应该说徐卉做过的那些事情，你都参与了对吗？"

听到她的话，赵一萱先是沉默了几秒钟。随后，她看向宋诗曼，说："曼曼，我没有。"

"好。"宋诗曼点了点头，"那周辛月呢？你没有欺负过周辛月吗？"

见赵一萱张嘴想说话，宋诗曼抢先又说道："我前两天去医院看周辛月了。"

当时，周辛月正坐在轮椅上被她母亲推着在医院的花坛边晒太阳。由于心里异常慌乱和惧怕，宋诗曼并没有勇气靠近她。但已经足够让宋诗曼看清她那张苍白的面庞。

曾经胖嘟嘟的周辛月消瘦了很多，医生告诉她，是严重的厌食症带来的后果。

宋诗曼当时脑子里一片空白，她只知道周辛月摔断了腿住院了，并不知道她同时患上了重度抑郁症和厌食症……

那天，她隔着不远不近的距离第一次认真地打量那个曾经被她嘲笑过的女孩。不知道为什么，她忽然有了一种莫名的负罪感，那种感觉让她慌张、心虚，无法面对。

"赵一萱，我没有想到你们两个竟然是这样的人！"宋诗曼深吸了一口气，说。

周围一片沉寂，落水声时而传来。

赵一萱忽然笑了起来。

她看向宋诗曼，眼神里带着几分讥讽："我们？我们是什么样的人？"

在徐卉和宋诗曼面前戴着面具隐忍讨好了太久，这一刻被宋诗曼扒下面具，她竟然感觉舒坦。

她走近宋诗曼，声音轻轻地说："你以为我们有什么不一样吗？"

看见宋诗曼脸色微变，赵一萱贴近她的耳畔说："别忘了，你也是加害者啊，曼曼。"

"你说，我们有什么不一样？"

"我没有打她！"宋诗曼推开她。

赵一萱冷笑："是啊，你没有动手。"但是语言上的伤害就不是伤害吗？

这一天，赵一萱和宋诗曼彻底撕破了脸。

当天下午放学，谢桃和施橙值日，因此她们留到了最后。

打扫完卫生后，施橙就匆匆忙忙走了，因为她爸爸来接她了。

谢桃把桌椅摆放整齐，收拾好书包，正准备走的时候，赵一萱忽然出现，迅速把教室门反锁，并且把所有的窗帘都拉上了。教室里一下子变得很昏暗。

"怪不得我总觉得你的名字很熟悉，你认识周辛月，对吗？"赵一萱转身看向谢桃，说道。

她的面容虽然年轻，却显得异常老成。赵一萱想起在翻看周辛月的日记本时，好几次见到了"谢桃"这个名字。

"我和俞承非的事是你告诉徐卉的，是吗？"她的眼睛紧紧盯着谢桃。

"你很在意吗？"面对着赵一萱阴冷的目光，谢桃说不害怕是假的，但即便手心已经都是汗，她依然站在原地，说话时也显得十分镇定，"你这样的人也会觉得难堪吗？"

那一刻，赵一萱从这个看似胆小的女孩的眼里读出了几分嘲讽的意味。

她走到谢桃面前，抓住她的衣领，眼看巴掌就要落下来。谢桃抓住她的手，另一只手扯住了她的头发。

赵一萱被谢桃扯住头发的动作彻底激怒了，两个人扭打在一起，撞到了许多课桌，发出极大的声响。

这是向来胆小的谢桃这辈子第一次打架。那么多天隐忍的愤怒与难过的情绪终于到了一个临界点，她不管不顾地与赵一萱扭打在一起，即便谢桃知道她根本打不过赵一萱。

就在赵一萱带着恶狠狠的笑意把谢桃按在地上的时候，一抹幽蓝的光芒忽然从谢桃右手的手腕飞出并迅速进入了赵一萱的身体。

赵一萱像是被什么控制了一样,一双手突然用力地掐住谢桃的脖子。

与此同时,身在另一个时空的卫韫像忽然被夺去了呼吸,一张如玉的面庞迅速变得苍白,身体也开始出现莫名的疼痛。

他猛地站起来,却在突如其来的眩晕中一下子失去了力气,重新跌坐回了木椅上。

这一站一坐的时候,他不小心将书卷笔墨扫落一地,连紫金香炉也打翻了,香炉里的香灰撒了一地。

这到底是怎么回事?卫韫来不及思考更多,他的意识已经逐渐模糊,甚至连卫敬匆匆跑进来的身影都有些看不清了。

"大人!"

赵一萱的力气像是忽然之间变大了许多,谢桃被她掐着喉咙,憋得整张脸开始泛红,呼吸也变得越来越困难。

她根本没有办法挣脱赵一萱的手。

像是有一块大石头沉沉地压在她的胸口,挤压着她的胸腔,使得她肺部的空气一点一点地抽离。

赵一萱的双眼早已经失了焦,没有丝毫神采,那张被谢桃抓破了好几处的脸上没了原有的愤怒神情,整个人看起来都处在一种呆滞的状态中。但她的那双手始终用力地掐着谢桃的脖子,没有半分要松开的意思。

谢桃的意识渐渐变得模糊,她抓着赵一萱的手腕,却没有力气把她的手甩开。

就在谢桃快要晕过去的时候,她忽然感觉到一阵风吹过她的脸颊,稍凉的温度令她混沌的脑子霎时恢复了一点意识。

可教室门窗紧闭,风是从哪里来的?

谢桃已经搞不清刚刚吹过的风究竟是不是她的幻觉。

一道淡金色的光芒凭空出现,准确地打在了赵一萱的身上。

掐着谢桃喉咙的赵一萱在那道淡金色的光芒打在身上时,手上的力道一松,她闭上了眼睛,整个人晃了一下,然后倒在了地上,陷入了昏迷。

重新获得新鲜空气的谢桃摸着自己的脖子，蜷缩在地上，发出一阵猛烈的咳嗽，眼眶里也积蓄着泪花。

泪眼蒙眬间，谢桃抬头，看见了一抹模糊的身影。

她大口大口地喘着气，眼泪顺着眼眶落下的瞬间，她看清了那是一个少年。

"差点没赶上……"穿着黑色连帽卫衣的少年拍了拍胸口，抹了一把额头上并不存在的冷汗。

"你……"谢桃张了张嘴，想要问他是谁，但她的嗓子又干又疼，只是试着出声，就忍不住咳嗽起来。

"你没事吧？"少年快步走到她的面前，俯身扶她坐起来。

那一瞬，谢桃闻到了他身上散发出的一种奇特的淡淡香味。

他不知道从哪里拿出来一个保温杯，拧开盖子就往谢桃嘴边凑过去："泡了枸杞的，特别养生，你喝一口润润喉咙？"

谢桃有点不太明白，他明明只是一个十几岁的少年，怎么还随身带着泡了枸杞的保温杯呢？

喉咙又疼又干，谢桃没有拒绝，就顺着他凑过来的杯沿喝了两口水。

"甜吗？"少年问她。

谢桃点了点头。

"我可是加了好几块冰糖呢。"少年说着，把保温杯的盖子盖上。

然后，谢桃眼睁睁地看着他手里的保温杯在眨眼间消失不见了。面对这样诡异的一幕，她瞪圆了一双杏眼。

这时，门外传来一阵又一阵的脚步声，似乎有很多人正朝这边走来。此外，谢桃还隐约听见了施橙的声音。

少年原本是想跟她解释什么的，但是听见外头越来越大的动静，他不得不起身，道："这些事儿以后我再跟你说，我先走了啊。"

谢桃叫住他："等一等。"

她说话的时候嗓子仍然很疼，声音听着也很嘶哑。

见少年看向她，谢桃指着躺在地上不省人事的赵一萱，问道："她怎么了？"

"她只是晕过去了，过一会儿就会醒了。"少年简短地回答。

门外已经有人在敲门了，谢桃盯着赵一萱看了片刻，忽然问道："你是不是有特异功能啊？"

少年愣了一下，摸了摸下巴，道："……也可以这么说。"

谢桃点了点头，说："那你可以把我弄晕吗？"

"啥？"少年有点没反应过来。

"你把我打晕，然后把她弄醒，可以吗？"谢桃望着他说道。

赵一萱很擅长倒打一耙，她想把自己从之前的事里择出去，谢桃绝不会让她如愿以偿。

"我还没听过这么奇怪的要求……"少年"啧"了一声。

"行吧。"少年说着，做了一个挽起袖子的动作。

谢桃见他这样，身子不由得往后缩了缩。她抿了一下嘴唇，说道："你能用你的特异功能吗？别打我，我有点怕疼……"

"怕疼你还打架？看她把你这脸抓的，都抓花了，你脸不疼吗？"少年指了指她那张带着血痕的脸。

"疼……"谢桃小声回了一句。

少年抓了抓自己的头发，像是有点不耐烦："行行行，你赶紧在地上躺好了！把姿势摆好！"

谢桃闻言，乖乖地躺到地上。

下一秒，她只来得及看清半明半暗的光影里，少年的轮廓模糊成一道剪影，忽然，他手指间淡金色的亮光如在天空绽开的烟火一般，绚烂而刺目。

她盯着他手指间的光火，很快就失去了意识。

在少年的身形消失后，赵一萱像是被针扎了一样，猛地睁开了眼睛。

门外传来各种吵闹的声音，赵一萱晃了晃脑袋，当神志逐渐恢复清醒时，她发现谢桃倒在不远处。

这是怎么回事？

刚起身，教室门就被人从外面撞开了。

赵一萱回过头，看见了一群人，其中有老师、穿着制服的保安，还有几个穿着校服的同学。

"谢桃！谢桃你怎么了？！"施橙一眼就看见了谢桃倒在地上，

她连忙跑过去。

门口的人匆匆绕过赵一萱，往谢桃那里走。赵一萱看着他们围着谢桃的背影，那一瞬间，她的心开始慌乱。

教室里的监控坏了，再加上已经放学两个多小时了，教学楼里根本没什么人，所以她才敢在教室里收拾谢桃。

但谁能想到，施橙居然会回来？

而现在，众目睽睽之下，她清醒着，谢桃昏迷着，这样的局面对她来说似乎很不利。

谢桃醒过来后，发现自己已被送到医院。

护士转身去取擦伤口的药，而谢桃彻底清醒后，看见了急诊病房玻璃门上贴着的医院名字。

周辛月就在这家医院。

她坐起来，发现膝盖上被课桌的边角划伤的口子，看了一眼就皱紧了眉头。她嘴角一动，又扯到了脸上的伤口，疼得她额头上顿时冒出了冷汗。但她还是忍着疼，穿上鞋子就往住院楼跑去。

"谢桃，你怎么了？"严昔萍看见谢桃时惊讶道。

"严阿姨，我想见见辛月。"说完，她也不管周辛月是否愿意见她，直接绕过严昔萍，拧开病房门把手，走了进去。

"周辛月。"看着躺在病床上背对着她的身影，谢桃喊道。

这么熟悉的声音，周辛月怎么会听不出来呢？她的手指微微动了一下，但并没有要转过身来的意思。

谢桃望着她的背影，那双杏眼忽然有点泛红："你转过来。"

"周辛月。"谢桃又一次叫了她的名字。

谢桃等了好一会儿，躺在病床上的周辛月终于有了反应。

"桃桃，你回去吧。"她说。

谢桃一瘸一拐地走到她的病床边，抓住她的肩膀迫使她回过头来。

"桃桃……"周辛月抗拒地想要挣开她，但当她的目光对上谢桃那张有瘀青，甚至有渗血的伤口的脸时，她要说的话忽然就哽住了。

"桃桃你怎么了？"周辛月一下子坐了起来，扶着谢桃的肩膀，一遍又一遍地问她，"桃桃，谁欺负你了？"

熟悉的口气，熟悉的神情，她还是她，从来没有变过。

谢桃望着眼前的女孩，眼泪毫无预兆地一颗颗砸下来，嘴唇微颤。

"辛月，"谢桃终于开口，"你不要怕。你听你妈妈说了吗？徐卉被送进少管所了。"

即便眼泪已经将她的视线彻底模糊，但谢桃还是固执地望着眼前的周辛月，即便她在她眼里只有一道模糊的轮廓。

"赵一萱极力想掩盖她做过的事情，"谢桃伸手，握住周辛月放在她肩上的手，"但我不会让她得逞。"

听到谢桃说的这些话，周辛月的身子忽然僵住了。

不知道过了多久，她忽然开口："你……都知道了？"她的嗓音听起来有点哑。

谢桃没有说话，只是定定地看着她。病房里静悄悄的，没有一点儿声响。

谢桃到底是怎么知道这些事的？周辛月有一瞬间张口想问，可她看着眼前这个脸上、身上都是伤的女孩，那么多想问出口的话都哽在了喉咙里。

她就像是一个早已习惯了把自己缩进壳子里的蜗牛，这一刻，她仿佛被人彻底拿走了用以躲藏的壳子，再也没有逃避的办法。同时，她那颗自以为麻木的心也终于再一次被压抑了太久的各种情绪给淹没了。

她原本以为自己早已失去了说出一切的能力，但这一刻，她看着眼前的谢桃，这个自己这么多年来唯一的好朋友，忽然崩溃得大哭起来。

周辛月有多久没有像这样哭过了？

从她开始讨厌自己，从她决定放弃自己的时候起，她就再也没有哭过了。因为不再心怀期待，所以这个世界上的一切在她眼里都是一样死气沉沉。

这一夜，周辛月抱着谢桃哭了好久。

"桃桃，我瘦了吗？"后来，周辛月忽然问她。

谢桃用纸巾替她擦掉脸上的眼泪，轻轻地回答："瘦了。"

"那我，那我是不是就不丑了？"像是一个渴望得到糖果的小孩，她望着谢桃，那双哭红的眼睛里闪动着几许希冀。

谢桃的眼泪又一次没忍住掉了下来。她胡乱地抹了一把自己的脸，也不管眼泪浸在她的伤口上有多疼。

她吸了吸鼻子，勉强稳住声音认真地说："你不丑，你明明……最好看了。"

周辛月本来就不丑，她的五官生得很秀气，皮肤也很白。她以前也不胖，谢桃见过她瘦的时候的样子。

只是初中的时候，周辛月生了一场大病，她变胖是因为服用了激素，而这种激素造成的肥胖最难减去。

当时的周辛月并不在意这些，仍然是开朗活泼的模样。

能让一个本来不在意的人开始对其越来越在意，一定是有人在她的面前一遍又一遍地强调着这一点。

于是这个曾经活泼开朗、像太阳花儿一样的女孩开始变得敏感、自卑，甚至厌弃自己。

谢桃后来被班主任刘美玉和急诊室的医生拽走。处理完伤口后，刘美玉就把她送回了家。刘美玉想联系她的家长，但被谢桃拦住了。

谢桃的膝盖缝了针，上楼梯的时候痛得她冷汗都出来了。

她潦草地洗漱完，躺在床上，在昏暗的灯光下望着头顶的天花板，长长地舒了一口气。

这一切，终于要结束了。

她拿出手机，点开微信，盯着那个空白的头像好久。

"谢谢你。"打下这三个字，谢桃按了发送。

如果不是他，或许她仍然只是那个满怀愤怒却无计可施，更没有勇气去查清事情真相的胆小鬼。

她不够聪明，如果没有他的帮助，她或许还要花费更多的时间去完成这件事情。

是他让她在这对她而言既熟悉又陌生的南市找到了一点点安全感，即便他并不是一个多话的人，甚至大多的时候都显得很冷淡，但他从不敷衍她。

彼时，身处另一个时空的卫韫正靠坐在床榻上。一名须发皆白的老者正跪在床边，一只手搭在卫韫的脉搏上。

"大人似乎……并无异常啊。"老者垂着头思索了一会儿，几经斟酌才小心翼翼地抬眼说道。

"既然如此，那大人方才为何会出现那种状况，刘太医，你可诊断清楚了？"卫敬在一旁问道。

"这……或许是大人连日来操劳过度，要不然臣给大人开些滋补的方子？"刘太医沉思片刻后才说道。

卫韫闭着眼睛，一直没有什么反应，直到他察觉到胸口处有一阵发热。

他突然睁开眼睛，嗓音清冷："都出去。"

刘太医如蒙大赦一般，连忙应声，拿着自己的药箱跟在卫敬的身后走了出去。

室内顿时一片安静。

卫韫从自己的衣襟里拿出那枚铜佩的瞬间，淡金色的光芒凝成了一封信，轻飘飘地落在他的手里。

拆开信封，那张洒金信纸上只有短短三个字横列着："谢谢你。"

卫韫盯着那张信纸半晌，而后他只着一件单薄的白色里衣起身。

他站在书案前，微微垂首，手执毛笔，铺开信纸。

衣襟微斜，露出半边精致的锁骨，耳后一缕乌黑的长发落到身前，昏黄的灯影下，他的侧脸终于显出几分柔和的意味。

但他还未落笔，就见被他放在书案上的铜佩再一次散发出淡金色的光芒，光芒转瞬间又凝成了一封信，摆在他的眼前。

"我可以问你一个问题吗？"那个小姑娘依旧是小心翼翼的口吻。

紧接着，又有一封信落在了他的面前。

"我可以知道你的名字吗？"

卫韫捏着信纸，立在摇曳的灯火前，那双如琥珀般的眼瞳里始终没有半点情绪波澜。

这一等，就等到了深夜。

就在谢桃快要被瞌睡虫彻底征服的时候，一直被她握在手里的手机才终于振动了一下。

她连忙揉了揉眼睛。

屏幕上的聊天界面里，有他发过来的一条消息，只有简单的两个字："卫韫。"

第四章
只要你一死，他便会死

第二天，谢桃在班主任刘美玉的陪同下去了派出所做笔录。

一个昏迷不醒，另一个则一动不动地站在那里，当时的情况冲进教室的所有人都看得清清楚楚。

无论赵一萱怎么强辩，这件事看起来都是由她挑起的。

教室里的监控设备坏了，也没有其他证据，因此派出所只对赵一萱做出了七天拘留的处罚。

但当警察去学校的监控室进行审查的时候，却发现原本出了故障的高一五班的教室里的摄像头清晰地记录下了赵一萱殴打谢桃，并把她按在地上用力地掐她脖子的一幕。

谢桃听说这件事的时候并没有显得很惊讶，因为她一早就知道，教室里的那个摄像头被那个神秘少年用特异功能修好了。

而赵一萱和她扭打，甚至后来掐住她脖子的画面，是他用自己的特殊手段弄到监控里的。

当然，里面所有不该出现的非自然现象包括他自己，都被抹了个干干净净。

他似乎拥有某种可以回溯过去的能力。

谢桃觉得他好像很清楚她的事情。

因为有了监控视频，这起本来很普通的打架事件升级为涉嫌故意伤害的刑事案件。

赵一萱当场崩溃大哭，她的父亲也因此晕倒了。

谢桃从没见过赵一萱像这样哭。

很多时候，她并没有将赵一萱看成与自己同龄的人。

"谢桃，我没有想掐死你，你快告诉他们，你快跟他们说我没有想害死你啊……"赵一萱挣扎着想要到谢桃面前来，却被两个女警察按在椅子上。

她挣脱不了，望着谢桃的那双红肿的眼睛，里面充满了期盼。

"你是不是觉得自己很委屈？"谢桃定定地看着她，突然说道。

她或许永远都不会明白自己的种种行为究竟给别人造成多大的伤害。

赵一萱情绪崩溃，大喊："我没有想害你，我没有！谢桃，你快告诉他们！"

她到现在都没有弄清楚当时究竟是怎么回事，她看到监控录像时也十分震惊，她根本不记得自己曾掐过谢桃的脖子。

谢桃已经不想再听赵一萱说任何话了。她被刘美玉扶着，转身往派出所外走去。

"谢桃！"这是赵一萱父亲的声音，他不知道什么时候醒来了。

谢桃转身看去。

那个中年男人快步走到她面前，拉住了她的一只手。那张比同龄人还要多许多皱纹的沧桑面庞上，是十分焦灼的神情。

"算叔叔求你啦，萱萱才十七岁，你如果就这么走了，她的人生就毁了啊！"男人的声音带着几分哽咽。

"人生？"谢桃抬眼看向那边满脸惊慌、泣不成声的赵一萱，"她把别人的人生毁掉了，难道还想心安理得地过好自己的人生吗？"

谢桃又一次想起昨天晚上，周辛月望着她问："桃桃，我瘦了吗？"

她们把一个曾经那么活泼开朗的女孩儿折磨成了无比敏感自卑的模样……谢桃差点就永远失去她最好的朋友了。她们这样的人毁掉了别人的人生，还妄想着过好自己的人生？凭什么？

谢桃红了眼眶，她一点一点地掰开赵一萱父亲紧紧攥着她手腕的手指，定定地看着眼前的这个中年男人，一字一句地说："她一点都不无辜。"

然后，她对刘美玉说："刘老师，我们走吧。"

她被刘美玉扶着转身要走，但突然从外面的走廊上，匆匆走进了两个人。一个是永远西装革履，看起来斯文儒雅的郑文弘，而另一个是身穿米色连衣裙，化着淡妆的优雅女人，苏玲华。

谢桃看见苏玲华的那一瞬间，整个人都僵在了原地，再也无法挪动一步。

她从来没有想过，时隔一年多，她与母亲再次见面竟是在这样一个境况下。苏玲华看着谢桃满脸的伤，眼里流露出几分心疼，当被谢桃的那双杏眼注视着的时候，她却只能愣愣地站在那儿。她嘴唇动了动，最终还是没能说出一句话来。

她的泪水流淌下来，直到郑文弘扯了一下她的衣袖，她才鼓起勇气走到谢桃面前。

那一刻，对于苏玲华而言，周遭仿佛什么都不在意了，她只看见眼前的女儿谢桃。

谢桃看着母亲一步步走到自己面前，胸腔里的那颗心似乎被一只无形的手狠狠揪紧，她下意识地抓住自己的衣角。

"桃桃……"苏玲华刚一开口，眼泪就又掉了下来。

郑文弘已经到派出所了解过事情的经过，苏玲华想要伸手去触碰谢桃的脸，却被她偏头躲过。

"刘老师，您先走吧。"谢桃对刘美玉说道。

刘美玉见过郑文弘，也知道他们是谢桃的监护人。她觉得这个学生和他们之间似乎有着什么隔阂，但这不是她该掺和的事情，应该让他们自己来解决。

于是刘美玉点了点头，摸了摸谢桃的脑袋，跟苏玲华说了两句话就离开了。看着刘美玉的背影消失在门口，谢桃垂下眼帘，没有再看站在她面前的这个她无比熟悉又觉得有些陌生的女人。

"桃桃，我是妈妈……"苏玲华指着自己，像是在对谢桃说，又像是在对自己说。

手指屈起，谢桃差点没有憋住眼泪，她死死地咬着嘴唇，没有说话。

"桃桃，是妈妈错了，跟我回家，好不好？"

苏玲华曾在心里无数次设想过，当她再一次见到谢桃的时候，应该对她说些什么。可是真的到了这一刻，她准备好的所有话到了嘴边却又说不出来。

苏玲华无法否认，在她每次面对这个女儿的时候，除了内心无休止地折磨着她的愧疚与爱意，还有让她感到难堪和无助的惧怕。

她仍然深爱着自己的女儿，但同样她也无可避免地会因为自己当年遭受精神折磨时犯下的错而感到痛苦万分。她爱着谢桃，但这份爱已经负担了太多沉重的负担，于是到最后，这一切都变得不够纯粹了。

"那不是我的家。"谢桃揪紧了自己的衣角，强忍着内心翻涌的酸涩情绪，勉强开口说了一句。

她的嗓音稍稍有点哑，声音很轻。

她发现，无论时间过去多久，她的妈妈还是没有明白她们之间隔着的到底是什么。于是她直接绕过苏玲华，一瘸一拐地往外面走去。

"桃桃！"苏玲华的声音再一次从她的身后传来，带着几分哽咽，"妈妈很想你……"

忽然的一句话让谢桃瞬间停下了脚步，她眼睛里顿时涌出泪花，模糊了她的视线。她没有回头，虽然动了动唇，但终究没有发出一点儿声音。

血缘真的是这世上最神奇的一种纽带，它能令所有历经世事堆积起来的复杂情绪退潮，在顷刻间变得柔软如水。

这个世界上，真的有人会一直恨自己的母亲吗？

至少她无法做到。

说恨，她其实也没有恨，但有些情感就像岁月长河中积淀的泥沙，永远停留在内心的河底。

有风时，便搅动河底淤泥；无风时，便潜藏深处。

母女关系已经破裂，她早已找不到与苏玲华和解的方法，而苏玲华也面对不了她。血缘关系永远无法割舍，但这并不是消弭一切矛盾的解药，有些事，她至今仍无法原谅。

谢桃默默地离开派出所，她的背影在苏玲华的视线中与去年那个冬天的瘦弱身影重叠在一起。

苏玲华的胸口剧烈疼痛，双臂紧紧环抱，无声地哭泣。

回到租住的小区，谢桃躺在床上，膝盖上的伤口让她痛得睡不着觉，加上今天见到苏玲华，她的心情变得更加沉重。

捂紧被子闭上眼睛，好一会儿后，她还是睁开了。

她习惯性地拿出手机，打开微信，点开空白头像的对话框，看到昨晚与卫韫的聊天记录。

"卫韫。"看到这个名字，谢桃在心里默念了好几遍。

她语文成绩一般，找不到好的形容词，只好干巴巴地赞叹道："你的名字真好听！"

然后，她又发送了一条消息："谢谢你，卫韫。"

回顾这几条消息记录时，谢桃突然想起了一个严肃的问题，戳着屏幕打字："卫韫，卫韫！"

他回复总是很慢，很短："何事？"

"你为什么从来都不问我叫什么名字呢？"

此时，卫韫正坐在院子的凉亭里，桌上放着一盏昏黄的灯，照在他指间的洒金信纸上，闪烁着微小的金色光芒。

看见她这句话，卫韫的眉眼冷淡，提笔便写下了"没兴趣"三个字。

谢桃抱着手机，好不容易等到他的回复，却看见了这三个字。她哽了一下，深深地觉得他真的是一个擅长把天聊死的人。

谢桃知难而上，于是她又打字："卫韫，你好，我是谢桃！"

卫韫看见纸上的"谢桃"二字后，回想起了之前那张小纸片上的她的模样。

谢桃……

卫韫垂下眼帘，眼里终于有了一丝极淡的笑意。他扯了一下嘴唇，她的名字如其人，乏善可陈。

"卫韫，我的膝盖好疼啊……疼得我都睡不着。"小姑娘的话带着几分委屈的意味。

卫韫听她说了她跟人打架的事情，这是他意料之外的。他以为，如她这般胆小的性子，应该做不来如此出格大胆的事情。

她到底还是出乎了他的意料。

不远处的浮桥边，花树影子婆娑，夜风轻拂过他乌黑的头发。那张轮廓分明的面庞在微黄的灯光下，宛如一幅兴味隽永的画。

卫韫漫不经心地执起旁边的茶盏，慢慢地饮了一口，然后才抬起手写下了一个"该"字。

谢桃离开派出所之后，苏玲华和郑文弘了解到了整件事情的始末。

看着那段监控录像，如果不是身旁的郑文弘及时扶住了苏玲华，她就连站都站不稳了，她几乎要控制不住自己的情绪。

差一点，就差那么一点，她就要永远地失去自己的女儿了。

那个差点掐死谢桃的陌生女孩儿的父亲仍然在向警察询问有没有和解的办法，苏玲华回头，大声说道："我们绝不接受和解！"

赵一萱的父亲听见她这句话，又听警察说他们就是谢桃的监护人，连忙走过来，恳求道："请你们行行好，我女儿才十七岁，她可不能坐牢啊！这一坐牢，她这辈子不就毁了吗？"

"她差点杀了我女儿！"怒气冲上心头，苏玲华瞪着眼前这个低声下气的中年男人，她的眼圈泛红，眼泪从眼角滑落，"你怎么还好意思站在这儿？想和解？这辈子都不可能！"

郑文弘总是过分冷静，此刻也不例外。

他拍了拍苏玲华的肩，安抚她。然后他看向那个中年男人，眉头皱起，眼神略微沉重。

他语气沉稳，不容置疑："这件事没有必要和解。你的女儿敢做出这样的事情，我们就会让她付出应有的代价。"

谢桃去看周辛月的时候，在医院的走廊里遇到了宋诗曼。

"原来，你认识周辛月啊。"宋诗曼已经来过这里很多次，但她一次都没敢走进那个病房。

看着谢桃从那个病房里走出来，宋诗曼很惊讶。

"她是我的朋友，我最好的朋友。"谢桃说。

宋诗曼顿了一下，认真地将眼前这个女孩重新打量了一番，过去那段时间的许多画面在她的脑海里一幅幅闪过，她忽然明白了什么。

"我……谢桃，"宋诗曼抿了抿嘴唇，下意识地握紧了手里的包包，说道，"我真的不知道徐卉和赵一萱做的那些事情……我，我也是现在才知道的。"

之前，关于她和徐卉、赵一萱三个人之间的传言很多，但宋诗曼从来都没有放在心上过。或许是因为徐卉和赵一萱伪装得足够好，或许是她以为自己和徐卉、赵一萱是足够好的朋友，而她相信朋友。

但现在看来，她们一个把她的爸爸当作提款机，另一个则是把她当作提款机。

她的母亲生来就是一个高傲的、有钱人家的大小姐，而她受母亲的影响，自己也向来高傲。她习惯了别人的讨好，习惯了被人簇拥，她早已经忘记该如何平等地对待别人。

对旁人是这样，对她自认为是朋友的人，也没有多大区别。

"所以你想说什么？"谢桃定定地看着她说道，"你觉得自己很无辜？"

"我，我没有打她，我根本没有参与她们两人之间的这些事情……"宋诗曼急急地说道。

"你如果真的觉得自己心安理得，你今天就不会站在这里。"谢桃说，"对吧，宋诗曼？"

如果她真的觉得自己跟这件事情一点关系都没有，那么依照她的性格，她今天就不会出现在医院里，更不会对着谢桃解释这么多。

内心潜藏的惧怕与不安被人戳破，宋诗曼的脸色一下子变得有些苍白，她动了动唇，像是想辩驳些什么，却又觉得自己什么都说不出来。

"你以为，除了肢体上的欺负，言语上的羞辱就不算欺负了吗？"谢桃紧紧地盯着她，"宋诗曼，是你一遍又一遍地在她面前强调着她胖、她丑……你让一个曾经那么开朗快乐的女孩变成了现在这个自卑又敏感的样子，你还觉得自己很无辜吗？"

谢桃的一字一句就像是锋利的匕首，狠狠地扎在了宋诗曼的心上，她无处可逃。

"我真的没有想过事情会变成这样……"宋诗曼憋红了眼眶，整个人都显得很慌乱。

"周辛月得罪过你吗？"谢桃问她。

宋诗曼摇头，眼泪掉了下来。

"我只是因为徐卉……"

说起来，宋诗曼针对周辛月的原因，无非就是那两个：一是徐卉讨厌她，她与"好朋友"同仇敌忾；二是她知道周辛月的父母都在宋氏工作，心里对这个同班同学不免多了几分轻视。

此刻面对谢桃的质问，宋诗曼没有办法否认心里的那份优越感，她对周辛月一开始就是怀着偏见与轻视的。她从来都没有想过自己说出口的话，对于周辛月而言就是一把把刀子，在她身上划过。

恶语伤人六月寒，言语上的羞辱究竟能给人造成多大的伤害？从前的宋诗曼从来都没有想过。

"你走吧。"谢桃指着走廊尽头的楼梯说道。

宋诗曼站在原地哭得厉害，眼中带着几分慌乱与迷茫。

她是想跟周辛月道歉的，但此刻她觉得自己无论如何也迈不进去那个病房，她怕面对那个女孩。宋诗曼知道，或许自己永远都不会得到她的原谅，而她也必将忍受自己内心的谴责。

谢桃不想再跟宋诗曼多说一句话，转身就走。

因为伤了膝盖，谢桃暂时不能去兼职，所以她直接回到了租住的小区。

晚上七点多，谢桃给自己煮了一碗蔬菜面，加了一大勺福姨做的辣椒酱，吃得鼻尖都冒出了汗珠。捧着碗喝了一口汤，谢桃长长地舒了一口气，看向窗外，微笑着眯起了双眼。

那天晚上，倾听着周辛月的哭诉，谢桃终于了解到她内心真正的想法。

周辛月的父母总是很忙，从她小时候到长大都是如此，因此她一直以为，对于父母来说，工作才是最重要的。

她的父亲是宋诗曼父亲的特别助理，常常在半夜接到宋诗曼父亲的电话，他必须随时待命。而她的母亲严昔萍也是一位有很强事业心的职业女性。

周辛月说："他们那么热爱他们的工作，辛苦工作了这么多年，总不能因为我而失去吧？"

更甚者，不仅仅涉及失去一份工作，还可能因为涉嫌窃取公司机密而被追究刑事责任，这样他们或许就再也找不到工作了。

周辛月知道，宋诗曼的父亲非常疼爱她，而徐卉和赵一萱都是宋诗曼的好朋友。再加上宋诗曼对她的恶劣态度，她不得不相信那些威胁。

当周辛月的母亲严昔萍知道周辛月因为担心他们两个会失去工作，才选择不说出实情的时候，那个看起来坚强自信的女人突然失声痛哭。

夫妻二人辞掉了在宋氏的工作，准备带着周辛月去国外治病，也想以此来弥补他们曾经对女儿的亏欠。

谢桃长长地舒了一口气，撑着下巴，觉得一切似乎终于变得好一点了。

当谢桃眼前的天空渐渐暗下来时,另一个时空的夜幕也开始缓缓降临。

方才,卫韫面见了大周朝皇帝——启和帝,穿过朱红的宫巷,往禁宫大门处走去。借助身旁内侍手持的宫灯,他抬眼看见宫巷尽头已有一行人等在那里。宫灯环绕,衬得中间那人锦衣金冠,好不耀眼。

"大人,是太子。"卫敬突然开口。

卫韫顿了一下,没有言语,只是偏头看了卫敬一眼。

卫敬当即对那内侍道:"公公不必再送了。"

内侍怎会不认识远处那一抹身影,他当即对着卫韫弯腰行礼,然后将宫灯交到卫敬手里,拱手后退了几步,转身离去。

卫韫走到太子赵正倓的面前,俯首行了个礼:"臣参见太子殿下。"

"卫大人让孤好等啊。"赵正倓一开口,语气颇有意味。

卫韫眉眼未动,面上看不出丝毫情绪波澜:"不知太子殿下有何要事?"

"卫韫,你何必在孤面前装糊涂!"赵正倓宽袖一挥,年轻俊逸的面庞上露出几分怒色,"竟敢偷孤的东西,你可真是胆大妄为!"

"臣不敢。"卫韫抬头看向他,神情仍旧平淡清冷,"还请殿下慎言。"

"你不敢?"赵正倓冷笑一声,往前走了几步,侧身站在卫韫身旁。

他的声音突然放低,颇有点咬牙切齿的样子:"邵安河一事,你本可不必去管,你到底为何要管这件事?"

卫韫闻言没有回答,反而反问:"既然是件无关紧要的事,殿下为何还要插手其中?"

赵正倓宽袖下的手紧握成拳,又突然松开。他定定地望着眼前这位被他的父皇亲封为大周朝国师的年轻公子,那双眼睛里阴沉的光芒交织成浓深的影子。

他从未看透过这位年轻的国师。

这桩事对于赵正倓而言,究竟是不是闲事,他们二人心知肚明。如今那本名册落入卫韫之手,可以说为时已晚。

"卫韫。"赵正俟摩挲着大拇指上的那枚玉扳指，怒极反笑，"你可真是好得很……"

卫韫正想说些什么，突然感觉宽袖下被他捏在手里的那枚铜佩瞬间变得滚烫，不过顷刻之间，他的指间就捏了一封薄薄的信件。

赵正俟带着一行人绕过他，往宫巷深处走去。

一簇簇的灯火从卫韫身旁闪过，他的侧脸在明暗不定的光影下平添了几分暖色。

坐上马车后，卫韫捏着手里的那封信，眉头微皱。

这几日，卫韫每天都会收到几十封来自谢桃的书信，而信上大多写些无聊的内容。

譬如：

"卫韫卫韫，今天下雨了呀！

"今天我吃了两碗米饭，一盘红烧肉，我厉不厉害？

"我们楼下来了一只小橘猫，我给它喂了酥心糖，它好像特别喜欢吃。

"天哪，卫韫，我刚刚照着镜子数脸上的伤口，数着数着就被自己丑哭了……

"卫韫，吃早饭了吗？

"卫韫，吃午饭了吗？

"晚饭呢？

"你有吃夜宵的习惯吗？"

她怎么整天满脑子都是吃？

卫韫一开始还会耐着性子回上一两个字，后来就懒得回复了，但这似乎并没有打消她的积极性。

"卫韫，你在做什么呀？"这是刚刚与太子赵正俟说话时落入他手里的那封信上的内容。

卫韫手捏着信纸，垂着眼帘，神色难以捉摸。

她身处一个与他所处的地方完全不同的世界，这是他早就知道的事情。虽然她看起来像是一个再简单不过的小姑娘，但卫韫敏锐地察觉到，或许她身上藏着他从儿时起就偶尔能窥见神秘幕布的真相。

略微思考了一下，卫韫伸出骨节分明的手指，轻轻按了按自己的眉心。看来他需要与这个小话痨保持这种神秘的联系。

谢桃等了十多分钟都没有等到卫韫的回复，于是干脆拿起手机下楼到小区外的超市买酸奶。

从超市里出来，谢桃一边看着手机一边喝酸奶，根本没有注意到自己走着走着，周围的一切都像是被笼罩在黑色的浓雾里，成了模糊的影子，如同水墨画中极具写意意味的一笔。

谢桃抬起头，只见眼前什么也没有剩下，就连路灯的光芒也消失了，唯有不远处那一座古朴的房屋前微晃的灯笼里散发出暖黄色的光晕。

谢桃觉得自己可能出现了幻觉，她揉了揉眼睛，发现房屋还是那座房屋，周围仍是一片黑雾，甚至脚下的路面也变成了青石板路。

她小心翼翼地走到那座房屋前，发现古朴的斗拱之间挂着一块牌匾，上面有三个烫金大字——小酒馆。

打开的大门两边摆着的石狮子，在这样昏暗的光影下看起来有点阴森森的，谢桃的后背开始发凉。

大门里走出一个穿着墨绿色卫衣的少年，谢桃一看见他那张脸，惊得手里的酸奶都掉了。他不就是之前在赵一萱掐着她脖子的时候，忽然出现的那个神秘少年吗？

少年靠在门框上，向她挑了挑眉："欢迎光临小酒馆，进来坐坐吧。"

谢桃坐在小酒馆的大堂里，回头打量酒馆大门上贴着的两副门联。这是谢桃第一次见门联不贴在门外边，居然贴在店铺里头，而且还一贴贴两副，一副是红底黑字，一副是白底黑字。

只见那副红色的对联写着："前脚进你是红尘人间惆怅客，后脚出你是搞笑网友哈哈多。"

谢桃怀疑自己看错了，还有人这么写对联吗？她又去看旁边那副白色的对联，上联写着"坏事做尽里边请"，下联写着"有缘千里送人头"。

这又是什么东西？

谢桃朝上头看了一眼，然后就看到了两副对联共同的横批——欢迎光临。

她总觉得自己像是在做一个诡异的梦。

"这副对联是不是文采飞扬啊?"一个懒洋洋的男声传来。

谢桃回头,就见那个穿着墨绿色卫衣、脚上趿拉着一双人字拖的少年往她面前的桌子上放了一杯水。他拍了拍自己的胸口,笑得有点儿坏:"我写的。"

谢桃不知道该怎么评价,她捧着那杯颜色微紫的水,没敢喝。

"自我介绍一下,"少年在她对面坐下来,跷起了二郎腿,一只手撑着自己的下巴,望着她说,"我叫谢澜。"

"你叫什么?"他问。

"谢桃。"她老老实实地回答。

少年听了,不由得挑了一下眉:"姓谢啊,还都是俩字儿,真有缘。"

谢桃扯了一下嘴角,在这样一个处处透着诡秘的地方,她还真的有点儿坐立不安。

"这到底是什么地方?"她问。

谢澜伸手,一个保温杯就凭空出现在他的手里。他慢悠悠地拧开盖子喝了一口,然后才说:"别紧张,这是个非常注重爱与和平的地方。"

谢桃觉得自己根本听不懂他在讲什么。

"客人来了啊。"忽然,一个略带沧桑的嗓音传来。

谢桃抬头,只见一位穿着月白色长袍的中年男人掀开帘子从后面走了出来。男人面容轮廓很深,即便脸上已经染上了岁月的痕迹,但那双眼睛仍然十分清明透彻,看起来一点不像是一个人生过半之人该有的眼睛。

谢桃见他走过来,问道:"您是这儿的老板吗?"

"我不是老板,"中年男人含笑摇头,伸手指向坐在谢桃对面剥花生吃的那个少年,"他才是。"

谢桃盯着那个正在往自己嘴里扔花生的少年,总觉得他是老板这件事有点可疑。

"想吃吗,小妹妹?"谢澜剥了一颗花生,抬眼就看见谢桃向他投来怀疑的眼神。

谢桃张嘴想说不用了，但她还没来得及说话，就被谢澜扔了一颗花生米到嘴里。她睁着杏眼，下意识地咬住了那颗花生米。是炒过的，还挺香……

"事实上，我是这儿的老板。但我也是被动当上这个老板的，嗯……你可以理解成名义上的老板，暂代的那种。"谢澜剥着花生米，随口说道。

"哦……"谢桃吃着花生米，点了点头，似懂非懂。

"他姓奚，你叫他老奚就好了。"谢澜剥着花生，抽空指了一下在他旁边坐下来的中年男人。

"奚叔好。"谢桃斟酌了一下，还是没有叫他"老奚"。

"我能问一个问题吗？"她犹豫了一会儿，还是开了口。

"你是想问那天的事情吧？"谢澜又往自己嘴里扔了一颗花生米，说道，"那天掐你脖子的女孩其实是被控制了，如果我没有及时赶到，你这条小命就完了。

"你到底得罪了谁啊？怎么有人下这种毒手整你？"

怪不得赵一萱说根本不记得自己掐过她的脖子。谢桃有点发慌，这个世界上似乎有很多超乎她想象的事情存在。

"对方的目的并不是你，而是另一个人。"老奚整理了一下自己的衣袍，语气平和地说。

"老奚你说明白点。"谢澜有点不耐烦。

他到现在也是一头雾水，那天老奚急急忙忙地催促他去救人，也没跟他说明白究竟是怎么回事。

谢桃也没有明白他话里的意思。

"有人将他人的命运绑在了你的身上。"老奚垂着眼帘，遮去了他那颇具深意的神情。

桌上的茶盏里还有热气氤氲着，轻烟缭绕，顷刻便消散无踪。三人坐在酒馆大堂里，周围显得分外安静。

"此人的目标不是你，而是除掉命运被绑在你身上的那个人。

"只要你一死，他便会死。"

老奚的话很简短，但足以让谢桃明白他的意思。

但……这件事听起来实在是太不可思议了。

"别人的命运怎么会和我的绑在一起？"她捧着杯子喃喃道。

"这世上你不知道的东西可多了，就像你现在坐在这个酒馆里，下一秒，你或许就不在这儿了。"谢澜揉了一把女孩的头发，把她的头发揉散了才撒手。

谢桃只觉得眼前一阵光影晃过，下一秒她再抬眼，忽然发现自己竟然坐在公交车站的座椅上。眼前是来来往往的车流，对面是各色闪烁的霓虹和高楼大厦。

如果不是她手里还捧着那杯颜色微紫的水，她几乎要以为自己刚刚所见的一切都是幻觉。

手里那杯水仍然温热，谢桃站起来，看着周围的一切，整个人都处在茫然的状态中。

"不要怕哦，桃桃妹，老奚已经把你和别人绑在一起的命格给分开了，下次见！"谢澜的声音仿佛是从极其遥远的地方传来。

同一时刻，谢桃感觉自己的右手手腕处有一阵灼烧似的痛感，她垂眼，看见一抹蓝色的光从她的手腕里慢慢显现出来，然后消失不见了。

"还有，你手里那杯水没毒，可以美容养颜，而且超级好喝，你不要浪费了。"谢澜的声音又一次传来，像是苦口婆心的忠告。

谢桃："……"

谢桃觉得这一晚她大脑里接收到的信息量实在是太大了。她站在原地茫然了十多分钟，直到衣兜里的手机传来了振动，才后知后觉地回过神来。

掏出手机，她打开微信，看见上面有一条新消息："练字。"

这条消息来自卫韫。

他这是在回复她之前发过去的那条消息。

谢桃一只手端着那杯颜色奇怪的水，一只手拿着手机，脑子里又想起刚刚亲眼见过的看起来一点都不科学的人和事。站在稍凉的夜风中，她艰难地单手打字："说起来，你可能不信，我觉得我刚刚见到鬼了……"

几分钟后，她收到了回复："确实不信。"

"是真的！我刚刚去了一个很奇怪的地方。"

谢桃边往小区里走，边戳着手机屏幕发消息："你还记得我之前和别人打架的事情吗？其实那天她差点掐死我……

"但有一个看起来很神秘的大叔跟我说，她是被人控制了，还说有人把另一个人的命格绑在了我的身上，只要我死了，那个人也就死了。"

谢桃还有很多想说的话，但是她觉得这样超自然的事情，无论是谁都不会轻易相信。

如果不是亲眼所见，她也不会相信自己上一秒明明还走在路灯光昏黄的街道上，而下一秒眼前的一切都变成了漆黑的影子，除了一个看起来古朴又神秘的小酒馆和那两个奇怪的人。

"算了，说起来我自己都觉得很不可思议。"发完这句话，谢桃把钥匙从外套口袋里掏出来，开门。

搁下手中的毛笔，卫韫抬手拆开书案上摆着的四封信。目光落在那四张洒金信纸上时，他原本冷淡如霜的眉眼间骤然添上几分异色。

他清楚地记得那日他毫无预兆地像是忽然被人掐住脖颈，夺去呼吸，甚至连身体都出现了莫名其妙的疼痛感。

"有人把另一个人的命格绑在了我的身上，只要我死了，那个人也就死了。"

卫韫伸手，两指捏起这张信纸，定定地看着上面那一行墨色。

命格之说，可信吗？

或许是因为自儿时起便能窥见旁人不可见的神秘光幕，卫韫虽不信神佛，却清楚这世间无奇不有。

就从前她与他闲聊时透露出来的她与另外一个女子发生争端的时间而言，似乎正好与他莫名感到不适的时间吻合。

卫韫的手指敲击着书案，纤长的睫毛垂下，遮掩了他那双微暗的眼瞳。

她的膝盖受了伤，近几天多次跟他念叨过膝盖疼，而他近来膝盖也有些隐隐作痛……卫韫思及此，一张冷白如玉的面孔顿时沉下来，一双眼睛微眯。

若真如她所言，那么她口中与她的命格相连的人或许便是他了。

卫韫嘴角微扬，无声冷笑。

到底是谁？这人既然拥有如此超乎常人的能力，又为何要如此大费周章地运用此种手段来置他于死地？难道……此人身怀异能，却无法直接取他的性命，故而只能用所谓的命格束缚之法将他的命格绑在旁人的身上？

可为什么偏偏是她？

卫韫闭着眼睛靠在椅背上，眉头轻蹙。案边的紫金香炉里有缭绕的烟雾飘浮。

再睁开眼睛，卫韫的目光停在了被他放置在书案上的那枚铜佩上。无论如何都与这个东西脱不了干系。

为了印证自己的猜测，卫韫从书案下的匣子里抽出一把匕首。他握住刀柄，毫不犹豫地在掌心划过一刀，殷红的鲜血流淌出来。但他始终未曾皱一下眉头。

卫韫扔掉手中的匕首，提笔在空白的信纸上写下："你是否感觉到哪里不适？"

谢桃正在咬着笔写作文，感觉手机在振动，她拿起手机看到了他的信息。

哪里不适？

谢桃摸了摸自己的膝盖，回复："我的膝盖还是很疼。"

卫韫看到这句话，眉头微皱。他的目光停在自己左手掌心上的那道血痕上，神色越发深沉。

"你说，有人把别人的命格绑到了你的身上？"他再度提笔求证。

那边的回复来得很快："是的。但他们说已经把那个人的命格和我的命格分开了，我也听不太懂。你觉得他们是在骗人吗？不过他们好像真的有特异功能……真的很神奇。"

卫韫瞥了一眼自己手掌上的伤口，眼睛里光影明灭不定。忽然，他嗤笑了一声。

第二天，谢桃去机场送周辛月。

她的状态看起来似乎好了一些，面对谢桃的时候也会笑了。

"辛月，我等你回来。"谢桃抱住她，没有忍住泪水。

"我很快就会回来的，桃桃。"周辛月回抱着她，那双眼睛里染上了一片泪雾。

没有人能够真正体会到在知道谢桃为了她回到南市时，周辛月的内心有多震动。

那些事情她没有告诉父母，没有告诉任何人。她以为自己的一辈子或许也就这样浑浑噩噩地活着了，痛苦也罢，煎熬也罢。她甚至曾经不止一次地想过，离开这个世界或许才是真正的解脱。

但她没有想到，在这个世界上，竟然有一个人会为了她义无反顾地去查清真相。即便她什么都不肯说，谢桃也还是凭借自己的力量，奋力把她从无望的泥沼里拉了出来。

这么多天来，周辛月不止一次仔细地审视这个在她印象中胆怯、柔软的女孩儿。她无论如何都想不到，小时候被她保护过的这个女孩儿，有一天会那么坚定地挡在她的身前。

周辛月曾经觉得，自己比谢桃勇敢，比她胆大。可此刻，她才真正认识了自己这个好朋友，她比自己想象中的还要勇敢。

知道赵一萱差点掐死谢桃的那天下午，周辛月看着从病房外一瘸一拐地走进来的女孩儿痛哭不止。

她问："桃桃，你为什么一定要管我的事呢？值得吗？"

可她心里很清楚。谢桃从来都是这样的。谁对她好，她就会掏心掏肺地对谁好。在这个世界上，能够拿出一颗真心待人的人，是那么可贵，而谢桃十分珍视这份难得的真心。

生活或许会给予人许多煎熬和苦痛，正如谢桃生而不幸，少年离家，到现在都是一个人孤零零地生活，但她仍然保持着一颗热忱、善良的心。

周辛月有一瞬间忽然觉得，原来自己并不勇敢。只有胆小鬼才会一直想要逃离这个世界，躲避令她难堪、痛苦的事物。她原来竟是这么懦弱。

"记得好好治病，要听医生的话，要好好地吃饭……"谢桃在她的耳边絮絮叨叨地说着，声音柔软得像是天边飘浮的云。

周辛月忍不住流下了泪水，她松开谢桃，握紧了她的手："桃桃，我会的……"

只要一想到在这个世界上，原来还有这样一个人如此热切地盼望着她好好地活下去，周辛月的内心就好像忽然燃起了一点火星。

"这是我给你做的酥心糖。"谢桃把自己提前做好的几大盒巧克力味的酥心糖递给她。

周辛月接过来，定定地望着她："桃桃，真的谢谢你。"

谢谢你，为了让我活下去，做了这么多事情。

"能够跟你做朋友，我很开心。"

看着周辛月和她的父母走进检票口，谢桃的泪水止不住地流了下来。

回到租住的小区，看见楼下的郑和嘉，谢桃停住脚步，眉头轻轻地皱了起来。

"谢桃。"郑和嘉迈开步子走到她面前。

他有很多想说的话，但当真正面对她时，这个恣肆的少年忽然就多了几分小心翼翼。

"你的事，我听我爸和苏阿姨说了。"他说。

谢桃没有说话。

"你的伤……怎么样了？"他动了动唇，感觉嗓子有点干涩。

"好多了。"谢桃开口答道，语气多少有点疏离客气。

她冲他点点头，绕过他往楼上走，忽然听见身后的少年说："谢桃，真的……对不起。"

说到底，他和谢桃之间并没有什么恩怨。

无非是一个正值叛逆期的少年，对于忽然出现在他家里的这对母女的幼稚反抗。

起初，他以为谢桃事事要和他比，以为她什么都要和他学，什么都要跟他抢，所以他从一开始就看不起这个忽然住进他家的名义上的妹妹。

他曾经偶尔出言嘲讽她，但这个在他家里从来都过分沉默的女孩儿在面对他时，也是同样寡言。

直到除夕那天，他发现母亲在世时亲手给他捏的泥塑被人摔碎了。

他特意将母亲的东西放在客厅最显眼的地方，就是为了提醒父亲不要忘记他的母亲。

但那天，他从楼上下来的时候看见那泥塑已经碎在了地上，而谢桃正蹲在那儿收拾。

怒气在一瞬间涌上来，他走过去，一把把她推开。谢桃没有防备，身形不稳地跌坐到地上，额头磕到了柜子角。

"从我家里滚出去！"这是那天他亲口说的话。

殷红的血液顺着谢桃的脸颊流下来，而她看向他的目光，就像今天这样，平淡又陌生。

那天晚上，她的母亲因为成绩的事情训斥她。那是郑和嘉第一次见谢桃反驳苏玲华。两人争论间，气氛越来越僵，苏玲华一怒之下，一巴掌打在了谢桃的脸上。

郑和嘉有时候会回想起那个时候，谢桃泪眼蒙眬、眼眶红透地望着她母亲的模样。那是一个女孩最绝望的目光，可怜兮兮，又带着委屈和愤怒。

在那个冬夜，他见谢桃穿着单薄的衣服，背着双肩包，一去不返。

后来郑文弘找他谈话，他才知道，他母亲亲手做的那个泥塑，是郑文弘喝醉酒回到家的时候不小心撞到的，而谢桃，不过是被她妈妈苏玲华喊着去收拾地上的碎片。

事实上，谢桃从来都没有想过要跟他比，更没想过要抢他的任何东西，那只不过是苏玲华因为有了一个新的家庭而做出的荒唐举动。

那个时候的苏玲华虽然已经治好了心理疾病，但是因为多年和前夫谢正源之间不够平等的关系，她习惯性地将自己放在了比较低的位置上。

她想在这个新的家庭里立足，于是她严苛地要求自己的女儿追上郑和嘉的学习成绩，同时她也下意识地开始讨好、偏向郑和嘉。

她希望自己的示好能够让郑和嘉接受她，但她在偏向郑和嘉的时候却忽略了自己的女儿谢桃。或许在精神失常的那几年里，她早已经忘了自己该怎么做一个好母亲。

郑文弘提醒过她，但当时苏玲华仍然陷在曾经的固有模式里。或许是因为曾经失去过一个家庭给她带来了沉重打击，这一次，她过分珍惜来之不易的幸福生活。

郑文弘和苏玲华一直都知道谢桃在哪儿，他们也一直在悄悄地给谢桃所在的那家镇上的蛋糕店里打钱，但他们没敢去栖镇把她接回来。

因为这一次，谢桃的态度尤其决绝。

即便苏玲华已经认识到了自己的过错，但一切都晚了。她在自己女儿最脆弱的时候，狠狠地在她心上扎了一刀，那或许是一辈子都无法愈合的伤痕。

而郑和嘉对谢桃也同样感到歉疚。

他承认，曾经的自己对待谢桃是抱有偏见的，因为她和苏玲华都是忽然闯进他家里的陌生人。

这一年多来，曾经恣肆的少年终于有了几分他父亲的沉稳，对于自己曾经的幼稚行为，郑和嘉一直心怀愧疚。

"其实我以前也讨厌过你。"谢桃忽然开口，她没有转身，"以前我觉得妈妈很喜欢你，她总是在我面前提起你，要我向你学习，要求我的成绩像你一样好……

"我有一段时间，真的很讨厌你。

"但我也能理解那时你对两个忽然闯进你家里的陌生人的抗拒。

"因为我也一样。"

她不喜欢在那样一个完全陌生的地方生活，还要被妈妈逼着叫郑文弘"爸爸"，她也同样抗拒这件事。但他们的处境终究是不同的，一个是那个家里本来的主人，而她，寄人篱下，不得不低头。

他能说出来的许多话，当时的谢桃都没有办法说出来。

"但那些事情都过去了，我不想再提，你也不用记着。

"现在这样，就很好了。"

谢桃说完，就径直上楼去了。

郑和嘉站在原地，望着谢桃的身影消失在楼梯转角处，久久没有移开自己的目光。

今天是周六，不用上课。

谢桃趴在书桌上做作业的时候听见细微的声音传来，她抬头，才发现窗外不知道什么时候下起了雨。

此时，身在另一个时空的卫韫正立在一间暗室里。

燃着几炷香的供桌之后摆着两个灵位，一个是他父亲的，另一个则是他母亲的。

又是一年六月十三，他母亲的忌辰、父亲的死期，更是卫家遭逢大难之日。可笑那般簪缨望族，百年世家又如何？一夕之间便大厦倾颓，黄土埋骨。

眼底似有几分讥讽，卫韫整理了一下衣袖，伸手取过旁边的香，又点燃了一炷。缭绕的烟模糊了他冷淡的眉眼，仿佛他自始至终都是如此淡然的模样。

卫氏满门或生或死，他好像并不在乎。毕竟那样一个大家族虽也曾有枝繁叶茂之态，但其实早已烂到了根里。

在卫家，卫韫唯一在乎的只有他那个懦弱无能的父亲和早逝的母亲。身为卫氏三房的庶子，他的父亲卫昌宁在那样一个大家族里仿佛最不起眼的一片叶子。

而身为三房庶子的儿子，卫韫生来更是渺小如尘埃。但偏偏卫家最后活下来的只有他，这是多么讽刺啊。

卫韫从暗室里出来的时候，卫敬早已经等在门外。

"大人。"见卫韫从暗室里出来，卫敬低头唤了一声。

"如何？"卫韫漫不经心地用锦帕擦拭着自己的手，声音冷淡。

"如您所料，陛下并未问罪太子。"卫敬垂首，恭敬地答道。

卫韫闻言，面上没有什么波澜，他扯了一下嘴角："太子虽冲动易怒，但他身后有一个好太傅。"

"许地安把他从这件事里择出去，怕是也费了不少力气。"

许地安怎会有如此大的本事？卫韫明白，若无启和帝的默许，太子要想从这个贪污大案里完全脱身，是不可能的。那本名册上与太子有关的人几乎都死在了大牢中。这就是最好的佐证。

如此看来，启和帝对待这位他亲自抚养了六年的嫡子，到底是有几分偏爱。

却不知，这位如今一心追求长生的启和帝对待他这位嫡子，究竟还能容忍到什么地步？

卫韫无声地笑了。

"太子派来的那些人，不必再留着了。"他说这话时，声音仍旧平稳。

"是。"卫敬垂首应声，而后便转身走了出去。

待卫敬离开，屋内恢复一片寂静，卫韫方才听见窗外似乎有淅沥的雨声，且雨势有扩大的趋势。

他顺着窗棂遥遥望去，目光沉沉。

卫韫缓步来到窗前，伸出手去。雨水滴落下来打湿了他暗红色的衣袖，在上面添了点点深色的痕迹。

胸口传来熟悉的滚烫温度，卫韫顿了一下，伸手从衣襟里拿出那枚铜佩。淡金色的光芒凝成一封信件，轻飘飘地落在窗棂上，眨眼便被雨水打湿了。

卫韫捡起那封信，手指屈起，轻轻拆开。

微微湿润的洒金信纸上凝着一行板正的墨字："卫韫，下雨啦。"

也不知道是为什么，看到这行字的一瞬间，卫韫的嘴角忽然扬了扬，他抬眼看向窗棂外的婆娑树影，神色忽然变得迷茫。

是啊，下雨了。

明明是两个截然不同的世界，此刻却好像是打破了时空的界限，在下着同一场雨。

雨势渐大，声声清脆，一如多年前浇熄卫氏家宅那场大火的阵阵雨声。那个被他瞧不起的懦弱父亲，在那一日做了平生唯一一件大胆的事情。

"延尘，你要好好地活着。"这是他对卫韫说的最后一句话。

曾经，父亲对他的教诲一直都是"样样不必拔尖儿，万事莫要出头"，就连取名也是给他取的"韫"，字"延尘"，意为和光同尘。

他的父亲，只希望他做个平凡、微尘一般的人。

这便是他父亲所谓的，在卫氏那般的大家族里的生存之道。

多么可笑。

坐在书桌前的谢桃，一只手握着手机，另一只手撑着下巴，看着雨水滴落在玻璃窗上，滑下一道又一道的痕迹。

　　隔着时空的两个人，在同一时刻看向窗外，仿佛在望着同一场雨。

第五章

好喜欢你啊，卫韫

谢桃膝盖的伤好了之后，每天放学之后依然到甜品店做兼职。

这段时间她一直与卫韫保持着联系，就是那种无论她吃了什么、喝了什么、做了什么都要闲聊一下的联系。虽然大多数时候都是她在说。

如果谢桃没有询问过卫韫的真实年龄，她很可能会误以为他是一位老年人。

毕竟，在如今这个时代，还有哪个二十二岁的年轻人会喜欢喝茶、练字、阅读《知论》呢？而且，讲话还显得有些文绉绉的。

谢桃觉得，她与卫韫交流得多了，上语文课学习文言文时似乎都变得轻松了。联系得更多，谢桃慢慢地发现他是一个非常优秀的人。

他懂很多她不懂的事情，博学多闻，会下棋、书法、画画，并且还知道一些能够帮助她更好地理解和记忆文言文的方法。

那么枯涩难懂的文字经由他解释之后，好像都变得简单了许多。但她也发现，他似乎对许多现代社会的词汇并不了解。

这让她不禁开始产生怀疑。

"卫韫，你跟我说实话，你其实是个住在山里，手机信号还非常不好的老爷爷，对吧？

"也不对，如果你的手机信号不好，你就收不到我的消息了。

"你到底是不是个老爷爷？"

卫韫看着信纸上的这几句话，眉心微蹙，觉得有些莫名其妙，但这么长时间下来，他的耐心早已被她每日不定时的信件骚扰磨得好了许多。

于是他提笔便回："若是闲得无聊，就多读书。"

又是这样噎死人的话，但谢桃已经渐渐习惯了他这样的说话方式。不管是好的，还是不好的事情，高兴的，还是不高兴的事情，她都会说给他听，即便他一直以来都惜字如金。

或许，连她自己都没有察觉到，她对于这个素未谋面的人有着过多的好奇心，甚至已经产生了一些陌生的情感。

盛夏悄然降临，一个学期的课程也终于结束了。

暑假来临，谢桃除了每天去甜品店兼职，还找了一份派发传单的工作。

尽管下午一两点钟是一天中最热的时间，但谢桃依旧坚持了几天，直到有一天中午，天气实在太热，她被晒得头晕眼花，然后就什么都不知道了。

这一天是卫韫觉得自己的书案上最为干净的一天，从早到晚，那个小话痨竟然连一封信都没有，他眼中流露出几分异色。

她今天终于知道"安静"二字怎么写了？真稀奇。

齐霁来到国师府的时候，就看到那位身穿暗红锦袍，腰系银冠玉带，丰神俊逸却总是一脸冷淡的年轻国师正坐在凉亭中，手里摩挲着一枚铜佩，若有所思。

"延尘兄什么时候得了个这样的物件？"

齐霁迈进凉亭，伸手想拿走他手里的那枚铜佩，但他刚出手，茶盏上的盖子就飞过来，打在他的手背上，力道还不小。

齐霁抚着自己的手背说："卫延尘，你竟然下这么重的手？你就这样对待你的救命恩人？"

"世子不是说你并非那种挟恩图报之人吗？既然如此，为何总是将此事挂在嘴边？"卫韫收好手里的铜佩，抬眼看向他。

齐霁挺直腰板道："我忽然又是了。"

卫韫收回目光，伸手拿起茶盏，凑到嘴边喝了一口。

"卫延尘，我总觉着你心里好像藏着些事情。"

"世子是将我之前的忠告抛到脑后了？"卫韫声音淡淡地说，"不要过分好奇。"

话音刚落，他就察觉到被自己放在衣袖里的铜佩变得滚烫。

卫韫神色未变，但他突然站起来，转身下了台阶，向书房走去。

她果然不可能安静。

"卫延尘，你去哪儿？"齐霁站起来喊道。

"世子请回。"卫韫并未回头，说道。

卫韫站在窗棂边，拆开信封，只见上面有三行墨迹，透露着一个小姑娘的窘迫与懊恼。

"卫韫，我发誓今天是我最丢脸的一天！

"我今天在大街上晕倒了，然后一群人围着我看啊看，他们还把救护车叫来了，我刚被他们抬到急救床上就醒了……天哪，我还付了救护车的钱！

"我太难了……"

虽然其中某些词对他而言仍然陌生，但他能大致猜测出那些词的意思。

在书案前坐下来，卫韫无声地笑了一下。

半晌后，他薄唇轻启喊道："卫敬。"

"大人。"卫敬应声走进来，对卫韫垂首行礼。

"世子走了？"

卫韫朝窗棂外隔着一池荷花的凉亭瞥了一眼，没有发现那一抹青白色的身影。

"是。"卫敬恭敬地答道，然后他递上一幅画卷，说道，"这是世子让属下交给您的。"

卫韫闻言回头，看向他手里捧着的那一幅画卷。

他伸手接过来，将那幅画在书案上铺展开来，那一双冷淡无波的眼瞳里顷刻间流露出几分异色。

从卫敬的角度看过去，那画卷之上所描摹的赫然便是他眼前这位年轻国师的容颜。相比写意重韵的水墨画，这幅画更专注于外化元素的刻画，故而此刻看来十分写实、鲜活。

齐霁身为侯府世子，虽无意投身仕途，其书画方面的造诣却是大周朝的一绝。

看着眼前这幅画卷，卫韫不免想起被他收入匣子里的那张材质特殊的纸片，那上面的小姑娘模样清晰鲜活，犹如亲眼所见般细致真实。

齐霁所作的这幅画虽然不能与之相比，但也算是上乘的写实之作了。

卷轴里还有一张字条。

卫韫伸手拿起来，便见那纸上写着："尔之殊色，焉能枉费？此画留作延尘兄日后说亲之用，不必感谢。——明煦。"

这个齐明煦。

指节一屈，卫韫将那字条操作一团，冷笑一声。

管家卫伯在门外唤了一声："大人。"

"何事？"卫韫抬眼。

卫伯躬身站在门口，道："大人，这是厨房里刚来的厨子新做的桂花藕粉糕，您今天还未用膳，不如先用些？"

"不必……"卫韫说了一句，随即顿了一下，他垂下眼帘，目光停在被画卷压着只露出一角的洒金信纸上，而后道，"送进来吧。"

卫伯听了，连忙颔首应声。

"卫敬。"待卫伯离开后，卫韫才道，"占星阁中事，你须多加留意。"

"明日信王便至郢都，宫宴在即，我们得提高警惕。"

卫敬闻言，恭敬垂首，道："是。"而后他便转身走了出去。

窗外仍然有雨声。卫韫将那画卷重新卷起来，随意地放在书案上，看向卫伯放置在案头的那碟点心，他干脆将那枚铜佩拿出来放在书案上。

然后，他将那碟点心拿过来，紧挨着铜佩放。

他不怎么吃太甜的食物，这碟桂花藕粉糕便当是堵那个小话痨的嘴了。可他没有注意到，盛着点心的瓷碟的边角触碰到了被他随意卷在一旁的卷轴。

于是铜佩里淡金色的光芒出现的时候，卫韫便看见案前摆着的那碟点心和那幅卷轴一同凭空消失。他神色微变，却已经来不及再抓回那幅卷轴。

谢桃睡了一觉后，精神终于好了许多。

她揉了揉眼睛，看了看窗外，仍然下着雨。

从枕边摸出手机，谢桃懒懒地打了一个哈欠，发现自己的手机屏幕上有一条新消息，提醒她小区的快递储物柜里有她的东西。

如今时代发达，几乎每一个小区都配备快递储物柜，每一个住户都有自己的专属储物柜，只有本人才能打开。快递员只能凭借运送快递物件的独特单号密码才能把快递放入储物柜内。每次取件后，密码会自动改变，快递员就无法反复打开住户快递柜。储物柜还配备感应器，感应到多出来的重量时，系统就会自动通知住户取快递。

突然收到快递，谢桃"咦"了一声。

难道是福姨又寄什么东西了吗？

她坐起来，穿好衣服，跑到楼下的快递储物柜。她输入密码打开储物柜，却惊奇地发现里面是一盘糕点！

"现在寄快递怎么连包装盒都省了？"谢桃想。

她小心地端起那盘糕点，发现盛放它的碟子是瓷的，颜色是淡淡的天青色。糕点是桂花藕粉糕，看着晶莹剔透，上面还撒着桂花，让人看了就很有食欲。

谢桃小心地端着那碟糕点回到家里，然后给福妙兰打了个电话："福姨，您怎么又给我寄东西了啊？"

电话那端的福妙兰有点迷惑："我给你寄什么了？我没寄啊。"

"不是您寄的？"谢桃愣了。

福妙兰笑了一声："你这孩子，我要是给你寄东西，能不先告诉你吗？"

挂了电话，谢桃挠了挠后脑勺，有点想不明白，既然糕点不是福姨寄的，那是谁呢？

她想起了周辛月，点开微信。这时，一条微信消息正好弹了出来，是那个没有头像的人发来的，旁边是她曾经备注的名字——卫韫。见他发了一条消息过来，谢桃眼睛一亮，赶紧打开。

聊天界面上有一幅图片，可以看出来那是一幅通过细致的笔触描摹而成的写实工笔画。

画中的人穿着暗红色的锦袍，佩戴着金冠和玉带，长发乌黑，双眉微蹙。那双桃花眼仿佛天生无情，神态冷漠。

这是一张清秀的面孔，一看令人惊艳。

谢桃盯着那张图片看了好几分钟，这是谁画的神仙肖像？！

"这是你画的吗？"回过神来，谢桃连忙打字，发了一条消息过去。

"什么？"对方的回复仍旧迟缓。

谢桃打字："你发过来的图片啊。"

卫韫看到这句话时，眉头微皱，似乎纸质物品传输的方式和其他物品不同。他突然想起之前那张印着她的模样的纸片。看来她真的没有察觉到他们身处两个不同的世界。

卫韫凝视着他手中的铜佩，目光深邃而又复杂，这东西到底隐藏了多少秘密啊？

等了十多分钟，谢桃才又收到了卫韫的回复："友人所作。"

这四个简单明了的字刚好符合他平日里寡言少语的习惯。

这位神秘作者是卫韫的朋友？谢桃坐到了写字台旁边，他的朋友看起来是个天才啊，这画得也太好了吧！

"那，你朋友画的是谁啊？"谢桃有点好奇。

这样的人真实存在吗？难道他的朋友是在线画神仙？在等待回复时，谢桃又点开那张图片，放大并仔细观察了一遍。

当谢桃的目光移到那张画像左下角潇洒飘逸的"卫韫"二字时，她不禁愣住了。

真的是她想的那样吗？难道卫韫就是画中的这位人物？

谢桃退出了图片界面，连忙打字："这画的……是你吗？"

过了几分钟，她的手机振动了一下，对方只发过来一个字："嗯。"

谢桃盯着那个字，沉默了两分钟，然后她瞪大了双眼。

"我觉得你告诉我你其实是位六七十岁的老爷爷还比较可信。"

发送完消息，谢桃手握着手机，直直地盯着那张画像看了好久，这也……长得太好看了吧。谢桃又有点出神。

"没有收到别的东西？"她的手机屏幕又一次亮起来。

别的东西？谢桃起初还没想到，直到侧目看见了桌子上的那碟桂花藕粉糕，她脑子里才有灵光闪过。

她睁大了眼睛："桂花藕粉糕是你送的吗？"

对方的回复仍旧是那一个字："嗯。"

谢桃不知道为什么，感觉心里像是有泡泡在一颗颗炸开，她忍不住笑了起来，随手拿了一块桂花藕粉糕放进嘴里。

桂花藕粉糕细腻柔滑，味道清甜，谢桃吃了一块之后，忍不住又拿了一块。

但是……他怎么会知道她的地址呢？谢桃顿了一下，忽然想起前两天她跟他提过快递公司把福姨寄给她的辣椒酱派送到了与小区名字相似的另一条街上这件事。她好像在当时提到过她的住址。

谢桃意外地收到了礼物，她吃着糕点，眼睛眯成了月牙。她高兴地发送了消息："糕点很好吃！谢谢你，卫韫！

"对了，你也在南市吗？这些糕点热热的，只有同城才能这么快吧？"

虽然不太确定对方口中的"快递"是什么意思，但卫韫确信这个物品到达了她所在的那个世界，他感到非常欣快。而她，却毫无察觉其中的异样。

卫韫想起那个一心想要将他置于死地的神秘人，眉眼间犹覆霜雪，眼里一片沉冷肃杀。

她到底是局外人，还是这棋局中最关键的棋子？

谢桃并不知道此刻的卫韫在想些什么，她吃完两块桂花藕粉糕之后已经不舍得再吃了。支撑着头，她看着那碟糕点，眼中满是惊喜和笑意。

"好久没有收到礼物了，我特别开心，谢谢你，卫韫！"女孩的话语中透露出了喜悦之情。

这时，谢桃再次看向那幅画像，还是难免有点出神。接着，她动了一下手指，按住了那张图片，当屏幕上跳出"保存图片"的选项时，她轻轻一点。

谢桃的面庞莫名变得有些发红，窗外的雨滴在玻璃上勾画出了曲线弧度，淅淅沥沥的声响微弱而清晰。

女孩儿趴在桌上，手里握着手机，悄悄地把这张图片设置成了壁纸。

那天之后，谢桃经常会收到卫韫寄来的各种糕点，有些甚至是她从来都没有吃过的。

他依旧寡言，似乎也很忙，但他还是会回复她的消息。

每每看着壁纸上的画像，都让谢桃感到惊艳。

这天下午，她用甜品店的兼职工资加上卖酥心糖赚的钱交了房租之后还剩下一些。

因为过早地开始承担生活的重担，谢桃很清楚柴米油盐酱醋茶所成就的平凡生活在这样的烟火人间里究竟有多么不易。她几乎不买零食，一个月里吃肉的次数也不多。有时在甜品店里兼职回来得晚了，她就干脆拿泡面当晚饭。而现在，她决定买点肉回来自己做饭。

虽然甜品店暂时不能去兼职了，但今天刚发了工资，她觉得很有成就感。

可当她提着买好的肉和菜往小区的方向走的时候，眼前的一切不知何时突然变成了模糊的影子，唯有一间古朴的房屋矗立着。在周遭模糊的黑雾之间，这座房子的屋檐下挂着的灯笼是她眼前唯一的光源。

即便谢桃已经是第二次经历这样的事情，但此刻亲眼所见，她还是有点难以置信。

穿着浅色短袖衫的少年靠在门框边，嘴里叼着一根草，满眼笑意地看着她："又见面了，桃子妹妹。"

"我赶着回家做饭。"谢桃提着一袋菜，站在原地干巴巴地说了一句。谢澜"啧"了一声，趿拉着人字拖晃晃悠悠地从台阶上走下来。走到谢桃面前后，他扯着她的衣袖，直接拽着她往酒馆大门里走。

"正好，我想吃红烧肉了，你给做一顿呗。"他眼神好，还看见她袋子里的肉了……

"那是我的肉。"谢桃说。

谢澜吐掉嘴里的那根草，说道："妹妹，这就是你的不对了，什么你的我的，踏进这个门，咱就不分你我了。"

谢桃听见他这句话，刚要踏进门的脚就往后一缩，在门槛外站定。

"那我就不进去了……"

谢澜没想到她还有这一出，他愣了愣，而后直接伸出双手，扣住她的肩膀，轻轻松松就把她提溜进了门。

谢桃蒙了。

最终，她手里提着的菜和肉，在酒馆的后厨里被她亲手做成了三菜一汤。

捧着碗坐在凳子上，谢桃夹起一块红烧肉，低头扒了一口饭，再抬头时，她整个人都惊呆了。

"我的肉呢？"她呆呆地望着那个干干净净的盘子，发出了疑问。

对面坐着的谢澜和老奚面面相觑，然后一起对谢桃报以含蓄一笑。

"我已经很久没有吃过人类的饭食了。"老奚发出感叹。

"我已经很久没有吃过一顿像样的饭了。"谢澜发出感叹。

老奚歪着头看他："我做的饭菜有那么差吗？"

谢澜盯着他，呵呵一笑："呕。"

老奚夹了一筷子炒时蔬，说道："你可以不吃。"

"你以为我跟你似的是个千年老妖精啊？是个人就得吃饭。"谢澜抢走他筷子上夹着的蔬菜，喂进嘴里，然后指着桌子上剩下的那两盘菜说，"这才是人能吃的，你知道吗？你做的，猪都不想吃！"

"妖，妖精？"正在他们俩说话间，谢桃抓住了重点。

老奚和谢澜的目光都看向了她，谢桃握紧筷子，那双盈盈的杏眼里多了几分怯色，有点坐立不安。

"那个，我刚刚就是顺嘴一说，你别怕啊。"谢澜干笑了一声，指着他旁边的老奚说，"他不是什么妖精，他今年一千三百六十……多少岁来着？"

老奚吃着饭，在旁边不疾不徐地添上一句："一千三百六十四岁。"

谢澜一拍桌子，说道："啊，对。他啊，是个一千三百六十四岁的老家伙，不是什么老妖精，没什么可怕的。"

可是一千多岁听着就很吓人好吗？谢桃惊呆了。

"小妹妹一看就没见过大世面，你什么时候才能像你澜哥我一样遇事不慌，淡定如常？"谢澜吃着饭，感叹道。

老奚神情淡然地瞥了他一眼，也不知想起了什么往事，他笑了一声，没说话。

谢澜被他看了一眼，有点心虚，于是清了清嗓子，说："当然啊，你这样也很正常嘛……"

"奚叔，您真的……活了一千三百六十四年吗？"谢桃一点都不想听谢澜讲话，她望着坐在对面的老奚，小心翼翼地问。

老奚对上女孩那双充满好奇的眼睛，微笑着："如你所见。"

谢桃感觉老奚周身散发着淡淡的金色光芒，他的眉眼间也不再像普通中年男人，竟多了几分超脱世俗的气息。

谢桃惊讶地瞪大了双眼。

"那么，你呢？"过了一会儿，谢桃转过头看向坐在老奚身边的谢澜。

　　"我和你一样，是个普普通通的凡人。"谢澜倒了杯水给自己，喝了一口，回答道。

　　她发现自己不太相信，毕竟她亲眼看见了谢澜的超能力。

　　"但是我看见你使用了超能力……"

　　"那是术法。"谢澜纠正她说道，"凡人是可以借助灵器来使用术法的。"

　　听到这里，谢桃的双眼闪耀着光芒："那我可以看看你的灵器吗？"

　　"不行。"谢澜的情绪似乎被刺激到了，特别是当他看到老奚露出的意味深长的微笑时，他有些愤愤不平地瞪了老奚一眼。

　　谢桃发现谢澜有些不高兴，不敢再提要求。

　　突然，她想起了老奚之前说过的话，于是问道："奚叔，你之前说有人把另一个人的命运绑在了我的身上，我能知道命运被绑在我身上的那个人是谁吗？"

　　老奚的眉头轻轻皱了一下。

　　"这个我暂时还不清楚。"他最终只说了这一句。

　　"那，这件事到底是谁做的？为什么他要把别人的命运绑在我的身上？"

　　这是令谢桃最为困惑的问题。

　　老奚没有说话，他不着痕迹地瞥了一眼谢桃顺手放在桌上的手机，他的那双眼瞳深处似乎藏着许多难以窥见的情绪。

　　"桃桃，"过了一会儿，谢桃才听到老奚说，"你不必担心，以后不会再发生这样的事情了。"

　　当谢桃离开酒馆时，时间已经过了八点。

　　尽管她莫名其妙地被谢澜拉进了门，又莫名其妙地为他们煮了一顿饭，只吃了一点点肉……但这一次，她终于弄清了这个小酒馆的本质。

　　在谢澜送她回家的路上，谢桃看着周围的景物再一次变成原来的样子，她的脚踩在整齐排列的人行道上，而不是长着青苔的石板路上。

　　行道树的影子被路灯拉得很长，走在她身边的谢澜讲述了这个酒馆的来历。

这是一个夜深开门的小酒馆，招待着所有有缘人。

总会有人失落沮丧，总会有人陷入困境。幸运的人们破解了结界进入这个小酒馆，能得到的不单单是美酒，酒馆老板和员工还会帮助解决自己的困境。

但是，有缘之人不一定都是好人。总会有人心怀不轨，总会有人丢弃良心。如果邪恶之人不幸突破结界进入这间小酒馆，他们将面临除酒之外的另一种惩罚。

"有许多种惩罚方式，总共二十六种，每一种都对应一个字母。如果今天不休息，你就能亲眼见见这些方式。"这是谢澜的原话。

小酒馆营业，主要是为了积攒功德。人间的功德是唤醒一位上古神君的重要元素。老奚身为那位神君的仆人，一直在做这样的事情。

谢澜写在门内的那两副对联，也有了很好的解释。

如果进来的是好人，无论遇到什么困难，步入小酒馆，离开时，一切都会迎刃而解。当然，如果进入的是坏人，就只有"有缘千里送人头"的命运了。

谢桃坐在书桌前看了一会儿书，又不自觉地抬头望向半开的玻璃窗。盛夏的夜里，漫天的星子闪烁着细碎的光，微凉的夜风拂过她的脸，带起耳畔乌黑的缕缕发丝。

"我今天问过奚叔了，他好像也不知道把别人的命格绑在我身上的那个人是谁……"她拿起手机，向卫韫提起今天发生的事情。

"我真的很好奇那个被人绑了命格的倒霉蛋到底是谁……那天赵一萱掐我脖子掐得可用力了，按照奚叔的说法，我被掐脖子，他肯定也会被空气掐脖子，我被打得那么疼，他肯定也莫名其妙疼得厉害吧？

"有点惨哦。"

她并不知道，此刻她口中那个有点惨的"倒霉蛋"手里捏着那几张信纸，看着上面的内容，那张冷白如玉的面庞上的神色有一瞬间阴晴难定。

他嗤笑了一声，真想封上这个小话痨的嘴。

谢桃仍无所觉，她跟他说起小酒馆，不禁感叹："卫韫，这个世界，好像比我想象中的还要浩大，还要神秘。"

而就是忽然意识到这是一个浩瀚深沉、神秘无比的世界，让她在此时此刻好像多了几分对生活的热忱。

世界上有太多未知的事情，有太多神奇的事物。人永远没有办法预知自己的未来是会更好还是更坏。就像她也没有想过，在长达一年多的一个人的生活里，她原来还从未习惯过孤独。

也就像她从来都没有想过，在这样寂静无声的夜里，她能够找到一个人，能像现在这样跟他说话。

手机屏幕变暗，又亮起来。屏保上的锦衣公子有着这世上最好看的眉眼，犹如山上雪，又似云中月。

能够认识他，也是一件很神奇的事情。

于是她重新按亮手机屏幕，打字："卫韫，认识你，真好啊。"

卫韫看着书案上的那张洒金信纸，那双看似清冷无波的眼睛里有一瞬间闪过细微的光影。

过了好一会儿，他嘴角勾了勾，抬眼望向窗外那一片重楼掩映间的浓深夜色。漫天的星子在那看似一望无尽的夜幕之上恍若回流的江海万顷。

屋内寂静无声，灯火摇曳。

年轻的锦衣公子缓步来到窗边，夜风吹拂过他肩头的长发。身后书案上的那枚铜佩在昏黄的烛火下似乎逸散出了淡金色的光华。神秘的符纹若隐若现，一如包罗万象的满天星斗。淡金色的星盘转动间，散发出星河倾覆般耀眼的光芒。

卫韫回头，正好瞥见那忽然涌现的细碎流光。那流光倒映在他幽深的眼眸里，犹如转瞬即逝的烟火剪影。

他转身回到书案前，将那枚铜佩握进手里。指腹摩挲着铜佩边缘缺失了一尾翎羽的浮雕凤凰，他的指节渐渐收紧。

从他手中出现这枚铜佩开始，一切似乎都变得云遮雾罩起来，甚至那个小话痨也是一个不安定的因素。她究竟是何人手中的棋子？而那个始终未曾露面的神秘人，究竟又为何要取他的性命？

这一夜,卫韫睡得极不安稳。

或许是因为梦里又一次回到了儿时的卫家宅院,他又成了那个被父亲锁在小院子里的病弱孩童。

陈旧的院墙,稀疏嵌在地砖裂缝间的杂草,还有父亲高高举起的戒尺,都浮现在他的脑海里。

"卫韫,你可知错?"

绣有青苍暗纹的衣袖扬起,戒尺狠狠地打在年仅八岁的小卫韫身上。

戒尺一下又一下地落下来,而跪在院子里的小孩儿始终挺直脊背,紧抿着本就没有多少血色的嘴唇,自始至终都没有发出一点儿声响。

"卫韫,你可知错?"父亲的声音越发严厉,带着难掩的怒火,那是只有在面对卫韫时才会显现出来的威严与气度。

可在卫家,他从来都是以软弱示人的。

"卫韫,从未做错什么。"

无论父亲问多少遍,无论小卫韫被束缚在那座四四方方的小院子里多少年,更无论父亲落在他身上的戒尺到底有多疼,小卫韫从来都不觉得自己有错。

他也从来不曾认错。

在卫家这么大、这么深的大宅院里,作为三房庶子的卫昌宁渴望他的儿子能像他一样谨小慎微,小心翼翼地生活,不露锋芒。

一个懦弱的男人永远不会做出任何改变,因为他害怕改变。

即使他心里仍然深爱着卫韫逝世不满一年的母亲沈氏,却仍然遵从三房主母的意愿,娶了锦州富商家的女儿。

卫韫曾经憎恨他的父亲,憎恨他的懦弱,憎恨他强迫自己成为和他一样浑浑噩噩的人。

他憎恨父亲自称深爱他的母亲,却在母亲逝世不久后就娶别人,更加憎恨他屈服于所谓的命运,夺取了他选择生活方式的权利。

但这个懦弱的男人毕竟是他的父亲,是在卫家这个深不见底的大宅院里唯一真心待他的血亲。

卫家遭逢大难那日,他的父亲拍了拍他单薄的肩膀,弯下腰拥抱了他，说："你生来体弱多病，但又极端叛逆……卫韫，你比我强。"

这个男人虽然懦弱无能，但他是个不轻易落泪的人。但那个晚上，十岁的卫韫能清晰地感受到有一点点湿润的痕迹轻轻地滑落在他的脖子上。

长房和二房所犯下的重罪最终牵连了卫家的每一个人。

尽管卫昌宁一直小心谨慎，最后仍成为长房和二房罪孽的牺牲品。卫韫从那时起就明白，忍让、退缩、收敛，全都是弱者的借口。人生短暂，犹如朝露，唯有权力才是永恒的东西。

为摆脱被控制的命运，他必须成为掌控他人生死的人。

经历了十年的颠沛，没有人真正知道被关在深深宅院里的病弱少年究竟经历了多少血腥的磨炼和多少孤独的处境，最终成为深受皇帝信任的年轻国师。

时间容易将人的心变得坚如铁、冷如冰。他不在乎别人，也不在乎自己。

往事一幕幕在他脑海中重现，卫韫皱起了眉头。

在梦醒之间，他仿佛听到一个极轻、极柔的声音叫他："卫韫，认识你真好啊。"

那是一个女孩子的声音，尾音微扬，带着七分喜悦、三分羞涩。

他急忙睁开眼睛，只见一片黑暗。他喘着气，胸口起伏不定，耳边仿佛还回荡着女孩子的声音。

放在他枕边的铜佩微微发亮，星盘若隐若现，发出铃铛般的微弱声响。

此时此刻，身处另一个时空的女孩子依旧沉睡。

她枕边的手机屏幕上渐渐出现了淡金色的凤尾翎羽，小星盘在其中隐约转动，发出微弱的异音。

在梦中，她轻唤："卫韫……"

清晰的声音传至卫韫耳畔，他的瞳孔微缩，久久凝视着握在手中的铜佩，一时难以移开视线。

自那一晚起，卫韫不时听到谢桃的声音，在深夜的静谧时分更为频繁。有时是她在睡梦中无意识的呓语，有时是她熬夜时一个人的自言自语。

她会说："好想吃小龙虾啊……可买不起，算了算了。"

也会说："好想吃红烧肉啊……不想做饭，算了算了。"

还会说："这种口味的泡面也太好吃了吧！"

…………

有时候，卫韫还会听见她念叨他。

"卫韫到底是怎么长大的？《知论》这种书他竟然能倒背如流，难道是神仙吗？！

"也不知道卫韫现在在干什么……

"有点想吃卫韫送的桂花藕粉糕了……"

但这样的情况终归是少数。

卫韫留意到，只有在铜佩上出现金色气流涌现而成的星盘，当星盘转动时，他才能听到她的声音。

时间过得飞快，逝去如流水。

因为高考即将来临，谢桃每天晚上都学习到很晚。此刻她趴在书桌前挠了挠后脑勺，面前这道数学大题她怎么都解不开，最终她一头栽在练习册上，感叹道："这也太难了……"

由于忙于督办建造占星阁，已经连着好些天没有睡过一晚好觉的卫韫终于能早早地睡下，但被谢桃的叹气声惊醒。

他睁开眼，就看到枕边的铜佩上星盘在转动，接着他听到女孩子苦恼的叹气声。

也不知道为什么，那一瞬间他的眼底竟然有了一丝笑意，就如同在常年冰封的无垠雪原里，突然绽放一枝春色。年轻的公子躺在床榻上，手里摩挲着那枚铜佩，眉眼舒展，温润含光。

天光乍破时分，卫韫被门外卫敬的声音唤醒了。

由于他一向不喜他人触碰，所以他房间里从来不留侍女。平日里这些琐碎的穿衣洗漱之事都是由他自己完成的。

卫韫洗漱完毕，换上朝服，穿上银丝暗纹绛纱袍。站在一旁的卫伯适时递上摆在托盘里的镶玉金冠。

卫韫站在铜镜前，将金冠戴上，用与衣袍同色的嵌着精致玉片的发带束紧，将其拢在身后的乌黑长发间。

当他在扎腰带时，他似乎想起了什么，抬头看着站在一旁的卫伯："让厨房准备一碟桂花藕粉糕送过来。"

说完，他又添了一句："用盒子装着。"

卫伯愣了一下，然后连忙低头应道："是，大人。"

卫韫坐上马车后，卫伯把一盒糕点交到了卫敬的手中。

"大人。"卫敬掀开帘子，把盒子递了过去。

帘子重新拉下来，卫韫看着案几上放着的盒子，他抬手，宽袖后移至手腕处，露出了他手里一直握着的那枚铜佩。

他将铜佩放在了那盒糕点上，但见金光闪烁，那盒糕点凭空消失。他靠坐在软垫上，目光盯着那枚铜佩半晌，手指在案几上敲击，神色晦暗难明。

分明是她扰人清梦，为什么他要送她想要的东西？

六月份，高考终于来临了。

谢桃一大早就被闹钟吵醒了，她匆匆忙忙地起床洗漱，收拾好要带的东西，手机忽然响了起来。

熟悉的号码，虽然没存名字，但谢桃知道是苏玲华打来的电话。

她抿着嘴唇，没有挂断电话，但也没有接，只是把手机放到桌上，拿上考试要带的用具就出门去赶公交了。

谢桃是高三下学期才来南市的，面对考试怎么可能不紧张。但是在考场上看着试卷，她顾不上想其他，只顾着拿笔答题。

第一天的考试结束后，她回到租住的房子，感觉自己一点力气也没有了。她倒在床上发了会儿呆，看到桌上的手机，又爬起来，拿过手机点开微信。

"卫韫，我今天考完了……"她打字发送。

过了十几分钟，手机振动了一下，谢桃点开屏幕。

"如何？"他的回复只有简短的两个字。

"我也不知道。"谢桃有点蔫蔫的。

"已经过去的事，就不要再多想。"对话框里忽然弹出来这句话。

谢桃还没来得及回复，又看到了一条消息："这段时间，你已经足够努力了。"

她不自觉地笑起来，回复："嗯！"

他有的时候说话，也并没有那么不好听嘛。

明天还有一天的考试，谢桃没敢多耽搁，吃了晚饭又看了会儿书，就早早地洗漱睡觉了。

第二天的考试还算顺利。下午出了校门，在校门外热闹的人群里，谢桃看见了苏玲华。她身旁并没有站着她的丈夫，也许是因为郑和嘉今天也参加高考。

苏玲华没看见谢桃，还在人群里向校门口张望。谢桃躲在一堆人后面，顺着人行道匆匆地跑了。

没高考时，她觉得这次考试好像离她很近，又很远；当她真的考完时，她又觉得和平时的考试也没有哪里不一样，唯一的区别大概就是，这真的是她高中生涯的最后一个句号了。

天气越来越炎热，谢桃又开始在甜品店里打工。

六月二十六日这天，是谢桃的生日。一大早，她就接到了福姨的电话。

"祝我们桃桃生日快乐！"福姨带着笑意的声音在电话那端响起，她一如既往地精神饱满。

谢桃揉了揉眼睛，打了个哈欠，反应了好一会儿，才意识到今天是自己的生日。用手挡了挡从半开的窗帘外透进来的刺眼阳光，谢桃笑了起来："谢谢福姨！"

"来，花儿，跟你桃桃姐姐说生日快乐，快。"

那边的福妙兰的声音时而清晰时而模糊，然后，谢桃听见电话那端传来福花断断续续的声音："桃桃姐姐生日快乐。"

"谢谢花儿。"谢桃笑得弯起眉眼。

"桃桃啊，"福妙兰絮叨道，"福姨给你寄了点吃的，就算是生日礼物吧。"

"谢谢福姨……"

隔着细微的电流声，谢桃听着从电话那端传来的福妙兰的温暖的声音，眼眶有点发热。

能够在离开郑家，回到栖镇后，遇上福妙兰和她的女儿福花，对谢桃来说是一件很幸运的事情。

她想起来，她上一次生日的那天晚上，在福家蛋糕店的柜台边，福姨亲手给她做了一个蛋糕。插上蜡烛的时候，福花还在旁边用稚气的声音给她唱了一首《生日快乐》。

那时，谢桃忽然觉得生活好像也并没有那么糟。

现在，她依然这么觉得。

挂了电话后，谢桃掀开被子，穿上衣服，去洗手间洗漱。

既然是过生日，那么就该吃些好吃的东西。

吃过早餐，谢桃就去打工的甜品店里工作。

谢桃不舍得买大蛋糕，原本想在甜品店里买一个樱桃小蛋糕，但老板娘听说今天是她的生日，特地亲自给她做了一个尺寸中等的巧克力蛋糕，却无论如何都不肯收谢桃的钱。

下班后，谢桃跟老板娘道了谢，提着蛋糕去小区附近的菜市场买了些菜，然后往住处走。

半路上，她遇见了郑文弘。黑色的名车停在路边，车窗慢慢降下来，露出郑文弘那张儒雅的面庞。

"谢桃。"

"郑叔叔。"谢桃礼貌又疏离地对他点了点头。

郑文弘不着痕迹地看了一眼她手里提着的菜和蛋糕盒子，面色如常地对她说："方便谈谈吗？"

"您有什么事吗？"谢桃问。

郑文弘"嗯"了一声，说："下个月赵一萱的案子就要开庭审理，我这边请的律师想问你一些事情。"

因为他目前算是谢桃的监护人，所以这件事情派出所和法院的人一直是在跟他联络，而苏玲华和郑文弘之前就已经连同周辛月的父母对赵一萱提起了诉讼。

谢桃点了点头，说："好。"毕竟这件事本来就是她自己的事情。

她坐上郑文弘的车，大概过了十分钟，下车的时候才发现郑文弘带她来的是一个酒店。

"顺便吃个饭。"郑文弘解释，看见谢桃手上还拎着东西，他又道，"先放在车上吧。"

谢桃只好把手里拎着的东西都放回了车上。

郑文弘把车钥匙交给泊车的人，然后带着谢桃走进酒店大堂，乘着电梯上了三楼。

谢桃跟着郑文弘穿过铺了厚厚的地毯的走廊，来到一个包厢门前，郑文弘推开包厢门。

谢桃刚踏进去，抬眼就看见包厢里有一个大大的圆桌，上面摆着各式各样的菜肴，而圆桌的中间摆放了一个大大的蛋糕，那蛋糕上面写着"桃桃生日快乐"。

桌边坐着的两个人看见谢桃走进来，立刻站了起来，一个是精心打扮过的苏玲华，另一个是郑和嘉。

苏玲华身上穿的那条水绿色的裙子，谢桃近期在杂志上看见过，是苏玲华亲手设计的。她好像已经找回了曾经的自己，那是连谢桃都没有见过的模样。

和记忆里那个眼神黯淡的女人不一样，她那双同谢桃尤其相像的杏眼里多了从前没有的自信。

谢桃有一瞬间的出神，她想，或许她的妈妈曾经就是这副模样吧？自信且柔美。

可此刻的苏玲华在她眼里，又好像陌生了几分。

谢桃呆呆地立在那儿，目光停在苏玲华的身上，光影微动间，她眨了一下眼睛，像是被天花板上垂吊的水晶灯的光线给晃了眼睛。

包厢里寂静无声，良久，站在桌边的苏玲华动了动唇，唤她："桃桃……"

谢桃眼神微闪，手指下意识地揪紧了自己的衣角。

苏玲华踩着高跟鞋一步步走到她面前，似乎有点忐忑不安，但她还是又一次开口："桃桃，今天是你的生日，所以我……"

她的话还没有说完，谢桃就打断了她："不用了。"

谢桃转身想走，却被郑文弘叫住："谢桃，欺骗你是我的不对，郑叔叔向你道歉，但是如果我不这样，你怕是根本不会跟我过来……就当给你妈妈一个弥补的机会，好不好？

"她这一年多，也不好过。"

"我不需要任何弥补。"谢桃垂着眼，她指节屈起，手紧握成拳，声音有点轻，还有点发颤。

"桃桃，你……不要这样，你这样，我心里很难受……"苏玲华说着说着，眼睛里已经泛起了泪花。

这么多年来，她始终清晰地记得自己过去对谢桃做的那些错事，无论如何都没有办法忘掉。每天夜里，她的脑海里总会闪过女儿谢桃在那个冬夜里看向她的目光。

她愧疚难当，深受折磨。

"我知道，我知道无论我现在做什么，可能都无法弥补我之前对你造成的伤害，但桃桃，我是你妈妈，我……我没有办法不管你，我很想为你做点什么。桃桃，我真的，我真的很想你啊……"

苏玲华说着说着，就变得很激动，眼泪从眼眶里滑落。她伸手想去触碰谢桃，却被她躲开了，于是她的那只手只能在半空僵住。

谢桃的那双杏眼里已经染上了一片水雾。

刚来南市的那两年，是谢桃觉得人生最灰暗的时候。

那个时候的谢桃还没有对她的母亲失去盼望，因为她还记得母亲曾经温柔的模样，还记得她曾经一遍一遍地说爱她。

那是真的，那刻在血缘里的爱无可置疑。于是小小的谢桃总是告诉自己：妈妈病了，妈妈心里比她还要难过痛苦好多好多倍。但是即便她一遍又一遍地这么告诉自己，那颗幼小的心还是难免在那样的打骂和苛责中受伤。

在谢桃被欺负得满身狼狈地回到家时，但凡苏玲华有一次帮她换衣服，给她洗澡，然后温柔地吹一吹她额头的伤口，轻轻地说一句安慰的话，谢桃都不会对她的母亲失望。

支撑一个小孩子快乐地活下去的勇气是什么？当时的谢桃认为应该是妈妈的怀抱。

但真正压垮谢桃的，其实是在郑家度过的那些日子。

她原本期待着治好了病的母亲回到从前的样子，用最温柔的姿态拥抱她，说爱她。可是她没有，她过分地专注于自己的新家庭。

因为她对郑和嘉的刻意讨好与偏心，因为她对谢桃的严苛要求，谢桃心里对于母亲的最后一点期待被彻底磨灭了。

苏玲华是她的妈妈，所以谢桃永远都免不了会想念她，但那绝不是原谅。这是一种很矛盾的心理。而苏玲华至今都没有明白，她令谢桃彻底失望的缘由究竟在哪里。

这段母女情永远也回不到刚开始的样子。

"桃桃，算妈妈求你，就让妈妈给你过完这个生日，好不好？"苏玲华眼眶红透，哽咽的声音里带着几分哀求。

谢桃没有说话，她只是抬眼看向桌上摆着的高脚杯里颜色浓烈的红酒，就好像是卫韫那幅画像里衣袖的颜色。

站在旁边的郑和嘉始终沉默地看着谢桃，他没有开口劝说她，就那么静静地站在那儿。因为他知道，自己说什么也没有用，他也不想干涉她的任何选择。

气氛僵冷，谢桃忽然走到桌边，端起一杯红酒，仰头一口喝了下去，桌上摆着的三个高脚杯里的红酒都被她喝了个精光。

然后她拿起透明的塑料刀，挖了一块蛋糕喂进嘴里，接着她转身便走。

"桃桃！"苏玲华在后面喊她，声音里带着哭腔。

谢桃走到门口的时候顿了一下，但她没有回头，那双早已憋红的眼里，眼泪悬在眼眶要落未落。

最终，她说："妈妈，谢谢您生下我，让我来到这个世界上。"

她说："我已经不是小孩子了。"

"所以以后，生活就真的只是我自己的生活了。"

这句话说完，她头也不回地离开了，即便听到了身后苏玲华崩溃的哭声，她也没有停下脚步。

或许是因为今天是她的生日，在见到苏玲华，听到她的声音，看见她落泪后，谢桃脑海里许多关于以前的回忆被唤醒了。

那时，爸爸还没有在她的脑海里成为模糊的影子，那时，妈妈还是那个每天都会亲亲她的脸颊，抱着她去镇上的蛋糕店里买酥心糖给她吃的妈妈。即便知道生活永远都不会有重新来过的机会，但有时候梦到儿时的一切，谢桃还是会哭着醒过来。

回到租住的小区，谢桃刚走到单元楼下，手机的提示音忽然响起来。她掏出手机，隔着一片模糊的泪花看见是快递领取消息。

在原地站了两分钟，谢桃折返到小区摆放快递储物柜的地方。输入密码后，储物柜"嘀"的一声，打开了。里面摆放着一个古朴的木盒子，一如前几次卫韫寄给她的盛糕点的盒子。

盛夏蝉鸣的黄昏，一个女孩儿孤零零地站在快递储物柜前，那双泛红的眼眶里，眼泪流得更加汹涌。

谢桃伸手抹了一次又一次眼泪，脸颊的皮肤被擦得泛红，甚至开始发疼，她也丝毫不在意。

抱着盒子上楼时，谢桃的步履已经有点摇晃，可能是那三大杯红酒的酒劲上来了。她从来都没有碰过酒，所以酒劲一上来，她的脑子就开始有点不太清醒了。

回到租住的房子后，谢桃坐在床上呆愣了好一会儿，才打开那个盛着糕点的盒子。盒子里的糕点并不是之前的桂花藕粉糕，而是她从来没有见过的糕点。

她伸手拿了一块糕点喂进嘴里，不知道为什么，眼泪又掉了下来。

谢桃感觉自己的脑子变得更混乱了一些，她一边哭一边吃。

抱着盒子躺在床上，她摸出口袋里的手机，盯着手机屏幕好一会儿，然后才点进那个空白头像的聊天界面。

她吸吸鼻子，点开了视频通话的选项。在跳出来的"视频通话"和"语音通话"的选项中，她歪着脑袋盯了好一会儿，将手指按在了"语音通话"上。

等待连接通话的"嘟嘟"声响起，即便是喝了酒的谢桃变得胆子大了好多，她的心跳还是不断加速。她揪着自己的衣服，手指有点发抖。

这时，刚从浴房出来回到房间的卫韫披着湿漉漉的乌黑长发，只穿了一件单薄的白色衣袍，衣襟微敞，锁骨半露。

他手里握着一卷书，垂眸时，长长的睫毛犹如鸦羽一般。

忽然，被他随手放在书案上的铜佩浮现出金色气流涌动而成的星盘，星盘转动间，细如银铃般的声音响了起来。

下一刻，他便清晰地听到了一个女孩子吸鼻子的声音。

卫韫皱起了眉头。

"卫韫？"女孩子稍显怯懦的声音传来。

卫韫听到这个声音，一瞬间闪过惊愕之色，半晌后，他试探着开口道："谢桃？"

清澈如山泉般的男声传来，谢桃顿时大哭起来。

"卫韫……"她哭得上气不接下气，嘴里只重复地念着他的名字。

卫韫听见她哽咽着说："我已经是一个大人了。"她像是在对他说，又像是在告诉自己。

女孩子一边哭一边唠叨地跟他说了好多话。

察觉到她说话有些不太清晰，说话间有几分明显的醉态，卫韫开口道："你喝酒了？"

"嗯……三大杯，一点都不好喝。"谢桃老老实实回答，说完还打了一个嗝。

"我今天把蛋糕弄丢了，菜也弄掉了。我没有资格吃晚饭，也没有资格过生日……

"卫韫卫韫，你在听吗？

"卫韫，你说话嘛。

"你的声音真好听，我相信你不是老爷爷了……"

她在醉酒时很大胆，话也更多了，但依然下意识地避开了许多她不愿触及的话题。

虽然卫韫听得出来，她内心很难过。

天色渐渐暗下来，卫韫听着女孩子越来越小的声音，目光停在那枚铜佩显现出来的星盘上。

谢桃听见他清澈的声音传来："生辰快乐，谢桃。"

也不知道为什么，那一刻，谢桃的眼泪又涌上了眼眶。一颗心跳得飞快，她的呼吸也渐渐变得有些急促。

或许是酒意上头，又或许是此刻的悄然心动给了她太多的勇气，她吸着鼻子，忽然傻笑了一声，那双杏眼里神色迷离。

从她站在楼下的快递柜前看见那只木盒子开始，随着她大着胆子按了语音通话键，听见他的声音的举动，那些被她刻意藏起来、刻意模糊掉的情绪，在她昏昏沉沉却又好像有些过分清醒的脑海里再一次涌现。

于是在这个寂静无声的夜里，在灯光摇晃的书案前，端坐如松的年轻公子清晰地听见女孩子细软的呢喃从星盘里传来。

　　"好喜欢你啊……卫韫。"

第六章
男朋友

因为昨天哭肿了眼睛，她今天睁开眼睛便觉得有点发涩，脑袋也有点昏沉发痛。她没敢伸手去揉，撑着身体坐起来，她低头看见了被自己扔到一边的手机。她拿起手机按亮屏幕看了一眼时间，发现了来自周辛月的微信消息。

"桃桃，谢谢你那么努力地想让我好好活下去，我会好好治病，你要等我回来啊。

"这辈子能够认识你，是我最开心的事情。

"生日快乐，桃桃。"

谢桃嘴角微微上扬，过了半晌，她用手指点着屏幕，回了一句："我等你回来，辛月。"

退出周辛月的聊天界面，谢桃目光下移，一眼就看见了她和卫韫的对话框里有"语音通话"的显示。

她愣了一下，点进了她和卫韫的聊天界面，只见上面显示着"聊天时长14：03"。

谢桃浑身僵硬，握着手机坐在床上，整个人都呆滞了。昨夜的许多记忆涌上来，她耳边仿佛响起了自己的声音。

"好喜欢你啊……卫韫。"

昨天夜里，她把自己裹在被子里，大着胆子点开了语音通话，然后她听到了他清冽的嗓音。

模模糊糊间，她还听到他说："生辰快乐，谢桃。"

然后，然后就是她……谢桃的一张面庞猛地涨红了。

啊啊啊！

谢桃一头栽进枕头里，像一只毛毛虫一样扭啊扭，缩进被子里。

怎么办？她怎么会说这样的话啊！他会不会觉得她很莫名其妙？他会不会……再也不想理她了？

谢桃的脑海里蹦出了很多奇奇怪怪的想法。

她连忙解锁屏幕看了一眼手机，确定卫韫的微信还静静地躺在她的列表里后，她顿时松了一口气。

片刻后，她又捂住脸，有点没有办法面对昨天对他说了那样的话的自己。她到底，到底为什么要说那种话啊！

做了好久的心理建设，谢桃才重新点开和卫韫的聊天界面。打出来的字在对话框里又一一删掉，这样重复了好多次，她最终试探着发了一句话过去："卫韫，昨天的事……"

她原本想说，那是她的醉话，当不得真，让他不要误会。

可手指轻触屏幕的刹那，她想起了昨天下午，她站在楼下的快递柜前，看到里面存放的那个木盒子时的心情。

她一偏头，看见了被她放在床头柜上的那个木盒子。

她想起昨天他对她说过的那句"生辰快乐"，昨夜悸动的内心此刻再一次泛起波澜，她垂眸盯着自己的手机屏幕有一瞬间失神。

"昨夜，你醉了。"十分钟后，她等来了这样一句话。

谢桃盯着那句话看了好一会儿，内心忽然涌起一阵莫名的情绪，想都没有来得及想，她急急地回复："我明明是很认真的！"

她忽然有了勇气，写道："卫韫，我本来就是那么想的。"

卫韫端坐在书案后，定定地望着案上铺展开的那三张洒金信纸，目光来回游移，神情竟有几分无措。

今日沐休，不必上朝，但他昨夜竟因为一个小姑娘的醉话而睡得极不安稳，以至于早早便醒了。

半梦半醒间，她的那句"好喜欢你啊"总是响在耳边。

她似乎很喜欢唤他的名字，一声又一声，尾音微扬，声音软软的，带着几分撒娇的意味，令他陡然从睡梦中睁开眼，然后久久地盯着上方的素色承尘，再也难以安睡。

本来只当是她一时的醉话，但此刻看着那信纸上的一字一句，卫韫忽然发现，这个小姑娘似乎真的把她的一颗真心捧给了他。

他的脑海里忽然浮现出她那张明净秀气的面庞，那一双杏眼尤其澄澈明亮。

可这有多荒唐？于她而言，他不过是一个连面都未曾见过的陌生人，又如何值得她将一颗真心如此热切地交付？

或是因为看到父亲卫昌宁的所作所为，卫韫至今都不肯相信这世间的男女真情。他更不相信，她这份突然而起的情愫来得有多真切。那更像是一时的冲动，是一个年轻的女孩瞬间的心血来潮。

卫韫提笔便想拒绝，但当他的目光落在旁边的那枚铜佩上时，他停下了动作，眼眸里忽然多了几分深思。

半晌之后，他抬眼看向门外："卫敬。"

怀里抱着长剑，穿着黑色长衫的卫敬应声走了进来，垂着头道："大人。"

"若是……"卫韫顿了一下，思考着什么，然后才说道，"若是你拒绝了一个倾心于你的姑娘，她是否会就此杳无音信？"

"啊？"卫敬有点蒙，他有些反应不过来。

大人……大人方才问了什么问题？他是不是听错了？

"会还是不会？"卫韫显然没有什么耐心，眼神里带着一点烦躁。

"依属下之见，应该会。毕竟，姑娘家面皮薄，若是拒绝了她，她就会认为那个男子是不屑与她交往的。所以，她不会再去和那个男子来往。"

卫敬回答时额头上冒着汗，对于杀敌他有把握，但对于这类问题，他回答起来有些犹豫。

不再来往？卫韫听后蹙起眉头。

如果因为这件事情而和她断绝这种神秘的联系，那么铜佩的秘密又该如何查明呢？那个神秘人的目的何时才会显露呢？目前所有这些都和她有千丝万缕的关系。

卫韫手中的笔半落未落，他的表情一直在变化，拒绝的话终究没有说出口。

在过完生日的第二天，谢桃突然拥有了一个男朋友。

她发送了几条消息后就不停地盯着手机屏幕，不敢移开目光。

过了十分钟，她终于收到了对方的回复。这一瞬间，谢桃甚至连呼吸都变得小心翼翼起来。她不确定对方的回复意味着什么。

手指动了动，谢桃犹豫了一下，然后又发送了一条消息："好……是什么意思？"

过了两分钟，她才收到回复："如你所愿。"

尽管对方仍旧是惜字如金，却让谢桃顷刻间失神了。

她愣愣地坐在床上，反应了好一会儿，随后瞪大着杏眼，有点不敢置信。这是……是她想的那个意思吗？！

谢桃的脸颊再次变得又烫又红，她捧着手机，盯着聊天界面里的

"如你所愿"四个字，看了好久好久。她的心跳声仿佛从未如此刻这样清晰地响起过。

不过她反应过来后，又把自己埋进了被子，在床上翻来覆去地滚动。

然而，没过多久，她又打开微信界面，盯着卫韫发来的那句话，两眼弯成了月牙儿。

此时，卫韫刚刚放下笔墨，随手拿起一卷书，在书案后端坐着。

然而，他的眼睛总是不由自主地从书页移到那枚铜佩上。他心中萦绕着一种说不出来的情绪，让他一时间难以专注于手中的书卷，反复走神。

到底他所做的是对还是错呢？

案前的香炉里散发着缕缕的冷香，烟雾自其中缭绕而出，朦胧的烟雾一会儿模糊了他的眉眼，掩去了他眼底的深思。

窗外蝉鸣声响起，卫韫扔下了手中的书卷，将那枚铜佩握在手里，用指尖摩挲着铜佩的边缘，起身走到了门外。

卫敬及时地俯首拱手："大人。"

"选进占星阁的那些道士，他们有什么不妥之处吗？"卫韫瞥了一眼卫敬。

"大人请放心，属下已经一一排查过，并未发现什么可疑之处。"卫敬恭敬地回答道。

卫韫轻轻颔首，想到了什么，他笑了一声，神情淡然地说道："现在信王奉诏留在郢都，东宫此刻定然非常热闹。"

"大人认为，陛下此举究竟为何？"卫敬不理解启和帝为何将信王留在郢都，因为他一直是偏向太子殿下的。

"陛下只是借着信王的名义，敲打太子而已。"卫韫领着卫敬走下石阶，径直走向院子里的凉亭。

邵安河的贪污案牵涉甚广，甚至涉及赈灾中的数笔大款，目前牵连了很多官员，其中还有数十个太子党羽。

尽管太子并未参与贪污，但他仍然犯了包庇罪。

此事闹得极大，天下人的目光都盯着启和帝，但启和帝仍然放任太傅许地安将太子从此案中择出来，悄无声息地让那些官员死在大牢中，再无对证。

太子这事做得不够漂亮，启和帝怎么能不心生恼怒？

可在启和帝心中，他的这位嫡子终究有着不可撼动的地位。

也正因如此，启和帝才会留下本该返回封地的信王，然后什么也不说、什么也不做，只留太子赵正俭在东宫中着急上火，也令朝野上下众说纷纭，以为启和帝又有了新的打算。

启和帝此举完全是为了削弱太子的锐气，信王终究是白白做了启和帝手中的棋子，偏偏信王还以为自己有了取而代之的希望。

这可真是……好笑。

卫韫扯了扯嘴角，眼底流露出几分莫名的兴趣。

他倒是真想看看，等那信王赵正荣回过味来之后，又会有怎样的神情？

"既然如此，大人，我们要做些什么吗？"卫敬稍事思考后问道。

卫韫摇头，在凉亭里的石桌前坐下，给自己倒了一杯茶，缓缓地喝了一口，才说："不必，我们暂且等着。"

这个看似昏庸的启和帝到底还是有着自己的算计，不然他也不会坐在龙椅上这么久。对于赵家父子之间的事，还是让他们自行解决吧。

"听说城南柳玉巷里的荷花酥不错？"茶碗的盖子一盖，发出清脆的声响，卫韫突然转了话题。

卫敬愣了一下，然后点了点头。

"去买一份回来。"卫韫说这句话时，神色平常。

"好的。"

卫敬总觉得大人最近有点说不出的怪异，但他又不敢妄自猜测，此刻也只能答应着，转身往院外走去。

那盒荷花酥最终进了谢桃的嘴。

好吃得让她疯狂打字称赞："卫韫，这荷花酥也太好吃了吧！"

卫韫看见洒金信纸上那行墨迹，轻轻地勾了勾嘴角。他并没有回答她的话，只是拿出了卫敬刚才递给他的一封密文，垂眸看了起来。

之后的几天，卫韫明显发现，自从他接受了这个姑娘的心意之后，她似乎变得更加爱说话了，大小事情都要告诉他。

"卫韫，你在干什么呀？

"卫韫，我的高考成绩快出来了……我有点害怕。

"我好想吃红烧肉哦，卫韫……

"开学倒计时，这真是一件令人悲伤的事情。

"卫韫，你每次讲话能不能多说几个字啊？"

…………

凡此种种，多数是她的闲话。

为了堵住她的嘴，卫韫经常让卫敬搜罗郿都的零食或者糕点，然后把它们放在铜佩下，送给她。

他不知道从什么时候开始，对待她的态度比从前多了几分自己也未曾察觉的耐心。

他有时候还会问她："今天想吃什么？"

"糖蒸酥酪！"谢桃回答得很快。

"你已经连续吃了三天了。"他提醒她。

"好吃！"她的理由也总是那么简单的两个字。

…………

最后，卫韫只得叫来卫伯，让他吩咐后厨做一碗糖蒸酥酪端过来。

最近，国师府的下人们明显察觉到，他们这位国师大人似乎变得过于嗜甜了。

这天，谢桃刚回到小区，就看到手机上的提示消息。她兴冲冲地跑到快递储物柜那儿去取快递。

满心欢喜地打开快递柜，她却看见了一堆书？而且还是那种用麻绳装订整齐、有着蓝色或红色纯色封皮的书，就像她在古装电视剧里看到的那些一样。

好吃的呢？

谢桃在快递柜里翻来翻去，却并没有找到任何可以吃的东西，她只好抱着那一堆书往单元楼里走。

"卫韫！你给我寄书做什么啊？"回到家，谢桃把那一摞书放在桌子上，拿出手机给卫韫发消息。

那边的回复依旧很慢："多读书，少说话。"

谢桃眨了眨眼睛，片刻之后，她连忙打字："你是觉得我话多吗？"

卫韫看见信纸上这句话，眉峰微皱。不知道为什么，他忽然有了一点不太好的感觉。

他略微思索了片刻，落笔："不是。"

谢桃撇撇嘴，轻哼了一声，然后在桌边坐下来，随手拿起一本有着蓝色封皮的书，书名叫作《石泉记》。

她一翻开，就被第一页醒目的文言文给劝退了，卫韫送她的这些书，是给她催眠的吗？

"我看不懂。"她跟他说。

卫韫却回复她道："我替你挑的这些书，七八岁的稚子都能看得懂，你却不能？"

谢桃总觉得自己像是被嘲笑了。她气鼓鼓地再一次翻开那本《石泉记》，怀着雄心壮志开始看，结果第一句话她就没弄明白是什么意思。

她拿着手机上网搜《石泉记》的译文，但很奇怪的是，网上没有半点关于这本书的信息，不要说译文，就连原文都没有。

这是怎么回事？谢桃皱了皱眉，百思不得其解。她只好抱着手机，遇上不懂的字词就单独拎出来查一查，但也还是看得云里雾里的，勉强看了几句就再也看不下去了。

"打扰了，我还是看点别的小说吧。"谢桃泄了气，戳着手机屏幕，发了一条消息给卫韫。

她把那堆书移到一旁，翻着手机上的软件，就见屏幕上显示收到了一条来自卫韫的微信消息："你看的是哪一本？"

谢桃不知道他这么问是什么意思，老老实实地回答："《石泉记》呀。"

卫韫略微顿了一下，《石泉记》？

想起来是哪一本，他伸手从旁边的书架上抽出一本蓝色封皮的书，赫然便是《石泉记》。卫韫提笔，将《石泉记》上第一卷极短的故事逐字逐句地在信纸上改写成了通俗易懂的文字。

金光拥着信纸转瞬间化为虚无，卫韫站立在书案后。那双眼眸深处竟有温和的笑意，虽然转瞬即逝。

片刻后，卫韫回过神来，面庞上神色莫名。

他究竟在做什么？

卫韫蹙着眉，手指一松，将手里的笔扔到一边的笔洗里。那支狼毫笔在清澈的水中绽开一团墨色，如同天边陡然笼罩的阴云一般，缓缓延展，肆意着色。

夜幕降临，禁宫里亮起了一盏又一盏宫灯。此时的清波殿内歌舞升平，丝竹鼓乐声声。

今夜，启和帝为庆祝禁宫内的占星阁顺利建成，举办了宴请朝臣的宫宴。太子赵正俵坐在下首处的第一个位置，在他对面坐着的是信王赵正荣。

卫韫作为国师，又主理占星阁中事，深受皇恩，自当坐在下首除太子赵正俵后的第二位，与对面的丞相宋继年、太傅许地安相对。

那两个老头子平日里便看不上卫韫这位过分年轻的国师。私底下推牌九的时候，他们还骂过卫韫是骗子。这事儿也不知道是怎么传了出来，弄得尽人皆知，还挺尴尬。

这会儿俩老头对上卫韫那双看似平淡无波的眼睛，不免对视了一眼，然后挺直了脊背，摆出一副清高之态。

虽然他们已经被人生给压弯了腰背，使劲挺着腰背也不太直。而坐在他们对面的国师仅二十二岁，身姿挺拔，那张面庞更是明艳动人。

俩老头冷着满布皱纹的脸，忍不住同时冷哼一声。

“今日是朕的占星阁正式建成的日子，来，诸位卿家与朕同饮！”坐在龙椅上的启和帝忽然起身，接过身旁的皇后尤氏递过来的纯金酒盏，抬手举杯。

坐在案几前的所有人在启和帝起身的瞬间就连忙站了起来，举着手里的杯盏，齐声道：“恭贺陛下！”

卫韫将酒盏凑到嘴边浅饮了一口，酒液入喉辛辣却又醇厚留香，回味无穷，毕竟是禁宫中的御酒。

待启和帝重新落座之后，随着众臣落座，卫韫亦坐了下来。他放下手里的杯子，抬眼却对上了坐在对面下首第一位的信王赵正荣的目光。

卫韫神色不变，轻轻颔首，而后便移开目光。

"国师如今是越发风光了。"身旁的太子赵正俅忽然低声说了一句。

卫韫偏头，正对上太子那双神情意味深长的眼睛。像他的生母——那位已逝的刘皇后一样，赵正俅有着一双狭长的凤眼。此刻，他于灯火璀璨中看着卫韫时，眼里隐约还带了几分怒色。

看来，这位太子殿下还记着名册的仇。

卫韫扯了扯嘴角，启唇道："陛下恩重，臣一直谨记。"

又是这般不显山露水的忠君之言，赵正俅冷笑一声，捏紧了手里的酒盏，不再多说。

终有一日，他定会让卫韫死在他手里。

"国师。"坐在上首龙椅上的启和帝突然唤了一声。

卫韫闻言，当即站了起来："陛下。"

"占星阁中事，你都安排妥当了？"

启和帝倚靠在龙椅上，那张因为长期服用丹药而略显蜡黄的面庞此刻看起来似颇为和颜悦色，但在座的所有人都很清楚，这位大周朝皇帝的本性实则喜怒无常，近些年因为迷恋求仙，服食丹药过多，他的脾气更是一日比一日差，动辄打杀宫人。

"都已妥善安排。"卫韫答道。

启和帝满意地点了点头，又道："日后占星阁便劳国师多费心了。"

卫韫垂眸道："陛下言重了，臣自当尽力。"

"至于占星阁中炼丹一事，朕给你指派一个人。"启和帝喝了一口酒，说道。

卫韫听闻，便知道启和帝心中打的是什么算盘，见他伸手指向那礼部侍郎吴孚清时，他心中更加笃定。

吴孚清从案几后走出来，在大殿中央站定，一掀衣摆，对着坐在龙椅上的启和帝俯身行了大礼。直到启和帝摆手示意他起身，他才站起来。然后他侧过身来，对着卫韫弯腰拱手行了个礼："国师大人，下官定当好好辅佐大人治理占星阁。"

卫韫面上未有丝毫波澜，轻轻颔首，并未言语。等他再次坐下来时，耳畔传来太子赵正俅的一声哼笑，带着几分难掩的讥讽。

坐在卫韫对面的丞相宋继年和太傅许地安对视了一眼，眼里都显露出几分笑意。在这个宫宴上，怕是无人看不出启和帝这一举动意在警示国师卫韫。

这位大周朝的皇帝从来都不是一个能够轻易相信旁人的人。或许，他从来都不相信任何人。

他敢用卫韫，也倚重卫韫，但他并不完全相信这位由他亲自请入朝中的年轻国师。卫韫垂着眼帘，没有流露半点情绪。

坐在父亲南平侯身边的齐霁也不免多看了一眼卫韫，而后他端着酒盏慢悠悠地喝了一口。

宫宴结束后，齐霁从南平侯身边溜走。在往宫门去的长长宫巷里，他远远地看到了卫韫那一抹暗红的身影。在身旁宫人手中宫灯的映照下，锦袍衣袂间泛着莹润如星子般细碎的华光。

"卫延尘！"他提起衣摆，也不管身旁的侍从，迈开步子跑了过去。

等跑到卫韫面前，他才发现，卫韫的手里竟然提着一只红木食盒。

"你国师府没有东西可以吃吗？"他"啧"了一声。

卫韫瞥了他一眼，并不打算说话，径自朝长巷走去。

齐霁跟在他身边道："宫里头的东西虽然好吃，但是我侯府的厨子做的东西也不错，你不必做这种事情。如果你终于想通了，知道口腹之欲乃人生第一大乐事，本世子也会十分欣慰。你来侯府，本世子请你吃小半月不带重样的珍馐美味！"

卫韫往常是不愿搭理他的这些废话的，但此刻，他脑海中忽然闪过那个小姑娘的面容，他的脚步一顿，偏头看向身旁的齐霁，双眼微眯。

他怎么忘了？这位南平侯府的世子爷虽是郢都尽人皆知地不上进，但也是一个名满皇城的美食家。

"齐明煦。"卫韫忽然道。

齐霁被他的注视所吓住，不禁往后退了两步，然后问道："怎么了？"

"你们侯府的厨子可否送给我？"

齐霁觉得自己方才可能听错了："啊？"

"明天将人送到国师府。"

卫韫却没有那么多耐心再与他多说什么，提着那只红木食盒继续往前走，齐霁连忙跟上去。

宫门处，卫敬一直等在马车旁，一见卫韫，他便迎上来："大人。"

"世子爷。"卫敬冲着齐霁行了个礼。

"卫敬，你跟我说句实话，你们大人最近是不是受到什么刺激了？"齐霁凑上来，手里摆弄着一把玉骨折扇，好奇地问道。

卫敬愣了一瞬，脑海里不由自主地闪过糖蒸酥饼、荷花酥、芙蓉糕等甜食，差点就要脱口而出说"是"，但方一张嘴，他又将话头转了回来："世子爷说笑了。"

"卫敬，走。"卫韫不理会齐霁，将手里的食盒交给卫敬，转身一掀衣摆，便上了马车。

"世子爷，告辞。"卫敬对着齐霁再行一礼，而后提着食盒轻松地跃上马车，拉起缰绳驾驶马车往远处驶去。

齐霁站在原地，摇了摇头，眼底带着几分笑意，他总觉得这位国师大人心里似乎藏着什么事情。

回到国师府时，檐下的灯笼的光影已经拉得很长了。卫敬将食盒放在他的屋内后，卫韫便去了浴房里沐浴。

热气氤氲的浴池里，卫韫乌黑的长发被浸湿了大半，斜斜地偏在一边，隐约可见半边白皙的脊背。即便此刻他脸上半分情绪也无，也比平日里衣冠整齐时多了几分难以言喻的惑人风情。

卫韫静靠在浴池边，久久未动。直到被他随手放置在旁边案几上的铜佩忽然发出细碎如银铃般的声响，他骤然睁眼，回头便看见铜佩上有金色的星盘飘浮而起，并发出转动的声音。

"卫韫？"女孩柔软的声音忽然从星盘里传来，带着几分莫名的娇怯。

"怎么了？"过了半晌，卫韫才开口。

"你在做什么呀？"谢桃说话的声音有点模糊。

纤长浓密的睫毛颤了颤，卫韫平静地说道："看书。"

"你怎么又在看书呀？"谢桃叹了一口气，"熬夜看书对眼睛不好，都跟你说了多少次了。"

"嗯。"她偶尔的关怀总能令他的眉眼柔和下来，像是覆盖冰雪的荒芜之地有了还春的迹象。

"你在吃什么？"他分明听见她吃东西的声音，像是一只小动物一样，发出窸窸窣窣的声音。

"薯片。"谢桃一边吃，一边说，"我今天回来晚了，本来想泡泡面吃的，但是停水了，我还在想我今晚怎么洗漱……"

附近都停了水，谢桃就算出去也找不到什么吃的，何况现在已经很晚了。

卫韫蹙眉，瞥了一眼案几上的铜佩，当即道："你等等。"

"嗯？什么？"谢桃没弄明白。

卫韫没有答话，只是从浴池里站了起来。水声响起，他踩着略有些湿滑的阶梯走上来，随手拿过旁边的衣袍穿好。湿润的长发披在身后，仍旧带着几分水汽。

谢桃"咦"了一声，问："怎么有水声啊？卫韫，你在做什么？"

卫韫走到软榻前，俯身拿起那枚铜佩，上面的星盘瞬间消散不见。

被挂断了语音通话的谢桃愣了一会儿，直到手机传来振动，她一看，竟然是快递柜的提示消息。

她思考了一会儿，打字问："卫韫，你又送我什么了？"

那边没有回复，谢桃换了鞋往楼下跑。输入密码后，她看见快递柜里存放着一只红木的食盒，终于不是可怕的文言文类催眠读物了，谢桃心里暗自高兴。

抱着红木食盒回到家里，谢桃打开盖子，看见里面那几道精致的糕点后，她"哇"了一声，连忙拿了一块喂进嘴里。

这也太好吃了吧！

谢桃拿起手机，正想给卫韫发消息，就见他的消息适时发了过来："不能不洗漱。"

啊？谢桃还没明白这话是什么意思，就见他又发过来一句："会臭。"

谢桃咬着半块糕点愣住了，没水要怎么洗啊？干洗吗？

最终，及时到来的水缓解了谢桃"干洗"的尴尬局面。

第二天，谢桃起了个大早去甜品店做顾客预订的蛋糕，又做了一批当天供应的酥心糖。

下午，她又匆匆忙忙地穿着玩偶服去发传单。肚子饿了，她只舍得买个小面包，坐在广场的长椅上就着一瓶水吃。

她已经习惯了这样勉强维持生活的方式。她必须赚更多的钱，才能早日凑够郑文弘替她付的学费。

如果不是因为周辛月，谢桃不会去那样学费昂贵的私立学校。毕竟天成一学期的学费比得上一个普通公立高中三年的学费。如果不是迫切想要查清事情的真相，她也不会接受郑文弘的帮助。

还钱是一件尤其紧迫的事，何况她马上要上大学，到那时也需要钱去支付学费。从选择离开郑家起，她就已经做好了从此以后远离他们的打算。

她和苏玲华早就已经没办法再像相安无事的母女一样和睦相处。这是那天在栖镇她追到车站，躲在角落里看着苏玲华离去的时候，忽然意识到的事情。

而郑文弘和谢桃不过是因为苏玲华而维系了一段薄弱又尴尬的关系。没有血缘，割舍起来就容易得多了。

你永远无法强求一个跟你没有血缘关系的人，能真正像对待至亲一样对待你。

谢桃一边吃面包，一边想着过去和未来。

她并不知道，在对街的树荫下有一个打扮时尚的年轻女人正隔着鼻梁上戴着的墨镜细细地打量她，她耳朵上坠着的绛紫色水晶耳环在阳光下闪烁着晶亮的光芒。

"你说你是幸运还是不幸呢？"那女人望着对面坐在长椅上啃面包的女孩儿，过了半晌才轻轻地说了一句，语气有些意味深长。

谢桃对这一切毫无所觉。她把面包吃完，又戴上玩偶服的头套，拖着穿着玩偶服的笨重身体四处发传单。

拒绝接传单的人很多，现在她手里的传单仍有厚厚一沓。

实在是有点累了，于是谢桃靠在树旁打算休息一会儿。这时，路人们竟然开始主动从她手里拿传单，并且还摸她的脑袋夸她可爱。

谢桃忽然觉得自己好像找到了什么不得了的发传单方法。

因为突然找到了方法，谢桃今天的工作结束得比以往早了一些。她去菜市场买了菜，打算晚上自己做饭吃。

没想到在回家的路上，她手里刚买的东西又被劫走了。

又是熟悉的场景，周围的一切渐渐模糊成了漆黑的影子。她脚下平整的人行道地砖变成了青石板的道路，熟悉的酒馆再次出现在她的眼前。

谢桃皱起眉头。

少年趿拉着人字拖再次出现在酒馆门口，冲她笑道："欢迎你啊，桃桃妹。"

"我并不是很想来，谢谢。"看见谢澜的目光停在她手里拎着的装有买好的菜和肉的塑料袋上后，谢桃往后退了两步。

"桃桃妹，一起吃饭呗。"谢澜冲她眨眼。

虽然谢桃浑身写满了拒绝，但最后她还是被谢澜提溜进小酒馆的大堂里。

进去之后，谢桃才发现大堂里还坐着一个陌生男人。

"他是谁？"谢桃看向身边的谢澜。

谢澜挑了一下眉，看起来有点吊儿郎当："桃桃妹，你赶上了我们小酒馆营业的时候。"

"营业？"谢桃反应了一下，杏眼不由自主地睁大了一点，她望向谢澜问道，"他是你们的客人吗？"

谢澜"嗯"了一声，像是忽然想起了什么，他伸手拍了拍谢桃的肩，指了指坐在那边的中年男人，语气颇有点意味深长："你猜猜，他究竟是好人还是坏人？"

谢桃顺着他的手指方向，再次看向那个背对着他们的男人。没等她看清楚，谢澜忽然伸手去拽她手里拎着的塑料袋。谢桃本能地把手往后一缩，瞪着他道："你干吗？"

"我这不是担心妹妹你拎着这些东西怪累的嘛。"谢澜无辜地眨了眨眼。

谢桃哼了一声，把东西放在了一旁的八仙桌上。

"快，你猜猜，他是好人还是坏人？"谢澜看着她这一举动，不由"啧"了一声，然后抬了抬下巴。

谢桃偏过头又看了一眼那个喝闷酒的陌生男人，摇头道："这我怎么看得出来啊。"

谢澜笑了一下，手掌里忽然凭空出现了一本有红白相间封皮的小册子。

即便是第二次看见谢澜手里凭空冒出了东西，谢桃还是觉得神奇得不得了。

"让我给你提供一点重要信息。"谢澜手指摩挲了一下封面，然后翻开那本小册子，念道，"这个人出过两次轨。"

"渣男。"谢桃道。

谢澜接着又念："他诈骗了女网友十万块钱。"

"还是个诈骗犯？"谢桃惊了。

"但他后来被女网友识破，女网友将计就计，让他以为找到了真爱，于是他给女网友打了二十万。"

"啊？"

"他手边的那个包里装着他刚刚偷来的财物。"谢澜合上那本小册子，又问她，"他是个坏人？"

谢桃想了一下便道："是。"

谢澜笑了两声，却道："但他也救过别人的命，甚至帮着去世的朋友赡养他的老母亲。"

谢桃不由得愣住了。

"桃桃妹，你还觉得他是个坏人吗？"谢澜的声音轻飘飘的。

谢桃歪着头想了一会儿，然后说："就算他有好的一面，但是做错的事情也不能因为这个而被抹去吧？"

"想得挺明白啊，小妹妹。"谢澜看了她一眼，笑着叹了一口气，拍了拍手里的那本小册子，说道，"我得开工了。"

他从柜台后边拿出一坛酒，摆到那个男人面前的桌上，露出一脸假笑："这位先生，这是本店特别赠送的礼品。"

"谢了。"男人还沉浸在付出一颗真心被欺骗的悲伤里，说话都有气无力。

谢澜又端上一盘花生米放到他的桌上，笑容依然虚假："但凡有一粒花生米，先生，你也不会喝成这样。"

"免费的吗？"男人刚要点头，忽然想起了什么，谨慎地问。

看到谢澜点头，男人才放下心来，用筷子夹起一颗花生米。不料，那颗花生米瞬间就变成了一只人手，而且人手还在滴血。

男人觉得自己可能是喝迷糊了，他揉了一下眼睛，发现满盘的花生米都成了一只又一只的手，他转头扶着桌沿开始干呕。

谢澜站在桌边，脸上仍旧带着假笑，他指了指桌上的那个盘子："全部吃掉。"

男人惊魂未定，觉得自己是在梦里。听见谢澜的话，他猛地摇头，刚想起身，却被无形的绳索捆在了凳子上，动弹不得。

接着，谢澜把那一盘花生米全都塞进了男人的嘴里。

那个男人惊恐万分地瞪大双眼，他张嘴想吐出来，却被谢澜粘上了封口胶。

这种低级的偷窃套餐是专门为这种临时起意的初犯小偷准备的，那盘花生米的幻术是针对那个男人的。

在谢桃眼里，那就是一盘普通的花生米而已。

她一点也不明白为什么那个男人吃花生米时要表现得那么痛苦。突然，她看见谢澜拿出一个扩音器，对准那个男人的耳朵，把音量开到最大，然后按下了播放键。

"偷窃可耻，无耻之徒！"

机械女声响起的时候，谢桃整个人都愣住了。

响亮的声音重复播放了上百遍，那个男人很明显被吓到了。

接下来，谢澜给他上了"出轨渣男专用 A 套餐"和"劝你善良 C 套餐"，都是一些谢桃根本看不懂的"幻术摧残"。

尽管谢桃看不懂那些套餐到底是什么，但她明显感觉得到那个男人好像变得越来越痴呆了……

谢澜打开封口胶，把桌上那一坛酒全都灌进那个男人的嘴里，然后拍了拍自己身上并不存在的灰尘，走到谢桃面前，对着她笑道："妹妹，你澜哥饿了。"

谢桃看了看趴在桌上鬼哭狼嚎的男人，咽了一口唾沫，问："你到底……做了什么啊？"

"不要紧张，等一下我还得给他放个电影，帮他洗洗脑子里那些杂七杂八的玩意儿，矫正他的三观，然后把他扔到派出所去……其实像他这样的人在我们这儿最多也就受点儿惊吓，要是做了更严重的坏事儿的人，我就得先揍他一顿再给定个大套餐了。"谢澜说着揉了一把她的头发。

　　"还有更坏的人来这儿吗？"谢桃问。

　　谢澜点头："那肯定啊，来这儿的什么人都有。"

　　"行了，妹妹，我饿了。今天老奚不在，我没饭吃，你就给我做顿饭吃好不好？"谢澜拽了拽她的袖子，像是一只耷拉着尾巴的狗狗一样，看起来还有点可怜巴巴的。

　　最终，谢桃还是没有逃过在小酒馆里做第二顿饭，并被谢澜抢光红烧肉的命运。而这一次，谢桃也终于明白了小酒馆到底是做什么的。

　　这世上本无绝对的好人与坏人，一个人生来必然是复杂的。每一个人都有好的一面，也有坏的一面。如果一个人越过了法律的红线，违背了道德的底线，即便他做一百件好事也无法抵消，而做了坏事总是要付出代价的。

　　谢澜手里的那本册子就是每一个人都有的命运簿，上面会记录这个人所有的好与坏。红色是善行的象征，白色则是恶行的象征。随着一个人做的坏事越来越多，他的那本命运簿的封皮就会渐渐从红色变为白色。今天那个陌生男人的那本红白相间的命运簿，就代表着他身上背负的恶行还没有到深重的地步。

　　命运会无声地奖励每一个人的善举，也会惩罚每一个人的恶行。若是有缘，酒馆里请，所有的善与恶都会在这里得到应有的报应。

　　在谢桃回家的路上，谢澜仍然跟在她身边，说道："妹妹，你这红烧肉做得还真挺好吃的。"

　　"你走开。"谢桃气鼓鼓地瞪他，她这次一块肉都没吃到。

　　"你一个女孩子晚上独自回家不太安全，澜哥我这是为你着想。"谢澜嬉皮笑脸地说道。

　　谢桃不想跟他说话了，埋头径直往前走。

　　把她送到小区门口后，谢澜就转身走了。他一边走，一边背对着谢桃摆了摆手，说："妹妹再见，下次我请你喝甜甜的紫叶水。"

紫叶水？谢桃本能地想起上次那杯紫色的水。

再回神，她就见少年的身形在一阵突如其来的迷雾间消失无踪，街边的监控闪了几下，错失了刚刚的画面。

回到租住的房子后，谢桃先倒了一大杯水喝了几口，然后在书桌前坐下来。拿出手机，打开微信，她想与卫韫进行语音通话。

"卫韫，我回来啦！"她兴冲冲地说。

卫韫正站在大周禁宫占星阁的楼上，遥望宫墙尽头点缀着疏星的深沉夜幕。夜风吹着他宽大的衣袖，手里的铜佩发出灼人的温度，金色的星盘浮动，然后他听见了谢桃的声音。

卫韫握着铜佩，转身走进屋里。双扇门随着他的掌风应声关上，这里只有他一个人。

"今天怎么这么晚？"他一边往内室走，一边问道。

"这是一件悲伤的事情。今天我又莫名其妙地去了那个小酒馆……"她问他，"你还记得小酒馆的事情吗？我之前告诉过你的。"

"嗯。"卫韫轻轻地应了一声。

谢桃把自己在小酒馆里看到的、听到的一股脑都跟他说了。

她不知道卫韫信不信她说的这些，毕竟如果不是亲眼所见，她也不会相信这世上竟然有小酒馆那样神秘的地方。她更不知道的是，此刻和她正在说话的卫韫其实和她根本不在同一个时空。

听了她说的这些话之后，卫韫双眉微蹙。

他记得她之前说过，她身上绑着的不属于她的命格便是那个小酒馆里一个叫"老奚"的中年男子替她解除的。她口中的这个老奚究竟是什么人？若那里真是一个讲求缘法的地方，他又为什么要主动找到谢桃，替她解开束缚在她身上的命格？还是说他知道些什么，但并不愿对谢桃言明。

卫韫有一瞬间觉得眼前的迷雾似乎散去了一些，显露出了模糊的轮廓，可他无论如何都找不到线索。

他不在她的那个时空，更没有办法去查清那个神秘的酒馆。

难道他就只能坐以待毙？卫韫垂眼，眸色晦暗。

既然对方的目的是他，那么一次不成，应当还会再来才是。他绝不相信，他找不到丝毫破绽。毕竟，这世间事从来就不存在什么天衣无缝。

"卫韫？卫韫你在听我说话吗？"

谢桃的声音将卫韫从纷乱的思绪里带出，他回神，应道："怎么了？"

"我说我要看一会儿书。"女孩儿的声音软软的，像是又在吃什么东西。

谢桃从旁边抽了一本卫韫送的书，翻了几页，忍不住说："卫韫，你说这些古人写诗就写诗嘛，为什么还要写什么赋、什么记、什么表……你平常看这些不会觉得无聊吗？"

卫韫在桌前坐下，隔着一层纱帘，他望了一眼雕花窗棂外漫无边际的夜色，然后端起茶盏轻抿一口。

"不会。"他的语气很淡。

谢桃想起他连《知论》那么厚一本书上的内容都了如指掌，瞬间想不出反驳的话了。

"你若是肯专注去看，便不会觉得这是一桩难事了。"卫韫一针见血地说道。这些日子以来，他早已经清楚了她的性子。

"哦。"谢桃垂着脑袋，应了一声。

或许是听出了她情绪低落，卫韫顿了一下，又道："也不用太强求自己，你那里和我这儿终归是不同的。"

挂断了语音通话，谢桃忽然想起了什么，打开手机相册找到了一张照片。那是今天下午发传单的时候，路人拍的一张她穿着笨重的玩偶服坐在长椅上，抱着头套的照片。

打开微信，她点开图片选项，选中了那张照片，手指悬在上方犹豫了好一会儿，还是点了发送。

她弯起眼睛，傻笑了一声。

她见过他的画像，可他好像还没见过她长什么样子吧？

她却不知，卫韫其实早就见过她的模样了。

卫韫捏着那张照片的边角，久久地看着纸上印着的女孩儿。

女孩儿生得秀气动人，一双杏眼弯起来，在阳光下闪动着盈盈的光。她笑得露出几颗雪白整齐的牙齿，看起来有点傻气。

卫韫跟着眯起眼睛，有片刻的情绪波动。

片刻后，他捏着照片边角的手指忽然紧了紧。

明明只是为了查清铜佩与神秘光幕背后的秘密，明明只是为了揪出那个一直处在暗地里，费尽心机要置他于死地的人，但为什么此刻他的内心这样不平静？

将她扯进这件事情里，把她作为一颗棋子的分明不是他，但为什么看着眼前这幅过分清晰的画像时，他又恍然觉得自己当初的那个决定好像做错了？

他有多久不曾动过这样的恻隐之心了？这不是一个好的征兆，卫韫本能地察觉到。但为什么他好像并没有想象中那么抵触？

卫韫坐在桌前，思绪纷乱。

卫韫昨夜睡得不太好，因为他半睡半醒间仿佛听到了谢桃的声音。他迷迷糊糊地睁开眼时，看见被他放在枕边的那枚铜佩上有星盘转动，散发着点点淡金色的光芒，她似乎在梦呓着什么。

没多久，窗外又下起了淅淅沥沥的雨。卫韫最不喜欢这样的夜雨，在夜深人静时，雨落下的声音十分清晰，让他更加烦躁。

于是第二天清晨卫敬来唤卫韫上朝时，便看到他眼下有一片浅淡的青色。

"大人昨夜可是没睡好？"卫敬小心翼翼地问道。

"嗯。"卫韫应了一声，没有多说什么。

洗漱后，换上绛纱袍，束好腰带，卫韫把头发上的发冠坠玉发带理了理，走出门去。

上朝时，丞相宋继年与太傅许地安又不免合起来呛卫韫，话语阴阳怪气，十分刺耳。卫韫一向不跟这两个老头子逞口舌之快，但今日因心情不大好，终于反驳了几句，刺得两位老臣面上一阵青一阵白。

启和帝向来乐于看到这种戏码，一直到临近下朝，他才制止了两位老臣还想辩下去的行为。

下朝之后，卫韫没有出宫，而是先去了占星阁。

占星阁初建成，需要他处理的事情太多，他已经连续忙了多日。

进了占星阁顶楼，卫韫拿起书案上的批文随意看了两眼，便对卫敬道："吴孚清有什么动作吗？"

"他要了那些炼丹术士的卷宗，除此之外，暂时还未发现其他不妥之处。"卫敬如实答道。

卫韫扯了一下嘴角，眼眉未动，语气有几分讥讽："便由他去查。"

炼丹一事卫韫并不想接手，吴孚清能接了这差事，倒也算是减去了他几分麻烦。

门外有头戴漆纱笼冠、身着深色衣衫的宦官弓着身子走进来，看见卫韫，他伏低身子恭敬地说道："国师大人，信王来访。"

信王赵正荣？卫韫一怔，眼中多了几分深意。

"退下吧。"他颔首，对那宦官道。

那宦官应声称"是"，躬身行礼退至门口，方才转身离开。

"大人，信王如此毫不避讳地来找您……怕是动机不纯。"卫敬皱起了眉头。

卫韫自然知道信王打的是什么算盘，这偌大一个皇宫布满了多少人的眼线，在这样一个敏感时期，信王毫不避讳地出现在占星阁中怎能不引人深思。

启和帝和太子赵正佟眼里可都容不得沙子，此刻他们定然已经得到了消息。而怀疑的种子一旦埋下，便不是那么容易根除的。

信王这是想拉他下水。

卫韫起身，道："走，去见见这位信王殿下。"

第七章

她找不到他了

占星阁周围环绕着一汪湖水，湖水碧蓝如镜，占星阁便像是镜子中间的一块碎片。

在拱桥尽头的花树旁，卫韫见到了端坐在凉亭之中的信王殿下。

信王身着靛青锦袍，整个人透露出几分常年征战沙场的肃杀之气。他的五官并不像启和帝，而是和当今皇后尤氏相似。

"臣卫韫，参见信王殿下。"卫韫走上前去微微颔首，算是行礼。

由于有启和帝的旨意在先，除启和帝外，国师卫韫不用对任何人行大礼。信王赵正荣并没有对此表示出什么不满，只道："本王冒昧前来，打扰国师了。"

卫韫面容平静地问道："不知殿下前来有何要事？"

信王喝了一口茶，道："只是想与国师闲聊几句罢了。"

五年前，信王离开郢都去往封地，而卫韫是两年多前成为大周朝的国师，他确实是第一次见到这位传闻中深受他父皇倚重的年轻国师。

卫韫点了点头："不知殿下想与臣聊些什么？"

"国师先坐下。"信王伸手，指向对面的石凳。

卫韫这一坐，便坐了足足三盏茶的时间。

这位信王殿下果真如他所说，是来找他闲聊的，他们谈起了郢都的风土人情之类的闲事。

最终，卫韫不咸不淡地问道："信王殿下想和臣说的，难道真的只有这些？"

信王一顿，看向卫韫的目光多了几分深意。

"这一次只谈这些便足够了。"他只说了这么一句意味不明的话。

卫韫颔首，心知足够了，足够引起启和帝和东宫的猜忌。

在某种意义上来说，赵正荣比太子赵正俵要聪明许多。太子有太傅许地安，这位信王身后亦有当今皇后尤氏，那可不是一个简单的女人。

卫韫原想坐山观虎斗，眼下看来却是不能了，这位信王正一点点地将他带入旋涡。

待信王离开后，卫韫回到了占星阁的顶楼，一直被他握在手里的铜佩忽然散发出熟悉的灼热温度。

女孩儿的声音像是割破了时空的界限："卫韫，早上好。"

"已经快午时了。"卫韫提醒道。

"是吗？"女孩儿慢吞吞地打了个哈欠，声音有点模糊，"今天上午不用去打工，睡得久了点。"

"打工是什么？"卫韫不明其意。

谢桃一直都没有跟他提起过自己的生活境况，所以他并不知道她一放假就得打好几份工的事情。

"你确定你真的不是老爷爷吗？打工你都不知道，就是出去给人家干活，赚钱你知道吗？"谢桃解释了一句，忽然开始疑惑，"卫韫，你到底住在哪里啊？"

为什么他好像对很多平常的事物都一无所知呢？

谢桃觉得有点奇怪，于是她"咦"了一声："你们村里还没通网吗？"

卫韫更听不懂她话里的意思，他没有回答，只是问："你很缺钱吗？"

谢桃在床上翻了个身，发出疑问："这个世界上还有人不缺钱吗？"

卫韫默不作声，她的生活似乎过于拮据了些。

星盘消失后，卫韫坐在原地想了想，过了一会儿，他开口唤来守在门外的卫敬。

谢桃在吃泡面的时候，收到一条提示快递的消息。走到快递柜，她输入密码，打开之后看见里面有一个木盒子。她伸手去拿，发现还挺沉的。

她一边上楼，一边打开盒子，然后被里面那一堆金光闪闪的金元宝惊到了。谢桃瞪大了一双杏眼，倒吸了一口凉气。

她迅速跑回家，拿起手机给卫韫发消息："卫韫，卫韫！"

那边的回复还是很缓慢，缓慢到她都拿起几个金元宝分别咬了一口。

"嗯？"他最终回复了。

"我……我收到了一盒子金子！真的！"她打字的手指都有点发颤，"我刚刚还咬了几口，真的，是真的！天哪，有二十多个！"

卫韫很难想象她张嘴咬金子的样子。

过了半晌，谢桃回过神来。谁会给她送金子呢？难道是……

她瞪圆了眼睛，继续打字："是你送的？"

那边的回复很简短："是。"

"这其实是假的吧？我再多咬两下，里面是不是就会有巧克力？"

谢桃忍不住再次从盒子里抓出一个金元宝，狠狠地咬了一口，结果硌到了牙。她捂着嘴，看着金元宝上明晃晃的牙印，一脸茫然。

"当心牙齿。"看着卫韫的这句回复，已经硌到牙的谢桃顿时觉得自己的腮帮子更疼了。

她其实是在做梦吧？这怎么可能是真的金子？

忽然得到了一笔"横财"，谢桃却并没有多开心。她无法心安理得地接受他的馈赠，更何况还是二十个价值连城的金元宝！

但是在她一再表示自己不需要他送的东西，并追问他的地址想要把那一匣子金元宝还给他的时候，卫韫却总是避而不谈。

晚上，谢桃躺在床上翻来覆去睡不着。她先是把那一匣子金元宝藏在衣柜里，可又觉得衣柜里好像不安全，就从衣柜里拿出来。在屋子里转了好几圈，她甚至想把匣子往床底下塞，可是匣子太大，死活塞不进去。

最终，她只能又放回了衣柜最底层，在上面堆了好多件衣服遮掩。

谢桃也不知道自己究竟是什么时候睡着的，她做了一个梦。

梦里有一角暗红的衣袂微微拂动，金冠玉带的年轻男人背对着她，乌黑的长发被风轻轻吹起。周遭是一片翠绿的竹林，淡淡的雾气后，隐约有天光连接着一片水色，清波泛起涟漪，木质的拱桥边是一片重重叠叠的花树。

她听到了自己剧烈的心跳声。

她想走上前去，可无论她怎么跑向他，他们之间始终隔着一段不远不近的距离，像是有一条永远都无法跨越的鸿沟。

而他自始至终都未曾回头。

谢桃陷在梦境中不知身外事，一片漆黑的房间里却忽然有一道幽蓝的光影从玻璃窗外无声侵入，渐渐凝成了一个纤瘦的身影，赫然就是之前谢桃发传单时，站在对街默默注视着她的人。

她的耳垂上仍挂着绛紫水晶耳坠，在昏暗的房间里闪烁着微光。女人的目光停在熟睡着的女孩儿的侧脸上，她刚往前走了一步，就被放置在窗边的书桌桌腿给撞到了。

她"嗞"了一声，原本冷艳的面容顿时皱了起来。揉了揉小腿肚，她在谢桃的周围端详了一阵子，像是在寻找什么东西。

悄无声息地走到床前，女人上下打量了好几眼熟睡中的谢桃，然后才伸出手把谢桃放在床头柜上的手机拿起来。

"你这玩意儿飞去哪儿不好，非得黏在人家小姑娘手机里。"她咬牙小声抱怨了一句，然后伸出手指，在手机背面触摸了几下。

幽蓝色的光晕在她指尖显现，手机屏幕上顿时显现出一个金色的、带着凤尾纹路的星盘。星盘闪了闪，转动两下，发出细碎的声响，倏地又暗了下去，了无影踪。

女人皱眉："怎么黏得这么紧？"

她动了一下手指，幽蓝的光又亮了起来。这一次，手机屏幕上一点动静都没有了。

女人像是被气着了，深吸了一口气，抬头看了床上的女孩儿一眼，目光里多了几分歉意。

最终，她把谢桃的手机塞进了自己的大衣口袋里。

抬脚刚想走，她顿了一下，犹豫了一会儿，从自己衣服的口袋里拿出一部手机。

"就当赔给你了。"女人依依不舍地把自己那部刚买不久的手机放了谢桃的枕边，又帮她把踢下去的被子往上拉了拉。

下一秒，她的身影化作一道幽蓝的光，消失在无边的黑夜里。

第二天，谢桃被窗外刺眼的阳光给弄醒。她打着哈欠睁开眼，目光瞥向玻璃窗时，忍不住皱了一下眉头，昨晚睡觉之前她应该是拉了窗帘的。

带着疑惑，她偏头，想去拿昨晚放在床头柜上的手机，却意外地在枕头边发现了一部陌生的手机。而她放在床头柜上的手机，现在已经不知所终。谢桃顿时清醒过来，她第一时间去枕头底下翻找，而后又把床底下，甚至整个屋子都找了一遍，可她的手机就像凭空消失了一样，怎么也找不到了。最后，谢桃呆呆地坐在床上，看着被翻乱的屋子，十分失神。

是有小偷来过吗？可昨夜被她藏在衣柜底层的一匣子金元宝还是好端端地一个也没有少。除了手机，她没有丢失别的东西。

更奇怪的是，她枕边莫名多出了一部并不属于她的手机，而那恰恰是现在市面上卖得最火的一款手机。

谢桃发传单的时候，在中心广场的大屏幕上不止一次看见过这款手机的广告。手机价格极为昂贵，是她无法承担的。

打开手机，她发现居然没有密码，里面几乎空无一物，没有通话记录，也没有任何私人信息。除了手机自带的应用软件，再没有其他任何东西。

谢桃联系不上卫韫了。

他送给她的所有东西，她都保留着，并且一个一个地找过了，但都没有留下任何有用的信息。没有快递应有的外包装、运单号或地址。

谢桃早已感觉到，有很多地方不对劲。

因为想要重新联系上卫韫，所以谢桃特地去问了负责配送她这片区域的快递员。她记得他送她糕点和那些文言文读物的大概时间，但每一个快递公司负责派送这一片区快递的快递员的回答都很统一：在快递系统里，她提到的每一个由卫韫送给她的东西，都查不到任何信息。

除了福姨寄给她的东西，她根本就没有收到任何公司的快递。如果她收取快递够频繁的话，快递员总是会记住一些，但最近没有快递员往她的快递储物柜里放任何东西。

这究竟是怎么一回事？

谢桃这几天一直在回想之前发生的一切。她回想起他曾多次说要送她一些好吃的，然后不久之后，她就会接到快递的消息。

究竟是怎样的距离，才能达到这样的速度？

谢桃越想，就越感到诡异。她仿佛被一团云雾笼罩着。

有些东西隐藏在朦胧的雾气之后，只露出模糊的轮廓，她只能瞥见，却无法真正看清。

那天下午，她站在单元门口的快递储物柜前，久久未动。

连续五天，卫韫都没有收到谢桃的来信。

即使他主动写信给她，信纸也没有惯常地变成淡金色的流光融入铜佩之中。他突然之间就和她完全失去了联系。

这天夜里，卫韫坐在书案前，手里握着那枚铜佩，久久不言。没有了淡金色的流光浸润，他眼前的铜佩看起来再也没有任何奇特之处。

"大人？"卫敬叫了他一声。

这已经不是卫韫第一次走神了。

卫韫回过神，看了卫敬一眼，然后紧握手中的铜佩，眉眼之间带着几分烦躁。

"你先下去吧。"

"是。"

尽管卫敬察觉到了卫韫近日的异常，但他不敢多问什么，只好颔首应着，离开书房。

一张雪白的宣纸展开在案上。卫韫站起身，蘸了些墨水在狼毫上，又突然停住了。

她可是遇到了什么事？

案前紫金炉里的香已经燃尽，旁边一盏温热的茶失了氤氲雾气，渐渐冷透。初秋的夜里，窗棂外的树影摇晃，发出簌簌声响。身着暗红锦衣的年轻公子久久立在案前，昏黄的灯火落在他的身上，照出一片寂寥。

他并不知道此时此刻，谢桃正在那家神奇的酒馆里哭得撕心裂肺。

"丢了一部手机而已，再买一部不就行了吗？为什么要哭呢？"谢澜一边递纸巾，一边问道。

老奚坐在一旁剥着瓜子，听着谢澜的话，他的眼里闪着几分笑意，看着谢桃，又多了几分深意。但他没说什么，只是把自己剥好的瓜子放在小碗里，把碗推到谢桃面前。

"这样吧，桃桃妹，我给你买一部手机！"谢澜拍了拍自己的胸口说。谢桃眼里满是泪水，咬紧嘴唇，瞪着谢澜。

你懂什么？那不只是丢了一部手机的事情！

那明明是丢了一个男朋友！

"奚叔，您能帮我找到我的手机吗？"谢桃吸了吸鼻子，望向坐在她对面的中年男人，那双染着水雾的杏眼里显露出几分期盼的神色。

"他又不是雷达探测器，找手机这种事，他哪里做得到啊？"老奚还没开口，谢澜就插话了。

"我就不明白，你那手机到底有什么重要的？我说我给你买一个，你还不愿意？"谢澜伸出手指戳了一下她的脑袋。

谢桃摸着自己的脑袋，瞪他："我才不要你买！"

关于卫辐，谢桃其实意识到了许多事已经超出了她的想象。她还在犹豫要不要把这些事情告诉谢澜和老奚。

最后，她只是说："我有一个认识的人，找不到了。"垂着眼帘，她的声音变得很轻很轻。

老奚把谢桃所有的神情都看在眼里，半晌后，他问："这个人很重要吗？"

这个人很重要吗？谢桃微微失神。

那天晚上她的醉话似乎只是因为内心忽然的悸动而脱口而出。喜欢上了一个从未见过的陌生人，这听起来都像是一件荒唐的事情。

他们分明从未见过面。

但当她独自一人回到南市，当她下定决心为了周辛月查清所有的真相却因无从下手而感到迷茫的时候，是他帮她最终达到了自己的目的。当时她心里的感激之情是再纯粹不过的。

他看似冷酷，但当谢桃感到无助和迷茫的时候，他总是全力护航，就像生日那天她收到的那个快递。

除了周辛月，谢桃没有其他朋友。

习惯了掩饰情绪和心事，或许正是因为隔着无法相见的距离，她开始一点点地向他倾诉心事。而他也耐心地倾听她的所有话语，渐渐习惯了她的喋喋不休。

当对一个人的好奇心越来越重的时候，或许不知不觉间就会转变成一种陌生的情感。这好像很没有道理，但又好像很合情理。

"桃桃，你看到的一切或许都是假象。"老奚的声音忽然传来，有几分意味深长，"有些人、有些事，你都不必太当真。"

他这句话说得很隐晦，像是在提醒她什么。

见谢桃垂着脑袋久久不言，老奚又叹了一口气，伸手摸了摸她的发顶，语气和蔼地说道："放松心情，你的东西迟早会回到你手上。"

谢桃一听他这话，抬头望着他道："奚叔您有办法的，对吗？"

老奚看向谢桃的目光越发和蔼亲切，却笑而不答。

这世间的缘法，他也说不清楚。

眼前这个小姑娘所面临的机遇，是谁都无法阻挠的。

老奚的脑海里不由得浮现出了一张冷艳的面孔，那双眼睛忽然变得有些灰沉沉的。

即便……是她，也不可以。

"老奚你又神神道道的，都听不明白你在说什么。"谢澜"啧"了一声，然后对谢桃道："桃桃妹你不要伤心了，澜哥说了给你买手机就会给你买手机。你这会儿饿不饿？你要是饿了，澜哥给你煮碗泡面！"

谢澜只会煮泡面，为了安慰眼前这个女孩儿，他已经使出了浑身解数，甚至讲起了笑话。

老奚给谢桃剥了一小碗瓜子仁，推到了她的面前。

虽然谢澜讲的笑话并不好笑，虽然老奚不怎么开口说话，但谢桃还是感觉到了一点来自他们的暖意。他们原本只是陌生人，但在这个深夜里，他们都那样真诚地安慰她。

回家的路上，谢桃没有再让谢澜送自己，一个人走在路灯昏黄的人行道上。秋天的夜里，已经有些冷了，谢桃把外套的拉链拉起来，垂着眼帘，一步步地往前走着。

望着不远处那一片霓虹光影，她忍不住想，卫韫现在在做什么？在练字？还是在看书？已经过去那么多天了，他会不会因为她没有联系他而担心？会吗？

脑海里的思绪很乱，谢桃一步步走回小区，并没有发现有个少年一直远远地跟在她的身后。

看见谢桃进了小区，谢澜停在对面的人行道上。在灯火映照的树影下，他的身影有些看不真切。谢澜打了个哈欠，伸了个懒腰，而后转身，他的身形消失在忽而出现的一片迷雾间。

谢桃对这些都一无所知，她上楼，拿出钥匙打开门，走了进去。

打开灯的瞬间，原本漆黑的屋子被暖黄的灯光照亮了。她随意地环顾四周，却意外地在自己的书桌上发现了一个四四方方的盒子。

她愣了一下，走过去打开那只盒子，然后就看见了盛在盒子里的手机，正是她丢失的那部手机。

谢桃瞪大双眼，忽然而至的惊喜让她一时间呆住了。

忽然想到了什么，她连忙拉开书桌的抽屉，之前莫名出现的那部手机已经不见了，就好像从来没有出现过一样。

这到底是谁做的？谢桃根本想象不出。但此刻，她也不愿再去思考太多。

她连忙把自己的手机拿出来，开机，等连上网络后便打开了微信。

看见微信里那个熟悉的备注名后，她松了一口气。

然而等她点开聊天界面，发消息过去时，页面上却忽然出现了一个红色的叹号。

谢桃惊愕地握着手机顿了好一会儿，才又试探着发了一条消息。但页面上又出现了一个红色的叹号。

她发给卫韫的消息根本发送不出去，但她回复周辛月的消息时并没有出现这种情况。

手机忽然出现的惊喜感渐渐冷却，那双杏眼里亮起的光芒渐渐黯淡下来。谢桃呆呆地坐在书桌前，神情显得有点茫然。

她并不知道，在她的楼下，正有一个男人站在那儿，仰头看着她亮着灯的窗户，楼下走过的所有人都看不见他的身影。

"老大，我已经把手机送回去了。"男人对着手中的水晶球说道，

"你干吗偷人家小姑娘的手机啊？偷了就偷了吧，里面的那片凤尾鳞又没法抠出来，留着也没啥用……"

"老娘哪里知道那玩意已经不听我的话了！我也气得不行，你知道那东西对我多重要吗？那可是我的定情信物啊，定情信物！现在倒好，被人家拿走了……"

水晶球里电流缠绕着光芒一闪一闪的，女人的声音清晰可辨。

"你那个旧情人都没了，那定情信物留着有啥用？还不如留给其他年轻人谈恋爱。"男人嘟囔了一声。

"AM670，再说下去，你的工号没了。"女人气呼呼的声音从光球里传来。

没有了工号，他就什么都没有了，这可不行。男人连忙干笑着说："老大我错了……"

"别说废话了，快点滚回来！"

"好的好的……"

男人把水晶球塞进自己的腰包里，揉了揉鼻子，打个喷嚏的工夫，他就消失不见了。

这里是无边的夜色，在另一个时空中，同样是泛着凉意的秋夜。

两个时空，同样的夜晚。

一群身穿深色衣袍的侍卫举着火把，围在一个落满了树叶的荒废的破旧宅院里，站在他们身前的是一位身着暗红锦袍的年轻公子。

此人正是当今大周朝的国师卫韫。

卫敬的长剑在一片火光下泛着凛冽的寒光，他重重地踢了一脚那个身着蓝色长袍的男人的腿弯，令其不受控制地跪了下去。

膝盖重重地砸在长着杂草的地砖上，男人吃痛地哀号了一声。他跪在地上强作镇定地抬眼看向面前的那位年轻国师，问道："你是何人？为何抓我？"

听见他这句话，卫韫那张向来没有什么情绪的面庞冷了下来。

"不认识我？"他开口，声音微低，泛着几分冷意。

男人还未开口，便见眼前的锦衣公子伸手抽走了站在一旁的侍卫手里的长剑。

卫韫宽袖微扬，接着一道寒光闪过。

男人在骤然袭来的剧痛间发出一声惨叫，他的右手竟生生地被一剑砍了下来，鲜血喷涌，痛得他目眦欲裂，额上青筋隆起。

"敢偷我的东西，却不敢认？"

卫韫的那双眼睛里仿佛浸润过浮冰碎雪，泛着阵阵寒意，更带几分戾气。

"宋继年养的狗，都如你这般不听话吗？"

卫韫握着剑柄的手一扬，仍沾着殷红血迹的剑锋贴着男人颈间的血管。极薄的剑刃只要再往前半寸，就能轻易割破他的血管。

断了右手的男人痛得脱了力，一下子倒在地上。他的脸色隐隐泛青，额头不断地冒着冷汗，身体不由自主地颤抖着。

在听到"宋继年"三个字的时候，他面上明显多了几分异样，却还是紧咬着泛白的嘴唇，一句话也不肯说。

卫韫扯了一下嘴角，瞥了一眼站在旁边的卫敬。

卫敬当即抬脚，狠狠地踩在了那个男人的伤处。殷红的鲜血喷涌而出，男人再一次发出痛苦的惨叫。

"我没多少耐心，"卫韫向前走了几步，蹲下身来，那双黑沉沉的眼睛盯着被卫敬踩在地上的男人，说道，"你最好把偷我的东西都交出来。"

"我不会让你死。"卫韫的声音轻缓，却透着彻骨的寒凉，"但我会让你害怕活着。"

毕竟有时候活着比死要难受千万倍。

男人瞳孔紧缩，浑身颤抖不止。他嗫嚅了一下，像是做了什么决定，舌尖探至唇齿间。

那一刹那，卫韫及时地用握在手里的剑柄狠狠地打在男人的下颌处，令他下巴瞬间脱了臼，暂时失去了正常咬合的能力。

卫韫扣着他的下巴时，男人嘴里流出来的殷红血液沾染上他的指节，他皱了一下眉，松开手。

接过卫敬递过来的干净锦帕，卫韫慢条斯理地擦掉手上沾染的血迹，而后随手将锦帕扔到那个躺在地上的男人身上。

深夜废弃的荒院里，声声惨叫惊破浓黑的夜。隐匿在树影间的乌鸦振翅发出诡异的叫声，更衬得四周一片寂寥。

最终，卫敬还是撬开了那男人的嘴。

此人是宋继年手底下的探子，前些年经常深夜里潜入他人府邸行偷盗之事，由于他轻功奇高，从不曾被官府抓住，因此逍遥法外多年。

直到他前些年在偷盗时，奸污了某个大户人家的小姐。

那户人家与宋继年乃极亲近的表亲关系，因着表亲求上门去，宋继年亲自督办此事，并费心设局，引他上了钩。

但宋继年抓住此人后，并没有杀他，而是找了个死刑犯替其伏法，算作是给表亲的交代，暗地里却让此人做他丞相府的暗探。

宋继年看重的是此人奇高的轻功。

这些年，男人也的确替宋继年做了许多事，掌握了许多秘密，此次却在卫韫这里栽了个大跟头。

趁着卫韫被启和帝宣进禁宫，宋继年命他夜探国师府，想探探卫韫的底。此刻，卫韫书案下夹层里的那几封密文怕是已经到了宋继年的手里。

"除了这些，你还拿了什么？"卫韫对男人艰难说出的答案不甚满意，他垂眼看着他，像是在看一只濒死的蝼蚁，语气不带半分温度。

男人缓慢地呼吸着，猛地咳嗽一声，又吐出一口血来。

反应了好久，他终于意识到卫韫所说的究竟是什么。

当时书房里一片昏暗，借着透过窗棂的月光，他四处翻找密文，却在无意中发现了一个盒子。因为月色昏暗，他将盒子里的那枚黄铜做的圆形物件错认成了黄金，一时鬼迷心窍就顺手拿了。

"东西在哪儿？"卫韫问道。

因为启和帝宣召得太急，卫韫顾忌着若他随身带着那枚铜佩，要是它忽然闪光，怕是会引来麻烦。

为了避免这些事情发生，他将铜佩锁进匣子里，却不想竟被此人给盗走了。

男人颤巍巍地伸出尚且完好的左手，指向院子里荷梗遍布的池塘。

这个院子是他出任务期间偶尔会用来落脚的地方。他因为认出那仅是一块普通的黄铜而非黄金物件，所以随手将其丢弃在院子的池塘里。

卫韫回头，瞥向那一池残梗，紧蹙的眉心终于松了松。而后，他看向身后的侍卫，沉声道："去找。"

夜再漫长，也终有尽头。

当天边刚泛起鱼肚白时，谢桃就已经醒来了。

她呆呆地看着玻璃窗外一点一点地变亮的天色，一动也不动，直到闹钟响了起来，她才坐起身来。

今天是星期三，她仍然要去打工。

生活好像一下子变得平静起来，平静到她觉得自己的每一天都好像只是在重复着同样的事情，没有丝毫差别。

她手机里的那个微信号静静地躺着。她每天都不自觉地要看上很多遍。她早已察觉到所有与他有关的事情都不寻常。自她再回到南市那一天起，这个世界就变得无比神秘，就如同他的忽然出现。

她删不掉他的微信。

一开始，她以为是自己手机的问题，可是她删宋诗曼的微信时并没有出现什么问题。谢桃知道这一切绝非偶然，但她不敢再试探着去删他的微信，害怕如果真的删掉了，那该怎么办。

从发现快递有异样那天起，她就知道他身上有着太多她无法想象的神秘之处。她给他发消息时，无一例外都出现了红色的叹号。

也是在这种突然中断的联系时，谢桃才发现自己根本不了解他。他从来没有告诉过她他究竟来自哪里，也没有透露过多的信息。相反，她滔滔不绝地分享自己的热情和想法。

也许在她生日那天夜晚，他从未将她说出的醉话放在心上。也许那时，他的那句"如你所愿"只是因为不忍拒绝她而勉强做出的回答。或许他从来没有认真对待过他们之间的关系？

这些天里，好的坏的，各种猜测在谢桃的脑海里闪过。

她的高考成绩出来了，比预期高了一些，完全够上南市的怀宇大学，但她一点也高兴不起来。

打完工回家，谢桃在门口看见了还是像以前一样穿着人字拖、长

153

袖 T 恤和一条浅色破洞牛仔裤的谢澜。

"桃桃妹，澜哥请你吃火锅啊，去不？"谢澜随意地抓了抓自己的头发，踩着拖鞋慢悠悠地走到她的面前。

谢桃心里装着事情，这几天都是一副无精打采的样子，她摇摇头，拒绝了。但最终，她还是被谢澜拉到一家火锅店。

"来，随便点！"谢澜把菜单扔到谢桃面前，拍拍胸口，"吃多少，你澜哥都请得起！"

谢桃注视着他，接过菜单，随便点了几个菜。

谢澜把菜单拿过来一看，发现她只点了几个菜，于是点了更多的肉类菜品。

"桃桃妹，你知道我多久没吃过火锅了吗？应该说，我已经很久没有吃过正常的饭菜了。"把菜单交给服务员后，谢澜托着下巴感叹道。

"为什么？"谢桃不明白。

"还不是因为老奚。他不让我吃，说要断了烟火气，不能沾染太多凡间的东西，可我本来就是个凡人啊！这不能吃，那也不能吃，只能吃他做的那玩意。"谢澜开始抱怨起来。

"那你为什么今天又可以吃了？"看着服务员端上红汤锅并点上火，微笑着走开，谢桃才开口问道。

"都是托你的福。"谢澜咧嘴笑着，露出一口大白牙，"老奚让我请你吃顿好的，让你开心点。"

听他这样说，谢桃突然愣住了。

"这是我送给你的礼物。"谢澜说着，递给她一个手机盒子。

"虽然你的手机找回来了，但我觉得你的手机太旧了，你拿着吧。"谢澜说着递给她。

谢桃愣住了，看着坐在她对面的谢澜好半晌没有说话。

面前的这个少年，还有那个小酒馆里的中年男人，他们两个人都关心着她。

"谢谢你，但我不能要这个。"过了一会儿，谢桃才说出了这句话。

谢澜好像没听见她说话一样，把盒子放在她面前，说道："我可不管啊，我买的是只有你们女孩子才会喜欢的颜色，我用不上，你如果不要，我就得扔了。"

火锅飘荡着白烟，谢桃低头吃着碗里的青菜，一言不发，显得异常平静。

就这么一会儿的工夫，谢澜已经吃掉好几盘肉，见谢桃一副吃饭都心不在焉的模样，他问道："你还没有联系到你的朋友吗？"

他还记得她的话。

听到他的话，谢桃不知道是不是被热气熏到了眼睛，眼圈一红，一颗泪珠瞬间滑落。

她握紧筷子，紧抿嘴唇，一句话都没有说。

在这茫茫人海中，她或许再也找不到他了。

因为荷塘里的淤泥太多，侍卫们一直忙到天黑才终于从那池塘里打捞出一枚铜佩。

卫敬骑上快马，身披黑夜向国师府的方向疾驰。

只要再穿过两个街区，就能到达国师府。但当经过一条深巷时，他突然被一道幽蓝的光所吸引。

但在转眼间，那道幽蓝的光影却如绳索般束缚住了他的腰身，迫使他从马上跌落。那匹马发出一声嘶鸣，慌乱地跑掉了。

卫敬活了十九年，从未遇见过如此诡异的场景。

他惊骇万分地瞪大双眼，接着听到一阵模糊的女声："太危险了，差点错过了……"

一道幽蓝的光渐渐凝聚成了一个女子的身影，她穿着清凉的服饰，一件无袖、轻薄的长裙，露出她白皙纤细的手臂。

她面上蒙着一层黑色的面纱，让人看不清她的脸容，仅有两只耳朵上挂着的绛紫色耳坠闪烁着莹亮的光彩。

"你是何人？"

向来镇定的卫敬，此刻声音竟露出几分从未有过的紧张。

女人打量了他一番，漫不经心地说："只是一个特别好看的人。"

卫敬没想到她会这么说，一时间愣住了。

女人的目光在他身上来回扫视了一阵，然后她眼睛一亮，伸手扯着从他袍子里露出来的几丝穗子，拽出了那枚铜佩。

即便卫敬在女人伸手的时候就开始费力地想要挣脱束缚，他最终也无法阻止女人的动作。

就在女人欣喜地把铜佩握在手里的时候，一支利箭破空而来，擦过她的手指，将她的手指割出一道血痕，将那枚系着穗子的铜佩钉在了墙上。

女人当场傻眼了。

卫敬偏头，便见深巷尽头不知何时出现了一抹修长的身影。

他欣喜地唤了一声："大人！"

女人下意识地偏头往巷子尽头看去。昏暗的光影间，身着绛色纱袍的年轻公子迈着轻缓的步子一步步走来，他骨节分明的手里赫然握着一张弓，一支长箭被他漫不经心地搭上了弓。

箭头闪烁着寒光朝女人飞来，与空气摩擦发出尖锐的声音。

女人瞪大一双美目，迅速往后躲闪。避过袭来的箭后，她不死心地往前作势去拿被长箭钉在墙壁上的那枚铜佩，又一支利箭袭来，她只得再次翻身躲过。

她像是被气着了，一道幽蓝的光骤然出现在她的手心。她回头，看见那位年轻公子已经扔掉了手里的弓箭，从剑鞘里拔出一把长剑来，剑锋泛着寒光。

手里的蓝光顷刻陨灭，女人低低地骂了一句："完了，这次又失败了！"

像是顾忌着什么，她始终没有对那位渐渐逼近她的年轻公子出手。在卫韫的剑锋扫过来的一刹那，女人的身形化作了一道幽蓝色的光影，转瞬消失，无影无踪。

卫敬实在不知道该怎么形容自己眼前所见的这一幕。即便束缚在他身上的蓝光消失了，他还是惊愕地看着那个女人消失的地方，久久无法回神。

卫韫走到墙边，伸手将插在墙壁里的长箭拔了下来，然后将那枚铜佩紧紧地握在手里。

虽然在捞上来后，卫敬已经简单地擦拭了一下铜佩，但它表面的纹路里仍然有不少污迹。

卫韫回头，见卫敬仍然呆立在那儿，于是开口道："今夜之事，不可泄露一字。"

卫敬回过神，连忙垂首应声："是。"

片刻后，他又忍不住道："大人，方才那名女子实在是太过神秘……"

"先回府。"卫韫打断他的话，径自转身离去。

卫敬见状，只得快步跟了上去。

穿过巷子后，就见国师府的马车停在长街上，马车前还站着几个侍卫，卫敬那匹马也晃着尾巴站在那儿。

卫韫甫一处理完手里的事情，便直接命人驾车往城外的那座荒院而去。见卫敬的马嘶鸣着从巷子中冲出，卫韫面色一凛。

他拿着弓箭下了马车，往巷子口走去。在靠近巷子的地方，他再一次看见了曾多次见过的神秘光幕。光幕里仿佛有人影走过，还有各色的灯影，形态模糊，让人看不太清楚。

回到国师府后，卫韫便去了书房。

屋内已经点上了灯火，他将腰带顺手扯下来，扔在一边的屏风上，然后便在书案前坐了下来。

靠在椅背上，卫韫闭了闭眼，脑海中闪过方才那个神秘女人的身影，他皱起眉头，面色有几分凝重。

很显然，那个神秘女子的目标是他手中的这枚铜佩。虽然她身怀异术，但不知出于什么原因，她敢对卫敬出手，可始终未敢用异术来对付他。

卫韫记得很清楚，谢桃之前跟他提起过，有人将其他人的命格绑在了她的身上，要害她的性命，以此取走那个被绑了命格之人的性命。

命格被束缚在一起的两个人会有同样的痛感，故而在谢桃与人发生争执的时候，他也感同身受。

之前所有的事情在卫韫的脑海中过了一遍又一遍，所有的细节都被他重新梳理了一番。他不清楚那个神秘女子究竟是何来历，但他可以确定的是，这个女子一定与这些事情脱不了干系。

睁开双眼，卫韫的手指在桌面上叩了叩，半晌后，他无声冷笑。既然对方已经露出了狐狸尾巴，那么就不算是一件坏事。

这么想着，卫韫再度看向自己手中握着的那枚铜佩。顿了片刻，他取了一方干净的锦帕，蘸了些水，就着灯火，仔细地擦拭着铜佩上的脏污。那双向来清冷的眼眸此刻终于染上了几分暖意。

这段时间以来，卫韫的心中始终被一些陌生的情绪充斥着，令他有些莫名烦躁。

卫韫最不能忽视的就是发现铜佩丢失，那个小姑娘和他断了联系的那一刻突如其来的慌乱。

当年卫家的那一场大火早就烧光了他所有的惧怕，后来颠沛流离的少年岁月也让他那柔软脆弱的心在一次又一次的生死磨炼中渐渐凝固。

于他而言，这世上还有什么好怕的？反正他始终孤身一人，毫无牵挂。

即便是此刻，卫韫也并不想承认在发现铜佩丢失的时候，那灼烧过内心的片刻惊慌。

忽然，被他握在手心里的铜佩发出了灼热的温度。

卫韫回神，便见铜佩开始散发出淡金色的流光，一阵比一阵强烈。

一封、两封、三封……无数封信件轻飘飘地落在了他的书案上，堆叠在了一起。

卫韫怔了片刻，过了半晌，他才放下手中的铜佩，伸手拆开一封封的信。

"卫韫卫韫，我手机之前丢了，现在终于找回来啦！

"卫韫，你在吗？

"为什么我的消息发送不了啊？

"三天了。

"怎么还是发送不了啊……

"五天了。

"十一天。"

…………

卫韫将信一一铺展在书案上，目光深沉地盯着洒金信纸上一行又一行的墨色。

他几乎能想象出她说这些话的时候是怎样的语气。

"卫韫，你是不是……再也不会理我了？"

目光落在最后那一张信纸上，寥寥数字，却是那般小心翼翼的落寞口吻。他来不及思考更多，便直接执起一支毛笔，在砚台里蘸了墨后，他的手腕却僵在半空，一时难以落笔。

就在这时，他耳畔有细碎的响声传来，如清脆的铃声。

他一抬眼，便见那铜佩上有星盘浮出，星盘悬在半空之中，而后开始转动。

下一刻，他听到了一个熟悉的声音："卫韫？"

仍是那样温柔的嗓音，却带着几分怯懦。

卫韫睫羽微颤，觉得自己好久不曾听过她的声音了。

谢桃这么多天来已经习惯了时常一看与卫韫的对话框。刚刚，她忽然发现她给卫韫发的消息前面的红色叹号消失了，她瞪大了眼睛，甚至一度以为自己是不是出现了幻觉。

她揉了揉眼睛，再度看向屏幕，发现聊天界面依然没有那些红色的叹号，她想也不想，直接点了语音通话。

电话接通的那一刻，之前的一时冲动如潮水般又迅速退却，她只唤了一声他的名字，就不敢再开口了。

坐在书桌前，穿着单薄睡衣的她紧张地望着玻璃窗外闪烁的霓虹灯，把手机凑在耳朵边，一直保持着那个姿势，久久未动。

"嗯。"半晌，她终于听到卫韫轻轻地应了一声。

明明只是再简单不过的一声回应，谢桃的眼眶却毫无预兆地一热，然后就有眼泪砸下来。

她伸手擦了几下，可挡不住眼泪依然一颗颗地往下掉。谢桃哭得隐忍，咬着嘴唇，不肯发出大的声响，但卫韫还是听到了她细微的呜咽声。

那一刻，他也说不清楚自己心里究竟是什么样的情绪。片刻后，他轻轻道："不要哭了。"

或许是因为他说这句话的时候声音不自觉地温柔了几分，谢桃的眼泪落得更急了。

坐在书案前的年轻公子隔着金光萦绕的星盘，听着来自另一个世界的小姑娘的哭声，他那双琥珀般的眼瞳里流露出淡淡的无奈之色。

在万籁俱寂的夜里，他轻轻的叹息被揉碎在柔和的风里："怎么这么爱哭……"

时隔那么多天，两个人再一次通了话，但一时间彼此都没开口。

在悠长的沉寂中，谢桃听见他轻浅的呼吸声。

谢桃吸了吸鼻子，总算不哭了。犹豫了好久，她忽然小心翼翼地问："我能问你一个问题吗？"

"嗯。"他的声音依旧很轻，像是不自觉地收敛了所有锋芒，多了几分难言的柔和。

谢桃握紧了手机，咬了咬嘴唇，说："你是不是……不喜欢我啊？"

其实在短暂的犹豫中，谢桃也想过要不要这么问。

这些天，她的心里早就已经有过许多猜测。只要她此刻只字不提，他们或许还能像之前那样相安无事，或许一切还能糊里糊涂地继续下去。

但是她做不到。

有些事情她必须搞清楚。

卫韫一怔，半晌之后，才开口道："为何这么问？"

他并没有直接回答，这话听在谢桃的耳朵里就像是隐隐确定了什么一样，她抿紧嘴唇，眼圈慢慢变红。

"我生日那天，你也喝醉了吗？"她深吸了一口气，说道。

"未曾。"

"那你为什么会……回应我？"

听见她这句话，卫韫垂下眼帘，沉默了。

为什么？

卫韫无法否认，当时的他之所以没有拒绝的确是别有目的。

为了查出那个隐在暗处，费尽心思地想要取他性命的神秘人；为了查清这枚铜佩和他自小偶尔窥见的神秘光幕究竟有何关联；为了将一切不安定的因素斩草除根，但偏偏不是因为喜欢她。

他那时是那么以为的。

可这样的真相，此刻的他无法脱口而出。

卫韫无法形容此刻自己内心的感受，像是许久都不曾有过的愧疾，又好像夹杂着许多意料之外的陌生情绪，让他在面对她的诘问时有些心绪难定。他的沉默，对于此刻的谢桃而言，就是一种无声的答案。

或许她早该察觉到。

他从未透露过他的具体地址，也很少跟她提及自己的事情，他一直都是那样神秘，与她永远隔着云山雾海，像是比千山万水还远的距离。

谢桃想，或许连自己那天夜里脱口而出的醉话都是错的。

毕竟他和她本就是两个从未见过面的人。即便他曾在她最无助、最迷茫的时候帮助她一步步地向那些校园施暴者讨回了公道，即便他总是在她最难受的时候用自己的方式给予她无言的安慰，在来到南市的每一个孤单的日子里也是他让她在这个曾经令她迫切想要逃离的城市里多了几分安稳。

他像一盏始终沉默的昏黄路灯，寡言、冷淡，但那样微弱的光照在她的身上仍给她带来了希望。

从她彻底对母亲失望开始，谢桃就认定在这个世界上，她只能依靠自己了。

那年除夕，她从郑家走出来，在落了薄雪的长椅上枯坐了整整一夜，想着从此以后，她就真的是孤零零的一个人了。可即便时间流逝，岁月轮转，一个人又怎么可能真的习惯孤独呢？

所以遇见温暖，她就本能地想要抓住。

谢桃也不清楚自己心里对于卫韫究竟是一种怎样的感情，但从她对他越来越好奇的那时候开始，一切早就已经说不清楚了。

那天夜里的悄然心动是真的，这就足够了。

只是现在，她发现他好像并没有和她怀着同样的心情。

"我是认真的。"谢桃隔着泪花望着玻璃窗外的夜幕，神情有点迷茫，过了半晌，她轻轻地说，"但你好像不是。"

女孩儿细弱的声音带着几分颤抖，压抑不住地泄露了一点哭腔。

卫韫听见她吸了吸鼻子，又说："如果你真的没有喜欢上我，那么，那天我说过的话你可以当作没有听到过。"

谢桃也不知道自己在心里鼓起了多大的勇气，才说出了这样一句话。她知道自己这么做会有什么后果，但是她必须这么做，没有比这更好的选择了。

那些神秘的快递，还有他不同于她的说话方式，甚至是他对现代社会许多事情的一无所知，这些事情她在脑海里来来回回想了好多遍。

他神秘到不可触碰，这使她有一瞬间心生退意。

不如让一切都回到原点吧？或许这对于他来说是再好不过的事情。反正，他也从来没有认真过。

"然后呢？"卫韫沉默着听完她的这些话，终于出声。

他的声音始终平淡，谢桃无法隔着手机感受到他的情绪变化，或许他根本就没有任何变化。

"然后呢？"谢桃呆了一下，没有理解他这句话的意思。

经过一会儿反应，她才开口道："还有什么然后？"

她抹了一把脸上的泪水，气鼓鼓地说："我要把你拉黑！再也不跟你说话了……你说话本来就很气人，我再也不想受你的气了！"

"还有你的那袋金子，我要还给你，谁要你的东西！你不要以为你有多好，我觉得我当时肯定是醉得糊涂了……你没放心上，我还没往心里搁呢。"她说了一大堆，泪花又在眼睛里打转，"你就当我没说过那些话好了……"

听着女孩儿带着哽咽的声音，听着她断断续续地说了那么多"贬低"他的话，卫韫的表情莫名地变得柔和起来。

终年不化的冰雪终于有了几分融化的迹象，在听到她说的这些话时，他胸腔里的心好似被人使劲扯了一下。

难道他从来就没有动过心吗？

卫韫以为自己从未动过心，但此刻内心的情绪让他无法平静。他认为自己足够清醒，以为一切都在他的掌握之中，但或许从他对这个小姑娘生出恻隐之心时起，一切就都不一样了。

卫韫从未遇见过这样的姑娘，她与郢都的贵女们截然不同，多话、多事、不矜持不讲礼，而且贪吃，但她愿意为了朋友付出一切，从不求回报。

在她与别人发生争执，险些失去生命的时候，卫韫曾问她是否害怕，她只是回答："我没有想那么多。"

卫韫很清楚，她是一个胆子很小的姑娘，常常显得柔弱易欺。但她让卫韫看到了她出乎意料的勇敢。

卫韫并不知道她的世界遵循着什么样与他的世界不同的规则，但他已经感受到在她的世界里，女性没有太多的束缚。

从她的字里行间，他已经清楚她为了生计付出的所有努力，知道她的生活非常困难。

卫韫也曾颠沛流离十年之久，见惯了世态炎凉、世间的丑恶，他很清楚一个人在这个世界上活着是多么不易。

与他一样，她也独自一人。

卫韫从未听她提起过家人。

她不依附任何人，也从未接受过多的馈赠，比他想象中还要坚韧。

不知不觉间，他能够容忍她的话多了，甚至因为她的口腹之欲而将齐明煦家的厨子请到国师府来。

这不像是他会做的事情。

虽然早就察觉到自己的异常，但他总是刻意回避。与她失去联系的那些天，他不可抑制地想了许多。

有些事情不是他能随心所欲的，就像一个在漫漫长夜中行走了太久的人，在看到那一片天光水色时，总会开始产生憧憬。

当初的恻隐之心，不知从什么时候开始，已经在卫韫的内心中慢慢变了。

"可我听到了。"

在漆黑的深夜里，在四周无尽的寂静中，这位常常冷静理智的年轻公子居然也因一时冲动说出了自己心中的话。

卫韫呆立在书案前，面对着灯光和窗外的夜风，他鸦羽般的睫毛颤动了一下，手指突然收紧，毛笔在那一刻被他硬生生地折断，笔尖掉落在书案上，溅起深沉的墨色。墨水沾染在纸上，留下了点点滴滴的印记。

"亲口说出的话，怎么能轻易收回呢？"他清冷的嗓音落在谢桃的耳畔，她握着手机，整个人都愣住了。

"谢桃。"

在昏暗的房间里，她坐在玻璃窗前的书桌边，清晰地听见他喊出了她的名字。

谢桃呆呆地坐在那里，她的呼吸凝滞，突然心旌摇曳。

"难道你的感情就是这么轻易能收回的吗？"

像是在梦境中一样，谢桃过了半晌才终于找回自己的声音："你……是什么意思？"

她握着手机的指节收紧，嗓子莫名有些发干。

"我却与你不同，我当日所说的话，今日仍旧有效。"

或许此时此刻，他对她虽有些许心动，但并未到达多么深刻的地步。毕竟他们两个人从未见面，尽管这份暧昧的情感并不是虚假的。

也许正是因为未曾见面，他们之间才留下了更多的余地，以至于他对谢桃的恻隐之心一再蔓延至深。如果她之前就站在他的面前，也许他就不会对她产生旁的心思。毕竟，他身上承载着所有的痛苦，让他很难对任何人放下防备。

他不喜欢任何人的突然接近。

如果谢桃不是来自另一个世界，如果她和他之间没有隔着这枚铜佩和这飘浮的星盘，也许他不会产生恻隐之心。

也许是在每一个寂静的深夜里，他很清楚他们之间隔着的是两个截然不同的世界。于是，在她的莫名信赖中，他不知何时渐渐地少了几分防备。甚至有时在过分疲惫的情况下，看着她的信件，他会莫名地放松下来。

卫韫活了二十二年，还从未对谁动过心。或许是因为他难以放下的戒备，又或许是因为受他的父亲影响。

曾经他以为，儿女私情是这世上最无用的东西。

谁能想到，他此时此刻为这个姑娘忽然的退却而心生烦躁。

一切已经到了避无可避的地步，而他卫韫从来都不是那种不敢面对之人。这是他这么多年来，唯一一次放纵自己的内心。

即便他并不知道隔着时空界限的他们究竟有没有未来，但此刻他忽然想任性一次，就这么一次。

这半生，他踽踽独行，而此刻，他对这个女孩心生期盼。

他希望这个抉择是对的。

听见他说的话，谢桃瞪大一双哭得已经泛红的杏眼，呆愣着半晌都说不出一句话。

"谢桃？"久久没有听到她的回应，卫韫眉心微蹙，又唤了她一声。

岂料这一声轻唤后，他又一次听到了她的哭声。不同于之前的隐忍压抑，这一次她直接哭出了声。

卫韫揉了揉眉心，叹息道："怎么又哭了？"

过了好一会儿，谢桃才抽泣着说："我，我觉得……我是在做梦，我就是在做梦对吧？"

卫韫还未来得及开口，便听见她忽然吃痛似的叫了一声，然后他就听见她哽咽着说："不是做梦啊……"

"怎么了？"他问。

"我掐了一下大腿……"谢桃一边用手背抹着眼泪，一边吸了吸鼻子。

卫韫闻言，情不自禁地弯了弯嘴角。

谢桃听见他的轻笑声时，脸上泛起了一阵红晕，她感到有点窘迫，然后喊道："你在笑什么！"

"傻瓜。"他轻轻地叹息了一声。

谢桃原以为，她十八岁生日那天刚刚拥有的男朋友，会从这一天夜里开始消失不见。

但是并没有。

谢桃也不知道自己是何时入睡的，她躺在床上，通过手机与卫韫说话。渐渐地，她的声音变得越来越微弱，最终失去了声响。

烛火已经烧了一半，卫韫的眉眼间染上了几分疲态。飘浮的星盘里再也没传出女孩儿的说话声，只有她轻浅的呼吸声。

谢桃偶尔会呓语几声，他甚至听到她喊了他的名字。

这一夜，卫韫始终未曾入睡，他坐在书案前，听着女孩的呼吸声，直到天亮，才将书案上的铜佩拿起来。突然间，飘浮在半空中的星盘消失了，她的呼吸声也在他耳边消失了。

卫韫久久地凝视着手中的铜佩，直到门外的卫敬忽然敲门。

"大人，您该上朝了。"

165

"知道了。"卫韫淡淡地应道。

他穿上绛色纱袍，系上屏风上搭的腰带，脸上透出难得的温和。

"大人可是一夜未睡？"卫敬看到卫韫眼下浅浅的青色，问道。

"嗯。"卫韫漫不经心地整理了一下袖子，道，"走吧。"

第八章
不同的时空

因信王赵正荣到访占星阁与卫韫见面一事，当天夜里，卫韫被传至禁宫。

卫韫足够坦然，对于谈话内容也未有半点隐瞒，但是启和帝岂能不知道？禁宫是启和帝的禁宫，在那里没有什么可以瞒过当今圣上。

可是，即便如此，卫韫也很清楚启和帝未必完全信任他。

身为大周朝的皇帝，他近年来迷恋长生之道，是为了在龙椅上坐得更加长久。而一个如此在意权力之人，卧榻之侧又岂容他人鼾睡？

即便是他的亲生儿子赵正荣，即便是他金口玉言立下的储君赵正偒，只要他仍然活着，便绝不容许他们觊觎他的东西，更不容许朝臣各自站队，私下相交。

因此，今日上朝时，卫韫不免受到启和帝多番试探。

下朝时，在前往宫门必经的宫巷里，卫韫遇见了丞相宋继年。

此时，宋继年正在与另一位大臣交谈。

见卫韫走过来，那名大臣向宋继年微微弯腰行礼，随后又对着卫韫拱手道别，然后匆匆离开了。

一见卫韫，宋继年转身便想离去。

"宋大人。"卫韫突然出声喊道。

他走到宋继年身边，偏头看着这位面容苍老的丞相大人，扯了扯嘴角，说道："宋大人何必急着走呢？"

"本相与你这等人无话可说！"宋继年冷哼一声，说话时那长胡子颤抖不休。

"但我还有一句话，必须问问宋大人。"卫韫的语气平静无波，"昨日我送给丞相府的大礼，不知宋大人是否收到了？"

宋继年听了这话后，神情当即变了几变，他瞪着卫韫："你想说什么？"

所谓的大礼实际上是他那名密探的一只手臂。

"我只是想提醒宋大人，"卫韫的神色渐渐变冷，带着几分难掩的凌厉，"若你再敢将手伸向国师府，那就不是这么简单的事了。"

这哪里是劝告？分明是警告，亦是威胁。

宋继年的脸色当即一阵青一阵白，他伸手指着卫韫，"你"了半晌，却都没有说出话来。

"相信那些所谓的密文，已经让宋大人受到了教训。"卫韫嘴角微微扬起一抹讥讽的笑意，嗓音冷冽。

那名密探从国师府盗取的密文不过是些无关紧要的东西。

"卫韫！"宋继年终于被激怒了。

卫韫瞥了他一眼，随后抬步向前走去，再也不管身后那位丞相大人是什么样的脸色。

待他回到国师府时，卫伯已经准备好了早膳。

卫韫坐在桌前用饭时，突然感到他放在衣襟内的铜佩传来灼热的温度。

他握着汤匙的手一顿，随后抬眼看向卫伯："下去吧。"

"是。"卫伯当即躬身退至门口，然后转身离开。

厅内只剩下卫韫一人，他取出衣襟里的铜佩。淡金色的流光涌出，一封信轻飘飘地落在他的饭桌上。

他放下手里的汤匙，拾起那封信件，拆开。

"卫韫，卫韫？"

她似乎总喜欢一遍又一遍地呼唤他的名字。

卫韫眼眉间流露出微不可见的笑意，起身走了两步，忽然想到了什么，转过头，目光停在饭桌上的一碟糕点上。

最终，他又回去端起那碟糕点，另一只手捏着金色信纸，走进后院的书房。

"醒了？"卫韫在书案前拿起笔，然后将写了字的信纸放在铜佩下面。

谢桃的回复一向很快："嗯……

"那个，我想问问你哦，你昨天晚上……没有喝假酒吧？"

她连续发了两条消息，卫韫这边便出现了两封信件。

看到第二张洒金信纸上的那一行墨迹，卫韫眼底霎时闪过笑意，但随即又转为无奈。

他再次提笔："我不像你，不会出尔反尔。"

他旧事重提，带着一丝调侃："还是说，昨晚你是以退为进？"

"我才没有！"谢桃戳着手机屏幕，想再辩解几句，但打了很多字后都删掉了，最后，她只好气鼓鼓地回了一句，"反正说不过你，我不跟你说话了！"

看着信纸上的话，卫韫能想象出谢桃此刻的神情，忍不住轻笑了一声。接着，他从书案下取出一个木盒子，把那碟糕点放到里面，然后将铜佩放在盒子上。

金光闪烁，盒子消失无踪，铜佩失去了支撑掉落在书案上，发出清脆的声响。

时隔半个多月，谢桃再次收到了快递柜的消息提醒。

快递柜里仍然放着一个木盒子。

打开那个木盒子，里面是一碟糕点，她伸手拿起一块点心，发现它仍然带着几分温热。

仍然没有快递的包装，仍然只是这样一个盒子。谢桃知道，这绝不是快递员放进去的。

从这一天开始，谢桃和卫韫仿佛又回到了之前的相处模式，但好像有什么不太一样了。

她仍然习惯每天跟他语音通话，仍然习惯把自己的许多事情讲给他听。有时候她甚至会给他讲笑话，还会因为他没捕捉到笑点而气鼓鼓地不说话。而他明显比以前更加耐心，话多了一些，还流露出几分温柔。

他好像变得有些不同了。

但看似平静的生活背后，谢桃心中的疑惑变得越来越深。

他仍然会给她寄来许多好吃的东西，其中许多都是她从未见过的。他还提出过要给她寄一些财物，就像上次那一盒金元宝，但遭到了谢桃的拒绝。

她已经无法再说服自己这些事情没有任何诡异，谢桃发现自己好像已经无法再忽视这个问题了。

于是在一个周六的午后，谢桃坐在书桌前，盯着手机屏幕上的微信聊天界面看了好久。

她想证实一些事情。

犹豫了很久，她深吸一口气，伸出手指，当手指快要触碰到屏幕上"视频通话"选项的时候，她的手指突然蜷缩了一下。

这样反复了好几次，她始终没能按下"视频通话"的选项。

她垂下脑袋，趴在书桌上，丧气地揉了揉自己的头发。

这样可不行啊，她心里想着。

默默地做了很久的心理建设之后，她再次鼓起勇气，伸出手指，一鼓作气地点了两下。等待对方接通的时间里，她的目光再也没有从屏幕上移开，甚至情不自禁地屏住了呼吸。

十几秒钟后，视频突然被接通了。

出现在手机屏幕里的他身着锦衣，金冠玉带，长发乌黑。一张轮廓分明的面庞比被她设置为手机壁纸的那幅画像更为惊艳动人，是世间罕见的明艳之姿。

谢桃看着他惊愕的眼瞳，那一刻，她无法形容自己内心忽然产生的震颤。

四周一片寂静，她瞪大双眼，握着手机的那只手忽然一颤，连呼吸都短暂地忘记了。她只能听见自己胸腔里的心急速跳动着，一声接着一声响在耳畔，犹如心头立着一面鼓，不断地被敲打着。

她傻傻地望着他，神情恍惚，久久都没能回过神。

卫韫眼中的惊讶慢慢消退，他弯唇浅笑。

谢桃听见他用清冽的嗓音轻轻唤她："桃桃？"

铜佩上忽然显现的星盘开始转动，在细碎如铃的声响中，星盘隐去，一团缭绕的云雾笼罩铜佩的表面。没过多久，浓雾忽然消散，露出底下光滑的镜面，此时卫韫在清晰的镜面里猝不及防地看见了一个姑娘的面容。

一时间，隔着不同时空的两人相望，同样惊愕万分。

之后，卫韫最先回过神来。

想起这枚铜佩不单单可以传信，甚至能传音，那么如今构建起这般几乎是两人面对面的光幕来也就不足为奇了。

铜佩上她的模样是那么生动，卫韫稍稍有些失神，不由得想起之前那张纸上静默的姑娘。

见她瞪大双眼，呆滞得一句话都说不出来的模样，卫韫眼底泛起笑意，轻声唤了一声她的名字。

这样的情景何其不易，她终于还是察觉到了其中的问题。

此刻，她的反应真是分外有趣。

女孩儿终于有了反应，她动了动嘴唇，试图说话："你……"但她没能说出一句完整的话来。

接着，卫韫便听到一声响，接着光幕暗了下来，漆黑一片。

原来是谢桃一时没拿稳手机，导致手机屏幕掉在书桌上。

卫韫听到一阵窸窸窣窣的声音，似乎是她被什么东西绊倒了，那边还传来一声惊呼。

卫韫握着铜佩等了半晌，终于看到铜佩上的光幕再次出现画面。

"我以为你这个榆木脑袋，还要再费些时日才能察觉。"卫韫见她揉了揉眼睛，仍然是一副吃惊的模样，他扯了一下嘴角说道。

此时他的语气竟有点儿凉凉的，全然不复刚才唤她时流露出的温柔。

谢桃反复确认了好久，甚至掐了自己的脸蛋一把，才终于确定自己真的不是在做梦，也没有出现任何幻觉。

她盯着自己手机屏幕上出现的那位身着锦衣的年轻公子看了好一会儿，抿了抿嘴唇，试探着开口："你……是一个演员吗？"

卫韫不太明白她口中的"演员"是何意，便皱了皱眉头。

看屏幕里风度翩翩的年轻公子皱眉，谢桃一愣神，差点又忘记呼吸。

"就，就是演电视剧的那种。"说话时，她都有些结巴了。

年轻公子只是看着她，静默不语。

"不，不是吗？"她讪讪地说。

谢桃想起那些神秘的快递，想起他每次和她说话时的语气习惯，又回想了一遍他那些与现代社会的年轻人相去甚远的爱好，而此时，隔着手机屏幕，她看见他穿着古代的衣袍，留着古代人的发髻，这一切和现代社会毫不相关。

她睁大杏眼，忽然有了一个大胆的想法。

正当她犹豫着不知道该怎么开口时，她听见手机里传来他清晰的声音："如你所见，我与你并非同一世界之人。"

他的声音平淡无波，只是在向她陈述一个事实。

谢桃听到他这句话后，反应了好一会儿，终于找回了自己的声音：

"不是……同一个世界？！"

脑海里一片轰鸣，她不敢置信地瞪大双眼。

许多事情在她脑海里闪现，过了好久，她才又抬眼看向手机屏幕里的卫韫。

这个世界真的不是唯一的世界，真的存在不同的时空？

此刻，她内心翻滚着惊涛骇浪，心情已经无法再用言语来形容。

从谢澜的出现，到那间神秘的小酒馆出现在她眼前，再到她听闻小酒馆里的那位看似普通平凡的大叔老奘竟然活了一千多年……这一件又一件超出她想象的事情都真实生动地呈现在她面前。

这世界浩瀚神秘，这宇宙包罗万象。

那并不是她的想象可以到达的高度。

因为那些神秘的快递和种种说不清的神秘事件，谢桃想过，或许卫韫身上也藏着许多她无法想象的秘密。

她有过许多猜测，唯独没有想过他和她之间竟然隔着两个截然不同的时空。

这一天，谢桃终于发现了他的秘密。

但真相远远超出了她的想象。

花了好几天的时间，谢桃才终于接受了这个事实。

每天晚上，她都忍不住跟卫韫视频通话，盯着他看一会儿，然后发出惊叹。

谢桃对他和他所在的那个世界充满了好奇心，她总有很多问题要问他。每天都被铜佩骚扰的卫韫一开始还会耐心地答上几句，但到后来……

谢桃："卫韫卫韫，你们古代人一般都吃什么啊？"

卫韫："可以吃的东西。"

谢桃："那你们都喝什么？"

卫韫："水。"

即便是这样噎人的回答，也没有打消谢桃旺盛的好奇心，她仍然会一遍遍地问他各种稀奇古怪的问题，即便他回答得越来越不走心。

这天，谢桃又开始了日常提问："卫韫卫韫，你们那是什么朝代啊？"

"大周朝。"

大周朝是什么朝？

谢桃在网上搜索，但并没有找到关于大周朝的任何信息。无论她怎样查，卫韫所说的大周朝仿佛从未在历史上留下任何痕迹。

如果卫韫真的是古代人，那么他所生活的朝代为何没有出现在史书上？

谢桃向卫韫提出了这些疑问。

自《知论》开始，卫韫就开始猜测谢桃所在的世界是怎样的，如果这两个世界真的没有任何关联，那么那本由夷朝大夫应思南耗费半生心血完成，已经流传了数百年的《知论》，怎么会在她所在的世界中存在？

卫韫尚未参透其中的玄机。

入夜后，谢桃强撑着睡意请求卫韫给她展示一下周围的环境。

卫韫无法，只得答应了。

他举着铜佩，在屋内来回踱了几步。

"哇，你有好多书啊……"谢桃看到他身后有一个两米高、摆满书籍和古董的书架，不禁惊叹不已。

"你该睡觉了。"卫韫瞥见她缩在被子里的样子，语气淡淡地说道。

谢桃握着手机，有点依依不舍地说道："可是我还想看看外面是什么样的……你能给我看看吗？"

卫韫最终还是同意了。

在夜深人静的时刻，卫韫手里握着那枚散发着淡金色光芒的铜佩，推开门，走下台阶，来到院子里。

侍卫都守在主院的院门外，没有传唤不会进来。

而时常守在卫韫身侧的卫敬，自从谢桃开始频繁地用这种方式与他交谈，他就吩咐卫敬晚上不必守在这里了。

故而此刻，这庞大的院内除了他，再无任何人的身影。

透过手机屏幕，谢桃看见了一个标准的古代宅院。院内回廊婉转，有着翠竹顽石，花枝树影交错，一个荷塘旁矗立着一座凉亭。

"你家好大啊，卫韫！"谢桃睁大了眼睛惊叹道。

想起那一盒子金元宝，谢桃觉得他看起来家里好像是有矿的样子……

思绪回笼，谢桃看见卫韫身后回廊檐角下散发着昏黄光亮的灯笼，还有那一片房梁之外垂落星光的夜幕。

"你那里的星星好多啊……"她忽然说。

谢桃见惯了霓虹的灯影，见惯了被高楼大厦遮挡住的天空，很久没有见到过这样星辰漫天的夜空。

银白的月光洒落下来，清辉如霜，朦胧地映照在卫韫的身上，拂过他的侧脸，落在他的肩头。

谢桃几乎可以看清他垂眼时眼睫投下的一小片阴影，夜风袭来，他乌黑的发丝一缕缕飘动，衣袂微扬。

谢桃胸腔里的心再一次毫无征兆地急速跳动，犹如擂鼓。

隔着不同时空的两个人，在这星辉灿烂的夜里一起静默地望着天空。

于卫韫而言，这是难得的片刻安宁。

他的眉眼间多了几分莫名的柔和。

"你明日还要早起，"半晌后，他才轻轻地说，"睡吧。"

他的语气带着几分难言的温柔，如同脉脉春水般动人心弦。

"嗯……"谢桃的目光停在他的面庞上，含糊地应了一声。

她抓紧被子，在要按下挂断键的时候，脑子一热，又开口道："有一句话我一定要说……"

卫韫望着她："什么？"

谢桃揪紧了被子，还没开口，脸就已经开始泛红发烫。最终，她眼睛一闭，鼓起勇气脱口而出："你真好看！"然后她睁开眼睛，也没敢看屏幕上他的神情，直接挂断了视频通话，接着连忙把手机扔到了一边。

呆呆地盯着天花板好一会儿之后，她把自己整个人都裹进被子里，发出无声的呐喊。

独自一人站在院子里的卫韫看着自己手里那枚已经恢复如常的铜佩，耳畔仿佛还回荡着她温软的声音。

她竟如此直白。

卫韫的耳郭微烫。

即便是已经和卫韫视频通话了好多次，谢桃也仍觉得这一切很不可思议。她想不明白，为什么她的手机可以打破时空的界限，让她结识卫韫。

"难道我的手机是什么特别厉害的宝贝？"

谢桃歪着头想了好一会儿，把自己那部已经掉漆的款式老旧的智能手机来回看了好几遍。

买的时候也没发现它还有这功能呀，这看起来明明就是一部再普通不过的旧手机。

几天后的下午，谢桃收到了怀宇大学的录取通知书。

她兴奋地跑回家，想跟卫韫分享这份喜悦。想到了什么，她拿起手机看了一眼屏幕上的时间。因为卫韫很忙，所以谢桃一般只在固定的时间给他发视频通话。眼见时间差不多了，她连忙点开微信，发送视频通话邀请。

卫韫方才从禁宫回来，还未来得及用饭，察觉到铜佩的异样，他直接返回了书房。

将铜佩放置在书案上，瞥见谢桃那副兴高采烈的模样，他开口道："怎么这么高兴？"

说着，他随手解开腰带，将其扔到一边。顿时，那一身绛纱袍便变得宽松起来，多了几分随意轻松之感。

谢桃瞧见他解腰带时垂着眼帘的模样，难免再一次因为他的美色而走神。卫韫在书案前坐下来，端起旁边的茶盏抿了一口茶水，道："说话。"

谢桃回神，眨了眨眼睛："卫韫，我拿到录取通知书了！"

卫韫闻言，说道："是吗？"

"嗯！"谢桃说着把红彤彤的录取通知书拿在手机屏幕前晃了晃，"你看！"

瞧见她这副模样，卫韫弯了弯嘴角，眼底浮现出几分笑意："很厉害。"

谢桃有点不好意思，忽然想起了什么，她从背包里取出一本厚厚的书，说道："对了，你要的通史。"

"但是这个要怎么给你啊？"谢桃有些困惑，想起他给她寄了那么多快递，她连忙问道，"你给我寄了那么多好吃的，到底是怎么办到的啊？"

"很想知道？"瞥见她那双盛满好奇的眼睛，卫韫漫不经心地拿过旁边的一册书卷。

"嗯！"谢桃连忙点头，眼巴巴地望着他。

她这副模样倒像是一只小动物。

卫韫看着她，放下手里的茶盏，终于开了口："将你手里的书……"

他忽然顿了一下，而后才说道："压在手机下。"

"手机"这个词卫韫听谢桃提过几次，知道那就是与他手中的铜佩建立联系的物件。

把书压在手机下面？谢桃有些疑惑，但最终还是听了他的话，乖乖照做了。

下一刻，她便看见自己的手机里忽然透出淡金色的流光。

看着这好似幻觉的一幕，谢桃震惊地揉了揉眼睛，当她再次抬起头时，发现被她压在手机下面的那本通史竟然凭空消失了。

谢桃倒吸一口凉气，瞪大了双眼。

隔着手机屏幕，她看见那本刚刚还被她握在手里的通史已经到了卫韫的手里。

自从认识卫韫之后，谢桃感觉她每天都在受惊吓。

"怎……怎么过去的？！"她说话时，舌头都有点打结。

卫韫扯了一下嘴角，随意地翻了翻从她那里传送过来的通史，无论是印刷还是材质，都是如今的大周朝不能企及的。

将那本通史放到一旁，卫韫抬眼看着光幕里小姑娘那副微张着嘴的呆滞模样，不由得失笑。

然后，他就看见谢桃忽然动了起来。

下一刻，他的书案上便出现了一支黑色的笔直的物件，那是她方才拿在手里的笔。

"哇，这也太神奇了吧！"

看见卫韫将那支笔拿起来，谢桃感叹了一声，接着又兴致勃勃地把自己的好几个东西都压在手机下面，看着那些东西在金光的包裹下消失在这头，出现在屏幕那端。

接下来的一段时间里，卫韫的书案上不断地出现不知名的东西。

卫韫由着她玩闹，半晌后，他放下手里的书，问她："今日想吃什么？"

"如意糕！"谢桃想都不想便回答，眼睛霎时间变得亮晶晶的。

卫韫笑着应下："好。"

自从谢桃发现这个特殊的传送东西的方式之后，她时不时地会把一些东西往手机底下压。

这一夜，卫韫从禁宫回到国师府，在后院的浴池里沐浴后，他回到自己的寝房内。

就着摇曳的灯火，卫韫将铜佩放在枕边，穿着单薄的里衣在床榻上躺了下来，闭上了眼睛。

连日来的劳累令他深感疲惫。

在这样寂静的夜里，他的耳畔忽然有细碎如铃的声音响起，声音由模糊逐渐变得清晰。

卫韫睁眼，偏头看向被他放在身边的那枚铜佩，就见有一盒东西凭空出现，接着又有一枝花轻飘飘地落在纸盒之上。

纸盒里是卫韫曾见过的酥糖，有十多颗，而那花……是一枝白色的菖兰。卫韫坐在床沿，骨节分明的手里捏着那枝白菖兰，他双眼微眯，却是笑了。

他真想敲开她的脑袋瞧瞧里头都装了些什么乱七八糟的东西。虽然这么想着，但不知为何，他的耳郭隐隐有些发烫。

依照卫韫之前的猜测，他认为谢桃的那个世界或许便是他此刻所在的大周朝数百年乃至更久之后的未来。但在谢桃送来的那本通史中，卫韫发现自己的猜测是错误的。

在夷朝之前，谢桃所在时空的历史与卫韫所在的时空没有什么大的差别，但自夷朝之后的三百年，谢桃那里的历史与这个时空已经有了截然不同的发展。

他所在的大周朝在这本通史上根本找不到任何一丝痕迹。

如果说他们两人所在的世界毫不相干，那么为何夷朝之前的历史却如出一辙？但若谢桃来自后世，那么这本通史里所记载的夷朝之后的历史为何会出现那么大的偏差？

这到底是怎么一回事？

卫韫连日来一直在思索这件事，但始终没有头绪。

这天，卫韫将大周朝的地图与他让谢桃传送来的她所在处的地图共同铺展在书案上进行比对。

不同于他的这份地图，谢桃送来的那份显然要更加清晰细致，材质也与一般的纸不太相同，稍微硬了一些，多了几分光滑的感觉。

无论是地图上的文字还是那本通史里的记述，抑或是谢桃所用的文字，虽然与大周朝的文字有些许不同，但大体是相通的。

在比对过两份地图之后，卫韫发现有几处他曾去过的地方与谢桃传送过来的那份地图上的某些地方是相似的。

虽然只是几处，并不能说明任何问题，但卫韫的心里已经留下了怀疑的痕迹，如同浪涛过后短暂露出水面，紧接着又被淹没的石头一样，有某种东西呼之欲出，但始终被笼罩在薄纱之下，让人看不真切。

谢桃从甜品店回来，点开微信的视频通话，然后就看见卫韫一个人坐在那里下棋。

白玉棋盘边摆着一只镂刻着复杂纹样的香炉，香炉上方飘着缕缕白烟。卫韫漫不经心地将一颗黑色的棋子握在手里，眉目在浅淡的烟雾间更添了几分冷漠和自信。

见她一直撑着下巴望着他，也不说话，卫韫开口道："怎么不说话？"

"看你下棋呀。"谢桃的声音温软。

卫韫闻言，瞥了她一眼，似笑非笑地说道："你能看得明白？"

谢桃鼓起脸颊瞪着他。

卫韫弯了弯嘴角，将指间的黑子轻轻地扣在棋盘上。

谢桃瞧见他含笑的侧脸，便不再气恼。她在书桌上趴了一会儿，支支吾吾地问道："我昨晚送你的东西，你收到了吧？"

卫韫刚刚执起一颗白子，听到她的话，顿了一下，神色一滞。他被这话提醒了。

"谢桃。"他忽然唤了她的全名，声音冷淡，听不出丝毫情绪。

"嗯？"谢桃歪着头，看着他。

"我很想知道，"他抬眸看着她，"那枝白菖兰是何意？"

"觉得它好看，我就买了一枝。"谢桃想也没想就回答了。她在小区外的超市买完东西出来，看见有人摆地摊在卖花，觉得那一簇又一簇的白菖兰特别漂亮，就买了一枝。

"那你为什么要送给我？"卫韫盯着她。

谢桃笑了一下，有点不太好意思地抿了抿嘴唇，没敢对上他的目光。半晌之后，她才小声嘟囔了一句："就是想送给你啊……"

那枝白菖兰是她临时起意买的，当她包装好那盒自己做的酥心糖时，她脑子里忽然闪过一个念头，于是就把酥心糖和花一起送给了他。

那是一种什么样的心情呢？谢桃也说不清楚，她只是下意识地想把自己觉得好的东西都分享给他，就只是这么简单的心思。

听到她的回答，卫韫将手里的棋子放回棋笥里，低头轻咳了一声，道："日后，便不必了。"

"为什么？"谢桃听了，连忙问道，"你不喜欢吗？"

卫韫看了她片刻，眉心一松，眼底流露出几分淡淡的无奈之色。最终，他妥协似的叹息一声，道："算了吧，随便你好了。"

谢桃又笑了起来，追问他："那酥心糖呢？那是我自己做的哦，有很多种口味的！你一定要记得吃啊！"

"好。"他轻声回答道。

"对了，我今天去图书馆帮你借了好多书。"谢桃说完，踩着拖鞋跑到另一边去了。

片刻后，谢桃手里抱着一大摞书回来了，她把那一摞书往桌子上一放，然后赶紧把手机放在了上面。

铜佩原本是被放置在小案几上的，那一堆书忽然出现，它便被直接压在了底下。

"卫韫，卫韫，怎么看不见你了呀？"女孩儿的声音传来。

卫韫只好伸手把那些书一本又一本地挪开。

门外突然传来了卫伯苍老的声音："大人，您该用晚膳了。"

卫韫淡淡回应："知道了。"

"卫韫，你要吃晚饭了吗？"耳尖的谢桃听到了卫伯的声音，小声问道。

"嗯。"卫韫将铜佩握在手里，用宽袖遮掩住，站起来走向书房门口，一边走一边低声嘱咐她，"不要出声。"

天色尚未完全暗下来，院子里仍然有下人来来去去。

等卫韫在厅堂里的饭桌前坐下，卫伯便命人逐道上菜。

上菜过程十分安静，除了卫伯故意压低的嘱咐下人的声音，并无其他声响。

这是国师府一向的规矩。

"都下去吧。"菜已上齐，卫韫说道。

卫伯当即躬身称"是"，带着一众下人出去了。

厅堂内只剩下卫韫一人，他伸出手将被遮掩许久的铜佩显露出来。铜佩上面星盘闪动，光幕里的女孩儿撑着下巴，在乖乖地等他。

卫韫一向不是个贪吃的人，因此他用膳时常常只有三道菜，但这次他特地让卫伯准备了一些额外的。

谢桃看到他身后的背景变得不太一样了，开口问道："卫韫，我能看看你吃的东西吗？"

卫韫早已料到她会这么说，嘴角微扬。

桌上的美食诱人心醉，好几道菜谢桃从没尝过，甚至没见过。她伸出手数了数，发现共有九道菜。

"卫韫，你一个人吃这么多吗？"她惊讶地问。

卫韫垂眸看向光幕里的她，故意道："多？"

"这不太多吗？"谢桃咂着嘴。

卫韫颔首微微挑眉："那又怎样？"

谢桃清了清嗓子，"嘿嘿"笑了一声，眼睛眯成了弯月形："我觉得你一定吃不完这么多，为了不浪费，我可以尝一点……"

"你不是已经吃过了吗？"卫韫瞥了她一眼，眼里笑意愈显。

谢桃拍了拍自己的胸膛："我觉得我还能吃一点！"

"你想吃什么？"卫韫脸上毫无表情，但语气里带了几分笑意。

"那个鸭子好吃吗？"谢桃早就看见他餐桌上的鸭子了。

就像一只等待主人投喂的小动物，她那双眼睛里闪耀着明亮的光芒。

"那个绿绿的东西好吃吗？

"那个呢？"

"哇……看起来都好好吃的样子。"她充分发挥了话痨的本性，甚至吸了一下口水。

卫韫只好命人送来食盒与瓷碟，除了那只被她盯上的鸭子，他还将每道菜都分出一些装在食盒里，然后便用铜佩传送了过去。

谢桃飞速跑下楼，从快递柜里拿出食盒，然后回到家里。

把所有的菜都取出来摆在桌上，谢桃将手机架好放在一旁。在她拿着筷子蠢蠢欲动的时候，卫韫也把手里的铜佩放了一边。

"卫韫，为什么我送你东西，你直接就能拿到，而你送我东西，我还得跑到楼下的快递柜去取？"动筷子前，谢桃忽然意识到这个问题。

卫韫摇头："我暂时也不清楚。"

他至今还未查清手里的这枚铜佩与她的手机之间到底是因何建立的联系，至于铜佩本身的神秘之处，他更是一无所知。

想起之前出现在深巷中的那名神秘女子，卫韫目光变得深沉。

那名女子身上或许便有他想要得到的答案。只要抓住了她，眼前的一切便会变得明朗许多。

谢桃觉得自己就算想破脑袋也想不明白这里面的弯弯绕绕，所以干脆拿起筷子开始吃饭。

吃着吃着，她偷偷地瞥向手机屏幕上的卫韫。

即便是吃饭，卫韫的姿态也是优雅贵气的，动作不疾不徐，那张冷白的脸上看不出半点情绪。

谢桃看了看他，又看了看刚被自己掰下来的鸭腿，再抬眼便对上了他那双深邃的眼眸。

不知道为什么，谢桃忽然红了脸，手里的鸭腿拿着也不是，放下也不是。

她不知道，她的嘴边这会儿还沾着一颗饭粒。

卫韫瞧见了，却并没有要提醒她的意思，只是说："不吃了？"

"啊，要吃……"

谢桃回过神，干笑了一声，又啃起了鸭腿，只是由之前随意的大口，变成了拘谨的小口。

在夕阳渐渐西沉的时候，隔着两个时空，他们沉默了一会儿。

谢桃咬着筷子，半晌后，忽然说："好神奇啊……就好像我真的跟你坐在一张桌子上吃饭一样。"

"我觉得……还挺好的。"谢桃的声音越来越小。

片刻之后，她又轻轻地说："那枝白菖兰特别好看，我看着它就想到你了……"

那如云般的花瓣皎洁无尘，犹如山上的雪，就好像他一样。

她已经不是第一次说这样的话了，但这样的话说出口仍然需要足够的勇气。

这样的勇气是那么难得。

谢桃涨红了脸，心跳如擂鼓，觉得自己已经好久没有这么开心了。

卫韫一顿，抬眼看向光幕里女孩的白皙面容，像是微风吹皱了一湖春水，他的神色渐渐多了几分难言的温柔。

"我以后会对你很好的，特别好的那种！"谢桃忽然认真地说。

她的脸颊通红，没敢再看手机屏幕里的年轻公子，手忙脚乱地挂断了视频通话。

卫韫盯着那枚恢复如初的铜佩半晌，忽然轻轻地笑了一声。

卫敬最近总觉得国师大人有些不对劲。

例如，以往并不重视口腹之欲的大人，如今吃晚餐时总是会要多几道菜。他以往的口味明显是偏清淡的，但最近却喜欢上了重口味的菜。

而且大人常翻看的书卷与寻常的书卷也有所不同。

卫敬曾在书房禀报时见过与寻常书卷不同的书封，这样的印刷技术即便在整个大周朝也几乎没有人能做到。

此外，大人的书房中那向来空着的青瓷花瓶里总是莫名其妙地出现花枝，有时是一枝菖兰，有时是一枝红山茶，有时是一枝蕙兰……还有一些卫敬根本叫不上名字的花。而且，每次出现时都只有单独一枝。

在国师府里，卫敬一般守在主院外或者守在卫韫的房门外，他从未见过卫韫拿着那些花枝进屋，也不知道它们何时出现在那里。

虽然内心有千般疑问，但卫敬并不敢问出口。

站在书房门外，卫敬思来想去，仍然无法想明白。

这时，他不经意地抬眼，看见不远处有一抹茶色的身影朝他走来，那是南平侯府的世子齐霁。

卫敬当即对门内道："大人，世子爷来了。"

齐霁进来后，一眼就看见花瓶里的一抹鲜艳颜色。

见到这样的景象，他表现得像看到了什么珍奇的物件似的，信步走近，啧啧称赞："卫延尘，你是什么时候开始转性了？在这个沉闷的书房里，竟有这样一枝充满春意的花？"

卫韫看见他伸手，眉头皱了皱，语气微冷："不要动它。"

齐霁的手不由自主地一停，偏头看着他："卫延尘，你可真小气！"

"你有事吗？"卫韫揉了揉额头，显得有点疲倦。

齐霁见他那副模样，神色间顿时多了几分正经，道："你这几日忙得不可开交，这次还被信王拉下了水。陛下那边，你有没有打算？"

卫韫闻言，扯了一下嘴角，眼底波澜不惊："要什么打算？只要我什么都不做，什么火都烧不到我身上。"

齐霁听了他这话，忽然问道："可你真的会什么也不做？"

听出他话里的深意，卫韫定定地望着他说："你想说什么？"

齐霁张了张嘴，最终只说："没什么。"

书房里始终萦绕着一种香甜的气息，齐霁嗅了嗅，最终将目光定在卫韫书案上一个打开的纸盒上。

走近之后，发现里面有几块酥心糖，他伸手试图拿一块。

卫韫瞧见他的动作，直接挥开了他的手，并将盒子迅速合上。

齐霁被他的动作弄得一愣。

"卫延尘，你是怎么回事？连块酥糖都不给我吃！"齐霁咬牙，拍了一下书案，"再说了，你不是不喜欢吃这些东西吗？正好，我替你解决了！"

说着，他又伸出了手。

"不必。"卫韫再一次毫不留情地打开他的手，并把盒子往里挪了挪。

齐霁瞪着他："卫延尘，你这么做合适吗？你可还把我当作你的挚友？"

卫韫摇头："未曾。"

"那你把我当成什么了？！"齐霁有些生气。

"救命恩人。"卫韫抬眼看着他，话里带着几分调侃。

齐霁被噎了一下。

瞥见他那副模样，卫韫略微思索了一下，随后便在齐霁再一次亮起来的目光中打开了盒子，从中取出了一块酥糖。

"只有一块？"齐霁的目光忽然黯淡下来。

"怎么？不想要了？"卫韫作势要将那块酥糖重新放回盒子里。

齐霁瞧见他的动作，连忙摆手："本世子可没说不要！"他迅速伸手，从卫韫的手里抢来那块酥心糖送进嘴里。

大周朝其他地方可没有这样的酥糖，自从上一回齐霁在卫韫这里吃过一块之后，便一直对它念念不忘。

然而幸福总是短暂的，一块吃完后，齐霁又盯上了卫韫手边的盒子。

卫韫索性直接将盒子锁进书案旁的匣子里。

看着卫韫的这些举动，齐霁又一次咬牙说道："卫延尘，我以前怎么没有发现你竟是这般吝啬的人？"

"世子若是无事，还是尽早回去的好。"卫韫站起身来，漫不经心地磨了磨墨，拿起毛笔，在铺展开的宣纸上落下几笔。

齐霁一挥宽袖，转身便走。

快要走到门口时，他忽然停下，方才还愤愤不平的神色骤然平静下来，甚至变得有些复杂。

突然，他开口道："卫延尘，你做这个国师，究竟是为了国、为了陛下，还是为了你自己？"

他回头看向站在书案后穿着一身绀青绣银纹长袍的卫韫："这两年来你步步为营，你来郓都的目的究竟是什么？"

纵然齐霁没有入朝堂的心思，但他除了是郓都尽人皆知的闲散世子，也是天下闻名的才子。他无心待在朝堂，但并不代表他不清楚朝堂的无声争斗。

身处风雨之外，但他心如明镜。

当年的确是他救了卫韫，但他至今也不清楚卫韫的来历，更不知道他来郓都，进入朝堂究竟是为了什么。

齐霁心里早已隐隐有了一个猜测，但他并不愿去深想。

看着卫韫那双深沉的眼睛，齐霁笑了一声，未等他回答，便说道："也罢，就像你所说的，有些事，或许不知道才是最好的。"

即使有时他也会忍不住想深究，但一见卫韫就会放下这个心思。

齐霁摇摇头，转身离开。

卫韫看着他的背影消失在门口，眼中多了几分晦暗的神色。如果他猜得没错的话，齐霁应该是早就看透了他当初为了启和帝而设的局，但他始终只字未提。

对于这位南平侯府的世子，卫韫心中怀着许多复杂的情绪，有感激，也有几分愧疚。

他深知齐霁将他视为好友，但卫韫始终无法完全向他打开自己的内心。过去的那些年，他踩着无数白骨才从地狱里爬出来，他的过去充斥着太多无法言说的血腥。

两年多前，如果不是齐霁救了他，他可能再也没有机会活下去。卫韫永远牢记着他的恩情。

他如今每一步都像在刀尖上行走，一步错就是步步错，再也没有重来的可能。

他无所谓，因为他一直孤身一人，也没有家族可以牵连。

死了就死了，来时一人，走时也是一人。

齐霁不一样，他是南平侯府的世子，即使不入仕也会过着舒适的一生。卫韫不想让他卷入其中。

他知道齐霁聪明，许多事情只能选择不说。对齐霁来说，这可能是最好的保护。

卫韫手里握着毛笔站在原地，久久未动，心里忽然涌起沉重的情绪，压得他眉心轻蹙。

他闭上眼睛，再睁开时，看见紫檀木圆桌上放着一个青花瓷花瓶，里面插着颜色粉嫩的花朵。

他突然失神了一瞬间。

那么她呢？如果他犯了错误，她该怎么办？

他打开匣子，取出一块酥糖放进嘴里，他似乎越来越习惯这酥糖的甜味。

下午，谢桃打完工，疲惫不堪地回到家里。

"怎么了，你看起来这么累？"卫韫放下手里的书，问道。

谢桃撑着下巴，有气无力地说道："今天太累了……"

卫韫俯视她片刻，说："其实你不用去的，谢桃。"

"那就让你养我吗？"谢桃一只手扶着下巴，冲他笑，"不行的，卫韫。我能自己做的事情我一定要自己去做，不能什么事都依赖于你啊。"

卫韫心知她的性格，不再多说，只是轻轻地点了点头："好吧。"

两人通话结束后，卫韫看了片刻手上已经恢复原状的铜佩，然后便在门外卫敬的提醒声中站起身来。

他还需要去禁宫一趟。

等到卫韫回到国师府时，天色已经将晚。

卫韫靠在浴池边缘，闭着眼睛回忆今天占星阁中发生的事情。良久，他终于起身，带起了一片水声。

卫韫随手拿起放在软榻上的薄衣袍，不料却被铜佩的穗子缠住了。铜佩移动，重重地压在他的衣袍上。卫韫瞳孔微缩，等伸手时已经来不及了。

衣袍在眼前消失不见了，铜佩应声掉在地上，卫韫脸色有点不好看。他刚才捡起铜佩时，发现它上面的星盘微微闪光，泛出一层光幕。

谢桃搂着突然掉在她头上的衣服，刚想开口，看到卫韫时愣了一下。

在手机屏幕上，一位年轻公子披散着湿润的黑发，白皙无瑕的面庞上挂着几滴晶莹的水珠。手机屏幕上只能看到他的上半身，而他的上半身竟然不着寸缕。

谢桃甚至看到水珠顺着他的脖颈往下滑落……

"啊！"

谢桃的脸瞬间红透了，手一抖，手机直接掉在了她的脸上，她疼得惊叫一声，忙着挂电话。

谢桃把自己埋进被子里，把那件衣服顺手塞了进去。她身子蜷缩，鼻尖碰到衣袍，一阵淡淡的香味袭来，她紧闭双眼，脑海里不受控制地回放起那香艳的画面。

啊啊啊！

她在床上翻来覆去地翻滚，内心不住地尖叫。

而此刻的卫韫的耳郭已经彻底红透，半晌后，他咬着牙喊道："卫敬！"

"大人？"听他语气似乎有些不太对劲，卫敬答话时声音里便带了几分小心翼翼。

卫韫紧紧地捏着那枚铜佩站在水汽弥漫的浴池边，那张冷白的面庞竟也添了一丝罕见的红晕，说道："替我……取一件衣袍来。"

谢桃不知道自己究竟是什么时候睡着的，反正这一夜她的梦里总是不断地回放着睡前在手机里看到的那一幕——年轻公子披散着湿润的乌发，不着寸缕，肌理分明的上半身如无瑕的美玉，水珠顺着他喉结往下，再往下……

谢桃忽然惊醒了，脸上一阵发烫。

感觉鼻子有点热热的，谢桃下意识地摸了一下自己的鼻子，并没有发现什么异样。

闹钟适时地响了起来，谢桃连忙伸手把放在床头柜上的闹钟按掉。

因为窗帘拉得很严实，所以现在房间里的光线很暗。

谢桃打了一个哈欠，把灯打开，偏头时却看见昨晚扔到床角落里的那件白色衣袍。

像是有滚烫的岩浆在她的脑袋里翻涌，昨夜的一帧帧画面又浮现在她的眼前。

昨天晚上她默背了几首古诗词后便困了，匆匆洗漱完，刚上床准备睡觉，一件衣服兜头就落了下来。

那是一件白色的衣袍，完全是古代的样式，衣袂间还带着一种不知名的淡淡香味。

她拿出手机点开视频通话，本来想问问卫韫是怎么回事，没想到视频通话一接通，她就看见了……

谢桃又把自己埋进被子里。

两分钟后，她掀开被子下床，跑进了洗手间。

早饭也没来得及吃，谢桃就搭乘公交车去了甜品店打工。

彼时，卫韫正身处禁宫的占星阁中，手里握着一只玉色茶盏出神。

"大人这是怎么了？"负责占星阁中杂事的年轻公公陶喜在廊下望着，疑惑地问身旁的卫敬。

禁宫是不允许佩剑的，一直抱着剑的卫敬总觉得自己怀里少了点什么。听到陶喜的问话，他心不在焉地答道："不知道。"

昨夜，大人从浴房中出来后，脸色便有些不对劲。之后，大人在书房中坐了一夜，他也在书房外守了一夜。直到上朝的时辰，大人才从书房里走出来。

下朝后，大人便一直坐在这里，手里虽握着一卷书，却魂不守舍地看不进去。

这一阵子，他家大人显露出的异常少吗？不少了。

见识过那个身怀异术的神秘女人的超能力之后，卫敬觉得这世上已经没有什么不可能了。

卫韫坐在案几前，被靛蓝银线祥云纹的宽袖遮掩的手里握着一枚铜佩，指腹时不时地轻轻摩挲着铜佩表面。

深秋的阳光落在他的身上，锦缎织就的衣袍泛着莹润的光泽。

隔着水岸与树影的琼楼之上，隐约有身穿月白道袍的人来来去去，个个手中执着一柄拂尘，一副仙风道骨的姿态，仿佛自己是脚不沾尘的活神仙。

卫韫瞥向高楼上来来去去的人影，眼底泛着几分冰冷。

占星阁虽然是由卫韫主理，但炼丹的事一直是由吴孚清负责，那是启和帝最看重的事情。

但最近在炼丹房里新出的丹药，启和帝并不太满意，因此已经杀了两批道士。此刻，在那高楼上匆匆往来的便是新来的第三批道士。

"大人。"卫敬突然从廊下走来。

"何事？"卫韫抬眼看向他。

"晔城来信。"

卫敬将自己方才收到的一封密信双手奉上。

听到"晔城"二字，卫韫面上多了几分严肃。他接过卫敬手中的信件，拆开，取出信纸。

上面只有寥寥数语，却令卫韫当即皱起了眉。

"大人，如何？"卫敬见他神色有变，轻声问道。

卫韫垂眸说道："太子与信王都在查我的底细。"

卫敬一听，便道："大人可要属下做些什么？"

"不必，便让他们查去吧。"卫韫摇头，眼中浮起一丝冷笑，"我想让他们知道的，他们定会知晓；我不想让他们知道的，他们绝不会听到半点风声。"

为着两年前的郓都之行，他早就做好了充分的准备。

启和帝早前暗中派人多方查探过他的过往，太子和信王能查到的不过是启和帝已经查出来的。

"太子便罢了，为什么如今这位信王也紧盯着大人您不放？"卫敬疑惑道。

"他们不一样。"卫韫慢条斯理地斟了一杯茶，说道，"太子一心想让我死，而信王是想拉拢我。"

虽然他们行为不一样，但目的相同。

卫韫手中拥有一支骁骑军，这是当年启和帝请他入朝时便传遍朝堂的事情。

骁骑军由身怀异于常人的力量的两千异族人组成，属于世袭军，自大周立国以来便一直作为保护皇帝的特殊势力而存在。但尴尬的是，这支骁骑军一直拒绝为启和帝所用。因为他并非纯正的天家血脉，而是先皇母家大房的嫡孙。

先皇一生子嗣艰难，仅有的四个儿子皆死得不明不白。当时的皇太后有垂帘听政之心，便想从母家将长房嫡孙过继给先皇。彼时先皇正深陷于丧子之痛中，并不愿过继他人的儿子作为自己的皇子。皇太后见先皇身日渐衰弱，便与自己的母家开始谋划夺位一事。后来，夺位事成，先皇怒极、哀极，当天驾崩。但皇太后没有想到的是，她选定的这位乖顺听话的晚辈实则极有野心。

不过几年的时间，皇太后大权在握的局面被打破，处处受制于新帝，郁郁而终。

大周还是以往的大周，但其实早已在无形中换了主人。

一朝天子一朝臣，许多人早已将那一场血腥的宫变事件给忘得干干净净。

世人或许会忘却，但骁骑军不会忘记他的名不正言不顺。于是两千骁骑一夜之间消失无踪，无论启和帝如何寻找都未找到其踪迹。

但是两年前，启和帝在卫韫的手里见到了那枚可以号令骁骑军的材质特殊的骁骑令。

那是启和帝多年来都未曾寻到的物件。

启和帝之所以请卫韫入朝，一是看重他冠绝天下的才智谋略；二是为了他手里的骁骑军。

骁骑军除了是皇帝的亲卫军，还掌管着大周历代皇帝的私库。

启和帝沉迷于修仙、大兴土木，不知建了多少道观，耗费了多少人力财力去遍寻天下灵材炼制丹药。

如今的国库早已经不起他的折腾了，天家私库里的钱财便是他的第三个目的。

启和帝有这样的心思，信王和太子自然也有，他们父子三人到底是殊途同归。

"此事不必再管，你先给我盯紧吴孚清，他近来可不太安分。"卫韫嘱咐道。

卫敬当即拱手道："是。"

饮下一杯茶，卫韫抬眼看向对岸，看见对面高楼上站着一个人，正是吴孚清。

　　吴孚清正盯着卫韫这边看，撞上了卫韫的目光，他便露出笑容，两只眼睛顿时眯成了两条缝。

　　卫韫扯了一下嘴角，放下手里的茶盏，转身进了房间。

第九章
我会一直陪着你

黄昏时分，卫韫走出禁宫，坐着马车回国师府。他手里握着那枚铜佩，似乎在等待着什么。突然，他想起了什么，皱起了眉头，耳朵有点发热。

铜佩开始变热，金光闪过，一封信出现在手中。看到信，卫韫微微笑了，毫不犹豫地拆开了信封。

信纸上只有一个短短的句子："我下班了……"

握着信纸，卫韫松了一口气，内心平静了下来。

回到府中，他径直走进了书房。

谢桃刚吃完方便面，嘴巴还被烫了。

卫韫问："你吃过晚饭了吗？"

谢桃慢吞吞地回复道："吃过了。"

卫韫回了一个简短的"嗯"。

像是两个初相识的人在聊天一样，两人之间充满了一种难以言喻的尴尬气氛。

谢桃心中一直有个问题，思考了一会儿后打字问道："那个……我有个问题想问你。"

卫韫只回了一个字："嗯。"

"昨天的那件衣服……是你的吧？"谢桃打了这样一行字，脸就开始发热了。

卫韫看到了那句话，鸦羽般的睫毛颤动了一下，目光有一瞬间的闪烁。

卫韫还没来得及回复，就看见书桌上又出现了一封信："但是你的衣服……怎么直接掉下来了？为什么不在快递柜里？"

看到这封信，卫韫皱起了眉头。

他盯着桌上的铜佩，神情莫测。

他们不知道，昨晚，那个工号为 AM670 的神秘男子又出现在谢桃的楼下。这次的偏差全是他的错。

此时，他正被自己的上司质问："你是不是脑子有问题？我让你修改凤尾鳞的设置，你看看你修改成了什么东西？你怎么这么厉害？任务没完成，还想吃饭？"女人一边揪着男人的胖耳朵，一边大声地骂。

她的绛紫色耳环仍然闪烁着晶亮的光芒。

男人抹了一把脸,说道:"老大,你骂就骂,但注意不要喷口水……我哪知道凤尾鳞那么倔强啊。它毕竟是神物,你当初非要加那个什么智能设定进去,现在让我去改,那我哪……"

"你的工号没有了!"女人咬着牙说道。

"别啊,老大!要是你当初不加那个玩意儿进去,或许还好办一点,现在……确实有点难办。"男人苦兮兮地说。

"吃你的饭去!"

女人说的终究只是气话,她松开男人的耳朵,一向不太正经的她,面容上竟然多了几分难言的落寞。

这件事,终究还是要怪她自己。

如今,不仅弄丢了那么重要的人,也弄丢了那么重要的定情信物。

自从那天夜里被卫韫的一件衣袍兜头盖住,谢桃就没敢再跟他视频通话,只是像以前一样打字发消息。

过了两天,谢桃才终于鼓起勇气点开了视频通话,但视频接通后,两人又相顾无言。无论是谢桃还是卫韫,脸颊都微微发热。

大周朝一向礼法森严,卫韫怎么说也曾是世家公子,如此失礼之事,这么多年来还是第一次。

何况这件事情还发生在谢桃眼前。

瞥见她那双水盈盈的杏眼,卫韫不由得轻咳了一声,下意识地伸手去端起茶盏,凑到唇边抿了一口。谢桃也连忙端起自己的水杯喝了一口,喝得有点急,她被呛得咳嗽了一声。

她犹豫了一会儿,结结巴巴地说道:"衣、衣服我还给你了……"

"嗯。"卫韫应了一声。

那件衣袍早已被他扔进了柜子。

"我想给你看点东西……"谢桃突然说道。

"什么?"

卫韫手里握着谢桃给他寄来的书,刚翻了一页,听见她这句话,便抬眼望向她。

"你等一下哦!"谢桃说着,拿着手机走到电视柜前,按开了电视。

她调到一个专门表演魔术的节目，信誓旦旦地保证："卫韫，你要是学会了这些，肯定能把他们给唬住！"

"这是什么？"

最近他看了许多谢桃传过来的书，有的书上图文并茂，那些图片栩栩如生，令他在短时间内便对她所在的那个世界有所了解。

再加上谢桃有时会跟他解释各种所谓现代社会的新鲜事物，使得他对这一切越来越熟悉。

他时常会感叹后世的发展竟能到如此不可思议的地步，慨叹之余对她的那个世界产生了极大的好奇心。

"魔术啊，你不是国师吗？你不多学点东西，怎么能骗得了别人？"谢桃一副为他操心的模样，她又说，"你觉得哪一个好？我给你找教程！"

第一次知道卫韫是国师的时候，谢桃一度以为自己幻听了。

国师是做什么的？她甚至谨慎地上网查了查。

但是卫韫的头发好好的，也没有穿电视剧里那种灰灰白白的衣服，手里也没拿拂尘什么的。

是什么让一个年仅二十二的美貌青年走上了这条路？谢桃想不太明白。

她那时甚至问他："你们……能谈恋爱吗？"

然后她就听见他意味不明地冷笑了一声，接着他果断地挂断了电话。

"我何时说过我会这样的把戏了？"卫韫睨着她，语气平淡无波。

"那你平时都是怎么糊弄他们的啊？"

谢桃对这个特别好奇。

"占星观天之术虽玄妙无比，却也并非糊弄人的。"他只肯解释这么一句。

实则，他会不会玄术于启和帝而言本就是无关紧要的，因为占卜出来的国运祸福，都不过是启和帝想让卫韫告诉世人的话，用以粉饰太平，甚至欺瞒自己。

但这些关于朝堂的事情，不必讲给她听。

"哦……"谢桃其实听不太懂。

看着电视里仍然在表演着的魔术节目，谢桃把手机屏幕往前凑了凑，说道："你真的不学一下吗？"

"不必。"卫韫眼底浮出无奈的笑意，如同破开冰雪后的澄澈水色，倒映出一片柔和波光。

于是谢桃关掉电视，戴上耳机，说："我要出去啦，要去超市买东西，你不要挂视频哦，我带你出去看看！"

她笑起来眉眼弯弯的，像是有星子落在她的眼睛里。

卫韫有一瞬间凝滞，片刻后，他喉间微动，轻轻地应了一声："好。"

这是卫韫第一次真切地看见她那间屋子之外的世界。

那一切对他而言是陌生的，但又有一种莫名的熟悉感。高楼大厦、五彩霓虹，这些都是大周朝所没有的，但他偶尔在那些自小便莫名出现在他眼前的光幕里看到过模糊的景象。

谢桃从超市里出来，手里拎着一个塑料袋，嘴里还在跟卫韫不停地说着话。

回到家之后，她坐在书桌前。

"我给你带了个礼物。"她迫不及待地从塑料袋里拿出两只羊毛毡做的小动物，一只是长颈鹿，一只是狸猫。她把那只长颈鹿的羊毛毡挂件放在手机下面，看着它被一阵金光缠裹着消失在书桌上。

从她那里消失的小挂件落到了卫韫的手中。

手里的那个物件毛茸茸的，卫韫忍不住捏了捏。

"这是长颈鹿，你知道长颈鹿吗？"谢桃问他。

卫韫摇了摇头。

"我觉得我有必要多给你看几遍经典节目《动物世界》了。"谢桃摸了摸下巴说。

卫韫皱了皱眉，没有听明白。

"冬天快来了，卫韫。"谢桃看着窗外黑沉沉的天空，目光落在窗台上不知道什么时候出现的枯黄叶子上，突然说道。

卫韫一个人站在院子里，看着眼前的光幕，看到撑着下巴的女孩的目光中突然多了几分向往。

"第一场雪落下的时候，我能和你一起看雪吗？"他听到她说。

就像一个孩子渴望得到糖果一样，她的眼神里带着晶亮的光芒看着他。

睫毛微颤，卫韫握着那只毛茸茸的长颈鹿，喉咙动了下，轻声道："好。"不知为何，他的嗓音竟有些沙哑。

"夜深了，你该睡了。"他看着屏幕里的女孩儿，眼神透着莫名的温柔。

"嗯……"谢桃点头，就要挂断电话，就在手指即将触上屏幕的瞬间，她又缩了缩手指。

"怎么了？"卫韫见她抿着嘴唇，一副欲言又止的样子，便问。

"我……"她看起来有点难为情，脸颊上红晕浮现，如同春日杏花微粉的颜色，清晰地落在他的眼里。

"要是我能真的见到你就好了……"女孩儿略显羞怯的声音传来，带着几分温柔，还有几分落寞。

那一瞬，卫韫的胸口像是被什么扯了一下，他喉结微动，那双向来冷淡深沉的眼眸里波光流转。

他下意识地伸出手指轻触屏幕，妄图隔着神秘莫测的时空去触碰她的面容。

她的容颜在他的指尖下渐渐破碎成了一圈涟漪，随着浓云的收敛，金光散射，他手中的铜佩再一次恢复如初。

卫韫握着手里的铜佩，站在寂静的深院里久久未动。

不远处，打着灯笼来送明日要穿的绛纱袍的卫伯和有事禀报的卫敬都看见了这一幕，他们不由得对视了一眼。

"咱家大人是不是有点不太对劲？"卫伯刻意压低了声音说道。

卫敬想起最近一连串怪异的事情，还有那总是莫名出现在大人书房里的花，神情凝重地点了点头。

岂止是有些不对劲，那是特别不对劲！

卫伯站在廊下，看着立在院子里的卫韫好久，大人何曾有过这般柔和的神情？

卫伯眉心一跳，"啊"了一声，说道："大人莫非是被妖精缠上了？"

谢桃上大学后的第一个冬天来临。

她租的房子还没到期，住宿舍的话跟卫韫联系也不方便，所以她大一刚开学就申请了在校外居住。

天气越来越冷，路上来来往往的行人都穿上了厚重的衣服。南市属于南方，虽然落雪比北方晚了一些，但谢桃热切盼望着的初雪终究还是来了。

一个星期天的早晨，谢桃起床拉开窗帘时，就发现贴在玻璃窗上的薄薄冰花，外面纷纷扬扬落下的是随风飞舞的细雪。

夜里应该就下了雪，此刻窗台上、屋檐上，甚至是路灯上都已经铺了薄薄的一层雪花。一阵刺骨的风迎面袭来，谢桃不由得打了个喷嚏。她揉了揉鼻子，弯起嘴角，眼里盛满惊喜。

彼时，一身锦衣、披着大氅站在廊下的卫韫抬眼望见漫天如细碎的盐一般洒下的白雪，她的声音在耳畔缭绕。

"第一场雪落下的时候，我能和你一起看雪吗？"小姑娘的声音里有几分温软、几分羞怯，满怀着殷殷期盼。

浅淡的天色与屋檐上的寸寸白雪融合成了一幅意境浓郁的水墨画。卫韫瞧了半刻，忽然唤了一声："卫敬。"

一直站在卫韫身后不远处的卫敬当即抱着剑走过来，躬身道："大人。"

"备马，去苍鹤山。"卫韫偏头看向他。

"大人为何……"卫敬心中有些疑惑，他正欲询问却又住了口，只拱手道，"是。"

这是卫韫来郢都两年间的唯一一次策马出行。

在寒冷的冬天里，长街上行人甚少，阵阵的马蹄声在街角巷陌显得尤为清晰。

此刻，谢桃已经坐上了公交车。

她穿着厚厚的毛衣，外面搭着一件长款的毛呢外套，脖颈上厚厚的一圈红围巾更衬得她皮肤白皙、明净秀气。

南市的城区之外有一座砚山，那里是南市有名的观光点。上面不仅有农庄、酿酒酒庄，还有一年四季都美丽的风光，云山雾霭、烟波翠色，一片旖旎好景吸引着许多游客上山游玩。只是那里冬天没多少人。

坐车时，谢桃接到了谢澜的电话，电话那端的少年显得有点烦躁："桃桃妹你在哪儿呢？我在你家门口敲了半天门，你都没回应！"

谢桃不知道谢澜竟然去她家找她了，连忙回答："对不起啊，谢澜，我有点事，出门了……"

谢澜郁闷道："我是来叫你去吃牛肉火锅的，错过了可就没有了啊！难得老奚大发慈悲，让我来请你去吃饭。"

谢桃连忙道歉："对不起……我今天真的有事。"

谢澜快哭了："你知道吗？你这一拒绝害得我失去了一个吃肉的机会！"

"下次我请你吃。"谢桃小声说。

"最好是这样！"谢澜哼了一声，不太高兴地挂了电话。

到达站台后，谢桃沿着铺好的石阶，背着双肩包一步步地往山上走。

她以前和苏玲华来过这里，是在她们到达南市的第二天。妈妈牵着她的手，带着她一步步地往上走，石阶漫长，仿佛没有尽头。

那个时候的谢桃很小，她拉着妈妈的手，看着妈妈那张没有多少表情的脸和那双灰暗、死寂的眼睛，什么话也不敢说。

那个时候，妈妈总会在她面前重复一句话："桃桃，从今以后你就没有爸爸了，你只有我，你只有我了，你知道吗？"时常说着说着，妈妈就开始抹眼泪。

谢桃知道，从她被迫在出轨的爸爸和濒临崩溃的妈妈之间做出选择的时候，从她的爸爸谢正源的身影消失在栖镇的那条青石板路尽头的时候，她就只有妈妈了。

小小年纪的谢桃的天空缺了一个角，成了一幅永远都拼凑不起来的拼图。

或许是因为妈妈在她的耳边说得多了，几岁的谢桃紧紧地抓住妈妈的手，那是她对妈妈本能的依赖。

后来，她的妈妈将缺口不断撕大，那里成了一个大大的窟窿。于是，所有的风霜雨雪都狠狠地灌了进去。

南市曾是她和母亲相依为命、开始新生活的地方，却也是她噩梦的源头。一个曾那样深爱她的母亲，最终却成了伤害她的人。

谢桃记得她曾经的好，记得她为自己吃过的苦，但也同样记得她对自己的伤害，记得那年深日久堆积起来的深深绝望。

从郑家出来的那天夜里，她就做好了决定——今后的日子，再苦再难，她也不会回头。

这一天，她再次来到了砚山。

这里的一切好像没有变过，只是比记忆里的那个夏日多了几分薄雪的痕迹，曾经苍翠的树叶草色上添了几分枯黄。当初她和母亲一起来到这里，而现在却只有她自己一个人。这或许……也没什么不好。

终于爬到了半山腰，谢桃一眼就看见了坐落其上的一座石亭。石亭檐上已覆了一层薄雪，四周寥落，唯有阵阵狂风吹过她的脸颊，吹红了她的鼻尖。

谢桃走过去，在石凳上坐下来。

因为要爬山，所以她穿得比平时要厚一点。走了这么久，她已经感到既热又累。坐在石凳上歇了一会儿，谢桃从自己的包里掏出手机，点开微信的视频通话，用支架支撑起手机。

"卫韫！"

谢桃把保温杯从书包里拿出来，刚拧开盖子，还没来得及喝上一口热水，就看见手机屏幕上出现了一张俊俏的面容。

卫韫此刻正身处苍鹤山的石亭中，面前是乘马车赶来的卫伯准备好的小青炉。青炉里烧着无烟的木炭，上面正煨着一壶热茶，旁边摆着几碟小巧精致的糕点，颜色各不相同，在这片雪景中成了难得的点缀。

瞥见她身后的陌生景象，卫韫皱着眉头："你在哪儿？"

"在南市的砚山上，我专程为了看雪而来！"谢桃喝了口热水，笑眯眯地说道。

她看上去很开心，甚至拿起手机走到路边的护栏旁，把屏幕对准蜿蜒的山丘和下面的南市城区。

"看见了吗，卫韫？这里很美吧！"

屏幕上只能看到被薄雪覆盖的山色和因有些雾色而模糊的城区。

天空飘着细雪，如同纷纷扬扬的细碎花瓣无声地散落，在山间呈现出一种浩渺无尘的景象。

谢桃收回手机，一边将手机屏幕对准自己，一边走回了石亭。

"你在哪儿？"她看到他身后露出了一片斑驳的山崖。

卫韫只好伸手将铜佩对准石亭外。

"你也在外面吗？"谢桃惊讶地问道。

卫韫收回手，看着光幕里被冻红了鼻尖的女孩儿，那双向来疏冷的眸子里多了几分暖意。

他说："难道不是因为你想看雪才来的吗？"

若只是坐在院子里陪她看这样的一场雪，总感觉好像缺了点什么。这一场雪，必须出来陪她一起看。不知为什么，他一开始便是这么想的。

听到他的话，谢桃的心怦怦地跳了一下。她咬着嘴唇，嘴角却忍不住上扬了一点。

此时的卫敬和卫伯已经随着马车退到远处，看不太清楚这边的情形。

"这么冷的天，大人怎么会有闲情来这里看雪？"卫伯捋了捋自己花白的胡子，说道。

卫敬摇头，他以前便看不透大人的心思，如今更加看不透了。

大多数时候，都是谢桃在说话，而卫韫总是静静地听，等她说完才会开口回应几句。

"你的茶好喝吗？"谢桃突然问他。

"尚可。"卫韫简短地回答。

"我也想喝……"谢桃眼巴巴地望着他。

卫韫顿了一下，说道："可惜无法及时送到你眼前。"

经过上次的衣袍事件，谢桃以为她也可以像卫韫一样直接收到东西，不用再通过快递柜了。没想到只有那一次，后来她还是得规规矩矩地去楼下的快递柜里取。

"也不知道究竟怎么回事……"谢桃始终摸不着头脑。

她觉得她的手机可能有自己的想法。

两人一边断断续续地说着话，一边欣赏雪景。

撑着下巴坐在石凳上半天，谢桃看着手机屏幕上穿着玄色大氅的年轻公子，眼眶忽然有点泛酸。

雪渐渐地下大了，数不清的雪花飘落在檐下，耳畔是阵阵风声。

她真的只有自己一个人吗？

从离开郑家的那一夜开始，她已经决定独自生活了。但是这一刻，看着手机屏幕上卫韫的面庞，她想，她好像不是一个人了。

这一年，她最幸运的事就是遇见了他。即便隔着两个时空，她也坚信这是万中无一的幸运。只是……她和他之间，难道就只能这样了吗？

她永远无法靠近他，他也永远无法真正地站在她的面前，他们之间隔着不可逾越的时空界限。

她根本无法触及他。

两个人之间的第一次约会隔着时空的界限，在两处不同的山上，在两座不同的石亭里，唯一相似的似乎就是天空中同样飘落的洁白无瑕的雪。

隔着两个不同的时空，他们看着的或许是同一场雪也说不定。

两人缄默不语，心中都多了几分说不出的感慨。

他看向自己身旁的同时，她也转头看向自己的身旁，在越发盛大的雪中，他们都在感受彼此的存在，就好像他们就坐在彼此身旁一样。

突然间，一道光幕出现在谢桃的眼前。与此同时，一道光幕也在卫韫的面前浮现。

两人都透过那一道光幕看见了彼此的脸庞，时而清晰，时而模糊，如同湖面难定的波光。

说不清是因为什么，在惊愕过后，谢桃眼眶微红，两滴眼泪霎时滚落下来。

"桃桃，"不是从手机里传出的声音，他温和的声音透过光幕传来，仿佛两个人正面对着真实的彼此，"哭什么？"

她听见他轻声叹息了一声，带着几分无奈和几分温柔。

谢桃的目光落在他颈间被风吹得飘飞的大氅系带上，嘴唇颤了一下。许多被她刻意忽略的情绪在这一刻涌上心头，她的声音哽咽，带着几分颤抖。

"我想见你……"她的情绪再也控制不住，哽咽道，"我真的好想见你……"

不再隔着神秘的光幕，也不再隔着冰冷的手机屏幕，她想真切地见到他，甚至……拥抱他。

只是这是一件多么困难的事情啊。

她刚刚喜欢上他的时候，并没想过原来他们之间隔着这样漫长的距离。

那是用一生都走不到终点的山高水远。

卫韫听着她的哭声，自己心头也像是被针刺了一下，无数情绪在心里翻涌着，犹如岩浆里翻滚的热浪。

卫韫内心百味杂陈地望着光幕里泪水盈眶的姑娘，他忽然伸出手，想触碰光幕上的她的脸庞。

只是他的手指才触碰到那道光幕，光幕便在一瞬间消失无踪。

卫韫手指一僵，怔在原地。

半晌后，他低头，发现铜佩上早已没了星盘和光幕的痕迹，其上只有被寒风吹进亭内的细碎雪花。

良久后，他忽然轻轻地呢喃道："我也一样。

"桃桃……"

从砚山下来后，谢桃当晚就感冒发烧了，脑子一片昏沉。

她去药店买了点药吃下，然后裹着被子在床上迷迷糊糊地睡了一觉，半夜醒来时发现头发都被汗打湿了。

她呆呆地睁着眼，看到一片昏暗的周围。

她吃了药就躺下了，忘了拉上窗帘，此刻玻璃窗外有灯影闪过，她甚至能看见光影间飘飞的雪花。

谢桃忽然想起今天上午在砚山上的石亭里，忽然出现在她眼前的那一道神秘的光幕。光幕之中，是他的容颜。

他从不轻易那样亲昵地唤她"桃桃"，每次她听见他那么唤她的时候都会忍不住心跳加快。胸腔里的那颗心就好像是一个孩子，任性地表露着内心的所有情绪，从不肯替她伪装。

这世上没有人可以真的习惯孤独。在喜欢上卫韫之后，谢桃本能地想要汲取更多。那是"喜欢"催生的贪婪，是所有人都无法避免的奢望。

她想见他。

这种愿望从未如此迫切，可他们之间并非只是寻常的分隔两地那么简单，他们隔着的是两个时空。那么遥远的距离是谢桃无论怎样努力都无法用双腿去跨越的鸿沟。

那么她要怎么办呢？

从眼角淌下来两行眼泪，谢桃吸了吸鼻子，玻璃窗外纷纷扬扬的雪花开始变得模糊。

她揉了揉眼睛，打开灯，然后从枕头底下摸出手机。

看着那张被她设为壁纸的画像，她的眼神闪了闪。

点开微信，她的手指在"视频通话"的选项上犹豫了好久，最终还是按了下去。

卫韫此时正躺在床榻上，听见星盘转动的声音，他立刻睁开眼睛。

拿起枕边的铜佩，他在光幕里看见了一张苍白的面庞。

他眉头一皱："你怎么了？"

"感冒了……"谢桃声音有气无力的。

卫韫知道她指的是伤寒，便问："吃药了吗？"

"嗯……吃了。"谢桃咳了一声。

"什么时候吃的？"卫韫问。

"下午吃的。"谢桃裹紧被子，乖乖回答。

"还没好转的话，就去医院看看，可记着了？"卫韫想了一下这边问诊的地方如何称呼，叮嘱道。

"记住了……"谢桃的声音软绵绵的。

"裹好被子，仔细点……"他又不放心地嘱咐了几句。

卫韫过去这些年从未如此关注担心过任何人。

除她之外，没有人值得他如此关心。

即使他细心叮嘱，看着谢桃脸色苍白，他的心仍不平静。他们之间始终隔着不同的时空，他无法走到她的面前。

也不知道是夜色太深沉，还是白日里他们两个人共同看的那一场雪落进了心里，心头堆满难解的怅惘，一片冰凉。

他们只能默默相对无语。

像含在嘴里的糖，甜之后留下微微苦味，直击人心。

"你家里……还有谁吗？"卫韫忍不住开口。

他始终不放心她独自一人。

卫韫早就注意到谢桃从不提起自己的家人。她不谈，他也不问。

也许那是她不想说的隐私问题。

此时，看着她病倒在床，独自裹着被子，没有人照顾，他还是问了。

谢桃的表情瞬间凝滞。

片刻之后，卫韫见她忽然摇头，说："就我一个人。"

那声音飘忽，像是在对他说，又像是在对自己喃喃自语。

生病时被母亲细心照顾已经是很久远的记忆了，当时她还没有离开栖镇。

长久的沉默后，或许是因为在这样的深夜里最适合剖析内心不轻易对人言的事，或许是因为他那双带着些许担忧的眼眸令她的心里多了几分感触，谢桃突然断断续续地说起自己的人生往事。

她说起那个踏着悠长的青石板路一去不返的父亲，说起那个曾那样深爱她，为她吃苦受累，供她上学读书，将她捧在手心里，后来却打她、骂她，逼迫她去做许多不愿意做的事情，逼迫她融入一个完全陌生的家庭的母亲。

她说起在郑家的那几年，说起离开郑家后，在栖镇的那一年发生的事情。

她的声音低低的，带着依然无法释怀的颤抖，眼角已经有了泪意。

卫韫一早便猜想过她的身世，却未料到会是这样。

她母亲仍然在世，但她那位母亲并未在她最脆弱的那时候尽到母亲的责任，甚至伤害她、虐待她。

自卫氏满门覆灭的那一天开始，卫韫颠沛流离多年，早已不是一个仁慈的人，但在时光流淌间，他下意识地将自己心底仅存的那一处柔软全都交给了她。

此刻听着她说起过去的点点滴滴，他很难不为之心疼。

他深知一个人在这世间活着有多么不易，更何况那时候的她还只是一个尚未长大成人的姑娘，看起来再柔弱不过，但她令卫韫一次又一次地对她刮目相看。

脱离一个有血缘的亲人，那个人还是她的母亲，是一个极其艰难的选择。毕竟母亲也曾那样真切地爱过她。这样爱着也恨着的血缘纠葛，是这世上最难解的事情。

卫韫深有感触，他与父亲卫昌宁的关系也是如此。

他恨卫昌宁要他忍气吞声，要他谦让，要他此生如尘，要他犹如浮萍一般地活着，想当然地为他安排好一切，且不容许他有半分反抗。

他还恨卫昌宁口中说爱着母亲，却在母亲去世不久便听从三房主母的话娶了那个商户女。

他同样恨懦弱的父亲刻意忽视商户女对他明里暗里的苛待，只因不敢得罪主母，不敢得罪那位新娶进门的身为三房的财袋的妻子。

卫家灭门的那一天，却是他这位父亲删掉了族谱上他的名字，拼了性命将他送出了郢都。

至今都无人知晓，当年被灭了满门的卫家还有一个幸存者。

他与父亲之间的事情怎么可能说得明白？

她当初的处境与他有所不同，但她能在那样年少的时候毅然选择暂缓学业，离开她的母亲，便已是非常勇敢了。

冰冻三尺，非一日之寒。她既然选择了离开，便已经再难原谅了。

这世间加诸她身上的不幸都化作了她前行的动力。

即便她的生活如此拮据，每天都要出去打工赚钱，她也不愿接受他的金银馈赠。她像一株翠竹，脊背挺直地不断生长着。

她是一个极有尊严的女孩子，而他也愿意保护着她的自尊。

"我以前觉得我一个人也没什么不好的。"谢桃突然说，"但是遇见你之后，我又觉得自己一个人好难……"

暖黄色的灯光下，她望着手机屏幕里与她拥抱在一起的年轻公子，轻声问："你说，如果我们一辈子只能这样，我们该怎么办呢？

"我碰不到你，你也碰不到我……我们之间永远隔着那么远的距离。"

她的声音变得飘忽起来。

"就算是这样……你也不介意吗？"

卫韫动了动喉结，觉得嗓子突然有点干。

"即便如此，"他顿了一下，语气里带着几分郑重，"我也会一直以这样的方式陪着你。"

卫韫从未说过这样的话，但面对她那双黯淡的眼睛时，他却不由自主地说了出来。这句话的确有几分冲动，但也不是一时兴起。

没错，本就该是这样的。

这个世界上能让他动心的，只有她一人而已。

这辈子，如果不守着她，还能守着谁呢？

他的话落在谢桃耳畔，仍然是那样清冷的嗓音，但让她的心又开始急速跳动，就像石子落入春水，荡起层层涟漪。

她弯起嘴角，眼角却也有了泪意。

"那样也好……"

这个答案多么令她心动，但她仍然感到不舒服。

卫韫说："我也会去找跨越时空界限的方法。"

他说这句话时语气尤为认真。

既然铜佩可以割裂时空让他们相识，那么一定有办法可以连接两个不同的时空。

而且，既然那些神秘的光幕可以让他看见另一个世界的模糊影像，也许他们能够探究神秘的时空之间的秘密。

卫韫望着光幕里的女孩，问道："桃桃，你相信我吗？"

谢桃轻轻地回答："相信啊。"

说完后，她重复了一遍："我相信你。"

谢桃不知道自己是什么时候睡着的，她更不知道手机屏幕上的年轻公子静静地看了她多久。

一夜枯坐之后，卫韫唤了一声："卫敬！"

他紧紧地握着手里恢复如常的铜佩，神情变得严肃："找到盛月岐，命他来郢都。"

为今之计，他必须立即设局抓住那名神秘女子。而这名女子身怀异术，他必须依靠异族少年的帮助才能抓住她。只有抓住那女子，他才有可能了解一切的真相。

当谢桃再次醒来时，她发现自己正被人背着。

厚厚的围巾将她的脸包裹了大半，她只觉得头很痛，脑子昏昏沉沉的，还有些反应迟钝。

也许是因为她动了两下，背着她穿行在下雪的清晨的少年偏头问道："你醒了？"

谢桃听出来是谢澜的声音。

"你……"她刚一开口，嗓子便生疼，声音暗哑。

"我在附近办了点事儿，顺道给你带早饭来，结果怎么敲门你都不应，打电话也不接，我就只好自己进去了……

"你发着烧呢，我送你去医院。"

谢澜拦下一辆出租车，大白天他也不方便使用术法，否则他还能更快。

谢桃被谢澜扶着坐上出租车，她偏头看向坐在自己身旁的谢澜，神情有些恍惚。

"大叔，去医院。"谢澜关上车门，对司机道。

车子驶往医院的过程中，谢桃听谢澜在她耳边念叨："你昨天到底干啥去了，怎么还把自己弄生病了？你知不知道你还挺重的，可累着我了……"

"你可以不管我。"谢桃咳嗽了一声，虚弱地说道。

"那怎么行？我不管你，你不就睡过去了？"谢澜横了她一眼，把她头上的毛线帽子往下一拉，遮住了她的视线。

谢桃默默地伸手，把帽子往上提了提。

她偏头望着窗外纷飞的雪花，心里忽然升腾起几分暖意。

谢桃在车上不知不觉又睡着了，直到谢澜推了推她，她才睁开眼睛。对上司机大叔那双笑眯眯的眼睛，谢桃这才反应过来自己在车上。

"下来。"谢澜朝她伸出手。

寒冷的天气里，微微俯身的少年只穿着一件黑色的卫衣和一条单薄的破洞牛仔裤，却丝毫不觉得冷。

他站在那儿朝谢桃伸出手，天生张扬的眉眼此刻却带着几分难言的柔和。

谢澜原本还想背着谢桃进医院，但被她拒绝了。

从挂号到看诊，一直都是谢澜在来回跑。

医生给谢桃开了些药，又让他们去门诊输液。

谢澜虽然看着一副吊儿郎当的样子，但其实心很细。他扶着谢桃走进病房里，让她在床上躺下来，又替她盖好被子。

护士来给谢桃输液的时候，谢澜就站在旁边。看着针头被一点点地推进谢桃的血管里，他的眉头一点点地皱起来，好像被扎针的是他自己。

等护士走了，他走到床边对谢桃说道："我去帮你拿药，等会儿回来。"

谢桃看着他，点了点头。

病房里除了她，还有四个人在输液，每一张病床边都坐着陪同的人，他们聊着家常，打发着时间。

谢桃盯着他们看了好一会儿，直到谢澜再一次出现在病房门口。

拉了个凳子在谢桃的床边坐下来，谢澜把一袋子药放在旁边的床头柜上，问她："你想不想吃点什么？"

谢桃摇摇头，她盯着谢澜看了好久，在意识快模糊的时候，忽然喊他："谢澜。"

"怎么了？"谢澜问她。

"你为什么对我这么好？"这句话放在谢桃的心里很久了，此刻，看着坐在面前的这个头发凌乱的少年，谢桃心中的犹豫忽然都消失不见了。

无论是谢澜，还是老奚，都对她那么好。

在那间总是深夜开门的小酒馆里和他们一起吃饭的时候，虽然总是吃不到肉，但她心里其实还挺开心的。

三个人一起吃饭总比一个人吃饭要好啊，永远也无法从他们筷子底下抢到的肉才是她最想念的美味。

但是，他们为什么要对她这样一个萍水相逢的人这么好呢？谢桃想不明白，但她还是很感激。

"对你好你还不愿意？"谢澜"啧"了一声，替她拉了拉被子。

也许是瞥见她认真地寻求答案的眼神，谢澜顿了一下，忽然笑了一声，声音有点儿懒懒的："可能是因为叫你'桃桃妹'叫多了，所以把你当成妹妹了吧。"

少年的声音清亮，眉眼间带着几分不受束缚的肆意张扬，看着她的眼里藏着耀眼的光。

他的话看似随意，神态却带着几分认真。谢桃想过无数种理由，却没有想过会从他的嘴里听到这样一句话。

她不知道，眼前这个看起来大大咧咧，似乎没有什么烦心事的少年实则也是一个孤独了多年的人。如果不是捡到那只看起来平平无奇，材质却十分特殊的瓶子，放出了被困在里面数百年的老奚，或许他现在还是一个收破烂的。

从前的谢澜对这个世界一直很抗拒。

十四岁那年，他孤身一人离开福利院，靠收破烂过着食不果腹的生活。

有很多人想救助他，想让他回到学校里去上学，但是谢澜觉得那样没什么意思，就连活着都是一件很没意思的事情。直到遇见老奚，他浑浑噩噩的人生才终于透进来一点儿光。

虽然他嘴上一直抗拒成为小酒馆的临时老板，但无法否认的是，在小酒馆的这几年，他的确过得越来越开心。

"睡吧，一觉醒来就好了。"看着谢桃愣怔的模样，谢澜拍了拍她的被子说道。

也不知道是因为他的声音很轻很催眠，还是输液有镇静作用，谢桃渐渐地闭上眼睛沉沉睡去。

她又梦到了卫韫。

一如昨天，他披着玄色的大氅，穿着靛蓝的银线纹锦袍朝她伸出手，靛蓝的宽袖被风吹得猎猎作响。

谢桃极力想要去拉他的手，却始终无法触碰到他的指尖。

后来，他随着那道神秘的光幕消失了。无论她怎么喊，都听不见他的回答。

她再度醒来时，手背上的针头已经被拔掉了。谢桃发了好一会儿呆，才看见旁边的老奚。

"醒了啊。"老奚对她笑了笑，指着放在床头柜上的保温桶，说道，"我给你煮了粥。你都两顿没吃了，肚子饿不饿？"

或许是听见了"饿"这个字，谢桃的肚子发出轻微的咕噜声。她摸了一下自己的肚子，不太好意思地抿了抿嘴唇："谢谢奚叔……"

谢澜在旁边哼哼："如果你不生病，我们就能吃到牛肉火锅了……"

"我好了就补给你。"谢桃捧着老奚递过来的一碗粥，对谢澜说。

"哪用得着你补啊，等你好了，让老奚请！"谢澜指了指老奚。

老奚笑道："我请。"

谢桃舀起一勺粥喂进嘴里。

不知道是被烫到了还是怎么回事，她的眼眶忽然有点儿发热。她从来没有想过，自己生病的时候会有人为她跑前跑后，甚至给她煮粥……

谢桃抿紧嘴唇，过了半晌才望着他们说："谢澜，奚叔，真的……谢谢你们。"

谢澜和老奚令谢桃有了一种久违的家人的感觉。谢桃就是这样一个人，会对世间所有向她报以善意的人都心怀感激。

"都是多少顿饭吃出来的交情了，谢什么谢？"谢澜拽了一下她帽子上垂下来的毛球。

就在这时，病房门忽然被人推开，谢桃下意识地看过去，脸色顿时变了。

来人是苏玲华。

她穿着一件浅色连衣裙，外面搭着毛呢大衣，脚上踩着一双长靴，衬得她的小腿更加纤细。原本就足够柔美的面容此刻化着精致的妆容，整个人都显露出一种优雅的气质。

她拎着包站在那儿，在对上谢桃的双眼时，脸上浮现出几分踌躇的神色。

病房里的气氛一瞬间发生了变化。

老奚是多精明的人，只一眼便看出了端倪，于是他对谢澜道："走吧，我们先出去。"

谢澜却没弄明白，问道："出去干啥？"

老奚索性也不解释了，直接拽着谢澜走出了病房。

"老奚，你干吗啊？那女的是谁啊？"谢澜甩开他的手，疑惑地问道。

"谢桃的母亲。"老奚攥着手里的两个透明珠子，神情平静地回答。

"桃桃妹她妈？"谢澜"咝"了一声，摸了摸下巴，"那我怎么觉得她们之间的气氛不太对啊？"

老奚之前调查过谢桃，所以她的事情他基本清楚。

病房外，老奚向谢澜讲起了谢桃的那些事情。

病房里，其他病床上的病人已经出院了，只剩下两个躺在床上输液的人在闭着眼睛睡觉。

病房里十分安静。

"桃桃……"苏玲华走到谢桃的病床前，终于开口叫了她一声。

谢桃沉默了半晌，才问："您来这里干什么？"

苏玲华显得很局促，听见谢桃这么问她，她连忙说："今天早上，我去你学校想看看你，结果老师说你生病请假了，我不放心你，就问她要了医院地址，找了好几个病房才找过来。"

谢桃手里捧着那份热粥，垂着眼帘，片刻后才说："我没事，你走吧。"

"你生病了，我是来照顾你的。"苏玲华把包放在床头柜上，轻声说。

照顾？听见她这句话，谢桃的嘴唇抿得紧紧的，捧着粥的手指关节渐渐地收紧。

"不用了。"睫毛颤了颤，她尽量让自己显得足够平静。

"桃桃，你不要每次都拒绝我好不好？"苏玲华皱起眉头，有点收不住情绪，声音陡然拔高，甚至有点尖厉。

她顿了一下，神色又柔和下来，声音也放低了："你生病了，你需要我的照顾。"

谢桃一直垂着眼帘，没有看她。听见苏玲华这句话，她摇了摇头，说："我不需要照顾。"

她的声音变得有些飘忽："真的……不需要。"

其实早就不需要了，所以过去的就让它过去吧。

"桃桃……"苏玲华被她这模样唤起了许多对往事的记忆，忍不住眼眶发热。

谢桃抬头，看了捂着嘴掉眼泪的苏玲华好一会儿，忽然说："妈妈，你看，你每一次见我总会忍不住哭。"

她顿了一下，说道："我见了你，也是这样。你忘不掉曾经的许多事情，我也同样忘不掉。既然这样，你又为什么一定要来见我呢？"

"一见我你心里就难受，我一见你心里也觉得很难受。"谢桃望着她，眼里渐渐有了一层水光，"妈妈，就这样吧，好不好？"

就这样吧，双方保持着该有的距离，把所有的事情都锁在心里。不再见，不再折磨自己，也不再在面对彼此时流泪。

血缘，永远割不断的纽带。

苏玲华对谢桃既好过也坏过，于是远离彼此才是最好的解决方法。

就像谢桃忘不掉那些难受的岁月，苏玲华又何尝忘得掉。谢桃是苏玲华心中永远的遗憾，同时也是她那段混沌岁月的见证者。

苏玲华对谢桃的爱是真实的，伤害也是真实的，而现在她心中充满了愧疚。但那是时间永远都无法抹去的伤口。她再怎么努力，也无法从自己的身体里驱除这份沉重的负担。

"谢桃，你是我的女儿，你说不需要我照顾？你看看你自己一个人成什么样子了？"

或许是急了，苏玲华的情绪开始激动起来，眉眼间有点像曾经谢桃还在郑家时，还未察觉自己对谢桃有所亏欠的模样。

她似乎还想说些什么，却被推门的声音打断了。

穿着黑色卫衣的少年双手插在兜里，靠在门框上，说道："阿姨，您还是走吧。"

苏玲华顿住了。

谢桃抬眼看向谢澜，隔着一层朦胧的水雾，她看见他稍显模糊的身形。

"您心里应该清楚，谢桃她是不会原谅你的。"谢澜看着苏玲华，又道，"以前您该付出却不肯，现在却上赶着来弥补，这世上哪有那么容易的事情呢？恐怕您自己也觉得不可能吧？

"您现在想着弥补，却不想想谢桃还需要吗？错了就是错了，就算她肯原谅您，您又真的能原谅自己吗？"

谢澜说话直白，就像一把锋利的刀刺进了苏玲华的心口，令她的面庞瞬间变得苍白。

她的身体颤抖了一下。

"您放心，谢桃没您想得那么惨，离开您以后，她同样过得很好。或许正是因为离开了您，她才能过得这么好。您不用为她操心，反正她有我这个胜过亲哥的哥哥，还有外面那个老头关心她。您啊，还是回去吧！"

谢澜忽然站直了身体指了指门口，神情冷淡，难得一本正经。

另外两张病床上的病人也被说话声吵醒了，他们的目光带着猜测落在了苏玲华的身上。

苏玲华受到他们的注视，一时间脸色变了几变，忽然感到尴尬。

她回头看了一眼谢桃，见她瘦弱单薄地坐在床上，垂下眼睛不看她，苏玲华捂着嘴，脸上流下了两行泪水。

苏玲华走到床头柜旁，拿起自己的包包，快要走到门口的时候，她顿了一下，转身对谢桃说："桃桃，我还是希望你能回来。我……"她的话没有说完，像是不知道该说什么。

走到门口，苏玲华看了谢澜一眼，脸色有些不太好，似乎想说些什么，但她忍了忍，还是一言不发地离开了。

在苏玲华离开之后，谢桃原本僵硬的脊背终于放松了下来，只是她手里的那碗粥已经没有了氤氲的热气，有些凉了。

老奚走进来，想要取走她手里的粥碗，却被谢桃拒绝了。

"桃桃，粥有些凉了，你生着病，不能吃凉的。"老奚摸了摸她的脑袋，看起来那么慈祥，声音充满关切。

看着老奚的脸，谢桃的眼泪一瞬间就落下来了。

谢桃曾经以为自己很不幸，以为自己这半生都要孤零零地过了，但她还是选择认真地生活。

或许是命运之神看到了她的努力，所以让她在最难熬的那两年里遇见了周辛月，又让她在这一年遇见了卫韫，遇见了谢澜和老奚。

有人离开她，也有人走近她。

比如卫韫，即便是隔着那么遥远的距离，她和他终究还是遇见了。比如谢澜和老奚，他们守着一间小酒馆，惩恶扬善，还救了她。

这或许就是有失亦有得。她不必再记着失去了什么，她应该记着得到的一切。

"桃桃妹不哭啊，我刚刚已经跟老奚说好了，你以后就别去那些地方打工了，来小酒馆，本临时老板特聘你为……"谢澜坐到床边，把纸巾塞到她手里，又抓了自己的头发一把，想了想说，"大堂经理！工资高，待遇好，绝对不亏！"

谢桃正哭着，听见他这句话顿时愣住了。她吸了吸鼻子："这怎么可以……"

"怎么不可以了？老奚都同意了！"谢澜说着看向老奚："你说是吧，老奚？"

谢桃看向站在床边的老奚，见他眉眼含笑地冲她点了点头。

谢桃抓着被子道："可是我能做什么？我只是一个普通人……"

"我也是一个普通人，还不是当了老板？"谢澜戳了一下她的胳膊。

老奚适时地说："桃桃，我们两个人也忙不过来，你就来吧，就当是帮我们了。"

"你还欠着你继父钱吧？"谢澜拍了拍自己的胸膛，说，"澜哥什么都不多，就是钱多，我借钱给你，你先还了吧！这样以后你就不用再跟他们有过多的牵扯了。"

谢桃愣了一下，讷讷地问："你怎么知道……"

谢澜伸手指着老奚。

面对着谢桃的注视，老奚仍旧笑得和蔼。

谢桃恍然大悟，以老奚的能力，想知道什么确实不是什么难事。

她忽然一顿，猛地看向老奚，想问他知不知道卫韫的事情。但她犹豫着还没开口，老奚就仿佛洞悉了她内心的想法，说道："桃桃，有些事以后再说吧。"

谢桃怔了片刻，最终，她轻轻地说："谢谢你们……"

一句感谢并不足以表达她内心的感激之情，但此刻她也只能一遍又一遍地重复着这句话。

第十章
异时空恋

被老奚和谢澜送回家后，谢桃躺在床上，从枕头底下摸出了没电自动关机的手机。充上电，开机后，谢桃迫不及待地打开微信，然后她就看见卫韫给她发了好多条消息。

"可好些了？

"还睡着吗？

"若是无碍，便回我一句。

"桃桃？"

…………

从十几条消息中能明显地看出他的担忧，卫韫什么时候给她发过这么多消息。

谢桃匆忙点击视频通话。

他应该一直在等待，她刚发送了视频通话邀请，屏幕就立即接通了。手机屏幕里的年轻公子打量着她的面孔，眉头轻蹙，眼里流露出几分不悦："你为何不回我的信件？"

谢桃忙说："对不起，我今天早上头特别痛，被送到医院去了……没来得及带手机。"

"那你现在情况怎么样？"卫韫听闻后，握着茶杯的手一顿，他终究还是关心着她的身体。

"现在好多了，我已经退烧了，就是头还有一点点痛……"看着屏幕里的他，她乖乖地回答。

"吃过药了吗？"卫韫问她。

谢桃"嗯"了一声，定定地望着他。

"怎么了？"见她那样看着自己，卫韫弯了弯嘴角，声音又柔和了几分。

谢桃裹紧被子，忽然弯起眼睛，笑了起来，笑声听起来有点傻。

"我感觉认识你之后，我的生活就变得越来越好了。我今天有点不开心，但是又很开心……"她皱着眉头，抿着嘴唇，想了好一会儿，又说，"我觉得自己好幸运呀，能遇见你，还有谢澜和老奚。"

听见那两个名字，卫韫嘴角的笑意稍稍有些收敛。

"谢澜？"他挑了挑眉。

他知道老奚，但不知道这个人是谁。

"就是他把我送去医院的……早上我醒来的时候就在他背上了，他真的是一个特别好的人！"

经过今天的事，她对谢澜又有了新的认识。

那个看起来神经大条的少年，实际上有着极为细心的一面，是一个十分善良的人。

听见她这句话，卫韫一顿，忽然冷笑了一声："他敢背你？"声音里透着冷意。

谢桃见他变了脸色，说话都有点结巴了："那，那不是因为我生病了嘛……"她的声音听起来细弱温柔，语气有些可怜。

一时间，卫韫心里所有的情绪都被这句话彻底压了下来，就像在寒冷的夜里被浇了一桶冷水一样，四肢百骸顿时冰凉。

他望着光幕里女孩仍有些苍白的面容，半晌才轻轻地叹道："我终究不能陪在你身旁。"声音中带着几分莫名的怅惘和遗憾。她生病了，他也只能坐立不安，却毫无办法，只能等着她的回复，只能等着她来告诉他已经没事了。

"卫韫，昨天晚上我是不是说过？"看着手机屏幕上神情有些失落的人，谢桃抿了一下嘴唇，片刻后她弯起嘴角道，"我相信你，相信你能找到办法的……"

她的笑容有些勉强，接着说道："要是，要是找不到……你不是也说过会以这样的方式一直陪着我吗？"

话虽然那么说，但他们两个人都很清楚，这样看见但始终触碰不到彼此的联系，只会让他们两个人走向越来越痛苦的局面。但无论是她还是他，都没有要退却的意思。

等待着他们的漫长的前路，不知道会是荒原或绿洲，必须去试才会知道。

卫韫从不是会轻易退却的人，也从不是会选择逃避的人，这么多年来，无论面对什么情况，他一直都是这样朝前迈进。

谢桃也是如此。

在某种意义上，他们两个人是相似的。

"知道了。"最终，卫韫说了这样一句话。

他的嗓音有些沙哑，看着她时，目光如脉脉春水般柔和动人："你还生着病，要早些休息，裹好被子，不要再受凉了。"

和风细雨般的叮嘱落在谢桃耳畔，她又开始傻傻地笑起来。

"嗯……"她抓紧被子的一角，望着手机屏幕上清俊、美好如画的年轻公子，那样令人心动的样子，有点舍不得挂断电话。

他怎么……这么好看？世上怎么会有像他这样的人存在？

"好了，你该睡了，桃桃。"卫韫弯了弯嘴角，又一次耐心地说着。

谢桃抓紧了被子，又说道："我还有一句话要说。"

"嗯？"

"你今天……看起来也很好看啊。"她说完就直接挂断电话，然后躲进被子里，又不争气地红了脸。

卫韫又一次被谢桃这样毫无预兆的一句话给搞得耳郭发烫。

过了半晌，他垂下眼帘，轻轻地笑了一声。

就在这时，一阵突如其来的风拂过他的脸颊，卫韫嘴角的笑意骤然消失，他眉目一凛，身子迅速后仰，躲过了一把寒光闪闪的长剑的袭击。

紧接着他一跃而起，在剑锋再次袭来时，宽袖微扬，手腕翻转，掌风迅速落在那人的肩胛骨上。

那人后退两步，摸了摸自己的肩膀，然后扔掉手里的长剑。

卫敬匆匆赶来，看着相对而立的两人，连忙问道："大人！您没事吧？"

那人看一眼匆忙从门廊跑来的卫敬，再看向站在不远处的卫韫，忽然露出一抹笑容，感叹一声："大人的武功果然未曾退步。"

"我不是每次都会给你留有余地的。"卫韫看着穿着墨绿长袍、神色轻松的男子，眼里的光影明灭不定，"盛月岐。"

当今世上极少人知道骁骑军的存在，因为这是一支隐秘的势力。而骁骑军的首领，连启和帝也并不知晓究竟是谁。启和帝曾试图找到骁骑军，却无功而返，只得从手握骁骑令的卫韫入手。

启和帝、太子、信王等都知道骁骑军的神秘性，但谁也没有预料到，那个神秘的骁骑军首领竟然只是一个十九岁的少年。

此刻，穿着墨绿长袍的少年披散着一头用金丝和墨绿色绳子编成的辫子，额前佩戴着鸦青色抹额，上面镶嵌着一颗亮闪闪的宝石。

他的面庞轮廓深邃，似乎不像是大周朝的人。

他站在卫韫的庭院里，脚边放着一把长剑，淡定地对卫韫笑着说："大人武功奇高，可惜却总是隐藏实力。"

"在郓都，武功是最无用的东西。"卫韫走上阶梯，在凉亭里坐下，斟了一杯茶。

盛月岐耸耸肩，想了一下之后说："好像是这么回事。"

"我听说大人要找我？"盛月岐毫不避讳地走进凉亭，坐在卫韫对面。

卫韫说道："你确实来得正是时候。"

盛月岐生性桀骜，行踪不定，无人能轻易找到他。卫韫原以为要费一番功夫才能找到他，却没想到他会主动来找自己。

"我需要你的帮助。"卫韫说。

盛月岐听到这话后，眉头微皱，露出几分惊讶之色，随后才弯起了嘴角："以前都是我向大人求助，这次居然轮到大人找我……真不容易。

"大人不妨先说说看要我帮什么忙？"

盛月岐自顾自地去拿摆在桌面上的茶壶，想要给自己倒一杯茶，却注意到了卫韫手边的一个物品。

那竟是一块铜佩。

盛月岐愣住了，不敢相信地揉了揉眼睛。

卫韫还没开口，他便突然站了起来，指着铜佩问道："大人怎会有此物？！"

卫韫瞳孔微缩，似乎察觉到了什么。他问道："你认识此物？"

发现自己说漏了嘴，盛月岐僵硬地站着，眉头皱得紧紧的，整个人都紧绷着。

"盛月岐，"卫韫凝视着他，察觉到事情可能并不简单，他直言道，"你最好不要隐瞒实情。"

"不过一时错认罢了，大人何必弄得这般风声鹤唳，这可并不像大人你的行事风格。"盛月岐的脸色僵硬了一瞬，但很快又露出了笑容，似乎方才的失态只是一时的幻觉。

他边理着衣袍，边坐了回去。

"是错认，还是……"卫韫拽着铜佩的穗子将它摆在盛月岐的面前，问道，"你本来就清楚它的来历？"

盛月岐的目光落在那枚铜佩上，嘴角的笑意渐渐消失。

"大人想让我帮忙的事情，是否与此物有关？"他并没有回答卫韫的问题，反而问道。

卫韫定定地看着他，没有否认。

"这只是普通的铜佩。"盛月岐看了看桌子上的铜佩，道，"没有什么特别之处。"

他说这话的时候，一直紧紧地注视着卫韫，不想错过他的任何表情，似乎是想借此判断些什么。

"盛月岐，你究竟知道些什么？"卫韫看穿了他的想法。

盛月岐闻言，神色一僵。

过了半晌，他才道："不如大人先给我说一说，你是如何得到这枚铜佩的。"

卫韫并不完全相信盛月岐，但盛月岐的弱点正好被他握在手里，再加上此时也没有别的更好的办法，因此他只能选择将这枚铜佩的来历，以及与谢桃相识的大致经过，对盛月岐和盘托出。

听完卫韫说的这番话之后，盛月岐整个人都愣住了，眉头皱得紧紧的。

"不可能啊……"他忽然喃喃了一声。

说着，他伸手就要去拿卫韫手上的那枚铜佩，却被卫韫躲了过去。

"大人若不给我瞧瞧，又让我如何确定？"盛月岐说。

卫韫闻言，定定地看了他一眼，而后便将手里的铜佩递给了他。

盛月岐迫不及待地把铜佩接过来。

借着檐下的灯火，他将那枚铜佩仔仔细细地看了好几遍，还用指腹一寸寸地细细摩挲着上面的纹路。发现上面的浮雕凤凰似乎断了尾羽，他在那块明显的断裂痕迹上摸了摸。

半晌，他才轻轻地说道："果然如此……"

"看来，你真的认识这个东西。"卫韫见他这般神色，便已经确定了。

夜幕低垂，疏星点点，院内偶尔有夜风吹动树梢的簌簌声响。盛月岐看向卫韫的目光越发复杂。

"我找这个东西已经找了很久了，却不想竟落在了大人你的手里。"他忽然弯唇一笑，轻叹一声，"大人知道我一直在躲一个人，以至于这么多年来都无法正大光明地行走在阳光下……"他忽然说起了往事。

"大人可知这是什么人？"

卫韫理了理宽袖，神色不明："你不说，我又如何得知？"

盛月岐笑了笑，藏在心里多年的事情终于有了见光的一天。他反而有些轻松："是个女人，一个不知道活了多少岁的女人……我要是被她找到了，可能会被她弄死。"

"女人？"

卫韫眉心蹙起。他的脑海里蓦地浮现出那夜出现在深巷中的那名神秘女子。

难道是她？

"大人不妨先回答我一个问题。"盛月岐对着他笑道。

"什么？"卫韫问。

盛月岐喝了一口茶，眼里多了几分明显的揶揄："与你相识的那个异世界的人……是男是女？"

卫韫一愣，但也只是片刻。很快，他便抬眼睨着他，神情冷淡地说道："与你何干？"

"看来……是名女子啊。"盛月岐了然地笑了一声。

他摇了摇头，忽然开始感叹："我本以为大人你这辈子合该是孤身一人的，却不承想你这般冷情冷心之人竟也有动心的时候。"

盛月岐一向认为卫韫是冷漠疏离的那种人。如今看来他是看岔了。

他有些好奇那名女子的模样了。

"要我说，大人何必喜欢什么异世界的女子。这郢都多的是风姿绰约的美人，大人又何必舍近求远？"盛月岐说着，随手拿起一块糕点咬了一口。

见卫韫看向他的神色越发冰冷，他把咬了一口的糕点放回碟子里，清了清嗓子，说："在大人这里见到这枚铜佩，说实话，着实把我吓了一跳。"

"这么多年，我都快把自己当成一个真的古代人了。"他突然说道。

听见他这句话，卫韫敏锐地察觉到了什么，眼里顿时多了几分惊异，他心里已经有了一种猜测。

"我真的没有想到最先知道我这个秘密的人竟然是你啊，大人……"盛月岐轻笑了一声，"这倒好，又被你抓住了一个把柄。"他的语气有些自嘲。

"如你所想，我与你那小女朋友一样，原是异世界的人。"盛月岐不再避讳。

十九年前，他莫名其妙地来到大周朝，成为骁骑军首领的儿子，长到五岁就被迫开始习武，甚至研习异族秘术。习武是他最不愿意干的苦差事，但他那位父亲是一个说一不二的严肃古板的人。骁骑军的首领凭借血缘世袭，他从出生起就已经注定成为首领。

虽然不喜欢习武，但盛月岐对于异族秘术是十分肯下功夫钻研的，他从未放弃过回到现代的想法。虽然一直没有成功，但他从未放弃过。

后来，他凭自己的本事引来了一个莫名其妙的女人。

她不允许他使用一切会对现在这个社会产生深远影响的现代技术，即便是用来造福百姓也不行。

那个女人说了，如果他敢乱来，她就会结果他的小命。

当时年纪小，盛月岐在危险的边缘不知道试探了多少次，次次都引来了那个女人的阻止。

后来郢都发生政变，禁宫一夜易主，父亲带着他和所有的骁骑军远走天涯。

他在最后一次尝试搞事的时候，又引来了那个仿佛在他身上装了探测器的女人。

那女人警告他，如果再这么试探，她就会让他当场死亡。

也是那一次，他捡到了属于那个女人的一枚铜佩。

"这枚铜佩原是我捡到的属于那个女人的东西，后来我发现这个东西能让我打破时空的壁垒，回到我的现代社会……"盛月岐说起这些事情的时候，神情忽然变得飘忽不定，"但我回去之后，就发现在那里我是个已经死了很多年的人，没有朋友，也没有家人，那里的一切都变了。我那一心想要回去的执念，忽然成了无源之水。"

　　"真是没什么意思……"盛月岐忽然叹了一口气。

　　曾经满心期盼着回去，可当他真的回到那个地方的时候，又觉得在那里的生活经历仿佛已经是上辈子的事情了。他心里空落落的，好像失去了什么，又好像本该是这样的。从那以后，盛月岐就死心了。

　　骁骑军诞生于黑暗之中，他也因为那枚铜佩只能一直过着见不得光的生活。为了躲避那个女人的追踪，他这些年过得还挺憋屈的，但也没有办法。

　　"我本想把这东西还给那个女人，难为她一直追踪了我那么久，我累，她也累，但谁知道……我这丢三落四的毛病太要命，不知道什么时候把铜佩给弄丢了。"盛月岐说，"没想到，今天竟在你这里看到了这枚旧物。"

　　卫韫从来都没有想过盛月岐竟然是异世之人。

　　即便当初他觉得此人的行事作风与众不同，但因为盛月岐是异族人，习性本就与大周人不同，所以卫韫心中并没产生怀疑。

　　想来此人平日里藏得也是够深的。

　　"大人是想和她见面？"盛月岐把眼前的杯盏一一摆整齐，又抓起那块被他咬了一口的糕点送进嘴里，说，"人家是异地恋，你们这真了不得，算是异时空恋？"

　　卫韫有点想让他闭嘴。

　　"大人，你找我算是找对人了。"

　　顾忌着卫韫的脸色，盛月岐吃完糕点后，从自己随身携带的一个皮袋子里摸索了一会儿，而后从里面掏出一个锦袋，将其递给卫韫。

　　卫韫接过来，打开锦袋，见里面装着的竟是一袋细碎如沙的金色的颗粒状东西。

　　"这是什么？"他看向盛月岐。

　　盛月岐微微一笑："香料。"

卫韫蹙起了眉，又瞥了一眼那袋子里的东西，半信半疑。

香料怎会这般细如尘？

"大人若是不信，今夜倒上一些在香炉里，点火试试。"

盛月岐把皮袋子重新绑回腰间，又抚了抚衣袖，而后站起来，露出一副胸有成竹的模样："这么一袋东西，我可是耗费了不少心思才得来的，现在我用不着了，便赠与大人……权当是谢谢你当年帮我走出绝境，后来又帮我照管骁骑军的大恩。"

此刻盛月岐脸上不再带着轻佻散漫的笑意，他的神色显得十分郑重，甚至拱手对卫韫行了个礼。

说罢，他转身便要走。

"你还不能走。"卫韫的声音从他身后传来。

盛月岐愣了一下，回头道："东西都给你了，大人难道还要留着我吃夜宵不成？"

"你还需要帮我做一件事情。"

卫韫站了起来，昏黄的灯火将他的影子拉得很长。

"大人还有何事？"

"帮我抓住那个女人。"

盛月岐一听就知道他口中所说的那个女人是谁，连忙摇头道："这可不行，她会要了我的命的。"

"你若真的怕她，便不会私藏这枚铜佩那么长时间。"卫韫一针见血地说道。

对此，盛月岐根本无法反驳。

他躲着那个女人，倒也不是真的怕她。毕竟当初那种种危险的举动都被她及时制止了，还没有达到该死的程度。他只是觉得捡了人家的东西不仅没有归还，后来还把东西弄丢了，有些心虚。

今日既然在这里见到了这枚铜佩，他觉得自己倒也可以再见一见她，顺便道个歉。

"大人这是让我为难啊……"他笑着叹了一句，又道，"也罢，正好我已经不太记得郅都美食的味道了，这次就当来旅游。"

在卫韫面前表露了身份之后，他显然比之前要随意了些。

"只是她有异术，还有一些高科技的玩意儿，我可不敢保证能帮你把她控制住啊……"他说。

卫韫神色未动，只是说道："总会有办法的。"

事在人为，即使那神秘女子身怀异术，他也一定要想办法引她出现，查清事情真相。

待盛月岐离开后，卫韫的目光落在铜佩上，久久没有移开。

院内忽然凛冽的寒风四起，月色顺着枝叶的缝隙洒下来，铺满了地面。卫韫拿着铜佩和盛月岐方才给他的那袋金粉走出亭子，转身往后院的浴房走去。

沐浴过后，卫韫换上雪白的衣袍，披散着湿润的长发回到寝房。

坐在床榻上，卫韫盯着手里的那包金粉许久，忽然偏头看向桌上放着的那只香炉。今夜屋内并没有燃香。

他往手掌里倒了一些锦袋里的金粉，金粉颗颗晶莹，质地坚硬，看起来不像可以燃烧的香料。

卫韫紧握着手掌，细碎的金粉从他的指缝间流下来，落在床沿和铺着地毯的地上，看起来根本没有特别之处。

卫韫再一次瞥向桌上的香炉，盛月岐的话到底可信不可信，如今一试方知。

他站起身，赤着脚走到紫檀木桌前，将锦袋打开。袋子里的金粉倾泻而下，在灯光下闪烁着细碎的光芒，一点点落入香炉里。

他取来火折子，将冒出火焰的那端点进香炉。仅仅片刻，香炉的缝隙间便有烟雾缓缓上升。

将火折子收好，香炉上缭绕的烟气逐渐加强，如同传闻中的仙境一样，笼罩在琼楼玉宇间的云雾，不消片刻便已在屋子里蔓延开来，带着一种淡淡的香味，沁人心脾。

卫韫皱起眉头，将锦袋随手扔在桌上，眉眼犹如覆了冰霜一般。

他冷哼一声，盛月岐的胆子真是越来越大了，竟敢欺瞒他！

香炉里涌出的烟雾好似在水中晕开的墨一般扩散开来，就在他即将转身时，烟雾又渐渐地聚拢在一起，凝聚成了一抹身影。

那身影从模糊到清晰，仅仅用了片刻时间。卫韫愣在原地，满眼充满了不可思议。

烟雾渐渐消散，女孩的身影完全地显露在了卫韫的面前。

她身上的被子只裹住了半边身子，从烟雾里显出身形来的时候眼睛还是闭着的，像是还睡着。

　　她的身体没有任何支撑，眼看着就要倒在地上，卫韫下意识地伸手揽住了她。

　　那般纤细的腰身，盈盈一握的触感，他的手掌隔着薄薄的衣料贴在她的腰间，不由得呼吸一滞。

　　那是一种绝对真实的触感，不再是隔着光幕的对视。

　　但这一刻，他觉得一切都是那么不真实。

　　谢桃身前的被子掉了下来，露出她穿在身上的单薄睡衣，他的目光瞥向她少了一颗扣子的领口。

　　白皙的脖颈、精致的锁骨令他当即红了耳郭，连那张冷白的面庞也染上了几分淡淡的红晕，一时间连呼吸都乱了。

　　或许是感觉到了什么，女孩儿皱了皱眉，忽然睁开了眼睛。

　　她蒙眬的睡眼正对上卫韫神情慌乱的眼眸。

　　窗外的月色流淌进来，与屋内燃着的灯火交织成了明暗不定的光影，香炉里的烟雾变得越来越淡，但那种隐秘的香气仍在四周弥漫。

　　如同梦境一般，周遭的一切都仿佛笼罩上了薄纱，皎洁的月色落在她的肩膀上，同样落在了他的心间。

　　她蒙眬的眼与他惊愕的眸子两两相对，恍若身在梦里。

　　月华如霜，此夜静谧。

　　微风吹动树枝，树影堆叠在窗棂间，宛若一片晕开的墨迹。枝叶簌簌的声响落在屋内两人的耳畔，淡淡的香气仍在鼻间萦绕。

　　屋内淡淡的烟雾未散，让谢桃眼前的一切看起来有些梦幻般的朦胧，犹如她曾经梦到过的虚幻场景一般。

　　又做梦了吗？

　　谢桃眨了眨眼睛，盯着眼前衣衫不整的年轻公子，脸颊有点发烫。

　　怎么会做这么不正经的梦呀？但她还是没忍住朝他那张无瑕的面庞看了两眼，一时心神晃荡。

　　因为觉得自己在做梦，所以谢桃犹豫了一下，忽然抬起了手。

　　她的指节在半空中蜷缩了一下，卫韫眼底刚流露出几分疑惑，就感觉她的指尖戳在了他的脸颊上。

卫韫被她忽然的动作一惊，鸦羽般的睫毛颤了颤，脊背更加僵硬。

指尖带着微凉的触感，窗棂外有夜风吹来，拂过她的侧脸，谢桃不由得打了个喷嚏。

桌上香炉里逸散出的烟雾彻底隐去，周围朦胧的一切都变得清晰起来，并不像是模糊的梦境。

谢桃呆滞了好一会儿，陡然瞪大一双杏眼，嘴唇微张，整个人都僵住了。

在听见她打喷嚏时，卫韫的眉头皱了起来。

他抿着薄唇，迟疑了一瞬，随即把女孩儿抱到床榻边。把她放在床榻上之后，卫韫捡起掉落在地上的棉被盖在她身上，然后拉过自己的锦被又将她裹了一层。

即便是冬日，卫韫也一向不喜欢屋里燃着炭火，即便再优质无烟的炭他都无法忍受。

但此刻，他暗自懊恼屋里没有炭火。

谢桃呆呆地任由他替自己裹上一层被子，眼睛一直盯着眼前的年轻公子。

眼前这古色古香的一切都是那么陌生，唯有面前的他仍是熟悉的模样。谢桃简直不敢相信眼前看到的一切，她不是在家里睡觉吗？

卫韫此时终于确定，盛月岐交给他的这包金粉确实能够打破时空的限制，让她出现在他的眼前。

桌上的灯芯上有火星在跳跃，融化的蜡流淌下来，而后渐渐凝固。

卫韫和身旁裹了两层被子的女孩同坐在床榻边，久久都未曾说出一句话。

未见面时，她的话总是很多，一切都是那么自然。

此刻，两人之间不再隔着遥远的时空，不再有重重的阻碍，却都不约而同地安静了下来。

空气中弥漫着一股难言的尴尬气氛。

"这，到底是怎么一回事啊？"不知道过了多久，谢桃终于找回了自己的声音，她小心翼翼地看着他。

卫韫轻咳了一声，简短地和她说了其中的缘由。

谢桃的目光停在不远处紫檀木桌上那只看似毫无异常的香炉上。此刻，它镂空的缝隙中已经不再散出缕缕烟雾。

"你是说你点了一种香，然后我就过来了？"

谢桃觉得这一切实在太不可思议了。

卫韫无声颔首。

"那是什么香啊？我可以看看吗？"谢桃追问。

卫韫沉默着起身走到桌边，将他方才随手扔在桌上的锦袋拿起来，走回床榻边，将其递给了谢桃。

谢桃接过来，还没打开就已经分辨出那是一袋流沙似的东西。

她打开袋子，发现里面装着的是金粉一样的东西。

"这……是香料吗？"

她捧着那袋金粉，望向卫韫，她还从来没有见过这样的香料。

"我原只是想试一试，却……"卫韫没有再说下去。

他何曾想过两人真正相见时竟会是这般令人尴尬的境况。

谢桃干笑一声，偷偷地瞥了卫韫的侧脸一眼。不知道为什么，她心里头又紧张了几分。

这实在是一件神奇的事情。

但这么长一段时间里，她见过的不可思议的事情还少吗？

谢桃朝着半开的窗棂边望了一眼，看见了一片月光和院子里晃动的树影，还有檐下铜铃被风吹得偶尔发出的脆响声。

"哇……"谢桃抱着被子，感叹了一声。

她只在古装电视剧里看见过这样的房子。

忽然发现自己来到了另一个世界，谢桃十分好奇，她想要掀开被子，离开床榻。

卫韫当即握住她掀被子的手，蹙眉道："做什么？"

谢桃忽然被他抓住了手腕，脊背顿时僵了一下。

她睫毛颤了颤，有点不敢对上他的眼睛，微红着脸，支支吾吾好一会儿才小声说道："我……想去外面看看呀。"

"冬夜寒凉，你的伤寒才好了些便又不长记性了？"卫韫的神情有几分不悦，但见她耷拉下脑袋，他又情不自禁地将声音放缓了些，"你既然已经过来了，便不急于这一时。"

听着他近在咫尺的清冷的声音，谢桃垂着脑袋，低低地应了一声。

她分明已经隔着手机听过无数次他的声音，但此刻他真实地坐在她的身旁说话时，他的声音好像要更加清晰动听一些。

"那我……那我是不是就回不去了啊？！"谢桃猛地抬头，忽然意识到一个重要的问题。

也不等卫韫开口，她就连忙说："那我存在银行的钱怎么办？"

卫韫也没想到她最关心的竟然是这个，他的眼底终于有了点笑意。

这本是深夜，是无数人深陷梦乡的时候。

谢桃躺在卫韫的床榻上，两层被子带来的温暖让她有些昏昏欲睡，她强打精神，望着坐在床沿的卫韫。

她听见他说："睡吧。"

他的声音刻意放轻了一些，带着几分柔和，落在谢桃的耳畔如春风般使人平静又安心。

"那你呢？"

谢桃临睡前吃的药令她的睡意本就很浓，即便半途经历了这样神奇的变故，此刻心情平复下来后她很快又有了睡意。

卫韫被她的目光注视着，不太自然地偏过头，声音听着却依旧平静："不必管我，睡吧。"

谢桃有点支撑不住，闭了一下眼睛，但她很快又睁开了，刻意睁大了眼睛，还晃了晃脑袋。

她突然从被子里伸出一只手来，大胆地拉住了他的一根手指。极轻的触碰，她根本不敢用力。

卫韫被她的动作弄得整个人一僵，呼吸一时停滞了。

"我真的……见到你了。"她突然说道。

因为她已经感到朦胧的睡意，所以她的声音听起来有点模糊。

她傻笑着，露出几颗洁白整齐的牙齿："卫韫，我特别开心……"

"还能回去吗？"这样的问题此刻已经被她抛到了脑后，或许是因为她已经有些迷糊，脑子想不起更多的事情了。她望着眼前的年轻公子，心中充满了喜悦。

她只是这样看着他，就忍不住弯起嘴角。

卫韫听着她柔软的声音，眉眼间的冷漠在瞬间被融化。他的手指一颤，犹豫了一会儿，最终还是伸出手，轻轻地抚过她的头发。

在他的内心深处，仿佛有一个平和安宁的角落，在那里开着一簇如云似雪的菖兰，就像是她曾经送给他的那一枝，令人陶醉。

就像一只小猫，在他抚摸她的头发时，谢桃把脑袋往前蹭了蹭，仍然傻乎乎地笑着。

她在被子里蠕动着，直到她的头枕在了卫韫的腿上。

"我可以这样睡吗？"她抓着被子，红着脸问他，心中充满了期盼。

卫韫的喉咙动了一下，整个人僵住了，他的耳朵不由得有些发热。

但她等不及他的回答了，已经沉沉睡去，还微微张着嘴巴，呼吸声很轻。

他坐在床沿，一动也不敢动，只能垂着眼帘望着她的面容。

桌边的蜡烛已经燃烧了一半，卫韫靠在床柱上保持着这样僵硬的姿势，眼睛渐渐闭上了。

他的睡眠一向很浅，几乎在细碎如铃的声音再度响起之时，他便感觉到双膝一轻，顿时睁开了双眼。

原本躺在他膝上的女孩儿连同盖在她身上的那两条被子，都悄无声息地不见了。

谢桃醒来后盯着熟悉的天花板看了好久，接着转头看向四周。眼前的一切仍然如此熟悉，明明就是她租住的房子。

她怎么又回来了？

谢桃猛地坐起来，整个人都蒙了。

来不及想更多，她连忙从自己的枕边摸出手机，点进微信里与卫韫的对话框，发送视频通话邀请。

卫韫坐在案前揉了揉眉心，听见细碎的铃声响起，他一抬眼就见书案上铜佩上方的光幕里出现了一张女孩儿的面容。

谢桃刚想开口说话，便在手机屏幕的右上角看见了顶着一头乱发的自己，她瞪圆了眼睛，连忙把手机往床上一扔。她说道："卫韫你等一下。"然后穿上拖鞋，就往洗手间跑去。

等她再出来的时候，已经洗漱完毕，换好了衣服，还扎了个马尾辫。

"卫韫，我为什么又回来了啊？"她把床上的手机拿起来，问道。

在光幕里再一次瞥见她的面庞，卫韫放下手里的茶盏，道："应是那香料的效用有时间限制。"

此事他还未曾问过盛月岐，这只是他的猜测。

"啊？"谢桃歪着头想了一下，然后睁着那双亮晶晶的眼睛催促他，"那你再试一次，你再试一次呀！"

卫韫瞧着她那副迫不及待的模样，颇觉好笑："你今日没课？"

这一句话令谢桃呆住了。

对哦！她今天上午有课啊！

"那，那你等我哦！你等我下午回来！"谢桃说道。

茶盏里缭绕着热气，让卫韫的眉眼朦胧起来。他唇畔含着淡淡的笑意，并没有拒绝。

谢桃依依不舍地挂断了视频通话，看着身上穿着的睡衣，叹了一口气。她从衣柜里翻出了一套衣服换上。

下午，谢桃突然收到了周辛月的微信消息。他说了一些自己在国外的近况，又问了谢桃最近的状态。两个人聊了很久，谢桃从周辛月的字里行间感受到她曾经的好朋友似乎不再消沉抑郁了。那是她本该有的样子。

知道周辛月的情况在逐渐好转，谢桃也特别开心。她再一次觉得自己回到南市的决定没有错，这个决定不但让她帮周辛月讨回了公道，也让她自己有了重新面对曾经的那些噩梦的勇气。

一年多前，她离开郑家时，心中只想逃离。而现在，她学会了面对。

下午走出校门时，谢桃看到了站在不远处的谢澜。这么冷的天气，他却依然穿得很单薄，完全感觉不到冷一样。

谢澜一步步地朝着她走来，递给了她一张银行卡，说道："桃桃妹，这个给你，拿去还钱吧。"

谢桃看着他手里的那张银行卡，半晌没有动。

"拿着啊，不是说好了吗？我先替你还上。"谢澜把银行卡塞进她的手里，说道，"就当是你借了我的，借我的总比借他们的好吧？"

这话好像有点道理……

谢桃拿着那张银行卡，抿了一下嘴唇，然后说："谢谢你，我一定会尽快还你的。"

谢澜摆摆手，一副无所谓的样子："你啥时候来小酒馆上班啊？"

谢桃愣了一下，说话有点结巴："你、你们是认真的啊？"

她到现在都还有点不敢相信。

"你还当我和老奚是逗你玩呢？"谢澜作势伸手要弹她的脑瓜子。

谢桃连忙往后躲了躲，捂住自己的脑门儿道："我知道了……"

"行了，你先去办你的事情吧，下次我们一起去吃火锅。"谢澜说完，双手插在裤兜里转身往对街走。

在车流来往间，他的身影不知道什么时候就消失了。

等他出现在小酒馆的大门口，老奚正在擦杯子，一抬眼，瞥见了他的身影，就笑了笑道："回来了啊。"

"嗯。"谢澜走进来，在老奚的对面坐下来，喝了一口水。

"桃桃那孩子收了吗？"老奚问。

谢澜点了点头："收了，欠着我的总比欠着她那继父的强。"

老奚微微一笑，语气里忽然有了几分意味深长："你对桃桃倒是很关心。"

"那是因为她值得。"谢澜随口说了一句。

"她长得怪可爱的，人也善良，最重要的是她那做红烧肉的手艺，我特别服气。就凭这一点，我要是不借钱给她，那还能借给谁呢？"

老奚听了他的话，愣了一下，神色忽然变得有点怪异，他盯着谢澜问："真的就只是因为这个？"

"不然呢？"谢澜和他面面相觑片刻，顺手拿起碟子里的瓜子嗑了起来，说道，"这么多年了，除了你，就没什么人跟我说话了。我跟你又没啥好说的，你一个中年人，跟我的代沟太深了。桃桃妹就挺好的，我还挺想有一个妹妹，当然最重要的是她挺会做饭……"

老奚万万没有想到，谢澜对谢桃好竟然是因为这一点。

此刻谢澜全然没有发现，老奚赫然是用看一个"注定单身一辈子"

的人的眼神看他。

"但是我还挺好奇，老奚你也不是会轻易心软的人，怎么就同意让桃桃妹来小酒馆工作了？"谢澜嗑着瓜子，忽然想到了这个问题。

老奚笑了笑，没有否认。

过了半晌，他看着空荡荡的酒馆大门外，说道："她与我的确有些渊源。"

老奚曾经被困在一个瓶子里数百年，直到谢澜不小心打开了瓶口，他才重新见到了天日。但实际上在遇到谢澜之前，那个瓶子其实一直在栖镇，而最初发现那个瓶子的其实是谢桃。

当时的谢桃只是个几岁的孩童。

老奚虽然被困在瓶子中，但仍然可以看到外边的一切，甚至能听到所有声音。因此，他也算是目睹了这个小姑娘的家庭从美满到破裂的整个过程。

年幼的谢桃走到哪里都很喜欢带着那只瓶子。

在夜深人静的时候，她总是会听到父母争吵和打架的声音，听到东西碎裂的声音时，便躲在被窝里，手里紧紧地握着那只瓶子。

老奚听到过她的哭声。

她是个很喜欢哭的小姑娘，但总是躲在被窝里偷偷地哭。

除了他，没人能听到这个小姑娘无助的哭声，或许也没人关心她的悲伤。

这只是在人世间最常见的一种情感，老奚见过世间许多的悲欢离合，但还是为那个小姑娘的哭声而心生恻隐。

她从小就是一个善良的孩子，即使再喜欢的零食，她也愿意喂街上的流浪猫狗。有时，她会乐滋滋地站在路边，看着它们，一看便是一下午。

她也经常把自己最喜欢的糖果送给隔壁孤独的老阿婆，甚至用稚嫩的声音把妈妈给她讲过的故事再讲一遍给老阿婆听，当老阿婆开心到笑出声时，她也会跟着笑。

这个世界上最难得的就是一颗纯善的心。

老奚见证了她的过去，但遗憾的是当她的家庭彻底破裂的时候，所有的平静都被打破了。

那个晚上，她的父亲一去不返，小姑娘哭了整整一晚上，最后跟着她的妈妈坐上了开往南市的火车。

就在来南市的那一天，她弄丢了她最喜欢的那只瓶子。

老奚被困在其中，无法提醒她，最后瓶子被人捡起来扔进了路边的垃圾桶。

后来，经历了多次颠沛流离，他才被谢澜捡到。

"等等……老奚，你的意思是桃桃妹先捡的你？"听老奚讲完，谢澜摸了摸下巴，突然问道。

看见老奚点了点头，他忽然"扑哧"一声，开始捶桌爆笑。

"哈哈哈……也就是说，桃桃妹捡了你，但是从头到尾一点儿要打开瓶子的意思都没有？"

老奚的脸都木了，过了半晌才憋出一句："她若是打开了，便没你什么事了。"

谢澜笑到不行，好一会儿才平复下来，然后说："这么说我还得感谢桃桃妹了？要不是她，我现在指不定在哪儿捡破烂儿呢。"

老奚看了他一眼，没有说话。

谢桃并不知道这一切。

谢澜走后，她当即去银行将钱转给了郑文弘。

走出银行时，谢桃站在那里，忽然松了一口气。像是一团积聚在心里多年未散的阴云，终于化作一团雾气，渐渐地消失无踪。此刻的她眉眼微扬，终于显露出了轻松的神色。

谢桃特意去超市里买了点零食，然后飞奔回家了。

彼时，卫韫才从禁宫里回来，卫伯跟在他身后，欲言又止。

看着卫韫走进书房，卫伯停下来站在院子里，一言不发。

"卫伯，你怎么了？"卫敬见他神色有异，开口问道。

卫伯轻咳了一声，扫了四周一眼，接着便凑到卫敬跟前，压低声音说："今早大人出了府，我去收拾他的寝房，你猜怎么着？"

"怎么了？"卫敬问道。

卫伯把手往嘴边挡了挡，小声道："大人的被子不见了。"

"大人的被子不见了？"卫敬有点蒙，下一刻，他皱起眉，"难道有刺客来过？"

卫伯哈哈一笑，摇头道："哪个刺客会偷走大人的被子？"

"那便是贼？"卫敬又问道。

"哪个贼会只偷被子？"卫伯发出直指灵魂的疑问。

两人相视一眼，脸上都带着些许困惑。

卫韫走进书房坐下，还未来得及看手里的密文，便察觉到衣襟里的铜佩有些发热。他将铜佩取出来，就见铜佩上星盘转动，女孩儿的面容清晰地出现在眼前。

接着，他听见她急切地说："卫韫卫韫，你快点把香给点上！快点快点！"

卫韫只好将锦袋里的金粉倒了一些在香炉里，然后用火折子点燃。

浓烟弥漫了整间屋子，再聚起来的时候，渐渐凝成了一个越来越清晰的身影。下一刻，女孩子的身影从浓烟里彻底显现出来，整个人猝不及防地落在他的怀里。

她抱着一袋零食坐在他的腿上，显然还有点迷糊。

一时间，四目相对，气氛凝固。

屋内的烟逐渐散去，周围的一切变得清晰起来。

谢桃手忙脚乱地从卫韫的怀中钻了出来，若不是卫韫伸手扶了她一把，她差点便要摔倒在地上。

谢桃脸颊微红地站在他身旁，抱着一袋零食，半天没说出一句话。

卫韫轻咳一声，眼睫毛像鸦羽一样颤动。

他站起身，走过去掀开流苏帘子，转身看着她说："过来。"

谢桃抬眼，只见他身穿的青色衣袍闪耀着莹润的光芒，黑色的带子上镶嵌着精致的玉扣，更加突出了他的修长身材。宽肩、窄腰、长腿，令谢桃心神荡漾起来。

流苏帘后是书房的里间，布置极为简单。

谢桃抱着零食走进去，抬头望着墙上的一幅水墨画。

山青水绿，老翁穿着斗篷，驾驶小船顺河前行，给人一种朦胧的感觉，极富意境。

谢桃偏头一看，窗户外面是一排风铃和摇曳的树枝。里间早已生了炭火，这是卫韫早上便让卫伯准备好的。

坐在桌前，卫韫取下放在炉上的茶壶，拿出一个天蓝色的茶杯，手腕轻轻一动，将白色的热水注入杯中。

"正好时候到了。"他把茶杯推到谢桃面前，"坐吧。"

谢桃听话地坐在他对面，把零食放在桌子上，用手来托起杯子，烫得有点发僵的手因为茶水的温度稍稍温暖了一些。

"这是用那天的雪水泡制的，你试试？"卫韫说。

那天的雪？

谢桃想起在砚山上和他一起看到的那场初雪。

她拿着茶盏，点了点头，然后把杯子凑到了嘴边。茶水淡绿色，颜色很好。

热热的茶顺着她的喉咙进入肚子里，很快就驱散了几分寒气。虽然是热茶，但是味道微微清凉，不像是薄荷的味道，带有茶叶的清香，回味时还有一些甘甜清冽的味道。

"这种茶叫什么？真好喝。"谢桃端起茶盏，再喝了一大口。

"是祁州的川山云雾。"卫韫看到她喜欢，就拿过她的杯子，替她倒了一杯。

川山云雾非常珍贵，产量不高。卫韫手里的这些茶叶还是前段时间皇帝赏赐的。

卫韫没有提茶的难得，谢桃自然也不知道。她喝了几杯，然后撕开一袋薯片开始吃起来。

"你尝尝呀？"她把自己手里的薯片凑到卫韫的嘴里。

卫韫表面虽然不动声色，但是他的脊背稍稍僵硬了一下。

他犹豫了片刻，然后看见谢桃满含期盼的眼神，最终还是吃了。

"好吃吗？"谢桃笑着问道。

"尚可。"其实卫韫根本没有留意这究竟是什么味道。

"我……"谢桃还想说什么，但是她刚开口，就听到门外传来了敲门声。随之而来的是一个苍老的声音，带着几分小心翼翼道："大人，您该用晚膳了。"

是卫伯。

卫韫听后思索了一下，然后说：“将晚膳送到书房来。”

卫伯愣了一下，问道：“您要在书房用膳？”

“嗯。”卫韫淡淡地回答了一句。

接着，他看向坐在他对面的女孩，顿了一下，又补充道：“多准备一副碗筷。”

“好的。”卫伯有点摸不着头脑，但还是答应了。

国师府有客人来了吗？那为什么不在餐厅用晚餐呢？卫伯心里犯了疑惑。

他凑到廊下站着的卫敬身旁，说道：“卫敬啊，我刚才好像听到大人书房里有一个女子的声音？”

卫敬皱起眉头，挺直了腰杆，说道：“不可能！”

“我也觉得不可能，但是我好像真的听到一点……”卫伯突然打了一个喷嚏。

“不可能！您年纪大了，耳朵可能不太灵了。”卫敬断然否定。

大人的房间怎么可能会出现女子的声音呢？这是不可能的事情。

卫伯被他的话堵住了，他直接一甩袖子就去了后厨。

卫敬摸了摸自己的后脑勺，咳嗽了一声。

“卫敬。”

耳力向来极好的卫敬听见门内传来卫韫的声音，他当即凝神，快步走上台阶，凑到门边，应声：“大人。”

“你去院外守着。”卫敬只听见卫韫说了这么一句，他有点蒙，但还是应了一声，抱着剑转身往院外走。

将卫敬支走后，卫韫回头，见谢桃正站在墙边的古董架子边张望着，时不时小心翼翼地伸手摸两下。

“都是文物啊……”看着这一架子东西，谢桃脑子里忽然响起钱币一枚枚掉下来的声音，清脆悦耳。

“应该算不得。”卫韫抿了一口茶，语气平淡地说道。

谢桃回头看他：“为什么呀？”

“夷朝之后，你所在的那个时空与这里产生了巨大的偏差，换句话说，夷朝之后，这里的一切在你们那边都不存在。这些东西若是到了你们那边，也不过是稀奇了些，并无历史依托。"

这是卫韫多日来研读谢桃给他送来的书籍后基本确定的事情。自夷朝之后，他们所在的两个世界便再无任何关联。

"原来是这样啊……"谢桃点了点头，明白了。

"你带这些走，还不如带真金白银。"卫韫手里握着茶盏，唇畔多了几分笑意。

"我，我没想带走。"谢桃干笑一声。

说起钱的事情，她忽然想起那天在医院的事情。

"谢澜借了钱给我，我已经把郑叔叔的钱都还了……"她还跟他说了老奚和谢澜让她去小酒馆工作的事情。

听到她这些话，卫韫忽然放下了手里的茶盏。茶盏落到桌上，不轻不重的一声让谢桃忽然噤了声。

他的眉眼冷了几分，像是苍翠的枝头忽然凝了霜花一样，令人心头一凛。

"他借给你，你便要，我送给你，你却不要？"他的嗓音清冷，"谢桃，这是何道理？"

谢桃愣了一下，反应过来之后，她连忙摆手："我没有……"

"嗯？"他骨节分明的手指在桌面叩了叩，抬眸瞥了她一眼。

他在等着她的答案。

"那不一样啊。"她垂着脑袋说了一句。

"不一样？"卫韫扯了一下嘴角，眼里却没有笑意，他说道，"我倒是想听一听，他与我究竟有何不同？"

"本来就不一样。"谢桃支支吾吾了好半晌，脸都憋红了，她的嘴唇抿了又抿。

鼓起勇气开口的时候，她下意识地闭紧了眼睛，睫毛一直在发颤，就连声音也有点颤抖："我，我非常喜欢你……"

此刻她的脸色便好似春日里枝叶间绽开的雪白花朵在几个朝暮间渐渐地添上了几分浅淡的粉色，又在一个黄昏后染上了晚霞的绯红。

卫韫没料到她竟会忽然说出这样一句话。

他的手僵在半空，那张如玉般无瑕的面庞上多了几分难言的异

241

色，耳郭又一次有了轻微的热意。

好似是桌上风炉里的炭火烘烤出的几丝热气顺着他的耳郭直接钻进了心里，灼烧得他一时乱了方寸。

"你……"过了半晌，他薄唇微动，却只说出一个字，便再难说下去。

"因为这个……我就更不好意思跟你借钱了呀。"谢桃终于说出了后半句话，脑袋几乎要低到桌子上去了。

她这辈子还是第一次喜欢一个人，而这种刚开始时的小心翼翼总是无法避免的。

有许多事对其他人好开口，但一旦面对他，就不免踌躇起来。

谢桃也不明白这究竟是什么原因。

卫韫忽然站起身绕过谢桃，在她身后的那个紫檀多宝柜边停下来，然后伸手打开柜门，又拉开一只抽屉，从中取出一个装满东西的锦袋。

他回身，直接将锦袋扔在了谢桃面前的桌上，发出极重的声响。

锦袋的线绳没有收紧，谢桃一眼就看见了半开的锦袋里露出的金元宝的一角。

这锦袋她很熟悉，可不就是她之前还给他的那一袋吗？

她眨了眨眼睛，还没开口，就听见他忽然道："拿这些去还了欠他的债。"

见谢桃没有什么动作，卫韫负着手站在那儿，微微眯了一下眼睛，语气却莫名有些凉凉的："看来你是乐意欠着他的？"

谢桃本来想说些什么，但是瞥见他那样的目光，她抿了一下嘴唇，还是乖乖地把那袋金元宝往自己的兜里塞。

呢子大衣的衣兜有点小，她没塞进去，只能干笑一声，小心翼翼地把那袋金元宝放在桌上，说道："塞、塞不进去……我先放着，走的时候再拿。"

卫韫还未来得及说什么，便听得外头传来敲门声，紧接着便是卫伯的声音："大人，晚膳已送来了。"

"进来吧。"卫韫说完，对谢桃做了一个"噤声"的手势。

谢桃点了点头，捂住了自己的嘴巴。

她睁着一双圆圆的杏眼，看起来有点傻，又有点可爱，卫韫忍不住弯了弯嘴角。

听见外间推门声响起来时，他正了正神色，道："放在外间的桌上便出去。"

"是。"

卫伯一边嘱咐下人将一道又一道的菜放在桌上，一边朝流苏帘子后头望了一眼。他总觉得大人有些奇怪，但这不是一个下人该过问的事情。卫伯懂得分寸，故而在准备好两副碗筷后他便领着下人走出了书房，并带上了门。

谢桃闻到外头饭菜的香味，忽然觉得手里的薯片都不香了。

"院里人多眼杂，你出现得突然，暂时不好声张。"卫韫对她解释了一句。

谢桃胡乱地点了点头，心思根本没在这上头。

"走吧。"卫韫见她那副模样，觉得有些好笑。他嘴角噙着笑，转身往外头走。

"嗯嗯！"谢桃连忙跟在他身后往外间走。

在看见那一桌子色香味俱全的美味佳肴时，谢桃就已经移不开眼了。她跑过去坐在凳子上，拿起放在手边的筷子，却没有夹菜，只是望着卫韫。

卫韫走过来，在她的对面坐下来，道："不必拘束，吃吧。"

听了他这句话，谢桃直接一筷子插在那条剁椒鱼上，夹了一大块鱼肉下来。但她犹豫了一下，并没有放进自己的碗里，而是站起来将那块鱼肉放进卫韫面前的小碗里。

卫韫才拿起筷子，便见自己的碗里多了一块鱼肉，他抬眼，正撞见女孩儿嘴里咬着肉冲他笑的样子。

她的眼睛弯弯的，里头像是藏着两泓清泉。

他不由得扬起了嘴角。

正在大快朵颐的谢桃忽然听到门外传来敲门声，接着传来一个略有些低沉的声音："大人，我可以进来吗？"

谢桃嘴里咬着鸡腿，忽然顿住了。

卫韫眉头一蹙，将手中的筷子搁到了玉质的止箸上。

这是盛月岐的声音。

"你来做甚？"卫韫语气淡淡地问道。

盛月岐故意压低了声音，带着揶揄的笑意回答："当然是来看看你的小女朋友啊。"

听到这话，谢桃受到了惊吓，连鸡腿都掉进了碗里。

小、小女朋友？一时间，她感到有些不知所措。

谢桃偷偷抬头瞧了卫韫一眼，发现他也正看着她。她赶紧低下头，把鸡腿放进了嘴里。

不对啊，外面的那个人为什么会知道"女朋友"这个词啊？

她好奇地转头看向门外的模糊影子。

本来卫韫是想让盛月岐走的，但他还未开口，房门便被人从外面推开了。

盛月岐进来的时候，院子里的风吹起了他墨绿色的衣袖，他额头上镶嵌的宝石闪耀着耀眼的光芒。少年外表深邃，带着异域风情，但他和谢桃见过的外国人又有些不同，像个混血儿。

在他的身后，是落满了院子的绮丽霞光。

"盛月岐。"卫韫的声音响起，显得有些冷漠。

"大人，您没有什么问题要问我吗？"盛月岐的脸上毫无惧色，他的目光停留在谢桃的脸上很长时间，然后又笑了起来，"小夫人，久仰啊。"

末了，他又添了一句："大人的眼光果然还是不错的。"

谢桃咬着鸡腿，瞪大了眼睛。

"进来吧。"卫韫忽然冷冷地说道。

盛月岐知道这位国师大人从来便不好惹，于是他不再多说什么，抬步踏进门槛，并顺手关上了门。

正在这时，回廊尽头的卫伯远远地瞧见了他的身影。

他将了将花白的胡子，恍然大悟——原来大人是与那位盛公子一起用膳。

卫伯这么想着，转身离开了主院，去后头张罗其他的事情了。

书房内，三人坐在桌边，不知道为什么气氛一时有些凝滞。

谁也没有先开口说话。

谢桃紧张得连饭都没好意思吃。

"大人不让人多备一副碗筷吗？我也还未用晚膳呢。"盛月岐笑眯眯地问道。

卫韫瞥了他一眼，没理他。而且他确实不想给这个不速之客好脸色。他对谢桃道："吃你的，不必管他。"

"哦……"谢桃拿着筷子扒了一口饭。

"大人应该不至于这么小气吧？不过是添一双筷子的事，你难道要让我坐在这儿看着你们吃？"盛月岐很久没遇到人秀恩爱了，这会儿有些不甘愿。

"你是不请自来。"卫韫冷淡地说道。

卫韫重新拿起筷子，夹住碗里那块鱼肉慢条斯理地咬了一口。

谢桃瞧见他吃了她夹的鱼肉，偷偷地笑了一下，继续和烧鸡奋战。

盛月岐虽然曾经是个现代人，但这么多年来他父亲管教得严，甚至连吃饭的仪态都是被那位曾身为骁骑军首领的父亲用棍棒调教过的。

他就不明白，为什么舞刀弄枪的人也喜欢搞这套形式主义的东西，但没办法，这么多年来盛月岐已经习惯了。

他本人还有洁癖，甚至是强迫症患者。

所以就算再觊觎桌上那只已经被扯走了两条腿的烧鸡，他也绝对无法容忍自己用手去抓。

"罢了，我待会儿自己去吃。"盛月岐叹了口气。

"大人，我送你的那袋金粉的效力至多只能维持三个时辰，你应该已经发现了吧？"他忽然说道。

卫韫听他此言，正了正神色，谢桃也停下了啃鸡腿的动作。

"那金粉材质特殊，与铜佩同属一脉，是极其难得的东西。我当初回我那个时代的心情十分迫切，所以对那枚铜佩研究了许久。除了那些金粉，我没有办法让小夫人在这里待得更久。"盛月岐说着，看了谢桃一眼。

谢桃却抓住了他话里的关键词，她瞪大眼睛上下打量了他好几眼，半晌后才开口问道："你……不是大周朝的人吗？"

"我和你来自同一个世界，小夫人。"盛月岐用一只手撑着自己的下巴，望着她微笑着说，"只是我十九年前便来到这里了，与你现在所处的那个时代差了好些年呢。"

以至于他终于如愿回到那里时，却发现自己早已经与时代脱节了。许多熟悉的人都离开了曾经生活的地方，而曾经的地方也不再是他熟悉的模样了。

他为之努力了多年的一切变得索然无味起来，执念也就消退了不少。这些金粉就只能在他偶尔嘴馋或者想去网吧里玩网游时帮他丰富一下枯燥的生活。

"可你看起来好年轻啊……"他看着分明还是一个少年的模样。

盛月岐闻言，弯唇一笑："这身体是年轻的，但我的灵魂是老的。"

说罢，他再度看向卫韫，眼里多了几分正经的神色："我已经属于这个时空，所以能一直待在这里，小夫人却不能。借助金粉，也不是长久之计。

"那个女人之前给我科普过，时空不同，磁场也不同，身负异世界磁场的人是无法进入另一个时空的。金粉能暂时消除小夫人身上的异世界磁场，但也只有三个时辰的功效。"

"你是说我身上有磁场，"谢桃指了指自己，见盛月岐点头，她又说，"而且我的磁场无法和这个世界相融，因此我不能在这儿待太久？"

"就是这个道理。"盛月岐道。

卫韫手里握着筷子，垂着眼眸，也不知道在思考着什么，半晌后才道："你还有多少金粉？"

盛月岐一听他这话，头皮都发紧。

他忙道："大人，这东西珍贵至极，就是用多少钱来换都是不成的。我是感激你的恩德才愿送你一袋，剩下的一袋我还要留着自己用。"

现代社会里，最令盛月岐留恋的就是游戏。

大周朝哪儿都好，就是电子科技方面比不上现代社会。

"一袋就够了，多谢。"卫韫抬眸，看向盛月岐。

卫韫不是轻易开口说"谢"的人，盛月岐忽然听到他这句话，不由得愣了一下，然后才笑道："大人何必言谢。"

没有人比盛月岐更清楚卫韫的脊骨究竟有多硬。

当初他与卫韫以命相搏，竭尽全力也未能成功将此人的脊骨折断。

卫韫有多狠，他是一个连自己都可以舍弃的无情之人。若是死了就死了，若是活着，他便要踩着尸骨往这个世界上最高的地方爬。

盛月岐一直都很清楚卫韫的目的。

因此此刻，即便这个女孩儿真正地坐在这里，他也还是疑惑那个他曾以为的无情之人怎么会忽然沾了人间烟火的暖意？

和平的现代社会养出来的女孩的眼睛太清澈了，她哪里知道这个世界充斥着无数黑暗和钩心斗角。

而卫韫对她究竟是否有真心？

盛月岐不敢确定，他其实从来都没有看透卫韫。

直到这顿饭结束，盛月岐还是只能坐在边上喝着自己随身携带的小酒壶里的酒，看着他们吃饭。

谢桃中途想递给盛月岐一个鸡翅，但因没有筷子，盛月岐还是拒绝了。

盛月岐没有想到的是，他回到客房等了许久都不见有人给他送饭过来。没有办法，他只好亲自去后厨，路上正好碰见了卫伯。

见盛月岐站在后厨门口，他惊诧道："盛公子怎么会在这儿？"

"卫伯，我饿了……"盛月岐叹了一口气。

卫伯"咦"了一声，深感奇怪地说道："盛公子不是才与大人一起用过晚膳吗？"

卫伯知道卫韫一向不重口腹之欲，每回用膳吃得也不多，今日晚膳后厨多做了几道菜，已经是超出平常的分量了，可撤下来的碗碟里并没有剩下多少菜。

照理来说，盛公子应该吃了不少才对，怎么这会儿又饿了？

盛月岐不知道该怎么解释，半晌后，他才憋出一句："我……饭量大。"

卫伯恍然，忙道："那是老奴的错，竟不知道盛公子的胃口这般好，还请盛公子见谅。老奴这就命人再给盛公子做一顿晚膳……哦不，夜宵，稍后便给盛公子送来！"

"多谢。"终于有了晚饭，盛月岐放下心，道了声谢，转身要走时，却又回头道，"还请替我多热一壶酒。"

他想，没酒可不行。

"晓得了。"卫伯应了一声。

第十一章
金屋藏娇

夜幕降临，谢桃和卫韫坐在院子的凉亭里欣赏美景。

月亮从厚厚的云层里一点一点地露出了真容，洒下银白的光辉，照耀在枝叶间，也照耀在残梗满布的荷塘里。

瞧见谢桃微红的鼻尖，卫韫将身上的玄色大氅解下来披在了她的身上。

带着他身上浅淡的香味和些许温度的大氅就那么落在她的身上，厚重的料子隔绝了夜里的几缕凛冽寒风，令她周身回暖了一些。

他就站在她身边，微微俯低身子替她系上领口的带子。

那样近的距离，让她一抬眼就能瞥见他那双染着檐角灯笼里透出来的昏黄光亮的眼睛。

谢桃微红着脸小声说了一句"谢谢"，然后看着他身上穿着的青色锦袍问道："你不冷吗？"

她说着就要把大氅解下来："要不还是你披着吧，其实我……"

"披着吧。"卫韫适时地按住了她的手，打断她的话语。

两人的手指接触，稍凉的温度令他们两人都僵了一下。

卫韫松手，在谢桃的身旁坐了下来。

谢桃抓着大氅的手紧了紧，见他在自己的身边坐了下来，她稍微思考了一下，往他身边挪了挪，把大氅的一半披在了他的身上。

这下，他们便能披着同一件大氅了。

谢桃的举动一向出人意料，这次也不例外，卫韫被她忽然的动作给惊到了，他倏地站了起来。

"你……是个姑娘，总要矜持些。"沉默半晌，他试图提醒她。

谢桃望着他，没明白他为什么忽然说出这样的话。

"外边冷，还是进屋吧。"最终，卫韫清了清嗓子说道。

"我不冷啊，再待一会儿嘛。"谢桃扯了一下他的衣袖。

卫韫无法，只得重新坐下来。

风炉里燃着炭火，上头的茶壶里是新煮的茶，估摸着时间差不多了，卫韫拿起茶壶给谢桃倒了一杯茶水。

谢桃捧着茶盏，望着夜幕中不断闪烁的星子，忽然说："我终于亲眼看见你这里的星星了。"

她想起了和他视频通话的深夜，那时她就盼望自己能到他的世界里看看。

那个遥远的愿望居然现在成真了，多么令人难以置信啊。

"下一次我来的时候，你能带我出去玩吗？"谢桃偏头，满怀期待地望着他。

被她这样的目光注视着，卫韫的神情也柔和了几分。

"再等些时候，我便带你出去看看。"他这样说道。

因为她总是凭空出现在这里，而他的一举一动都在被人暗中关注着，所以他暂时还不能让她就这样暴露在众人的视线里。

朝堂的争斗，向来是没有硝烟的，有些人的手段远比战场上的真刀真枪来得阴损。

她必须有一个合理的身份才能出现，且不能被人发现任何端倪。

他暂时还没有办法满足她的愿望，让她去看一看国师府外的郢都风光。

"好，那你一定要记得啊。"谢桃望着他说道。

卫韫颔首，心思微动，他忽然伸手轻轻地抚了抚她的发顶。

每当看着她时，他总是最放松的。

他不必再警惕旁人，也不必再仔细揣摩事情的原委，只需这样静静地陪着她看一轮月、满天星，便已是极好。有一瞬间，卫韫感觉自己竟开始眷恋此刻的一切，尤其是身旁的她。

自出生以来，他从未有过这样的感觉。

两人在凉亭里坐了好久，说了许多话。大多数时候都是谢桃在说，卫韫只是垂眸听着，带着难得的耐心。

直到耳畔传来星盘转动的声音，卫韫一抬头，便见眼前女孩儿的身上渐渐笼上了一层淡淡的光。

谢桃也注意到了自己身上的变化。

"我要回去了吗？"她发现自己身上金粉般散开的细碎的光。

"回去早些睡觉吧。"卫韫站起来，对她道。

谢桃跟着他站起来，看着他的面庞片刻，眼里流露出了几分不舍。她忽然伸出手，抱住了他的腰。

卫韫整个人都僵住了。

"晚安，卫韫。"女孩嗓音轻柔，像是带着一些他曾吃过的酥糖的甜味，在他的耳边响起。

下一刻，她的身形便消失了，不留一丝痕迹。

卫韫久久地站立在原地，目光落在风炉里烧红的炭火上，仿佛那上头溅起的火星子已经烫到了他的心里。

这一夜，谢桃睡得很香。她的梦里缀满了那片屋檐外的星子，铺洒了满院的银白月光，年轻的公子匆忙挥落了骤然落在身上的一半大氅。光影交错间，她没能清晰看到他耳郭上泛起的红晕。

早上被闹钟吵醒后，谢桃愣愣地盯着雪白的天花板看了好一会儿，然后才慢吞吞地打了个哈欠，伸手去拿手机，却触碰到了材质丝滑的锦袋，感觉里面硬硬的。

谢桃一看，这不就是昨天被她忘在书房桌上的那袋金元宝吗？他可真是个执着的人。

谢桃轻轻地叹了口气，笑意荡漾在唇边，然后起床去洗漱。

换好衣服后，她收拾好书包出门，在早餐店买了包子和豆浆。上了公交车后，谢桃在一个靠窗的位置上坐了下来。

过了一会儿，公交车上走上来一个穿着黑色连衣裙、外面搭了一件大衣的女人，让许多人都投来了惊异的目光。

或许是因为她那身在这个天气里看起来很冷的打扮，又或者是因为她过分冷艳的面容。

当然，也包括了谢桃。

谢桃偷偷地看了她一眼，只能看见她的侧脸，她耳畔的绛紫水晶耳坠在晨曦里闪烁着迷人的光。

由于她戴着墨镜，谢桃无法看到此刻的神色，更不知道墨镜后的那双眼睛其实也在偷偷地观察着她。

女人的心里很纠结。

眼前的这个女孩子看起来单纯又乖巧，却已经拥有了超出一个普通人可以承受的机遇。

卫韫从来都不是一个善茬，因为她无法亲手结束他的性命，所以她只能从眼前这个女孩身上下手，打破这个僵局。

谢桃下车的时候，女人也跟着下车了。

就在她跟着谢桃走上人行道的时候，她的右脚高跟鞋的鞋跟卡在了路边人行道上的地砖缝隙里，导致她的表情一下子扭曲了。

她弯下腰，拽了两下才将鞋跟拽出来。

可能是因为动作过于急促，她不小心把鞋跟给折断了。

女人手里拿着那只高跟鞋，嘴角抽了一下。

抬头时，发现谢桃的背影渐行渐远，她皱起眉头，干脆一口气将另一只高跟鞋也脱下来，赤着脚向谢桃的方向跑去。

快要靠近谢桃时，她的速度慢了下来，手上幽蓝的光涌出来，将她和谢桃两个人包裹起来。

眼看着就要走到对面去了，谢桃一抬眼，却发现周围的一切忽然变得模糊起来。

谢桃瞪大了眼睛，这是怎么回事？

"谢桃。"她身后忽然传来了一个女声，声音清冷，在这片黑沉沉的空间里显得格外清晰。

谢桃一回头，就看见了公交车上坐在她旁边的那个女人。此刻，她已经摘下了墨镜，那双眼睛瞳色稍浅，十分漂亮。

"你是谁？"谢桃没来由地心里一紧，她抓着包往后退了几步。

"一个漂亮的女人。"女人弯起红唇，冲她眨了一下眼睛。

谢桃忽然被抛了媚眼，忍不住又往后退了两步。

女人扬着下巴，抱着双臂站在那儿，将谢桃上上下下仔细打量了一番，她唇畔的笑意渐渐收敛，神色忽然变得很复杂。

"你怎么会知道我的名字？"谢桃警惕地看着这个忽然出现的陌生女人。

女人看着她，说出的话让她感觉有些莫名其妙："因为你做了不该做的事情。"

做了不该做的事情？谢桃根本听不明白她的这句话。

"谢桃，原本我是可以替你保住你的命的，但现在，"女人说着，摇了摇头，"我必须杀了你。"

命格束缚之法向来是极端的，她一开始其实没有打算夺取这个女孩儿的性命。

因为即便是将旁人的命格束缚在她的身上，若她受到生命威胁，那个人必会与她感同身受，甚至会放大某些感受。

那个人会死，谢桃却不一定。

她一开始就打定主意要救谢桃，但那样的机会被不知名的人打破了。如今如果再次建立起命格束缚，谢桃和卫韫之间的命运关联只会更加紧密。

只要卫韫死了，谢桃也活不成。

女人没有办法对卫韫下手，因此，这一次她的目标只能是谢桃。

她原本不想伤害这个无辜的女孩儿，但谢桃现在已经发现了凤尾鳞的神秘之处，也到过另一个时空。

谢桃已经变成一个不安定的因素。

为了大局，她必须这么做。

听见这个陌生女人说的话，谢桃抓着书包肩带的手又紧了紧，她满眼惊愕地问："你……为什么要杀我？"

女人手指间闪烁的幽蓝光芒逐渐凝聚成刺的形状，顶端锋利尖锐，谢桃看到之后浑身都变得僵冷。

她脑子里忽然飞快地闪过之前在昏暗的教室里被赵一萱掐住脖子时，在赵一萱身后瞥见的那一点幽蓝的光。

她那时以为只是错觉，但此刻她内心忽然产生了一种猜测——难道她眼前的这个女人就是老奚口中那个控制了赵一萱的人？

"捡到不该捡的东西，遇见不该遇见的人，是你的不幸。"女人的眼神忽然变得冷漠，"小姑娘，卫韫和你不是一个世界的人。他阴狠嗜杀，生性凉薄，他此生会爱的怕是只有权力，而你与他从来都不是一路人。"

她已经将卫韫的人生研究得很透彻了。

正是因为了解了卫韫的过去与现在，所以她很清楚，卫韫的野心或许不是一个大周朝能满足的，他是一个不该存在的隐患。

他是她必须除掉的人。

卫韫对于这个叫谢桃的女孩儿究竟有几分真心，还是说他心中一直就存着其他目的，谁也说不清楚。

但她觉得应该是后者。

卫韫现在已经知道了异世界的事情，他或许只是利用谢桃了解异世界的一切，再将这里可利用的事物变成实现自己目的的踏脚石。

谢桃没有想到眼前这个女人似乎特别了解她和卫韫之间的事情，这是她和老奚等人都没有明说过的事情，虽然看老奚的反应，他似乎也知道一些。

他们究竟是怎么知道的？

"说什么都晚了……"女人忽然长长地叹了一口气，向来不正经的她这会儿脸上带着几分怜悯的神色，"其实我也不想这么做，但没办法，我已经做错过一次了，我不想再让那样的事情发生一次……所以，对不起了，谢桃。"

女人手指间幽蓝的光芒渐渐变得更亮了些，而谢桃身后忽然透出外界的一丝景象，那是她学校门口那条车流不断的街道。

女人手里的蓝光要是打在谢桃的身上，将推着她冲破结界，进入车流。

在外界看来，这就是一场普通的车祸。

彼时，卫韫已经下了朝，和一众官员一同走出了金銮殿，踏着白玉阶往下走。

今晨，太子赵正佚被启和帝下旨禁足在了东宫。

只因赵正佚在启和帝的眼皮子底下，插手了大理寺的一桩案件，明着以权力压人。但大理寺新上任的大理寺卿何明瑞是个品性刚正的人，丝毫不肯妥协。

这件事在朝堂内外掀起了不小的波澜。

启和帝碍于颜面，也因上次邵安河之事而对太子心生不满，这次狠心处罚了他。卫韫是第一次注意到这位新上任的大理寺卿。

或许是注意到了卫韫的目光，何明瑞走过卫韫身旁时，这个三十几岁的男人脸上出现了片刻的纠结，但最终还是向着卫韫行了一个敷衍的礼，唤了一声"卫大人"，然后径自离开了。

他显然不愿与这位传闻中的国师有任何牵扯。

卫韫看着他直挺挺的背影，扯了一下嘴角，神情平静。

何明瑞或许不清楚他面对的是一个怎样的君王。

坐上马车出了宫，卫韫不知道为什么，内心始终不太平静。

他皱了皱眉头，掀开帘子打算透透气，恰巧看见路边的一家店铺。他略微思索了一下，便对车外的卫敬道："停车。"

"大人？"卫敬让马车停了下来，有些疑惑地说道。

卫韫下了马车，径直朝那家店铺走去。

卫敬一脸茫然地抬头看了看那家店的名字——金玉轩，大人是要买玉佩吗？卫敬跟了进去，发现卫韫手上竟然握着一支金丝白玉发簪。

大、大人这是要……挑选首饰？！

看见那个女人手中飞出了蓝光，谢桃顾不得多想，转身就跑。

女人站在原地看着女孩儿的背影，她没有笑，神情很沉重。如果可以的话，她也不想伤害这个女孩儿，但是她深知这件事必须解决。

幽蓝的光环绕在谢桃的身旁，她顿时不由自主地被光芒带到那个女人面前。

女人抓住谢桃的后颈，但在看到谢桃说不出话，只能发出呜呜的声音后，她又下意识地松开了一点。

她闭了闭眼睛。

结束掉眼前这个女孩儿的性命是何其容易的一件事，只要她伸手一推，就能把她推出这道临时设下的结界，让她倒在来往的车流里。

谢桃瞪大了眼睛，瞳孔紧缩。她不知道被这个女人施了什么术法，嘴巴根本张不开，发不出一点儿声音，她的挣扎毫无用处。

女人最终还是伸手把谢桃推了出去。

谢桃惊恐地看着自己距离那个女人越来越远，而她被蓝光束缚着，根本没有办法挣脱开。

眼睛憋到通红，但即便谢桃用尽了全力，还是无法动弹。她能感觉到风吹着自己的发丝拂过脸颊，寒风那么凛冽刺骨，就如同那个女人怜悯的眼神一般，令她害怕，甚至是绝望。

女人的手握得紧紧的，她一直注视着谢桃，注视着谢桃那双憋红的眼睛。

身在另一个时空的卫韫心头好像被什么刺了一下，他蹙起眉，恍惚了一瞬。

"大人？"发现了他的异样，卫敬连忙问，"大人，您怎么了？"

卫韫紧紧地握着手里的那支发簪，脸色有些苍白，连卫敬的话都没有听清。

此时，谢桃的心脏仿佛被一只无形的手攥紧，她几乎窒息，巨大的恐惧使她的眼眶里已经积聚起了泪花。

就在她的身体不受控制地要穿过那道结界时，一阵急促的冷风拂过她的面庞，刺得她脸颊生疼，令她下意识地紧紧闭起了眼睛。再一次睁眼时，她却发现自己的双脚已经落了地，而那个女人就站在她面前。

谢桃身子僵硬地站在地上，眼里含着泪花，像是还没有反应过来一样。她面前的女人忽然蹲下身，捂住了脸："我怎么这么没出息，怎么就下不了手……"

她的声音里带着几分懊恼，几分颓废。

女人已经好久没有露出过这样悲伤的一面了。那些过去数百年间沉淀下来的、令她始终不敢触碰的伤痕在她最无力的这一刻全都再一次被撕开，呈现出血淋淋的一面。

她从未真正从痛苦里解脱过。

谢桃还没有从刚才那一瞬间的生死危机中走出来，又惊愕于眼前这个女人突如其来的悲伤。

仅过了十几秒钟，谢桃就看到女人抹了一把眼泪站了起来。

"算了……这关你什么事呢？"她摇了摇头，声音压得很低，像是在喃喃自语。

她敢杀卫韫，却不能杀。

她能杀谢桃，却终究下不了手。

因为她很清楚，是她弄丢了铜佩，凤尾鳞也是意外落在谢桃手机里的。

谢桃本就是被动地卷进这件事情里。

对于违反法律的人或者心怀恶意、危害时空平衡的人，她从来不手软，但眼前这个女孩是无辜的。

她没有办法说服自己真的下手杀了这个女孩儿。

此刻的谢桃终于明白，这个女人已经放过她了。

像是听到了什么声音，女人看了谢桃一眼，满脸复杂地说了声"对不起"，然后便闪身消失了。

就在她消失后，谢澜冲破了结界，急匆匆地跑了进来。

"桃桃妹，你没事吧？！"看见呆愣愣地站在那儿的谢桃，谢澜跑到她面前，双手扣着她的肩膀，急急地问。

就像被强行按进水里，在感受过水渐渐漫过口鼻的窒息之后，忽然重新呼吸到了空气一样，此刻谢桃脑子里还是一片空白，惊魂未定。

此刻的卫韫眼前也终于恢复了清明，方才的窒息感仿佛只是他的错觉。

金玉轩的掌柜站在旁边，小心翼翼地观察着卫韫的脸色。

"大人可感觉好些了？"见他的脸色似乎不像刚才那么苍白了，卫敬开口问道。

卫韫颔首，但没有说话的意愿。

他只是从腰间取出一张银票，扔在放着茶盏的桌上，然后握着手里的发簪，起身往外走去。

卫敬连忙跟了出去。

一坐进马车，卫韫便吩咐："回府。"

"是。"卫敬连忙答道。

卫韫一回到府中，卫伯便迎上来问安。他微微颔首，便急匆匆地往书房走去。

方才的不适让他感到担忧。

踏进书房，他在第一时间关紧了房门，然后将铜佩取出来，放在书案上。

此时，谢桃应该还在学校，但心中的不安让他拿起笔。他至今还没有摸索出让铜佩主动显现光幕的办法，只能继续以书信的方式联系她。

另一边，谢桃刚被谢澜送回家，坐在床上发着呆。

谢澜蹲在她面前，小心翼翼地问她："桃桃妹，你吃早饭了吗？需要澜哥给你煮碗方便面吗？"

谢桃反应了好久，才迟钝地摇头。

"那你应该口渴了吧？等一下，我去给你倒杯水！"

这次不等谢桃回答，谢澜就转身去给她倒水。

发现水是冷的，他又连忙去烧热水。

就在这时，谢桃的手机振动了几下。

她慢吞吞地从自己的外套口袋里掏出手机，看见亮起的屏幕上显示着来自卫韫的微信消息："在做什么？"

简短的四个字却令谢桃忽然掉了眼泪。

"刚回家。"她勉强打了几个字。

那边没有立刻回复。

谢桃看了在那边等水开的谢澜一眼，觉得现在不是跟卫韫说话的时候。

但下一刻，她忽然发现自己的身体被淡金色光芒包裹，正如昨晚一样，她的整个身体变得越来越透明。

谢澜回头，正好看见谢桃消失了。

他瞪圆了眼睛。

"人呢？！"

即便身为神秘酒馆的临时老板，他也没见过这么邪乎的事情！一个大活人怎么就忽然变透明，然后消失了？！

"老奚！桃桃妹不见了，桃桃妹变透明了！她整个人都没了，就在我面前！"谢澜手忙脚乱地掏出手机，对着电话那端的人扯着嗓子喊。

接到他电话的老奚把手机拿远了一些，揉了揉被他的破锣嗓子刺激到的耳朵，悠闲地喝了口茶，无比淡定地说道："你先回来吧。"

然后他就挂断了谢澜的电话。

谢澜拿着电话，又看了看谢桃消失的地方，"啐"了一声。这死老头竟然一点都不关心桃桃妹，还挂他的电话！

国师府书房内，浓烟散去，谢桃的身影渐渐明晰。

年轻的公子身形玉立，就在她的眼前。一身绛紫的纱袍还未来得及换下，他身后书案上的香炉上方还有缭绕着的淡淡烟雾。

看见卫韫的一刹那，谢桃的眼圈儿顿时红了。

内心一直压抑的恐惧，在见到他的瞬间顿时失去了控制。脑子里一直紧绷着的那根弦也应声断裂，她忍不住哭着扑进他的怀里。

被她抱住腰身，卫韫的脊背仍然习惯性地一僵。但听见她的哭声后，他立刻皱起了眉，低头问道："为什么哭？"

谢桃趴在他的怀里哭得上气不接下气。

直到听见谢桃的哭声渐弱，卫韫才伸手轻轻抬起她的下巴，低头轻声唤她："桃桃，告诉我，为什么哭？"

他的手轻抚她乌黑的发，清冷的声音带上了几分温柔，又带着几分耐心的宽慰。

那样近的距离，令谢桃睁着一双泪眼却忘了哭。

她流下的眼泪还未滑落脸颊，便被卫韫伸手抹掉。

谢桃因他忽然的触碰惊了一下，脸颊有些热，她声音颤抖："我、我今天差点死掉……"

谢桃从未体会过那种生死一线的感觉。

她能看得清那来来往往的车流，也能感受到自己不受控制地被推向街头，却始终无法动弹，甚至连话都没有办法说出来。像是蝼蚁般连挣脱的力气都没有。

听见谢桃这句话，卫韫的眉眼骤冷，但他还是放柔了声音，道："究竟是怎么一回事？"

卫韫将谢桃带到内室的桌边坐下来，又给她递了一杯温热的茶。

谢桃捧着热茶，吸了吸鼻子，这时她的情绪已经平复了许多，于是断断续续地跟他说起了上学路上忽然出现的神秘女人。

正如方才卫韫心里所担忧的那般，他方才在金玉轩里忽然感觉身体不适并不是没有缘由。

这是那个神秘女人干的。

但她怎么敢这么大胆？怎么敢一次不成，便将手伸向谢桃？

卫韫掩在宽袖间的手指渐渐收紧，指节泛白，那张清俊的面庞上没有一丝表情，眼瞳里泛着刺骨的寒凉。

如果她最终没有收手，那么无论是谢桃还是他，此刻只怕都已魂归黄泉了。看来有些事不能再等了。

心头虽然阴云密布，但卫韫看向谢桃的眼神依然柔和。

谢桃喝了口热茶，感觉身体回暖了许多。接着她就听卫韫说："这件事交给我。"

她抬头看向他。

"桃桃，不要怕。"他伸手摸了摸她的脑袋。

谢桃抿着嘴唇，睫毛颤了颤，偏头不敢再看他，只轻轻地应了一声。

他向来是个寡言之人，安慰人也只能做到这个程度，但这都出自他的真心。看着小姑娘一点也不像平日里那样活泼，一向不与女子打交道的卫大人此刻心里也犯了难，他不知道该再说些什么。

对他而言，哄姑娘竟是比杀人还要难得多的事情。

忽然想起了什么，他站起身来，在谢桃疑惑的目光下，掀开流苏帘子去了外间。

片刻后，他回来了。

再一次在谢桃的面前坐下来，他将手里那支发簪递到她眼前，那张向来没什么波澜的面孔上的神色有些不太自然，耳郭不自禁有些热。

他清了清嗓子，尽量使自己的神情看起来自然一些，道："算作是你迟到的生辰礼。"

望了那支金丝白玉发簪半晌，谢桃竟忘了接过来，还是卫韫将它塞到她手里。

微凉的温度令谢桃的手指忍不住缩了一下，她看了看卫韫，又看了看自己手里的发簪，那双眼睛里终于有了光亮。

她抿唇笑起来，眼睛弯弯的。

"谢谢！"她说。

她有些激动，手不小心碰到了面前的茶盏。眼看茶盏就要掉下桌子，谢桃一急，连忙伸手去抓，却被倾洒出来的热茶溅了一身。

茶水不仅洒在了她的毛衣上，还烫到了她的脖颈，不是特别疼，但还是令她皱了一下眉。

卫韫当即站起来，走到她身边，说道："怎么这般不小心？"

他叹了一口气，无奈地把手里的锦帕轻柔地覆在了她的脖颈上，小心地替她擦了擦。

看着毛衣上那一大片微黄的茶渍，他蹙了蹙眉。

"换件衣服吧。"卫韫建议道。

"没有可换的啊……"谢桃小声回应。

卫韫沉默了一会儿，感到有些为难。

他这里自然没有女子的衣裳，而他也无法让卫敬出去买……

他艰难地做出了一个决定，说出话时声音都不太自然："你……先穿我的吧？"

"好吧。"谢桃脸红了。

"你在这里等着。"卫韫摸了摸她的头发，叮嘱了一句，然后转身往外走。

看着他的身影消失在视线中，谢桃注视着手中的发簪，爱不释手地摸了好几下，然后把它插在绑好的马尾辫上，摸了摸，笑得很满足。

当卫韫回来时，她已经把那支发簪插在了自己的发辫上。由于没有镜子，发簪插得有点歪，这反而使她更可爱几分。

他眼底流露出笑意。

谢桃回头就撞见卫韫带笑的眼神，脸红了，慌忙把发簪拿下来放在桌子上，然后端正地坐着，十分乖巧。

卫韫走到她身边，不提自己先前看到的情景，将他的衣袍抛给她，说道："你就在屏风后换吧。"

"那，你呢？"谢桃抱着衣袍站起来，脸仍有些红。

被她那样的目光注视着，卫韫有些偏过头去，轻咳道："我就在外间。"说完，他掀开帘子转身朝外走去。

看他走了，谢桃乖乖地抱着衣袍往屏风后去了。

换下湿衣后，谢桃穿上了卫韫雪白的里衣，然后把那件红色的锦袍穿上。这件锦袍穿在卫韫身上十分合适，但穿在小个子的谢桃身上让她看起来就像个唱大戏的。

谢桃把袖子往上卷了两圈，拎着拖了地的袍子走出去，高声喊："卫韫！我换好啦！"

卫韫放下手中的书卷，听到她的声音抬头，看见谢桃穿着他的衣袍走了出来。那殷红的颜色衬得她的肌肤更加白皙，那双眼睛水盈盈的，笑起来时右脸上甚至有一个浅浅的梨涡。

然而，这衣袍对她来说太长了，让她看起来像个偷穿大人衣裳的孩子。

看着她这样，卫韫的眼底泛起一丝笑意。

"你看！"谢桃甩了甩刚才挽好的袖子，笑得更灿烂了。

就在快要走到他身边时，谢桃不小心踩住衣袍的下摆，身体瞬间失去了平衡。

卫韫下意识地伸手去扶她，但被她抓住了他腰间的鞶带。

这令他一时间也失去了平衡，扑向了她。

两个人一起摔在地上，不仅撞倒了旁边立着的灯笼架，还牵连了书案上的一堆东西。

卫伯走到门外，还未开口询问大人是否要用午膳，便听到一阵声响。

他花白的胡子颤动了一下，喊道："大人！"

卫敬听见后，连忙飞身过来，踹开书房的门，快得卫韫都没来得及阻止。

站在门口，卫伯和卫敬两个人几乎要瞪出眼珠来。

他们大人为什么会扑在一个小姑娘身上？！

等等！这个小姑娘是从哪里来的啊？！

大人什么时候开始搞金屋藏娇这一套啊！

卫韫倒下时，手掌快速撑在地上。虽然没有压到她身上，但他的鼻尖蹭到了她的嘴唇。那柔软的触感带着他熟悉的川山云雾茶的清香，让他一瞬间失神。

以至于在听见门外卫伯的惊呼声后，他未来得及阻止。

此时气氛有点诡异，直到盛月岐从卫伯和卫敬之间探出脑袋，他挑了挑眉，轻笑道："大人，你露馅了啊……"他的语气轻飘，似乎带有刻意的揶揄。

卫韫扶着呆愣的谢桃的肩膀，瞥向门口，咬牙道："都出去。"

卫伯和卫敬同时打了个冷战，转过身。即将迈步走，卫伯顿了一下，又转过身来，默默地关上了门。

关上门后，卫伯和卫敬走到院子里，不约而同地看了一眼身后的书房门，一起擦了擦脑门上的冷汗。

许多怪异的现象都有了合理的解释。

例如，大人忽然喜欢甜食、书房里时常多出的鲜花、卫伯在门外听到的女声。

卫韫向来不近女色，府里连一个婢女也没有，卫伯还时常担心他家大人这辈子都如此的话，日后怕是没有成家的可能了。

谁能想到大人不喜欢外头的世家贵女、大家闺秀，却偷偷在自己房里养了个小姑娘！

这怎么看都不像大人会做的事啊！

卫伯觉得他可能需要重新审视一下自家大人了……

此刻的书房内，卫韫和谢桃沉默地坐在桌边，两人都有点尴尬。

卫韫时不时地伸出手指触碰一下自己的鼻尖，谢桃则捂着自己的嘴巴。方才那极轻的触碰仿佛还留在他们的鼻尖、唇畔，两人的心跳都如擂鼓。

卫韫原打算过些时候替谢桃安排一个合适的身份，再让她名正言顺地出现，但没想到今天发生了这样的事情。

看来不能再等了。

卫韫抬眼看向坐在凳子上将衣摆揉成一团的女孩儿，思索片刻，然后朝门外喊道："卫伯。"

站在台阶下的卫伯没听见，但耳力极好的卫敬听得很清楚，他用胳膊肘捅了捅身旁的老头儿，说道："卫伯，大、大人唤您……"

卫敬还有点惊魂未定。

坐在凉亭里的盛月岐看着他俩的反应，笑着打开酒壶的盖子，往自己嘴里灌了一口酒。

他今天就是来看这出戏的。

卫伯连忙转身往阶梯上跑，凑到门边道："大人，老奴在呢。"

"去……买些女子穿的衣裙来。"卫韫打开门，对着躬着身不敢往里看的老头道。

卫伯猛地抬头，盯着卫韫看了一会儿，然后对卫韫行礼："老奴这就去！"

说罢，他转身匆匆往院外跑。

他虽是个六十多岁的老人，但跑得还挺快，一溜烟就没影了。

卫韫以前从未觉得卫伯竟是个如此不稳重的老者。

他瞥了一眼傻站在阶梯下的卫敬和坐在凉亭里喝酒的盛月岐，面无表情地转身走回去。

"我的衣裳你穿不得，待会儿还是换了吧。"卫韫在谢桃的面前坐了下来，说道。

谢桃点了点头，手指还抓着衣摆："……好。"

两盏茶的时间后，卫伯带着两个年轻的下人抬着一个大箱子走进了院子。

"大人，按照您的吩咐，老奴都办好了。"

卫伯吩咐那两个下人将箱子放在书房的地毯上。

那两个下人从未在国师府内见过女子的身影，此刻见卫韫身旁坐着一个姑娘，顿时有些发愣。

瞥见卫韫稍冷的目光，卫伯伸腿给那两个下人一人一脚，道："还不出去！"

那两个下人已经被卫韫轻飘飘的一个眼神吓得后背发凉，这会儿又被卫伯踢了一脚，连忙行了礼，匆匆退至门边，转身离开。

"你怎么抬了一箱子回来？"看见那只黑漆大箱子，卫韫问道。

"这不是怕姑娘不够穿嘛……"卫伯小声道。

像是想起了什么一样，卫伯连忙道："大人放心，老奴定会让那两个人管好自己的嘴巴，绝不会将姑娘的事儿透露出去。"

金屋藏娇这种事，大人定是不想被人发现，卫伯觉得自己有必要好好敲打一番府里的下人，让他们谨慎些。

"不必。"看着谢桃眼巴巴地望着他的模样，卫韫顿了一下，便道，"日后对外便说，她是……"

她该是什么身份，他还未考虑清楚。

这时，坐在凉亭里的盛月岐拿着他的酒壶走了过来，慢慢道："日后她就是你们国师府的表小姐了，从晔城来的。"

晔城？表小姐？

听见盛月岐这句话，卫韫当即就想到了什么："你是说……"

盛月岐点头："现成的身份，大人正好可以利用，查过你底细的人想来也不会觉得奇怪。"

为了隐藏卫韫的身份，早年盛月岐便帮他虚构了一个身份——晔城人氏，家道中落，父母早逝，只有一房远房表亲。

那所谓的表亲不过是盛月岐为确保万无一失特地安插的，用来应付各方的试探罢了。

毕竟，总要有活着的人来证明卫韫的身份。

他当初为了磨磨某个不太听话的下属的性子，让她在那儿演了多年的病弱小姐。

"到时便说这位表小姐身体病弱，不曾出过门，大人你感念早些年落魄之时那房表亲的恩情，便将其孙女带来郢都治病……不是很不错的理由吗？"盛月岐拍了拍手，笑着说道。

卫韫听了，沉思片刻，点了点头。

这的确是一个现成的身份。

于是，谢桃就成了国师府新来的表小姐。

谢桃本人目瞪口呆。

谢桃穿上了从一堆绫罗衣衫里精心挑选出来的绣着银线梨花瓣儿的月牙白色的衣裙，摸着衣襟处一颗颗的小珍珠，坐在卫伯临时搬来的一面大铜镜边，望着镜子里的自己。

她从来都没有穿过这么好看的裙子。

谢桃回头望着卫韫，满心欢喜地问他："卫韫，你觉得我穿这件衣服好看吗？"

看着她那双亮晶晶的眼睛，卫韫嘴角扬了扬，轻轻颔首。

"可是，小姐的头发……"卫伯看了谢桃一眼，指了指她的马尾辫，神情有点怪异。

"我不会梳啊……"谢桃为难地说道。

这里的发髻梳起来多难啊。

卫韫自然也不会，他抬眼看向面前的这三个人。

盛月岐举手："大人，我觉得我可以，我以前给楼里的姑娘梳过发髻。"

卫敬虽然不知道他为什么要把手举起来，但也跟着举起手道：

"大人，属下小的时候给我娘梳过发髻……就是，就是只会梳妇人的发髻。"

他们俩一个给楼里的姑娘梳过头，一个曾经给母亲梳过头。

卫韫面无表情地瞥了他们一眼，而后看向旁边的卫伯："卫伯，你来。"

卫伯惊得胡子都颤了颤，指着自己："老奴？"

卫韫"嗯"了一声："怎么？不会？"

卫伯连忙摇头。

"倒也不是不会，以前老婆子在世的时候我也给她梳过头，只是妇人的发髻我会得多，姑娘的……我却只会一种。"

"如此便好。"卫韫抬了抬下巴，示意卫伯去给谢桃梳头。

卫伯只好连声称"是"，走上前去，拿了梳子给谢桃梳头。

"谢谢卫伯！"谢桃望着铜镜里的卫伯，笑着说。

"小姐这是哪里话。"卫伯也憨憨地笑了起来，花白的胡子又抖了抖。

府里还从未有过女子出现，何况是生得这般水灵又乖巧的小姑娘。卫伯暗暗地想，原来大人也喜欢这样的姑娘。

梳好了一个简单的发髻，卫伯将梳子放下，对卫韫道："大人，您觉得如何？"

谢桃也转过头，望着他。

"尚可。"下意识要脱口而出的话被他咽下。卫韫面上未曾表露出一丝波澜，他负手而立，开口时声音平淡。

"啧。"盛月岐摇了摇头，露出意味深长的笑容。

"都下去。"卫韫睨他一眼，而后道。

卫伯和卫敬连忙弯腰称"是"，待要退出门外去的时候，见盛月岐仍站在原地，没有要走的意思，两人面面相觑片刻，不约而同地齐声对盛月岐道："盛公子，请。"

盛月岐原本还有话想跟卫韫说，但显然，卫伯和卫敬不允许他继续留在这里。

他只好跟着他俩一同出去了。

屋内又只剩下卫韫和谢桃两个人，周围都安静下来。

卫韫这才仔细地将眼前的小姑娘打量了一番，她穿着大周朝的衣裙，梳着发髻，看起来仿佛是这个世界上的人。

那张面庞即便未施粉黛，也灵秀动人。

"发簪。"卫韫走到她的身后，突然朝她伸出手。

谢桃垂眸看着他的手掌，把一直握在手里的那支发簪放进他的手心里。

透过铜镜，她看见站在她身后的年轻公子伸手将那支金丝白玉发簪插在了她的发间。

而后，他停顿了一下，望向铜镜里的她。

似乎少了些什么，卫韫盯着镜子里的她看了片刻，目光落在她白皙柔软的耳垂上。没有多想，他伸出手指，用指腹轻轻地捏了一下她的耳垂。而后，他便看见女孩儿的耳垂渐渐变红了。

被他捏住耳垂的时候，谢桃的脊背就已经僵了，脸颊也开始发烫，呼吸都凝滞了。

"你没有穿耳。"他清冷的嗓音就响在她的耳畔，她几乎可以嗅到他身上淡淡的香味。

"怕、怕疼……"谢桃说话都结巴了。

话音方落，她听见他发出了一声轻笑，清冽冷然，撩人心弦。

国师府来了一位表小姐，姓谢。

这件事传遍了郢都。

这可是一件稀罕的事情。

谁不知道，如今的国师卫韫府里一个婢女也没有，虽然这位国师已经二十二岁，但身边始终没有侍妾。

市井里还有传言说，国师府是一个光棍庙。而现在，这"和尚庙"里忽然多出了一位女客，怎能不引起大家的议论呢？

禁宫里甚至也有些传言。

大家都在猜测这位国师府的表小姐究竟是什么样的人物。

他们虽然见不到一直待在国师府里的表小姐，但时常能在郢都的长街上瞧见国师府的卫伯带着人忙忙碌碌地置办女儿家要用的物件，不仅有首饰、衣裳，还有些好吃的、好玩的。

于是许多人都猜测，国师大人对这位表小姐十分重视。

这天，卫伯买了许多东西，急匆匆地赶回国师府。

他把买来的零食摆在桌上，又把时下世家贵女们爱玩的物件都拿了出来，就连小孩子玩的拨浪鼓也没落下。

谢桃拿着拨浪鼓摇了两下，只想笑。

看见卫伯笑得眼睛都眯起来了，白胡子直发颤，她也跟着笑了。

这个屋子是卫韫嘱咐卫伯收拾出来的。

与国师府内其他屋子的简单陈设不同，这里纱幔重重，靠着墙的博古架上的琉璃瓶里插着孔雀的翎羽，墙上挂着的画都是卫伯从府库里挑出来的名士画的仙女图，甚至连屋里摆放的花都是卫伯精心挑选的名贵品种，更不必说香炉里点的珍贵的香。

"卫伯，你是不是买得太多了？"谢桃啃着一块糕点，小心翼翼地说道。

卫伯仍旧笑着憨憨的："小姐不用担心，置办这些东西花不了几个钱！"

两人正说着话，门外忽然来了一个锦衣公子。

那人大冬天的手里还拿着一把玉骨扇，身着天青色衣袍，眉眼温润，唇畔含笑。

"老奴见过世子爷。"卫伯见到来人，连忙恭敬地行礼。

来人正是齐霁。

齐霁是听闻了国师府表小姐的传闻，才来这儿一探究竟的。

卫敬自然拦不住他，此刻已经去书房请卫韫了。

齐霁含笑迈过门槛，对上谢桃那双好奇的杏眼，他仔细打量了一番这位时下正处于议论中心的国师府新来的表小姐。

"你便是延尘的那位小表妹？"齐霁径自走过来，对着卫伯点了点头，而后在谢桃的对面坐了下来。

"延尘？"谢桃有点没反应过来。

齐霁挑眉，道："'延尘'是卫韫的字。怎么？你这位小表妹竟然不知道？"

谢桃也是第一次听说原来卫韫还有个字，她默念了一下"延尘"二字，感觉这个名字还挺好听的。

"小表妹是哪里人？"齐霁伸手，拿起一块糕点喂进嘴里，问道。

"晔城。"谢桃答道。

卫韫让她这两天把表小姐的身份背景全都背熟，现在她已经能够对答如流了。

"听说表妹的身子不太好？"齐霁仍在打量她。

"嗯……"谢桃一边说着一边往嘴里塞糕点。

齐霁又道："可我看着小表妹你的身子好像康健得很？"

谢桃僵了一下，还没回答，卫伯便抢先答道："世子爷，小姐的身体如今已经好了不少了。"

齐霁点了点头："原来如此。"

"齐明煦，你没事可做？"门外忽然传来一个清冷的声音。

屋内的三人回头，便见身着殷红锦袍的卫韫站在门外，冷白如玉的面庞上神情冷漠，瞥向坐在谢桃对面的齐霁的眼里似乎有些不悦。

"卫延尘，你可别想拿我父亲来压我。你能偷偷地接一个小表妹回府，我自然能来瞧瞧这位小表妹长得什么样。"齐霁坐在凳子上，完全没有站起来的意思。

"看过了？"卫韫走进来，冷冷地说道，"看过便走吧。"

"我想留下来同你们一起用晚膳。"齐霁在凳子上坐得非常安稳。

"齐明煦。"卫韫皱眉，瞪着他。

"得。"齐霁撇了撇嘴站起来，又看着谢桃笑道，"小表妹，下回明煦哥哥再来看你，到时候给你带些好吃的。今天我空着手来见你，说起来也是没礼数。"

说罢，齐霁扯了一下卫韫的衣袖，拽着他走了出去。

走到院子里，齐霁停下来，回头看向卫韫时脸上没了刚才温和的笑意，神色显得十分认真。

他问："卫延尘，你到底想干什么？"

"世子何出此言？"卫韫理了理被他弄皱的衣袖。

"旁人不知道，我还能不知道吗？你哪里来的表妹？"齐霁低声道。

"就不能是失散多年的亲人吗？"卫韫语气淡淡地说道。

"失散的亲人？"齐霁笑了一声，"你卫韫在这世上还有什么亲人？"

他虽然不清楚卫韫曾经的身份究竟是什么，但他知道在他遇见卫韫时，卫韫已经是孤身一人了。

齐霁的这句话带着少有的尖锐，如同一把刀子一般刺向卫韫的胸口。

卫韫面上却没多大反应，他扯了一下嘴角，说："的确。"

齐霁顿了一下，觉得自己刚才的话有些不合适，便说："我只是想知道这个突然出现的姑娘究竟是谁。"

他说："延尘，你我是朋友，我希望你能告诉我。"

"你为什么一定要知道这些？"卫韫反问道。

齐霁沉默了一瞬，过了半晌才说："延尘，你曾经与我说过，不管出于何种目的，你绝不会将无辜之人牵连其中。"

卫韫立刻明白了齐霁的意思。

"事情没有你想的那么复杂。"卫韫抬眼看向不远处房檐下那个随风晃动的铜铃，说道，"我不会让她卷入那些事情之中。"

如若可以，卫韫想把她藏在屋里，不让她出去，也不让外界知道她的消息。如此，便可以避免许多麻烦。

然而，他最终还是没忍心这么做。

就像他对她所处的那个世界充满好奇一样，她也对这个世界充满期待。

但是，外面有无数双眼睛正注视着卫韫，注视着国师府，这位突然出现的小姐无疑会引起广泛关注。

卫敬递上来的许多拜访表妹小姐的请帖足以证明这点。

所幸那些金粉在三个时辰后就会失效，它能保护她，使她免受这些人的骚扰。

齐霁看着卫韫有些愣神，他像是发现了什么一样，但又不敢确认。

"那么……这位表小姐，究竟是谁？"齐霁试探着问。

卫韫竟不知该怎样回答。

"难道？"齐霁的眼睛瞪得大大的，他的心里已经有了一个大胆的猜测。

卫韫转身走了。

看着他的背影，齐霁突然笑了起来，喊道："卫延尘！你跑什么呀？害羞啦？"

然后，他便见那人走得更快了。

"还真是这样？"齐霁摇了摇头，眼里满是不敢置信。

卫韫走进谢桃的屋子时，看见她正趴在桌上做作业，卫伯正在旁边弄炭火。

"大人。"一见他走进来，卫伯躬身唤了一声，随后便匆匆地走了出去。

他觉得自己真是一个识趣的老头儿，比呆呆的卫敬强多了。

守在院子里的卫敬突然打了个喷嚏。

"卫韫，要背的东西真多……"谢桃手里握着笔，从做了好多笔记的书上抬起头，可怜巴巴地望着他。

早知道她就不选汉语言文学专业了。

卫韫在她抬头的时候，便看见她脸上的黑色痕迹，应该是脸贴在书上的时候留下的。

他在她身旁坐下来，伸出手扣住她的下巴，低头凑近了些。

谢桃被他捏着下巴，眼见他凑过来，整个人都僵住了。她的脸开始发热，连眼睛也忍不住一直眨啊眨的。

"你、你……"她说话都有点结巴了。

他要干什么？！

谢桃简直都不敢呼吸了。

谁知他只是伸出另一只手，用指腹轻轻地抚过她的脸颊。

眼见那痕迹一点点变淡，直至消失，卫韫松开她，将手指蹭到的淡淡的黑色痕迹给她看了看，然后端起一杯茶，凑到唇边抿了一口，再瞥她一眼，似笑非笑地说道："你以为我要做什么？"

谢桃摸着自己的脸颊，没有说话。

谢桃感觉有一点尴尬，她垂下脑袋，继续看书。

"明天也没课？"卫韫忽然问她。

谢桃点了点头。

"那便明日带你出去。"卫韫说。

谢桃突然抬起头，那双杏眼里又有了光亮。

"真的吗？！"她高兴地问。

卫韫轻轻颔首。

谢桃高兴得不得了，把笔一扔，想也没想就扑进卫韫的怀里："太好了！卫伯说有一家面摊的面特别好吃，但是打包回来味道就差了点儿，我想去尝尝！"

"还有现做的糖糕！烤鸭！板栗烧鸡！"谢桃说着，口水都要流下来了。

卫韫从被她抱住的那一刻起脊背便已经僵硬了，耳郭发红。

谢桃正滔滔不绝地说着，抬眼就瞧见了卫韫耳郭上可疑的红色。

"咦？"她眨了眨眼睛，忍不住伸出手捏住了他的耳垂，有点烫。

在她的手指触碰到他的耳垂时，卫韫的脑子里一片空白。反应过来后，他连忙抓住她的手，把她锁在怀里，有点气急败坏地咬牙道："我府里是短着你吃了？这些东西你吃得还少？"

"不，不少。"谢桃被他锁在怀里，鼻间满是他身上的冷香。

殷红的锦袍衬得他的面庞更加无瑕如玉，他垂着眼帘，纤长的睫羽遮下来，眼尾处竟然还隐隐透着些粉色，多了些许平日里未见过的撩人风情。

他怎么……长得这么好看？谢桃听到自己的心跳一下快过一下。

窗棂外有寒风涌进来，却都被他挡在了身后。他乌黑的长发被风吹动，有几缕拂过她的脸颊，感觉痒痒的，她有点想伸手去挠，但这会儿不敢。

卫韫瞧见她不安地抿着嘴唇，眼里神色闪烁，一副不敢看他的样子，也不知怎么想的，他忽然伸手捏了一下她的脸颊。

卫韫松开了她，让她坐回自己的凳子上，随后正了正神色，指着桌上的书说："快背。"

谢桃捂着自己的脸气鼓鼓地瞪着他，却被他塞了一嘴糕点。

她愤愤地咬了一口，是栗子糕，好吃。

卫韫见她低头开始看书，顿时松了一口气。

耳畔的温度还未下降，连方才捏过她脸颊的手指上都还残留着那种柔软的触感，他轻轻地摩挲了一下指腹。

这一回，谢桃是在写作业的时候回到自己租住的小屋的。

现在，她已经能很淡定地面对这种情况了。

晚上，谢桃在超市买完菜后出来，发现周围的景物变得越来越模糊，脚下的人行道地砖也变成了青石板路。

这次，她自己走进了那家小酒馆。

"哟，桃桃妹来啦。"谢澜趿拉着人字拖，一见她走进来就连忙去帮她拎装着食材的无纺布袋子。

老奚也取下老花镜，笑着说："有晚饭吃了。"

谢桃只是干笑。

三个人一起吃饭的时候，谢桃依然没有抢到肉，一块都没有。

但她一点都不沮丧，因为她整个脑子都在想明天要去逛郅都的事情。

吃过饭，谢桃把碗筷收拾好，刚要走，却听到老奚让她坐下。

她刚在桌边坐定，就听老奚说："桃桃，明天晚上开始，让谢澜教你术法吧。"

术法？！谢桃瞪大了眼睛，怀疑自己听错了。

她指着自己问道："我……也可以学吗？"

老奚笑得很温和："你也可以不学，这要看你自己的选择。"

谢澜在旁边啃着苹果说："不学是傻瓜。"

谢桃瞪着他。

"瞪我干什么？不学你就是大傻瓜！"谢澜扯了一下她的马尾辫。

"我要学！"谢桃用手肘捅了一下谢澜的腰，连忙对老奚说。

其实，她也觉得不学真是大傻子。

老奚点点头，对这个答案似乎也很满意，他很愿意给这个曾经有过善缘却最终错过的女孩儿这样的机会。

于是他说："那么你首先需要像谢澜一样，拥有自己的灵器。"

"什么灵器啊？"谢桃好奇地问。

老奚没有说话，看向了谢澜，眼底又有了点意味不明的笑意。

谢澜身子一僵，手里的苹果都啃不下去了。

"谢澜。"老奚像是在提醒他什么。

谢澜偏头看向谢桃，发现她毫不掩饰的好奇目光。他耷拉下脑袋，过了半晌才不情不愿地将手掌伸出来。

然后，谢桃就看见一圈缠着金丝的红色线绳凭空出现在他的手掌里。

"这是什么？"谢桃眨了眨眼睛，问道。

谢澜的声音有点无力："……灵器。"

这就是灵器？谢桃有点不敢相信，问道："那，这个要怎么用呀？"

谢澜抬眼就看见老奚用茶杯遮掩嘴边的笑意，他瞪了老奚一眼，然后深吸了一口气。

于是谢桃就看见坐在自己身旁的谢澜竟然把那一圈红线的头和尾绑了起来，然后他开始表演起翻花绳……

谢桃被惊呆了。

与此同时，另一个时空的卫韫正坐在书案前，盛月岐站在他的对面。

"你确定要这么做？"盛月岐问道。

卫韫将那份图纸收好，说："不这么做怎么引她出来？"

"依照目前的社会进程，你的这份大坝图纸本不该出现。"盛月岐继续说道，"你若真的把它呈交给启和帝，或许会破坏时空秩序，这样你也许会招来杀身之祸。"

他很清楚，那个女人对待恶意利用未来成果的人是绝不会手软的。因为这些能够造成巨大的历史转变，她绝对不会允许这样的情况发生。

卫韫垂着眼帘，嗤笑道："即便我不这么做，她不是也想除掉我吗？便让她来吧。"

他握着那份图纸的指节逐渐收紧，眉眼间寒气逼人："无论如何，我都一定要与她清算一些事。"

卫韫将卫敬唤了进来，刚将那份图纸交给他，幽蓝的光蓦然凭空出现。

卫敬还没走出门，就被蓝光束缚在门板上。

这是卫敬第二次被这诡异的蓝光缠住，但他还是露出了惊愕的神情。看着那个女人的身形渐渐显现，卫韫的眼神变得阴沉，他忽然无声冷笑。

　　他倒是未曾料到，她来得如此之快。

第十二章
谢桃，这就是我的世界

又是一个风雪连天的夜晚，雪压弯了院子里的枯枝。有人踩过路上的积雪，发出一声极其清脆的响声。

卫伯身上披着一件厚厚的披风，朝着书房走去。他提着灯笼，抬起头，看到有几道身影倒映在窗户上。

刚要走上阶梯，他忽然听见门内传来一个冷冽的声音："今夜不必添炭。"

这是卫韫的声音。

卫伯顿了一下，应声说："是的。"

他小心地看了一眼门窗上的身影，然后转身离开。他原本想问一问关于表小姐的事情，但这时也不敢多言。

那位表小姐总是忽然出现，又忽然消失，而且每当她出现时必定是在大人身旁。

这些天卫伯一直心里有个疑问，以至于开始胡乱猜测。

难道大人的书房里其实有一个密室，专门用来金屋藏娇？

难道表小姐已经住惯了那"金屋"，所以才不愿意出来住布置好的屋子？

卫伯扯紧了身上的披风，提着灯笼往回走。忽然他觉得自己好像发现了什么不得了的事情。

此刻的书房中，卫韫和盛月岐站在一起。他们面前是一个被一张网网住的女人。她的手脚被绑在了椅子后面，耳畔的绛紫水晶耳坠随着她的挣扎晃动着。

而卫敬……仍然被蓝光粘在门板上。

"不好意思啊，春姐。"看见那个女人怒瞪着他，盛月岐摸了摸鼻子，干笑一声。

说实话，他此刻还挺心虚的，毕竟两边都不好得罪。

这个女人叫孟黎春。

盛月岐在大周朝长大到六岁的时候，第一次见到了孟黎春。

记忆中，这是一个容貌冷艳的女人，但她神经质的性格不符合她这张脸给人带来的第一感觉。

"盛、月、岐！"孟黎春隔着一张看起来破破烂烂的网，死死地瞪着眼前这个一头辫子的少年。

这张网是他盛家的宝物，虽然平时并没有什么用，但也不轻易示人。虽说它看起来就是一张破网，也无法网住鱼，但用来网孟黎春这些人还是挺管用的。

但对孟黎春而言，这网至多也只能支撑一盏茶的时间。

"大人……"

盛月岐正想说些什么，偏头便见卫韫将粘在门板上的卫敬平时抱在手里的那把剑从剑鞘里直接抽了出来。

剑身从剑鞘里抽出时，发出铮然的声响。

盛月岐连忙问："大人，你这是要做什么？"

他话音方落，便见卫韫已将剑指向被网束缚住的孟黎春，剑尖距离她的鼻尖不过半寸。

卫韫没有言语，只是将剑刃往下移。极薄的剑刃贴在孟黎春的脖颈上，森冷的触感使得她不由自主地颤抖了一下。

数百年的岁月，她还从未被人这样用剑抵着脖颈。

但孟黎春并没有表现得多恐惧，她只是定定地看着卫韫，仔细地打量着这个一直被她视为危险分子的人。

"卫韫。"她忽然开口，准确地叫出了他的名字，"你想杀我？"

卫韫望着她的目光十分冰冷，并未言语。

"你杀不了我的。"孟黎春笑了一声。

说话时，她嘴唇上的口红沾到了网上，孟黎春顿时闻到了一股奇怪的味道，表情也变得有点怪异起来。

"正如你也杀不了我？"卫韫的剑又往前探了探，剑刃抵着她的咽喉，只要再往前一点，便可划破她的肌肤。他这句平静的话像突然间扔了一颗石子在水中，引起了阵阵涟漪。

孟黎春神情惊愕地看着他，他怎么会知道的？

"所以你才将我的命格绑在旁人身上，对吗？"卫韫薄唇轻启，眉眼间带着几分戾气。

他问："但为什么是她？"

他手里握着的那把长剑的剑刃已经划破了她的脖颈，留下一条血痕。

"大人，春姐她……"

"闭嘴。"盛月岐想说些什么，却被卫韫直接打断了。

孟黎春终于从震惊中回过神来，她定定地看着卫韫良久，忽然笑了一声，她垂下了眼帘，说道："卫韫，你的确很聪明。"

孟黎春忽然觉得，她小瞧了这位年轻的大周朝国师。

"春姐，你为什么要杀大人？"对于这件事，盛月岐百思不得其解。

卫韫又没犯什么事，不过是一个普普通通的人，为什么孟黎春总想要杀他呢？

"若是因为铜佩的话，这理由也太牵强了些。"盛月岐蹙起了眉。

"铜佩"二字触动了孟黎春的一些回忆，她伸脚想踹盛月岐："都是你这个小兔崽子闹的！"

当然，她是踹不到盛月岐的。

盛月岐太会隐藏了，再加上他自己会做一些奇奇怪怪的东西，那些东西能屏蔽她对他的追踪，所以这么多年来孟黎春一直没有找到他。

今夜在这里见到盛月岐，她也感到十分意外。

这样一个狡猾的人，她当初就不该因为一时的恻隐之心留下他的性命。她正想再骂两句，卫韫的剑一动，再次在她的脖颈上划出一条血痕，令她登时皱眉，不敢再动。

孟黎春虽是不死之身，但也会流血，自然也怕疼。

"卫韫，你是否生来就能看到一些别人看不到的东西？"她忽然开口问道。此话既出，无论是粘在门板上的卫敬，还是站在卫韫身旁的盛月岐都不约而同地将目光落在卫韫身上。

卫韫并不在意他们惊异的目光，只是盯着眼前的女人。

如他所料，她果然知道这件事情。

"你看到的那些所谓的海市蜃楼般的景象，其实都是真的，那是另一个世界的影像。这些你都已经知道了，对吧？"

到了这个时候，孟黎春也不再隐瞒了。

"那是一个完全不同于这里的世界，与大周朝不同，那里的社会很先进，比这里要晚了数百年。

"两个时空偶尔会出现粘连，于是就会形成时空缝隙，而你看见的光幕就是在时空缝隙间折射出的时空影像。这种影像，一般人是看不见的。"

孟黎春看着他："但你能看见。卫辐，你想过这是为什么吗？"

说到底，终究还是曾经的她一意孤行所造成的后果。

那是九百多年前的事情了。

那时候还只有一个时空，世界也是唯一的。

她来自一个科技已经发展到了全新高度的时代，智能科技产品成为每一个人都离不开的东西。她从那样的一个时代到了六千多年前。那是只存在于文献里的历史时代，是多少人无法窥探的过去。

在那里，她犯下了逆转时空的大罪，致使时空线混乱，于是一个完整的世界从一个时间节点分裂成两个时空。一个时空的社会进程倒退数百年，另一个失控的社会却开始飞速发展，而她原来所在的那个世界因为她的行为所造成的蝴蝶效应而消失了。

她是受到惩罚的罪人。

此生不老不死，在两个时空之间被称为第三时空的缝隙里，修补监督时空线路。一双眼睛看惯了两个时空中的人们生生死死，却永远无法见到自己生命的终点。

卫辐的前身恰好就在时空分裂的中心。

当一个时空分裂成两个不同的时空时，这两个时空的磁场会变得完全不同。由于卫辐在时空分裂时正好处于中心，他的身上带有两种不同的磁场。尽管他现在生活在一个时空中，但随着年龄的增长，他身上属于另一个时空的磁场会越来越明显。

到那个时候，他就能够在两个时空之间穿梭，成为不受约束的时空旅行者。

这是一件极其危险的事情。

如果他掌握了另一个时空里的先进物品，难保他不会因私利而将不属于这个时空的东西带来，从而再次使时空混乱。

凡是有可能对历史造成深远影响的事情，她都必须制止。

但她一开始并没有打算杀他。

毕竟，这的确是她当初在濒临绝境时一时冲动犯下的大错，他其实也是因她而受了牵连。

即便孟黎春当时并不知道自己的所作所为会将一个时空分裂成两个不同的时空，更不知道她会亲手将她的家乡化为虚无，她也永远都无法原谅自己，更不能从这无尽的痛苦中解脱。

只是在得知自己的铜佩落入卫韫手中之后，她知道他必然会发现铜佩的神秘之处，也会真正看到那个与大周不同的世界。

对孟黎春而言，这是一个极其危险的信号。

所以，她决定杀了卫韫。

但此时的卫韫在大周朝有着举足轻重的地位。他在大周历史上留下了浓墨重彩的一笔，而他身上的两种磁场也是她没有办法杀了他的主要原因。

因此，孟黎春才决定使用命格束缚的方法除掉卫韫。

凤尾鳞和铜佩本是一体的，命格束缚也是基于这两个物件之间的联系，所以阴差阳错拥有了凤尾鳞的谢桃就成了最好的棋子。

谢桃充当了一个临时的媒介。

孟黎春之前没有想过要她的命。

如果不是之前的计划失败，如果不是卫韫这边有了异动，她也不会下决心去杀谢桃。那就是一个无辜的女孩儿，她一直很清楚，因此最终孟黎春还是没有说服自己杀了她。

"可是春姐，大人难道就不无辜吗？你为什么一定要对他下杀手呢？"听完孟黎春的这些话，盛月岐沉默了片刻，忽然问道。

孟黎春闭了闭眼，深深地叹了一口气，说道："这不是我可以决定的事情，这是第三时空下达的指令。"

"那如果大人永远都不做违背时空秩序的事情，你们第三时空还要杀他吗？"盛月岐又问。

孟黎春摇头："这个我也不清楚。"

卫韫站在那儿，一直没有开口。

把孟黎春说过的话仔细地在脑海里过了一遍，他抬眼，手中的剑刃在孟黎春的脖颈间仍然泛着凛冽的寒光。

"你要杀我，这对你来说并不是一件容易的事情。"他的嗓音冷冽。

孟黎春不知道他为什么会突然说这句话。

"但我若有心，你不一定每回都能来得如此及时。"他将粘在门板上的那张图纸随手拿过来，轻描淡写地说道。

这是一句毫不掩饰的威胁之语。

孟黎春听后，果然变了脸色，喊道："卫韫！"

卫韫扯了扯嘴角，那双看似多情，却始终疏离的桃花眼里此刻添了几分讥讽的神色。他忽然冷笑道："所以孟黎春，你最好安分一点。"

"你要杀我，明着来便是，"他收敛了笑意，眼眉间又多了几分戾气，"但你不该将谢桃牵扯进来。"

他说这话时，语速缓慢，声音有些轻，却压得人喘不过气。

他手腕一转，剑锋向前，鲜血瞬间流淌出来，染红了她的衣衫。而后，他将手里那把带血的长剑扔在了地上，剑刃上的血滴落下来，在地上绽开一点又一点的血花。

卫韫冷眼瞧着孟黎春被颈间的疼痛弄得脸色苍白，皱紧了眉。半晌后，他看到她颈间的伤口慢慢愈合，才道："你虽不会死，却不是不会痛。"

"孟黎春，若你再敢打谢桃的主意，到时你若杀不了我，我便会像今日这样将你绑在这儿，一刀一刀地剐了你。"一字一句都透着刺骨的寒意。

此刻孟黎春的后背已经湿透，她竟然开始不受控制地心生恐惧。

尽管他只是一个普通人，但她被他的目光和言语深深地震慑住了。

孟黎春愣在原地，一句话也说不出来。

一盏茶的时间很快便过去了，被那张网束缚在椅子上的女人化作一道幽蓝的光，眨眼间消失不见了，就仿佛刚才的一切从未发生过。

然而，静静地躺在地上的那把长剑上的血迹却证明了刚才发生的事情是真实存在的。

卫敬终于从门板上掉了下来，他躺在地上缓了好一会儿，身体才渐渐地有了力气。

这一夜，笼罩在卫韫眼前的云雾都在顷刻间消散了。

他终于明白了这个名叫孟黎春的神秘女人的意图，也终于弄清楚为什么从夷朝之后，两个时空就朝着两个不同的方向发展。

原来，它们是在夷朝之后分裂成两个时空的。

从夷朝之后开始，两个时空的发展进程就像两条不可交汇的河流一样，奔腾万里，永不重叠。

在书房中，他枯坐了一整夜，最终在星盘转动的声音中回过神来。

铜佩上的光幕里出现了女孩儿那张白皙明净的面庞，每当她望着他时，眼瞳总是带着光彩。

"卫韫，你有黑眼圈了！"谢桃一眼就看见了他眼下那片淡淡的青色痕迹，然后又看见他身后的陈设，说道，"你是不是在书房呢？你又没有睡觉吗？"

在脑中紧绷了一夜的那根弦在见到她的这一刻终于放松了下来。

他那双黑沉沉的眼睛也仿佛被窗棂外照进来的晨光照亮，带上几分暖意。他肩头带着淡金色的光晕，即便眼眉间显得有些疲惫，他也比院里的风景更能打动人心。

"卫韫，你为什么不睡觉？"谢桃气得拍了拍桌子，"皇帝又让你加班了吗？加班费都不给，还让你这么累！"

"你别那么老实呀，你就不能摸一下鱼？想睡觉就睡觉，反正他又没盯着你……"谢桃又开始显露话痨本性。

"你这样熬是不行的，要是把眼睛熬坏了怎么办？你的眼睛多漂亮呀，可不能乱熬夜！"她还指着他乌黑的长发故意道，"还有啊，熬夜是会掉头发的。你看看你这么好的头发，要是以后掉了，成了秃子……"

话说到一半，她忽然说不下去了。因为她没法想象卫韫秃了该是个什么样子，应该也是一个很好看的秃子？

谢桃想象不出来，也不敢想……

卫韫忽然觉得自己的发冠好像有点紧。

"好了，你快点把香点上，我要过去！"谢桃干脆不说了，只是催促他，"你快点呀！"

卫韫无奈地感叹了一声，眼底却浮现出一丝清浅的笑意，他将装着金粉的锦袋拿出来，撒了一些在香炉里，照例用火折子点燃。

浓烟渐起，她的身影便在烟雾里慢慢显现出来。

在看见卫韫的那一刹那，谢桃就弯起眼睛，犹豫了一下，她还是张开双手抱住了他的腰。

卫韫明显感觉到这个女孩儿变得越来越大胆了。

她尤其喜欢亲近他。

虽然难免脊背一僵，但卫韫无法否认的是，他的内心并不排斥她这样的亲近，隐隐还有些欢喜。但这些他是绝对不会表露出来的，他绝不允许自己露出半点儿破绽。

于是，他的神情变得更加云淡风轻了些。

"你说今天要带我出去玩的，对吗？"她仰头望着他，那双杏眼里闪烁着明亮的光，带着满满的期盼。

"嗯。"卫韫轻轻地应了一声。

因为一夜未眠，他的嗓子有些嘶哑，眉间也始终带着几分疲态，太阳穴也在隐隐作痛。

大约是他昨晚坐在这儿时没关窗，吹了一夜的风，此刻有些头痛。

谢桃本来是笑着的，看见他闭着眼睛伸手按了按自己的太阳穴，她抿了一下嘴唇，忽然拉住了他的袖子。

卫韫睁眼，看着她道："怎么了？"他的嗓音仍旧有些嘶哑。

"我们不去了吧。"她说。

"为何？"卫韫眼底流露出些许疑惑的神情。

谢桃捏着他鞶带上挂着的那枚玉佩，说："你太累了，还是睡一觉吧。"

她的话语关切令卫韫的眉眼更添几分柔和，他摇了摇头，伸手摸了摸她的脑袋："既然答应了你，我自然要做到。"

谢桃却很坚持，她拉住卫韫的袖子，带着他往内室走。

刚在桌前坐下来，卫韫还未来得及开口，便感觉到有一双柔软的手在他的太阳穴上轻轻地揉按起来。

他一时怔住了。

谢桃什么话也没有说，只是站在他的身后替他按着太阳穴。

　　内室里的炭火明明已经灭了，此刻卫韫却觉得炭火的余温似乎仍在，丝丝缕缕的暖意顺着她的指腹一点点地流进他的心里。

　　"你在那儿睡一会儿吧。"替他按完太阳穴，谢桃的手已经有些发酸，她揉了一下自己的手腕，指着旁边的软榻对他说。

　　卫韫快要睡着了，但听见她的声音，他又睁开了眼睛。

　　卫韫从不是这般顺从的人，但此刻在谢桃面前，他好像是小心地收好了所有尖锐的刺一样，带着几分小心翼翼、几分柔情似水。

　　见他在软榻上躺下来，谢桃取过旁边屏风上的大氅，盖在了他的身上，然后就蹲在那儿，一双手撑着下巴，望着他笑："你快睡呀。"

　　卫韫望着她的笑脸看了片刻后，闭上了眼睛。

　　谢桃起身，把半开着的窗户关好，然后坐到桌前，从自己带过来的书包里找出练习册。

　　屋里一时静谧无声，空气中还残留着金粉淡淡的香气。

　　没过多久，谢桃的双眼就不由自主地看向那边躺在软榻上的卫韫。她搁下了手里的笔，刻意放轻脚步走到软榻旁，蹲下来望着他。

　　卫韫闭着眼睛，铺展开的浓密纤长的睫毛就如同两把小扇子，而他的面庞，无论看了多少遍还是那么吸引人。

　　谢桃忽然伸手把自己方才从花瓶里的那枝白菖兰上折下来的两朵花轻轻地放在了他乌黑的发间。

　　她捂着嘴巴没敢笑出声。

　　目光瞥向他鲜红的唇，谢桃眨了一下眼睛，睫毛颤了颤。

　　窗外的晨光熹微，纷纷扬扬的雪花从深院上方坠落下来，屋子里却是昏暗的。

　　谢桃垂着眼，久久地望着他。

　　是因为关了窗吗？不然她的脑子怎么会开始不清醒了呢？

　　她怎么会突然想要亲他？这是多么危险的想法。

　　就像是有什么诱惑着谢桃，她低下头一点点地靠近他。就差半寸的距离，她和他的气息相融。

　　雪下了一整夜，廊前檐角已经堆积起厚厚的一层，晨光洒下来，映照得积雪更加晶莹。

紧闭的窗户内，身着殷红锦袍的年轻公子躺在软榻上，呼吸轻浅平稳，在沉沉地睡着。

屋内一片寂静，听不见一点儿声响。

女孩跪坐在软榻边，悄悄地低头，一点点地靠近他。

他的呼吸近在咫尺，谢桃仿佛听到了自己的心跳声，那么清晰，一阵比一阵急促。

心里有些紧张，她的睫毛颤了又颤，鼻尖忽而碰到了他的鼻尖。眼看着就要触碰到他的唇，她的手腕却忽然被他抓住了。她慌忙抬头，正撞上他那双好似藏着清辉的眼瞳。

谢桃瞪圆了眼睛，几乎连呼吸都忘记了。

卫韫伸手扣住她的下巴，致使她有些婴儿肥的脸颊有点变了形，他的指腹可以感受到她泛红的脸颊上微烫的温度。

"谢桃。"他的耳郭已经红透，开口时嗓音带着几分沙哑，他盯着她，低声问，"你想做什么？"

谢桃慌忙挣脱他的手往后退，可因为跪坐在地上太久，她的腿已经麻了，往后退的时候身体失衡，眼看着就要摔倒。

卫韫握着她的手腕及时拉住她，没想到用力过猛，直接将她带到了软榻上。谢桃压在他的身上，与他鼻尖相触，气息相融。

两个人不约而同地屏住了呼吸。

"我在问你，"他的身体有些僵硬，却还是伸手捏住了她软软的脸颊，问道，"你方才想做什么？"

谢桃被他捏着脸，支支吾吾半响，也没有说出话来。

她想掰开他的手，但没成功。

"就，随便看看……"她终于说出一句完整的话。

"你，你还不让看了？"说着说着，她又理直气壮地反问道。

听她这么说，卫韫一时忘了反应，过了半响，他才勉强说了一句："日后……不许这样。"

谢桃听了，撇了撇嘴。

"不让亲就不亲嘛……"她小声嘟囔。

卫韫听到了，他的耳朵一瞬间变得更红了，他有些不知所措，手上动作一时失了分寸，用力了些。

谢桃捂着脸，原本想说些什么，但在看见他眼下那片淡淡的青色时，她又顿了一下，然后闷闷地说："我不吵你了，你睡吧……"

她从软榻上下来，走到桌边，拿起笔开始做笔记。

卫韫偏过头，看到她乖乖地坐在桌前看书。他忽然心神一晃，不由得想起了她那张近在咫尺的面庞。

卫韫猛地闭上眼睛，不敢再想，但他再也没有刚才那般浓重的睡意，心里莫名有些乱。

胡思乱想半天，他最终还是睡着了。

梦里的姑娘似乎躺在他的身侧，枕着他的手臂，在轻薄的云雾间，她的笑脸看不大真切。周围繁花如雨般飘落，天空水色，美不胜收。

粉白的花瓣落在了她乌黑的头发和纤瘦的肩膀上，她忽然直起身亲了亲他的下巴。

轻柔的触碰一触即逝，令他陡然从梦中惊醒。

甫一睁眼，他便看到了那张白皙清秀的面庞，一时间忘了自己此刻究竟是身在梦中，还是已经醒来。

"卫韫？"女孩儿疑惑地伸手戳了一下他的脸颊，却被他蓦地握住了手腕。

他的手掌已有些出汗，微凉的触感随着她的手腕传至他的手心，他方才有了一点真实感。

这一觉，他只睡了半个时辰，距离那香的效用消失还有些时间。于是他站起身，整理了一下有些皱的衣袍，说："去换衣裳。"

"啊？"谢桃还没明白他为什么突然要她换衣服。

他又补充道："带你出去。"

谢桃一听，立刻跑出去，在院子里找卫伯。

看到谢桃，卫伯和卫敬都露出了"果然如此"的神情。

谢桃在她的房间里换好衣服，坐在梳妆台前，让卫伯给她梳头发。

"卫伯，这个好像跟上次的不一样。"她在铜镜里看了看自己的发髻，说道。

卫伯有点不好意思地笑了一下，胡子抖了抖，脸上还是带着有点憨憨的笑容："小姐，老奴专门去学了新样式……"

知道他是为了她特地去学了新的发髻样式，她连忙回头认真地说："谢谢你啊，卫伯……"

把那支簪子插在发间，谢桃回头看了几眼，忍不住笑了。

"小姐没有穿耳，这些耳坠你用不着了……"卫伯指着那托盘里各式各样的钗环、耳坠，说道。

谢桃忽然想起之前卫韫捏着她的耳垂时的情景，他的轻笑声还在耳畔回荡。

她的脸瞬间热了起来。

卫伯不知道她在想什么，只是将托盘里的珍珠排簪又插在了她的发间，双眼笑得眯起来："这多好看。"

一切收拾妥当后，谢桃飞快地跑出门。

卫韫在院子里等着，正在和卫敬说话。看到谢桃飞奔过来，他便把那个帷帽戴在了她的头上。朦胧的绢纱遮住了她的面庞，外人只见一个隐约的轮廓，无法看清她的脸。

谢桃撩开绢纱，问道："戴这个做什么？"

"戴着吧。"卫韫放下绢纱，又遮住了她的脸。

盛月岐站在回廊尽头的月洞门旁，高声喊道："大人，请等等。"

谢桃透过薄薄的绢纱，看到盛月岐匆匆跑过来，还有一个穿着黑色衣服的年轻女子跟在他身后。

年轻女子的打扮很利落，头发简单地扎成了发髻，戴着银色的发冠，眉眼间透着几分英气，手里还拿着一把长剑。

"这位是邵梨音。"盛月岐指向那个面无表情的女子，含笑说，"郢都已经有了一位表小姐，那么晔城的表小姐就没有存在的必要了。"

"不如……"盛月岐说着，目光停在谢桃身上，"就让她做小夫人的侍女吧。国师府中没有婢女，对小夫人来说也不太方便。"

"还有，我这位手下会些功夫，也能保护小夫人的安全。"

谢桃听到这话后便把目光放在邵梨音身上，邵梨音也在看着她。谢桃觉得隔着绢纱看不太清，于是索性掀开，对着她笑了一下。

邵梨音愣了一下，虽然脸上依然没有表情，但还是微微颔首。

盛月岐说的有些道理，卫韫点了点头，说："也好。"

原本两人出府只需带着一个卫敬就够了，但这次多了个邵梨音，于是连卫伯也跟着出来了。

由于卫韫容颜出众，他们一行人在鄞都的长街上走着，吸引了许多人的目光，而他身旁戴着帷帽看不清面容的姑娘更让人好奇。

街边有很多小摊贩在叫卖，杂耍艺人周围围了一圈人，谢桃想挤进去，却被卫韫抓着后脖颈的衣服拎了回来。

这就是古代的街市。

人来人往，叫卖声不断，烟火气浓郁，与古装电视剧里的场景几乎相同。

卫伯给谢桃买了两串糖葫芦，谢桃把糖葫芦凑到绢纱下面吃了几口。糖葫芦还没吃完，谢桃又被卫伯买来的肉酱饼吸引了目光，她干脆把糖葫芦还给卫伯，又开始吃肉饼。

走过一条街，谢桃已经吃得很撑了。

书局门前停着一辆马车，一只纤纤素手掀开帘子，正巧瞥见自人群中缓缓走来的一抹殷红的身影。

在行色匆匆的人群里，他是最为引人注目的一抹亮色。而在他的身旁，则是一位戴着帷帽看不清面容的姑娘，她手里拿着各种零嘴，时不时抓起一块从绢纱下喂进嘴里。

"那位就是国师府的表小姐？"那人开口道，嗓音娇柔、轻缓，十分悦耳。在她身旁坐着的丫鬟小心翼翼地凑过来往外看了一眼，不大确定地说道："既然在国师身旁，那么便八九不离十吧？"

若她不是国师的那位远房表妹，又如何能与其并肩而行呢？

女子闻言，凤眼里有些淡淡的笑意。她额头上水滴状的花钿殷红，衬得一张芙蓉面十分动人，凤眼含情。

"小姐……您该回去了。"她身边那个小丫鬟开口提醒道。

女子放下帘子，慵懒地靠在软枕上，闭眼说："回吧。"

一路上，谢桃没停过嘴，最后吃得太饱了，只能跟着卫韫去茶楼上喝茶。

堂上的说书人敲了醒木，慷慨激昂地讲着一段故事。

谢桃听得入神，连手里的茶也忘了喝。

说书人讲的是一个武侠故事，故事在谢桃听来不算新奇，但在说书人绘声绘色的讲述之下，十分吸引人。

听卫伯说，这是时下最受欢迎的一本书上的故事，书名叫《璞玉》。

《璞玉》出自距离茶楼不远的书局。

据说许多人看了此书都爱不释手，因为无论从文采还是情节看都属于上乘之作。许多人都想见一见这位著书人，可那书局的掌柜守口如瓶不肯透露一点信息。

因此，《璞玉》虽然已风靡郢都，但始终未有人见其作者真容。

在谢桃和卫伯聊天的时候，卫韫的目光却在楼梯旁的某个地方停留了一瞬。

卫敬看过去，片刻后，他垂首凑近卫韫，轻声道："大人，是信王的人。"

卫韫淡淡地应了一声，神情没有什么波澜。

因为想着金粉的时效，谢桃和卫韫只在茶楼里坐了一会儿便回国师府了。时间只剩下一小会儿，谢桃坐在卫韫的书桌旁，看着他站在书案前写字。

"我又要走了……"她试图提醒他。

卫韫没有抬眼："嗯。"

谢桃索性茶也不喝了，直接站起来，跑到案前去，看着他在那雪白的宣纸上落下一笔一画。

卫韫见她偏着脑袋在那儿眼巴巴地看着他，有些不太自在地轻咳了一声，然后道："过来。"

谢桃连忙绕过书案，跑到他的面前，望着他。

卫韫突然将手里的毛笔塞到她的手上，握着毛笔的谢桃顿时愣住了。

"写两个字。"卫韫轻抬下巴，嗓音清脆。

"你确定吗？"谢桃握着那支毛笔，望着他。

卫韫瞥了她一眼，没有说话。

谢桃垂下脑袋，握紧了手里的毛笔。想了想，她挽起宽大的衣袖，在纸上写了两个字。

卫韫的表情变得有点奇怪。

"这是什么？"他指着纸上的两团墨迹，问道。

"你的名字啊。"谢桃嘿嘿地笑，然后她歪着头自己欣赏起来，"看不出来吗？我觉得挺好的啊。"

卫韫眉头轻蹙，过了半晌才认真地说道："只是略有些丑。"

谢桃鼓了鼓脸颊，抿起嘴唇瞪着他。片刻后，她眼珠一转，抬手用毛笔在他脸上一画，墨色便留在了他那张冷白如玉的面庞上。

卫韫愣住了。

谢桃忍不住"扑哧"一声笑出来。

"谢、桃！"卫韫伸手抓住她的手腕，拿过她手里的毛笔，而后扣住她的下巴不容她挣脱。在她的注视下，他漫不经心地将笔在砚台里蘸了蘸。而后，他的笔便开始在她白皙的面庞上来回游走。

"卫韫，卫韫你别……"谢桃想要挣脱。

"别动。"他低头凑近她。

两人之间只隔着几寸的距离，她甚至可以看清他那双眼里她的模糊影子。

她愣愣地望着他近在咫尺的面庞，一时间失了神。

屋内静悄悄的，窗外有风拂过，一片枯叶轻飘飘地落在窗台上。

他的眼底渐渐显露出几分淡淡的笑意，那是她从未见过的轻松神色。她呆呆地抓着他的手臂，却忘了用力。

她的身形渐渐在淡金色的细碎光影里变得模糊，而他始终目光柔和地注视着她的面庞。

眼前短暂地黑了片刻，谢桃回过神来时，已经坐在自己租住的小屋的桌前。

旁边摆着她的小镜子，她清晰地看见自己脸上那只经由墨色勾描的体态肥胖的……猪。

谢桃瞪圆了眼睛。

也不知道卫韫到底用的是什么墨，谢桃洗了好几遍脸都没能洗去，仔细在灯光下看的话，还能看得出来那只猪的轮廓。

谢桃盯着镜子里的自己，气得把卫伯给她梳好的发髻都揉乱了。

她换下那一套衣裙，把头发重新扎成马尾辫，出门去菜市场买菜。

今天又是去给老奚和谢澜做晚饭的一天。

买完菜之后，谢桃站在路边等着周围的一切模糊起来。

她踏上小酒馆大门前的阶梯，老奚坐在一张八仙桌前喝着风炉上温着的酒，酒香随着热气飘来，有些米香味，还混合着其他说不出的香味，怪好闻的。

"来了。"老奚喊道。

"奚叔，谢澜呢？"谢桃看了一圈都没看见谢澜的影子。

"他出去送外卖了。"老奚笑着答道。

"送外卖？"谢桃没听明白，她把菜放在桌上，坐在老奚的对面，问道，"什么外卖？"

"曾经来过这里做过坏事的某些有缘人如果再犯事，我们有必要再给他们一个警告。"老奚把酒杯放在桌上解释道。

"是这样啊。"

原来这就是他所说的"送外卖"，谢桃干笑一声。

隔着从酒壶里溢出来的朦胧雾气，老奚看了谢桃半晌，忽然唤她："桃桃。"

"嗯？"谢桃倒了一杯水，喝了一口。

"你为什么会喜欢那个异世界的人？"

老奚的这句话来得太突然，令谢桃刚喝进嘴里的水差点喷出来，她被呛得咳嗽了好一阵儿，连眼尾都有些湿润了。

她望着老奚，半晌都没说出一句话来。

"桃桃，他和你之间隔着的是两个时空，你有没有想过这是多难跨越的鸿沟啊？"

老奚的神情变得很复杂，像是在看她，又像是在她的那双眼瞳里审视着自己。

"我知道啊。"谢桃垂着眼帘，过了半晌才出声，"但是奚叔，难不代表不可能，不是吗？"

谢桃抬头看着他，想起了卫韫，忽然弯着眉眼笑起来："我已经见到过他了，我以后还想每天都能看见他……"

人的本性总是贪婪的，这是所有人都无法避免的。

以前，她只想着能够见见他就好了，哪怕只是一面。现在见到他了，她又觉得六个小时的时间是那么短暂。

"你们这些小年轻啊……"老奚笑着摇头。

他能看得出来，眼前的这个女孩儿是真的喜欢那位异世界里的年轻公子，可他们之间隔着的又岂是两个时空那样简单？

老奚不再多言，只是道："你去那边时，切不可做可能引起历史变动的事情，否则那后果是你承受不了的。"

谢桃连忙点头："我知道了，奚叔。"

"你啊，这个世界上那么多男孩子，你喜欢哪个不行？偏偏是个异时空的。"老奚轻轻地叹息。

譬如谢澜。

老奚觉得那小子长得也不错，但就是脑子里缺根筋儿。

这也是没有办法的事情。

"等会儿，老奚你说桃桃妹喜欢谁？！"老奚的话音刚落，门口就传来了谢澜的大嗓门。

谢桃被他忽然出现的声音吓了一跳，回头就看见他穿着单薄的衬衣，搭着破洞牛仔裤，风风火火地走了过来。

"呀，回来啦？"老奚试图用笑脸缓解尴尬。

谢澜却不愿跳开这个话题，说道："你快点儿！说清楚，桃桃妹喜欢谁了？"

老奚默默地喝了一口酒。

"桃桃妹，你怎么突然就谈恋爱了？我跟你讲，现在外面好多感情骗子，他们就专骗你这种看起来有点傻了吧唧……哦不，单纯的女孩儿，你可千万不能上当啊！"

他说了一大堆，而谢桃只抓住了一个重点——他说她"傻了吧唧"。

她用胳膊肘捅了一下谢澜的腰，说道："你才傻了吧唧！"

谢澜抓住她的马尾辫，正想说些什么，忽然盯着她的脸看了起来。

谢桃被他看得心里有点发毛，不由得往后退了退。

"桃桃妹，你脸上画的什么玩意儿？"谢澜指着她的脸，问道。

谢桃瞪大了眼睛，浑身僵硬。

被发现了……

谢澜顺着她脸上淡淡痕迹的轮廓在空气中画了两下，恍然大悟道："是一只猪啊……"

谢桃的脸瞬间涨红了。

"你在你自己脸上乱画什么呢？"谢澜有些嫌弃。

与此同时，对面的老奚也嫌弃他的思维方式。

看吧，这就是注定孤独一生的光棍儿的标准思维，他根本不懂年轻人之间的爱好。

老奚适时地转移了这个话题。

"谢澜，你该教桃桃术法了。"

"不搞清楚桃桃妹有没有谈恋爱，我没什么心情。"谢澜的态度显得很坚决，"所以，桃桃妹，你到底跟谁恋爱了？"

老奚正了正神色，道："好了，谢澜，先做正事。"

谢澜分得清楚老奚什么时候是在开玩笑、什么时候是认真的，他撇撇嘴，只好不情愿地伸出手掌。

一圈缠着金线的红绳凭空出现在他的手掌心，他把那一圈儿红线递给谢桃："给，这以后就是你的了。"说完，他的另一只手掌里又出现了一圈红线。

谢桃小心翼翼地接过那一圈红线。

"来，澜哥教你弄出一座大桥来。"谢澜说着，就把红线的两端系在了一起，然后手指灵活地翻出了桥的形状。

红线组成的桥出现的一刹那，谢桃看见上面的金丝线泛出金光，金光延伸至半空，在空中出现了一架桥。

"这有什么用呀？"谢桃望着半空中的金色流光，问道。

"好看呗。"谢澜理所当然地说。

"哦。"谢桃一时间竟无法反驳。

其实，红线最主要的功能就是用来控制人。

如果要控制一个人，就得迅速用红线模拟出该人当时的形态，金丝线泛出的金光就能进入该人的体内，控制他的行为。

但这并不是最常用的术法。

红线有灵性，要想操控它，就必须陪它玩儿，而陪它玩的方法就是翻花绳。

建立了联系之后，红线才能成为灵力的来源，帮助主人去使用术法。

红线一般是不轻易示他人的。

谢澜以为自己练了这么久，至少能在谢桃面前秀一下，结果轮到谢桃展示练习成果时，他发现她会的花样竟然比他还多！

谢澜当时就拍了桌子，怒瞪老奚："其实这玩意儿你一开始就是为她准备的吧？！"

不然一个大男人用的灵器为什么要靠翻花绳来激活啊！

老奚摊摊手，很显然，这就是事实。

这灵器是老奚还待在瓶子里的时候就为谢桃准备好的，谁知后来谢桃把瓶子弄丢了，最后是这么一个缺根筋的少年打开了瓶盖。

这也是无可奈何的事。

离开酒馆时，谢桃把红线缠在了自己的手腕上。

洗漱完毕，她躺在床上，把手机放在床头柜上，点开微信的视频通话。

当卫韫的身影出现在手机屏幕里时，谢桃立刻指着自己的脸控诉他："卫韫，你看，我都洗不掉！"

此时，卫韫才刚刚沐浴，长发还未干。

他握着一卷书靠在床榻上，看到光幕里的女孩把脸凑过来，越凑越近。

在灯光下，她的脸颊白皙如玉，上面还残留着一点可爱的痕迹。

她懊恼地说："我明天要上课，都怪你。"

"明天就会消失的，不要担心。"他的声音里带着几分笑意。

谢桃抬头："真的吗？"

"嗯。"卫韫颔首。

谢桃仔细地打量了他的面庞，突然笑了起来："哈哈哈，你脸上的痕迹也没洗掉！"

卫韫的笑容瞬间僵住了，他想起自己明天还要上朝。若是被那些朝臣看见了他脸上的痕迹，就太丢脸了。

卫韫忍不住揉了揉眉心。

"谢桃。"卫韫突然喊了她的名字。

谢桃咳嗽了一下，没敢再笑。

"反正有你陪着我，被他们看见也无所谓。"她钻进被子里，拿起手机，看着屏幕里的他，小声地说。

她的声音轻柔地传到了他的耳边。

谢桃突然想起了什么，把手机放到床头柜的支架上，然后把自己手腕上缠了几圈的红线拿给他看。

"卫韫，你看，这是奚叔今天给我的灵器！"

她解开了那红线，坐起身来，在手机屏幕上翻着绳子。

她翻出一个金鱼的形状，金丝散发出淡金色的光芒，在半空中汇聚成了金鱼的样子，甚至在游动。

"好玩吗，卫韫？"她高兴地问道。

卫韫对这种术法的意义并不是很理解，他皱了皱眉："这种术法有何意义？"

谢桃像谢澜那样理直气壮地说："好看呀！"

卫韫扯了一下嘴角，没有说话。

谢桃继续兴致勃勃地变换着各种形状，最后，她用红线编了一朵花。金光在半空中形成了一朵正在盛开的花朵。谢桃望着卫韫笑道："这个送给你！"

半空中金光聚合成的花朵盛开着，而光幕里的女孩儿笑脸盈盈，比花朵还要美丽动人。

又是这套送花的招数。

卫韫轻轻地笑了。

听到他的笑声，谢桃的脸颊顿时红了。她正要开口说话，手机屏幕上他的身影骤然消失，谢澜的电话出现在了屏幕上。

谢桃愣了一下，还没来得及开口，便听到谢澜在电话那头大声嚷嚷着："桃桃妹，你竟然网恋了！"

谢澜缠了老奚好久才终于知道了这件事情的始末。

从那天亲眼看见谢桃忽然消失后，他心里就一直在犯嘀咕。但老奚又不肯对他多说，从谢桃那里他也没有问出什么。因此这么多天来，他就只能自己瞎猜。要不是回来的时候听到了老奚和谢桃的谈话，他可能还是什么都不知道。

此时，谢澜、老奚和谢桃坐在一家川菜馆的包间里。

"桃桃妹，连面都没见过，你就喜欢上他了？"谢澜头一回觉得饭不香了。

他连筷子都没拿，只盯着谢桃严肃地说："你这不是乱来吗？"

"见过的。"谢桃小声反驳。

"见过也不成啊！"谢澜瞪了老奚一眼："老奚你也真是的，你知道这事怎么不跟我说呢？你要是早跟我说了，我不就把这火苗给掐灭了吗？"

"那是人家桃桃的事，你急什么？"老奚慢悠悠地吃着菜。

"这也不是网恋……"谢桃又添了一句。

谢澜横了她一眼："是哦，你这比网恋还厉害啊。人家那是异地恋，你这倒好，给弄出一个异世界恋。"

说到这儿，谢澜有点好奇："我很想知道那小子长得有多迷人，还是说他有什么特殊的本事啊？"

谢桃想了一下，默默地把手机举到他眼前。

手机屏幕亮起来，被她设置为屏保的那幅卫韫的画像赫然展现在谢澜的眼前。

谢澜呆了一下，反应过来后，他把谢桃的手机拿过来，盯着屏幕看了一会儿，然后指着屏幕对老奚说："老奚，你说真的有人能长成这样吗？"

谢桃把手机拿回来，瞪了他一眼。

这顿饭，谢桃是在谢澜的聒噪声中吃完的。

他就像一个生怕她吃亏的"老父亲"，喋喋不休地嘱咐了很多女孩子该注意的事情，有的甚至是他拿着手机当场搜出来的，当着她的面大声朗读了好几条。

最后因为谢桃下午还有课，她才得以离开包间，往学校去。

谢澜和老奚坐在包间里，却再也没有刚刚那样轻松的氛围。

拿着筷子在碗底戳了戳，谢澜有点食不知味。他沉默了好一会儿，才问老奚："老奚，难道你就不担心桃桃吗？"

"为什么要担心？"老奚喝了一口酒，声音里全然听不出一丝波澜。

他一向都是这样，神情总是平淡含笑、波澜不惊。让人无法看透他的内心到底在想些什么。

"你不觉得这件事很不现实吗？"

此刻，谢澜的脸上不再是平日里那副吊儿郎当的样子。

"没什么现不现实的，这是她的机缘。"老奚淡然道，"她既然已经选择了，那么以后的欢喜悲伤都是她自己要面对的事情。"

谢澜沉默了好久，连想念了好久的麻辣烧鱼喂进嘴里也觉得好像没有那么辣。他沉默地吃完一碗饭，拿纸巾把嘴一抹，然后看向老奚："老奚，你得多帮帮她。"

老奚笑得眯起了眼睛，半晌他才轻轻点头："你不要太担忧，这件事我心里有数。"

谢澜"哼"了一声："你总是这样。"

老奚心里永远都藏着不可言说的秘密。他一直都是那么神秘，好像这世上的事情没有他不知道的。

"上次要杀桃桃妹的那个人，你是不是也知道她是什么人？你怎么什么都不跟我说，她要是再来怎么办？"谢澜忽然想起之前的事情。

老奚总是能及时让他去救谢桃，似乎一直都掌握着那个神秘人的动向。

听到谢澜这句话，老奚明显愣了一下。

他那双历经了世间沧桑的眼睛里神色闪动，脑海里忽然浮现出一张冷艳的面庞。好像忽然来了一阵风，将堆积在心底最深处的某个角落里厚厚的积尘吹散，落了锁的匣子终于被打开。

闹市里，骑马的姑娘红衣如火，手里抓着一根长鞭如风掠过。

她忽而回头，笑颜明媚鲜艳。

"公子奚！"她脆生生的嗓音仿佛还在他的耳畔回荡。

一幅画面匆匆闪过，老奚指节一用力，竟将手里的酒杯捏成了一把流沙。

流沙徐徐地从他的指缝间流散，握得越紧，便流失得越快。正如某些他不敢触碰的往事一般。老奚的眼眶突然有些泛酸。

对上谢澜惊愕的目光，老奚收敛了情绪，扯了扯唇，嗓音莫名有些干涩："她……再不会这样做了。"

在这个世上，没有人比老奚更了解她。

谢桃回到学校上了一个下午的课，然后又匆匆赶去甜品店做了些酥心糖。

晚上八点钟，谢桃回到了租住的地方。

卫韫那边算准了时辰，在她回家后洗了一把脸，连脸上的水都还没来得及擦干的时候，他就点了香。

谢桃站在卫韫的书房里擦了一把脸。

然而，卫韫也没有想到她来时会是这副样子，唇边的笑意有些控制不住，他伸手递上锦帕说："擦一擦。"

但是，谢桃没有伸手去接，而是把脸凑到他面前，就那么看着他，显然是想让他帮她擦干。

卫韫怔了一下，耳垂微热，沉默了片刻，然后还是伸手替她将她脸上的水擦干了。他的动作有些不太自然，还有些慌乱，但依旧是轻柔小心的。

擦完之后，他端详了一下她闭着眼睛的样子，不动声色地深吸了一口气，退开了一步。

"过来坐。"他说完就转身往内室走去。

炭火烧得正旺，书房被烘得极暖。卫韫将风炉上的茶壶取下来，倒了一杯热茶。谢桃跟着进来，在他的对面坐下，卫韫适时地把那杯茶推到了她面前。

谢桃捧着茶杯喝了一口，然后就盯着他的面庞看。

昨晚在他脸上看到的浅淡墨痕这会儿已经看不见了，而她脸上的痕迹在今早洗过脸后也已经看不出什么了。

卫韫抬起头，便看见她正直勾勾地盯着他。烛火的光影在她的眼瞳深处倒映出一簇极小的火光，让她的眼神仿佛也带上了几分温度。

他有些不太自然地垂下了眼帘："看着我做什么？"

"你很好看啊。"她捧着脸，说起这样的话来已经越发娴熟。

卫韫听到她毫不避讳地这么说，果断地伸手将一块糕点塞进了她的嘴。谢桃突然被喂了一口糕点，半句话也说不出来，只能鼓着脸蛋慢慢地吃掉。

窗外已是疏影横斜，细碎的雪花不断地飘洒而下，偶尔在纱窗上留下几抹淡淡的印记，如同即将凋谢的花朵一般很快就消失不见了。

卫伯已经习惯了谢桃突然消失，又突然从卫韫的房间里走出来。

有些事情细想之下总是可以瞧出一些苗头，但他始终不深思，也不多问。

这是他在国师府多年来一直默默遵守的规矩。

晚饭时，谢桃再一次见到了那位看起来一直很冷酷的女孩儿——邵梨音。卫敬试图跟她搭话，但她自始至终没有理过他，只在谢桃和卫韫走过院子时颔首行礼。

今晚是大周朝的花灯节。

谢桃来得并不算晚。

走上那条热闹的长街，谢桃隔着绢纱好奇地向四周张望。

各色花灯交织成了一片缤纷的光影，就像是现代城市里的霓虹灯一样。一簇又一簇点燃的灯笼把这郓都护城河畔的一方天地照得透亮。漂亮的花船在波光粼粼的水中缓缓驶来，桥上有男男女女来来回回。

路上行人摩肩接踵，笑语不断。

"卫韫……"闻到街边小摊上热腾腾的面香味，谢桃伸手就想去拉卫韫的衣袖，却被他躲开了。

她愣了一下，手指悬在半空动了动，半响后才沉默地收回。她什么也没说，只是那双眼睛里的光暗淡了下去。

卫韫顿了片刻，想说些什么，却又没有开口。

此处人多眼杂，他不能与她过分接近，这于她终究是一件危险的事情。

他不能让她涉险。

谢桃不知道他在想什么，方才的面香依然浓郁，但她没有想吃的心情了。

冰冰凉凉的雪花落下来，在她肩头融化成了淡淡的水痕。

身旁有人走过，她的手指不小心触碰到了那个人宽袖下握着的物件，指尖一疼，她反射性地抬起手。

暖黄的灯光下，她明显看见自己的手指上多了一道血痕。

谢桃突然偏头，发现擦肩而过的是一个皮肤微黑的陌生男子。她的目光下移，正好瞥见他衣袖间隐约露出一道森冷的寒光。

"卫……"她方才开口，便见周围本要走过的几个陌生男子忽然抬手，手中赫然握着短剑，不远处有提刀的蒙面人分批涌来。

卫敬和邵梨音的反应极快，立刻挡在了卫韫和谢桃的身前，同时拔出了长剑。

刀剑相接，火星闪现，格挡间发出刺耳的声音。

周遭的百姓被忽然出现的变故吓得不轻，顿时尖叫起来，四散奔逃。谢桃被人流冲撞得身形一晃，眼看就要摔倒，忽然被一只手握住了手腕。

谢桃踉跄着跌进一个人的怀里，抬起眼，只来得及看清卫韫线条流畅的下巴，而后便有温热湿润的液体溅在了她的面庞上，带着极浓的血腥味。

谢桃看见卫韫身后的卫敬毫不犹豫地抹了那个皮肤微黑的男人的脖子。谢桃愣愣地抹了一下自己的脸，然后在自己的手指上看到了一片殷红血色。血慢慢地流下来，沾染了她的手掌，还有血珠顺着她的眼睫滴落下来。

邵梨音也迅速地用自己手上的软剑刺穿了几个人的胸口。她不过是个十六岁的姑娘，甚至比谢桃还要小两岁，但此刻她连眼睛都没有眨一下，冷漠得就像是没有情感一样。

闻讯而来的十几个国师府侍卫也都加入了这场搏杀。

地上已经躺了许多尸体，血液流淌过谢桃的脚边。

这是她第一次如此真切地看见杀人的场景，她瞪大了双眼，全身都已经僵硬了。

卫韫已经发现了她的不对劲，但还未来得及出声，他便觉得有风迎面而来。他抬眼一看，便见一支利箭自不远处的高楼上破空而来。

卫韫瞳孔微缩，直接带着怀里的谢桃闪身，同时迅速出手，徒手抓住了那支箭。但破开气流的箭矢还是擦破了他的手掌，箭头刺破了谢桃肩头的衣料，划出一道浅浅的血痕。

谢桃惊魂未定，一时间什么话也说不出来。

卫韫松开了她，看着她那张沾着血迹的煞白面庞，他伸手替她擦去脸上的血迹，却又令她的面庞上沾染上了他手掌上的血色。

忽地，他扯下自己的发带。

金冠脱落，乌黑的头发散落下来。他将发带绑在她的眼睛上，将她重新揽进怀里，轻柔地吻在她的额头上。

谢桃眼前一片黑暗，什么也看不见，只能听见不断传来的刀剑相接之声，周遭的惨叫声此起彼伏，而她的额头有一抹温热柔软的触感，转瞬即逝。

她听见他的声音在凛冽的风里响起，温柔的声音落在她的耳边："桃桃，不要害怕。"

下一秒，她突然被他推了出去，紧接着被另一个人稳稳地接住。

"带着她离开这里。"

她听见卫韫清冷的声音传来，而揽着她胳膊的邵梨音当即领命："是，大人！"

在邵梨音施展轻功带着谢桃离开后，卫韫手里握着那支沾了他和她的血迹的箭矢，定定地看着那片花灯垂落后暗下来的漆黑楼宇。

最终，那些蒙面人被杀得只剩下最后一个人，那人被侍卫们团团围住，握着一把刀站在原地，已经处于孤立无援的境地。

见卫韫走近，卫敬自动让开，并递上了手中那把带血的长剑。

卫韫拖着那把长剑向那人走过去。剑锋在地上划过，发出令人牙酸的声响。

眼见卫韫向他走来，那人壮胆似的紧了紧握刀的手，却依然忍不住往后一退再退。

但他身后已经没有退路了。

卫韫的眉眼间犹如凝着冰霜一般，周身也带着平日里没有的戾气。

"说，"他开口时声音冰冷，不带丝毫温度，"谁派你们来的？"

那人并没有要回答的意思，像是下定了决心一样，他定定地看着卫韫，握紧手里那把刀便直接冲着卫韫而来。

但还未到卫韫身前，他便已被周围的侍卫刺穿了腰腹。那人倒在地上，血从他的嘴里流出，将他蒙面的黑色布巾染出一片更深的痕迹。

　　卫韫冷笑一声，握紧手里的长剑，一剑刺进了那人的胸口，而后他将一旁燃烧着的花灯踢到了那人身上。

　　在他惊恐的目光中，卫韫始终神色平静。

　　卫韫把手里的长剑扔给了卫敬，转身却见那水岸灯影间的花船上立着一个修长的身影。

　　此人锦衣玉带，面容俊朗，正是信王赵正荣。

　　此刻，一向不露声色的卫韫脑海中回荡着方才谢桃呆滞的眼神，他的眼眉间便再也压制不住地显露出了几分怒色。

　　他走下河畔的阶梯，站在灯影旁问道："不知信王为何在此？"

　　赵正荣飞身下船，足尖轻点水面。不过瞬息间他便已稳稳地站在卫韫面前，花船上跟随信王的四个侍卫也纷纷飞身落在岸边。毕竟是在沙场中厮杀、历练过的皇子，他看起来比东宫里的那位要沉稳许多。

　　"国师不会以为今夜的这场闹剧是本王安排的吧？"赵正荣挑了挑眉，说道。

　　花船中出现了一个身姿婀娜、面容娇艳的女子，朝岸边张望了一下。看到岸边穿着一身殷红锦袍的卫韫时，她眼中闪过惊艳之色，不由得失了神。只是瞥见卫韫身旁的赵正荣时，她又清醒了过来，看向赵正荣的目光中顿时多了几分含羞带怯的神色。

　　赵正荣唇边带着淡淡的笑向那花船上的美人招了招手，而后才对卫韫道："你也看见了，今晚乃是美人相约，本王只不过是来瞧瞧花灯的。但没想到竟遇上了国师被刺这等大事。"

　　卫韫瞥了那花船上的女子一眼，然后扯了嘴角："臣怎敢怀疑信王殿下。"

　　盔甲撞击发出的声响传来，整齐的脚步声越来越近，卫韫回头就看到巡夜军的统领李天恒带着一行人赶过来。

　　"李统领来得可真不及时。"赵正荣回头看了一眼。

　　"信王殿下！"瞧见水畔的赵正荣，李天恒显得很惊愕，连忙行了礼。

还未多说什么，抬眼便撞上了卫韫那双冷淡的眼，他后背凉了一下，立刻低头屈膝行礼道："国师大人请恕罪，臣来迟了。"

"李天恒，"卫韫走到他的面前，一脚踢在了他的膝盖上。力道之大，让李天恒瞬间跪在了地上。

"你何时才能赶得及？"卫韫微微俯身，放低了声音，"你是不是忘记了，现在龙椅上坐着的到底是谁？"

听到这句似隐晦非隐晦的话，李天恒浑身一颤，紧张得不断眨眼。

或许是因为没了发冠的束缚，披散着乌发的卫韫竟比平时衣冠整洁时还多了几分难言的风情，不过更让人感到难以接近和不敢冒犯。

看着李天恒这副战战兢兢的模样，卫韫忽然嗤笑了一声，眼里流露出嘲讽的神色。

这样一个无用之人，他赵正偗竟然也敢用！

"殿下，臣告退。"

卫韫深深地看了李天恒一眼，对赵正荣稍稍颔首，转身便走。

"卫韫。"赵正荣忽然唤了他一声。

卫韫顿了一下，转过身语气淡淡地说道："殿下有什么吩咐？"

赵正荣站在一片昏暗的灯影下，冲着他笑了笑："虽然今日之事与本王无关，但如果你需要帮忙，本王也愿意帮助你。"

卫韫面上没有流露出过多的情绪，只颔首道："谢谢殿下，但不必了。"说罢，他便转身离开。

街道宁静空旷，只有一群低着头站在原地的巡夜军、跪在地上半晌都站不起来的李天恒以及信王赵正荣和他的侍卫。

"李天恒。"赵正荣看着仍然跪在地上的巡夜军统领，然后望向逐渐模糊的卫韫的背影，叹了一口气，"你啊，已经触碰到卫韫的底线了。"他的话听起来既像是遗憾，又像是看戏的人随口说的风凉话。

说完，赵正荣转身离去。

李天恒仍旧跪在地上，眼里的神色充满了慌乱和惊恐，汗水早已将他的后背湿透。

卫韫赶回府里的时候，谢桃正一个人裹着被子坐在床榻上。她眼睛上绑着他的发带还未解下来，只是呆呆地坐在那里，一句话都不说。

"小姐不让碰那发带……"卫伯站在外间，隔着朦胧的绢纱长幔瞧着里头的谢桃，低低地说了一句。

卫韫望着她捂着被子，只留脑袋在外面的样子，沉默了片刻，对卫伯道："你先下去。"

在卫伯出门后，卫韫才掀开绢纱帘子走进去。

谢桃在他进来的时候就听见了他的脚步声。

很奇怪，即便她现在蒙着眼睛，什么也看不见，但仅凭这走路的声音她就知道是他来了。

当卫韫坐到她身边时，他还未说话，但突然听见她轻声问道："你受伤了？"

卫韫没有回答，只是伸手摘下了挡在她眼前的发带。

屋内的灯火一簇又一簇地亮起来，突然的黑暗退却，让谢桃还没睁开眼睛就被这明亮的光影刺激得闭紧了眼睛。

她终于睁开眼，对上的，却是卫韫右手掌心里一道血肉微翻的伤口。

卫韫握住她的手，她的掌心没有异样："疼吗？"

"有点。"

虽然表面没有明显的伤口，但她能感受到掌心的一阵刺痛。这都是因为他的命格被绑在她的身上。

"抱歉。"他说。

"药在哪儿？我去问问卫伯！"谢桃说着，一脚蹬开被子，下床去找卫伯。

因为他的命格被绑在她的身上，如果今天她受伤了，那么他所感知到的疼痛一定比她更加剧烈，但反过来，如果是他受伤了，谢桃虽然会有所感知，但感觉不会太强烈。

卫韫忽然将她搂进怀里，紧紧地抱着她。

那一瞬间，谢桃靠在他的怀里，她明显感觉到卫韫将下巴抵在她的发顶上。

"你是不是……害怕了？"他的声音变得越来越轻，有些飘忽，

"可是谢桃，这就是我的世界，权谋倾轧，争斗不休。谢桃，这里和你所生活的世界不一样。我走的这条路注定是一条不归路，在遇见你之前我就已经回不了头了。"

行走在刀尖上多年，卫韫早已将"怕"这个字彻底忘记了。但今夜，当他在她那双呆滞的眼里望见自己模糊的影子时，当他此刻将她抱在怀里之时，他竟尝到了些许后怕的滋味。

他以为自己可以将她保护得很好，但有时候事情并不如他想象的那般容易。他竟开始有些犹豫，自己当初的决定是不是做错了？她与他之间隔着的又岂止两个时空那么远的距离？

平日里最在乎礼法，轻易不肯逾越，却总会因为她的种种举动而心乱的卫韫此刻越发变得不像以前的自己了。

或许是因为这样的如乱麻般的心绪渐渐地堆满了他的心头，所以他今夜竟就这样不管不顾地把她抱进怀里，甚至与她说了许多心里话。

卫韫忽然伸手捏着她的下巴，迫使她抬头望着他。

"你怕吗？"他忽然问道。

谢桃反应了好久，在卫韫以为她不会再回答的时候，她忽然收紧手臂抱住了他的腰身。

"我……"他听到她柔和的声音传来，略带怯意，声音微弱，"其实，我很害怕。"

谢桃没有办法忘记自己刚刚亲眼看见的一幕，鲜血喷洒在她脸上的感觉令她现在想起来仍然害怕得身子战栗。

"但是，但是……"

她抓着他的衣襟，鼻间仍然是血腥的味道，那几乎快要盖过了他身上淡淡的冷香，脑海里不断闪过的血腥场景也令她惊魂未定。

就像他所说的，这就是他的世界，这里就是这样的生存法则。而他走的这条路，注定不会光明，注定鲜血淋漓、不知归途。

但是……

谢桃仍然抓着他的衣襟，始终没有放开。

"我会陪着你的……"她垂着眼帘，声音细弱。

卫韫听到她这些话后，惊愕了半晌，突然，那双瞳色稍淡的眼眸里卷起波澜，散发着光芒。

他捏着她下巴的力度重了些许，接着他突然俯身，微凉的唇印在了她的额头上。额上传来的柔软的触感带着微微的凉意，却在一瞬间烫红了谢桃的脸，也烫红了卫韫的耳郭。

　　谢桃睁大了眼睛，连呼吸都忘了。

　　脑子里像是有各色烟花炸开，让她有一瞬间的恍惚，如坠云端。

　　门外的风雪很大，吹得檐下的灯笼明明灭灭，最终没有了光影。被卷走了所有叶子的树干上积压的雪如一夜盛放的梨花般飘落。

番外
以后

谢桃觉得自己选了一个折磨人的专业。

一本《古文选集》拿在手里没看一会儿，她的眼皮就不自觉地沉下去。困到一定境界，她直愣愣地坐在座位上就打起了瞌睡。

半开的窗外有阳光透进来，在地面洒下一片明亮的光影。天气仍有些冷，风吹着院子里树枝叶片发出的簌簌声十分清晰，但谢桃打瞌睡打得迷迷糊糊的，耳畔听见的声音朦朦胧胧的，好像是在梦里。

直到卫韫的手指轻轻触碰她的脸颊，指腹微凉的温度令她一下子睁开双眼，她转头就看见他正站在自己身边。

"你回来啦。"她打了个哈欠，顺势抱住他的腰，像个黏人的小孩。

"我记得我走时，你还信誓旦旦地说你会好好看完这本书。"卫韫低头，看见她这副蔫蔫的模样，笑着提醒她。

"你不要一直念，"她有点窘迫，抱着他的腰不撒手，声音有点闷闷的，"像个老爷爷。"

"这是你自己的学业，我着什么急？"他的手指捏住她的脸蛋，语气淡淡的。

谢桃一见他这样，就松开他，信誓旦旦地说道："我一定可以看完的！"

书房里有许多木质的书架，那上面摆得满满的书大抵都是卫韫看过的。谢桃扫视了一圈，想着他都能看完那么多的书，她为什么不可以呢？

她揉了一把脸，端正坐姿，说道："我要继续看书了，老师还让交读书心得，你不要打扰我。"

卫韫嘴唇微弯，不敢打扰她，径自坐到一旁的书案前，处理卫敬送来的公文。

书房内一片静谧，只有书页偶尔翻动的声音。

谢桃喝了一盏茶，精神倒是好了些，看书也看进去了，但也只是一会儿。没过多久，她又放下书，忍不住回头去看坐在那边书案后的年轻公子。

轩窗半开，天光洒在他的侧脸与肩头上，他低垂着眼翻看书页时总有几分漫不经心。几缕乌黑的头发从耳后落至胸前，更衬得他那一身锦袍红如朱砂。

"你到底是在看书，还是在看我？"他未曾抬头，手指仍捏着纸页，淡然道。

"我一会儿就要回去了，我回去再看书不行吗？"她还在盯着他看，说话声音很轻。

卫韫手上动作一顿，他抬眼，就见坐在圆桌旁的姑娘眼巴巴地望着他。

"过来。"他搁下手里的公文，朝她招手。

谢桃的眼睛亮起来，忙站起身跑到他的面前。卫韫才往旁边挪了一下，她就很自然地坐在了他的身边。

大约是见她不懂得掩藏自己心中的那点不舍，他眼里的神色变得柔和了许多，不由得伸手摸了摸她的脑袋，说："你不必这样，若再想过来告诉我就是。"

"不行，金粉又不是可以批发的，要是都用光了，我要怎么办？"她显得有点固执。

"也许不只是这金粉才有这样的效用，"他的声音轻缓，带着些许安抚的意味，"我会再找别的办法。"

真的还会有别的办法吗？谢桃望着他的眼睛，抿着唇半晌没有说话。

书房内再次变得静谧下来，谢桃坐在他的身边重新翻看起那本《古文选集》。她看起来似乎终于认真了许多，但卫韫看了几眼书上的字，目光便又落在她的身上。

栗子糕忽然被喂到嘴边，谢桃下意识地咬住，她抬眼，正好看见他的脸。

香甜的味道很诱人，她接过栗子糕又吃了两口，见他还在看着自己，有些不太自然地问道："你看我干吗？"

卫韫收回视线，重新去看案上的书。

他的耳郭有些红，轻咳了一声。

他喝了一口热茶，察觉到身旁的姑娘忽然凑得更近，他下意识地身子往后一仰，伸手扶住她的肩，殷红的衣袖覆在她身上，问道："做什么？"

"你的耳朵……"谢桃还想往前凑，却被他的手指抵住了额头。

"坐好。"他低声道。

谢桃撇撇嘴，但还是乖乖坐好了。虽然两人是同坐在一张椅子上，但也并不拥挤，她坐端正了也没心思再看书，那一页翻来覆去地看了好久也没看完。

"我看不进去。"她有点蔫蔫的。

"那你当初为何要选择它？"卫韫总算收敛好心绪，又恢复成那副清冷淡然的模样，看到她这副没什么精神头的样子，觉得有些好笑。

"因为你啊。"谢桃几乎是不假思索地说道。

卫韫一怔，落在公文上的视线再度回到她的侧脸上。

"我以前不知道你跟我不是一个时空的人，你说话总是文绉绉的，连《知论》那么难懂的书都能倒背如流，你还总让我多看一些书……所以当时填志愿的时候我也没多想，索性就选了一个要看很多书的专业。"谢桃说着，偏头看向他，"我想离你更近一点。"

她没有美满的家庭，填志愿时也没有父母在身边紧张地斟酌。在无数高考完的少男少女纠结着做重要决定的时候，她已经果断地填完了大学志愿。

她不用再说更多，只这样几句话便已经令卫韫有些走神了。

他眼睫微动，才要开口，却见她将那本书往桌上一丢，然后抱住他的腰。他的脊背骤然变得僵硬，下意识地低头，却只看见她乌黑的长发，他听见她说："我这会儿看不进去书，可不是我不努力，这都怪你。"

她小声抱怨。

"为什么？"他侧过脸，明显有几分不自在。

"因为你太好看了。"

谢桃趴在他怀里，像个小动物一样黏着他，她的脸已经烧红了。

这样直白的话，她总能这样轻易地说出口。卫韫已不是个十几岁的少年，但他这半生什么都经历过了，唯独在"情"字上是一片空白。

听到她这些话时，他总会乱了方寸。

"谢桃。"他有些挫败感，无奈地唤了一声她的名字，却又说不出别的话去约束她。

谢桃抓着他宽大的衣袖玩儿，冰凉柔滑的锦缎触感极好，仔细看还有极细的金线在天光下闪烁着。

皮革鞶带勾勒出他的腰身，谢桃一只手抱着，忍不住感叹他的腰身好细。

她好奇地拨弄着他腰间鞶带上的金质搭扣，卫韫便匆忙按下她的手。他从来没有这样无措过，只是因为她亲昵的举动，他不知道自己的手脚该如何放，连冷白无瑕的面颊也不由得添了些薄红。

案上的香炉里的烟雾一缕缕地飘散而出。在薄薄的烟雾之间，那仰面望着他的眉眼仿佛都被那香雾染得有些朦胧。

他抬起手想要触碰她的脸庞，但片刻后又猛然清醒过来，他屈起指节，收回了手。

这显得有些失礼。

移开视线，他那双漂亮的眸子里映出轩窗外的光亮。

他身姿如松，谢桃只看他的侧脸，就能联想到山川、明月、冬雪等诸多美好的事物。她有些发愣，忽然听见他开口道："谢桃，还记得我跟你说过的话吗？"

"嗯？"

卫韫此刻再看向她的脸，说道："那日赏雪，我所言皆出自肺腑。"

见她衣袖就要碰到旁边的砚台，他顿了一下，伸手拉过她的手腕，用锦帕替她擦去手指边缘沾染的墨色。

"即便没了金粉，我也相信还会有其他办法。"他垂着眼帘，专注又细致地替她擦手，说道，"如果寻不到，也没有关系，我还是会守着你。"

要他说出这样的话十分不易，但为安抚她，他还是说了出口。

"怕你忘了，所以我想再提醒你一次。"他的声音平淡无波，实际上带着几分不自觉的温柔，"你来，我很欢喜。

"桃桃，在值得开心的时候，你只需要开心就好了。以后的事，我们以后再去想。"

他又这样……

"桃桃"两字温柔又缱绻，令谢桃此刻什么都忘了，她只是呆呆地望着他。

过了半晌，她抿紧嘴唇想要抱他，却被他抓住了手腕。

"不可以吗？"她问。

"不可以。"卫韫摇头。

"那什么时候才可以呢？"小姑娘问。

卫韫停顿了片刻才说："以后。"

这两个字说得有些轻。

"以后是什么时候？"她歪着脑袋凑近他，还要问。

卫韫有点不太自然地侧过脸，他的耳郭又有些发热。可他才把头偏过去，又被她钩住了手指。

她的手指有点冰凉，他的睫毛微颤，下意识地看向她的脸。

"难道牵你的手也要等以后吗？"小姑娘红着脸，梗着脖子迎上他的目光，片刻后又低着头嘟囔，"你怎么这么害羞啊……"

她的这些话像火焰一样燎过他的面颊，他垂下眼帘看着她牵住自己的手，早已深入骨髓的礼仪让他明白，自己此时应该挣脱她的手，但他定定地看了几秒，迟迟未动。

他有些舍不得。

未来某一天，他终会娶她做自己的妻子。